한국 동화문학의 어제와 오늘

어른을 위한 어린이책이야기 14

한국 동화문학의 어제와 오늘

2016년 4월 1일 1판 1쇄 인쇄 / 2016년 4월 11일 1판 1쇄 발행

지은이 박상재 / 펴낸이 임은주
펴낸곳 도서출판 청동거울 / 출판등록 1998년 5월 14일 제406-2011-000051호
주소 (413-120) 경기도 파주시 문발로 115 (파주출판도시) 세종출판벤처타운 103호
전화 031) 955-1816(관리부) 031) 955-1817(편집부) / 팩스 031) 955-1819
전자우편 cheong1998@hanmail.net / 네이버블로그 청동거울출판사

책값은 뒤표지에 있습니다.
잘못 만들어진 책은 바꾸어 드립니다.
지은이와의 협의에 의해 인지를 붙이지 않습니다.

First published in Korea in 2016 by CheongDongKeoWool Publishing Co.
Printed in Korea.

ISBN 978-89-5749-184-3 (03800)

이 도서의 국립중앙도서관 출판시도서목록(CIP)은 서지정보유통지원시스템 홈페이지
(http://seoji.nl.go.kr)와 국가자료공동목록시스템(http://www.nl.go.kr/kolisnet)에서
이용하실 수 있습니다. (CIP제어번호: CIP2016008742)

어른을 위한 어린이책이야기 14

한국 동화문학의 어제와 오늘

한국 동화문학 작가·작품론

박상재 평론집

청동거울

| 머리말 |

『한국 동화문학의 탐색과 조명』에 이어 필자의 두 번째 작가 작품론 『한국 동화문학의 어제와 오늘—한국 동화문학 작가·작품론』을 내놓는다. 이 책은 「못나도 울엄마」의 작가 이주홍을 필두로 현재 활발하게 작품활동을 하고 있는 중견 동화작가에 이르기까지 다양한 작가들의 삶과 문학을 조명한 작가·작품론집이다. 이 책이 동화문학에 뜻을 두고 공부하는 이들에게 다소나마 보탬을 줄 수 있다는 생각으로 상재하게 되었다.

이 책에서 논의한 동화작가들은 우리나라 동화문학사에서 꼭 눈여겨볼 작가들로 90년대 말까지 등단한 작가들에 한정하였다. 이 책에서 논의의 대상이 되지 못한 작가들 중에도 한국 동화문학사에서 마땅히 조명받아야 할 작가들은 많지만 제한된 지면 때문에 다음 기회로 미루게 되었음을 밝혀 둔다.

『한국 동화문학의 탐색과 조명』에서는 마해송, 강소천, 김요섭, 이영희, 이준연, 최효섭, 배익천, 김병규, 정채봉, 김문홍, 박성배, 강원희, 신동일 등의 동화를 살펴보았다.

이 책에서 조명한 작가들의 면면을 살펴보면 한국 동화문학의 기틀을 마련한 이주홍, 김성도, 최태호를 비롯하여 60년대 동화문단을 창출해갔던 조대현, 권용철, 유여촌, 70년대 동화문학을 주도해갔던 강준영,

손춘익, 강정규, 80~90년대 동화문학을 힘차게 이끌어 갔던 이금이, 김자환, 90년대에 등단하여 2000년 이후에 활발한 작품 활동을 하고 있는 김향이, 심상우, 이성자, 정진, 홍종의, 함영연, 김경옥, 이지현, 서석영 등 다양한 작가들의 삶과 문학을 다루었다.

아무쪼록 이 책이 서사문학의 총아인 동화를 공부하고 연구하려는 독자들에게 조금이나마 보탬이 되어 준다면 필자로서는 더 없는 보람과 위안이 되겠다. 끝으로 이 책의 필요성을 동감하고 선뜻 출판에 동의해 준 도서출판 청동거울에 고마움을 표한다.

2016년 새봄

지은이 박상재

| 차례 |

제2부 2000년대 동화문학의 흐름

제1부 동화문학의 전통과 시대정신

이주홍 동화의 특성과 주제 의식
전통문화의 수용과 평화사상의 구현—김성도 작가작품론
시대 정신과 교육적 효용성—최태호 작가작품론
자연애를 통한 합일정신의 구현—유여촌 작가작품론
흰색 이미지를 통한 페미니즘의 구현—권용철 작가작품론
인내와 희생으로 피워낸 꽃—강준영의 「그리움 나무」와 「진주조개 이야기」를 중심으로
건강한 자아 회복을 위한 노력—손춘익 작가작품론
장편 아동소설에 천착한 치열한 작가 정신—김자환 작품론

이주홍 동화의 특성과 주제 의식

1. 여는 말

향파 이주홍[1]은 문단생애 60여 년 동안 아동문학[2]을 주축으로 다양한 장르[3]에 걸쳐 활발한 작품 활동을 전개해왔다. 한국 아동문학 제1세대 작가군에 속하는 이주홍의 생애는 일제 강점과 식민지의 암울한 시대, 해방기의 혼란한 정국 등을 관통한 격동의 연속이었다.

향파는 1918년 고향에서 합천보통학교를 졸업하고, 부친의 뜻에 따라 서당에서 수학하였다. 회화, 음악, 문학 등에 다양한 재주를 가지고 있었

1 1906년 5월 23일 경남 합천에서 태어나 1987년 1월 부산에서 타계함.

2 그가 펴낸 아동문학작품집으로는 『못난 도야지』(1954), 『비오는 들창』(1955), 『피리부는 소년』(1959), 『외로운 짬보』(1959), 『톡톡할아버지』(1961), 『이주홍아동문학독본』(1962), 『어사박문수』(1966), 『섬에서 온 아이』(1968), 『정만서 무전여행기』(1968), 『살찐이의 일기』(1973), 『못나도 울엄마』(1977), 『청개구리』(1978), 『해같이 달같이만』(1978), 『가자미와 복장이』(1980), 『바다의 사자』(1981), 『아름다운 고향』(1981), 『오수릿골의 맹돌이』(1982), 『사랑하는 악마』(1983), 『소년 홍길동』(1983), 『철우 요술통』(1983), 『북치는 곰』(1984), 『천신과의 약속』(1986) 등이 있고, 작고 후에도 『아기곰 형제』(1987), 『청개구리』(1987), 『조금만 더 가지』(1991), 『청어뼉다귀』(1996), 『멸치』(2001), 『메아리』(2001) 등이 있다.

3 그는 주 장르인 아동문학 외에도 시, 소설, 수필, 희곡, 번역 등 여러 영역에 걸쳐 활발한 작품 활동을 하였으며, 창작활동 외에도 연극 연출, 잡지 편집, 만화, 그림, 서예에도 능력을 발휘하였다.

는데 이런 재주는 당시 천도교에서 발행했던 잡지 『개벽』[4]을 통해 얻을 수 있었다. 동네에 천도교인이 살고 있었기 때문에 『신인간』[5]과 『개벽』을 빌려서 읽고 문학에 대한 눈을 뜨게 되었다고 한다. 1922년에는 상경하여 고학을 하다가 궁핍한 생활을 견디지 못하고 낙향한다. 이어 향리에서 농사를 지으며 『신소년』지에 글을 투고한다. 1924년에 일본으로 건너가 토목, 제과 등에서 일을 하였고 이때 이주홍은 1925년 4월부터 1928년 3월까지 3년 동안 동경정칙학교를 다니고 졸업한 것으로 여겨[6]진다.

1928년 「배암새끼의 무도」가 『신소년』에 실리면서 동요, 동화, 동극, 소년소설 등을 발표하면서 아동문학가로 활동을 하였다. 이 시기는 그가 프롤레타리아 아동문학 운동에 매진하던 시기인데 그 때문에 일제에 요시찰 인물로 감시를 당하기도 한다. 향파는 1945년 고향 합천에서 형사에게 붙잡혀 옥고를 치루다가 해방이 되어 풀려난다.

해방 후 조선프롤레타리아문학동맹에 가입하여 조선문학가동맹 아동문학부 위원을 지냈으나 1947년 부산으로 내려와 사회주의 단체와는 손을 끊고 동래중·고등학교 교사로 있으면서 연극 운동에 몰두를 하였다. 이때 희곡 창작뿐 아니라 연출까지도 맡아 부산 연극계를 이끌어간

---

4 1920년 6월 25일 창간되어 1926년 8월 1일 통권 72호를 끝으로 강제 폐간되었다. 사장 최종정, 발행인 이두성, 편집인은 이돈화였다. '개벽'이란 명칭은 천도교의 '후천개벽사상'에서 비롯된 것이다. 국판 160쪽 안팎의 국한문혼용체로 씌어졌으며, 집필자로는 주로 당시 계급주의 경향문학을 내세운 신경향파 작가들이 참여했다. 창간사에서 "인민의 소리는 이 개벽에 말미암아 더욱 커지고 넓어지고, 철저하야지리라"고 하고, 정신의 개벽과 사회의 개조를 적극적으로 주장했다. 창간호가 발행되자마자 압수당한 것을 시작으로, 1926년 일제에 의해 폐간될 때까지 발매금지 34회, 정간 1회, 벌금 1회의 탄압을 받았다. 폐간 8년 후인 1934년 11월 차상찬이 속간하여 제4호까지 펴냈으나, 1935년 3월 1일 폐간되었다.

5 1926년 4월 1일 창간되었다. 1922년 천도교 교주인 손병희가 죽고 종통계승문제로 신·구파 분열이 일어나 구파 쪽이 이전에 발행되던 『천도교회월보』를 차지하자, 천도교 청년당이 중심이 된 신파 쪽에서 이 잡지를 창간했다. 초대 편집 겸 발행인은 이돈화(李敦化)였고, 발행소는 신인간사였다. 사회개혁과 인간개조를 기본방침으로 삼았고, 내세적인 신앙관에서 벗어나 현세지향적인 신인간을 통한 새사회의 건설을 내세웠다.

6 류종렬, 「이주홍의 생애와 소설세계」, 『이주홍 문학저널』, 이주홍문학재단, 2003, 126쪽.

다. 같은 해에 최초의 동화집 『못난 도야지』를 발간하기도 한다. 1949년 부산 수산대학교(현재 부경대학교) 전임강사로 부임하여 후학을 길렀고, 1966년에는 『문학시대』를 주재하였으며 1978년에는 구상, 송지영, 박노석, 송원희, 임신행 등과 『갈숲』을 창간하여 부산 문학의 산증인 역할을 하게 된다. 또한 김정한, 박지홍 등과 함께 부산 아동문학협회를 창립하여 아동문학에 활력을 불어넣다가 1987년 1월에 타계하였다.

그가 받은 문학상으로는 소설 「영웅」으로 제1회 부산시문화상(1957), 동화집 『외로운 짬보』로 제1회 경상남도문화상(1976), 소설 창작 공로로 대한민국예술원상(1979), 불교설화로 제1회 불교아동문학상(1983), 동화·소년소설집 『사랑하는 악마』로 대한민국문학상 아동문학 부문 본상(1984) 등을 수상하였다.

한국 아동문학 제1세대인 향파 문학에 대한 연구는 그가 일궈낸 아동문학의 업적에 비하면 그리 활발하지는 않다. 이재철[7]은 향파의 문학적 특성을 전체적으로 개괄하였으며, 송명희는 이주홍의 장편동화 『피리부는 소년』을 이니시에이션 소설로 보면서 아동의 발달단계와 접목시켰다. 조대현[8]은 이주홍의 동물 동화를 중심으로 작품의 특징을 살폈는데, 그 인물상을 활용하여 줄거리를 엮는 구성면에 있어서는 한계를 벗어나지 못했다고 지적했다. 정선혜[9]는 동화치료의 3대 원리인 동일시, 카타르시스, 통찰의 원리를 적용한 연구로 관심을 끌었다.

그동안 발표된 학위논문으로는 이주홍의 작품 중 동화와 아동소설을 중심으로 한 것이 대부분이다. 정춘자[10]는 창작동화와 소년소설을 중심

7 이재철, 「이주홍의 문학」, 『한국아동문학작가론』, 개문사, 1983.
8 조대현, 「이주홍 동물동화의 특징과 한계」, 『2003 이주홍 문학제—문학세미나』, 이주홍문학재단, 2003.
9 위의 책, 정선혜, 「이주홍 동화에 나타난 독서치료적 조망—동일시, 카타르시스, 통찰 그리고 적용」
10 정춘자, 「이주홍 연구—창작동화 소년소설을 중심으로」, 단국대학교 대학원 석사학위 논문, 1990.

으로 작가 의식이 동화에 어떻게 수용되었는지를 분석하였다. 박경희[11]는 이주홍 동화에 내재된 재미를 중심으로 인물, 구성, 문체라는 세 항목으로 나누어 '재미성'을 중심으로 분석하여 아동문학에서도 대중성이 필요하다는 점을 강조하였다. 허영석[12]은 이주홍의 소설을 연대기적 순서에 따라 3기(일제 강점기, 해방공간과 전후 시기, 1960 · 1970년대)로 구분하면서 소설의 변모과정을 살폈다. 손수자[13]는 향파 동화의 문체를 구조상의 특성과 문장에서 사용된 어휘의 특성, 서술 기법의 다양성을 중심으로 분석하고 이런 문체적 특성을 교과서의 제재로서의 수용 양상으로까지 연결하였다. 정금자[14]는 이주홍의 동화에 등장하는 인물 유형을 다양한 각도로 나누어 파악하였다. 이정임[15]은 이주홍의 초기 동화를 중심으로 1930년대의 사회 현실과 동화 문단 현실을 살피면서 계급의식과 계급주의 극복 양상을 중심으로 다루었다. 장영미[16]는 이주홍 동화의 현실 인식을 파악하여, 시대마다 인식한 현실은 달랐지만 바람직한 시대상과 인간관을 제시하였다고 분석하였다.

이상에서 살펴본 것처럼 이주홍 동화에 대한 수 편의 논문들이 다양한 접근법으로 발표되었지만, 석사학위에 머무를 뿐 박사학위 논문은 아직 발표되지 않고 있다. 이주홍의 동화와 아동소설에서는 재미와 교훈을 가지고 있으면서 우리 사회에서 소외된 계층과 다양한 주제들을 나타냈다는 특징이 있다. 하지만 거의가 형식적인 측면을 중심으로 다뤄진 연구로 향파 동화가 가지고 있는 외형적인 특징을 개괄적으로 다루었기 때문에 작품 전체의 주제적인 측면을 조망하기 어렵다.

---

11 박경희, 「이주홍 동화의 재미연구」, 동아대학교 교육대학원 석사학위 논문, 1993.
12 허영석, 「이주홍 소설의 변모과정 연구」, 부산외국어대학교 교육대학원 석사학위 논문, 1993.
13 손수자, 「이주홍 동화의 문체론적 연구」, 부산교육대학교 교육대학원 석사학위 논문, 2000.
14 정금자, 「이주홍 동화의 인물 유형 연구」, 창원대학교 대학원 석사학위 논문, 2003.
15 이정임, 「이주홍 동화의 초기 사실 동화 연구」, 부산대학교 대학원 석사학위 논문, 2003.
16 장영미, 「이주홍 동화의 현실 인식 연구」, 성신여자대학교 대학원 석사학위 논문, 2004.

작가의 작품 세계를 파악하기 위해서는 그 작가가 활동한 시기의 작품 전체를 주제적인 측면에서 작가가 현실을 어떻게 인식하였느냐를 중심으로 살펴볼 필요가 있다. 이 논문에서는 향파가 발표한 서사구조의 아동문학 작품 중에서 동화 작품만을 선별하여 작품의 문학적 특성을 분석하고 작품에 나타난 주제 의식에 대해 논구하려고 한다. 주제에는 당시대 상황과 현실 인식이 반영되어 있을 뿐 아니라 작품 연구의 고갱이이기 때문이다.

2. 향파 동화에 나타난 주제 의식

1) 의인화 동화의 특성과 주제 의식

「배암새끼의 무도」는 1928년 『신소년』 5월호[17]에 발표한 그의 처녀작이다. 한국 동화문학이 발아하던 초창기 작품인데도 동화의 특성을 살려 쓴 의인화 동화이다.

삼형제 뱀새끼는 개구리가 먹고 싶다고 어미뱀을 조르지만 어미뱀은 아직 어리기 때문에 못 먹는다고 말한다. 이튿날 어미뱀이 집을 비운 사이에 맏이는 아우들을 데리고 개구리를 잡아먹으러 나간다. 막내는 맏이가 시키는 대로 개구리를 잡으려다가 까치에게 붙잡혀 간다. 맏이는 외출했다 돌아온 어미뱀에게 막내는 개구리가 먹고 싶다고 나가더니 돌아오지 않는다고 거짓말을 한다. 어미뱀은 다시 그런 일이 생길까 염려되어 광에 가서 개구리를 한 마리 갖다 주며 어려서 큰 먹이는 먹지 못하니 가지고 놀기나 하라고 이른다.

17 향파는 그의 수필, 「아동문학 출발의 언저리」(『아동문학』 1973년 12월호, 창간호)에서 일본으로 간 다음 해(1925년)에 실렸다고 기술하였으나 회고 과정에서의 착각으로 여겨진다.

새끼들은 기뻐 날뛰면서 문밖에 가지고 나가 풀잎 위에 얹어놓고 빙빙 돌면서 재미나게 춤을 추었습니다. 점심때가 늦도록 아무것도 모르고 춤만 추고 있었습니다. 형은 춤을 멈추고

"이애, 인제는 다리도 아프고 몸도 피곤하니 잠깐 쉬다가 이 느릅나무 끝까지 먼저 다녀오는 이가 이것을 독차지 하기로 하자."하고 개구리 다리를 주무르면서 침을 삼키고 말하였습니다. 아직 날래지 못한 아우는 할 수 없이 대답하였습니다. 발을 똑같이 모두어 밟고 형의 부르는 호령이 "하나 둘 셋." 하자 둘이는 서로 다투어 불이 나도록 느릅나무 위로 기어올라갔습니다.[18]

형제는 서로 다투어 느릅나무 위로 기어올라간다. 아우가 형이 따라오지 않나 해서 밑을 내려다 보니 캑캑거리는 소리가 들려온다. 형이 아우를 따돌리고 혼자 개구리를 독차지 하려다 목에 걸리게 되는 삽화이다. 남을 속이고 욕심을 부리면 반드시 벌을 받게 되는 전래동화의 구조와 일치하는 플롯이다.

무엇인가 하고 자세히 살펴보니 나무 밑에서는 심술쟁이 형이 개구리를 먹다가 목에 걸려서 캑캑거리었습니다. 눈물이 그룽그룽하여 가지고

"아이구 죽네, 아이고 죽네." 소리를 질러 울고 있었습니다.

"에! 시원하다. 나를 속이면 그렇다. 어머니 말씀을 아니 들으면 그렇다." 아우는 혼자 중얼거리면서 나무 끝에서 춤을 추고 있었습니다.[19]

자신의 욕심을 채우기 위하여 어머니의 말을 거역하고, 아우를 속인 형은 목이 막혀 울부짖는다. 아우는 이런 형의 모습을 보고 걱정하기는 커녕 고소해하며 춤을 추는 것이다. 욕심을 채우려고 자신을 속인 형을

---

18 이주홍, 「배암 새끼의 무도」, 『창비어린이』 창간호, 창작과비평사, 2003, 129쪽.
19 위의 책, 129쪽.

용서해주는 내용이라면 교훈적이고, 도덕적이며 원수를 사랑하라는 종교적 가르침처럼 교화적일 수밖에 없다. 이 동화의 장점은 이처럼 사실적인 심리묘사로 독자들에게 읽는 즐거움과 함께 카타르시스를 제공하고 있다. 이 동화는 남을 속이고 제 이익만 챙기려들면 제 꾀에 넘어가게 된다는 세상사의 이치를 이야기에 담아 은근히 일갈하고 있다.

「개구리와 두꺼비」는 일제 강점기 식민지 상황에서 피압제자들이 겪게 되는 현실인식을 담은 작품이다. 큰 개구리는 지배 계급인 일제를 상징하며 작은 개구리는 피지배계급인 한민족을 상징한다. 개구리들 사이에 힘센 자와 약한 자의 싸움이 끊이지 않는데 힘센 개구리들은 즐거움과 욕심만 채우다가 결국 약한 개구리들에게 쫓겨나게 된다. 힘센 개구리의 최후는 독재자나 수탈자들이 종래에 겪게 되는 사필귀정인 것이다. 큰개구리인 두꺼비는 약한 개구리 중 하나를 골라 고방감독을 시킨다. 하루는 감독 개구리의 어머니가 배가 고파 고방 속으로 몰래 들어가 먹을 것을 훔쳐 먹다가 들켜 죽게 된다. 감독 개구리가 항의하자 그마저 죽여버린다. 그 소문을 들은 약한 개구리들이 일제히 일어난다. 쫓겨난 큰 개구리는 먹을 것이 없어 쫄쫄 굶게 되어 지금의 모습이 된다.

> 그러므로 지금 여러분들도 밭고랑이나 돌덤불 속에서 몇 십 년이나 굶은 듯한 허느적한 얼굴로 커다란 눈 꺼무럭 꺼무럭 하고 있는 두꺼비를 보시겠지요.
>
> 어찌보면 불쌍한 듯도 보이는 마치 아편쟁이나 장돌뱅이 같지 않습디까.
>
> 그래도 지금 그 문둥병자같이 살이 푸둥푸둥하고 커다란 몸집을 보십시오. 그래도 옛날에는 많은 약한 개구리들이 피땀을 긁어먹고 저렇게 살이 찐 것이랍니다.[20]

살이 찌고 몸집이 커진 두꺼비는 일제 강점기 시대의 친일파들을 상

20 이주홍,「개구리와 두꺼비」,『청어뼉다귀』, 우리교육, 1996, 181쪽.

징한다. 동족을 착취하고 일제의 앞잡이 노릇을 한 댓가로 호위호식하며 살아가는 친일파들을 풍자한 것이다. 또한 강자와 약자의 상황이 언제까지나 불변할 수 없다는 진리를 일깨우고 있다. 힘을 모아 큰 개구리를 몰아낸 작은 개구리들은 민중의 힘을 뜻한다. 프롤레타리아에 의한 계급 혁명을 상징하는 장면이라고 할 수 있다. 이는 향파가 프로문학운동[21]에 관여했던 것과 무관하지 않다. 향파는 『신소년』, 『음악과 시』, 『별나라』, 『우리들』 등 카프 계열의 잡지에 작품을 주로 발표하였고 이 잡지들의 편집을 맡았다. 또한 1931년에는 김병호, 신고송, 엄흥섭 등과 함께 『불별』이라는 최초의 프롤레타리아 동요집을 펴내기도 하였다.

"이놈 개구리야! 또 좀 와서 보아라! 이놈 이놈, 큰 개구리야!"

고 밤마다 외치고 있습니다.

그것이 우리 귀에 들리는 "개골개골"하는 소리입니다.

그 소리를 들을 때마다 논들로는 들어가지 못하는 큰개구리는 간이 콩만이나 해집니다. 그럼으로 사람들은

'논둑만 보면 웃둑허니 겁만 내는 놈이라'고 두꺼비(둑겁이)라는 별명을 붙였다 합니다.[22]

이 작품은 개개인은 힘이 약하지만 뭉치면 강한 힘을 낼 수 있다는 주제를 담은 동화이다. 이와 같은 주제의 동화로 「호랑이 이야기」[23]가 있

---

21 향파는 조선일보에 1931년 2월 13일부터 21일까지 9회 연재한 「아동문학 1년간—금후 운동의 구체적 입안」이란 평론에서 1930년대의 프롤레타리아 아동문학운동을 개관하며 향후 방향을 제시하였다. 동화, 소년소설, 소년시, 아동극 노래, 그림, 실제운동에 이르기까지 아동문학 장르와 운동이 언급되었다. 향파는 조선 프롤레타리아 아동문학 작가 동맹의 결성을 촉진하며 나아가 실제 소년운동가로 프롤레타리아 운동을 하자고 주장하였다. 그 때문에 일제에 의해 요시찰 인물로 감시를 당하다가 1945년 합천에서 경찰에 붙잡혀 투옥되었다가 해방이 되어 풀려난다. 해방 후에는 조선프롤레타리아 문학동맹에 가입하여 조선문학가동맹 아동문학부 위원을 지내기도 했으나, 1947년 부산으로 내려오면서부터는 사회주의 단체와 결별하였다.

22 위의 책, 181~183쪽.

다. 이 동화에는 호랑이와 땅벌이 등장한다. 호랑이는 자신의 힘만 믿고 평화롭게 살던 땅벌집을 누르는 바람에 많은 벌들이 죽거나 다치는 등 피해를 입힌다. 벌들은 힘을 합쳐 호랑이를 공격하게 되고, 결국 호랑이는벌에 쏘여 구렁으로 떨어져 죽게 된다는 이야기이다.

> 그러나 약한 개구리들도 교묘한 꾀를 쓰고 있습니다. 담대하고도 날랜 놈을 뽑아 가지고 육지에 보내서 두꺼비란 놈이 지금 어디 있고 무엇을 하고 있는가를 미리 알리게 합니다.
>
> 여러분들이 보시는 청개구리가 그것입니다. 두꺼비가 심술을 부려서 비를 내리게 할 듯하면 그것을 다 조사한 청개구리는 무선 전신을 방송하듯이 높다란 나뭇가지에 올라가서 "객객객" 여러 형제들에게 비올 것을 미리부터 알려 줍니다.[24]

논둑만 보면 겁을 내기 때문에 두꺼비라는 별명이 붙여졌다는 것이나 청개구리가 울면 비가 오게 되는 까닭을 말한 유래담적 해석은 흥미롭다. 이 동화는 이처럼 유래담적 요소가 들어 있어 재미성이 묻어나고 있다. 향파 동화는 동물을 의인화한 작품이 대부분인데 개구리를 의인화한 또 다른 동화로는 「청개구리」가 있다.

이 동화에는 노점상을 하며 떡장사를 하여 자식을 키우는 엄마 청개구리와 그의 아들 깨쇠가 등장한다. 엄마 청개구리는 한길 가의 담벼락 밑에 자리를 잡고 앉아 장사를 한다. 공주의 결혼식날 시가 행진을 할 때 대궐 쪽에서 순라병 두 명이 말을 달려오더니 떡장수 청개구리 앞에 와 멈추면서 호통을 친다.

---

23 이 작품은 1934년에 발표했는데 동화집 『청어뼉다귀』(우리교육, 1996)에 수록되어 있다.
24 위의 책, 183~184쪽.

"왜 이런데서 떡을 팔고 있는 거야!"

"나리! 자식 공부시키기 위해서 이렇게 떡장수를 하고 지내는 불쌍한 여자올씨다. 한 번만 잘 봐 주십쇼."

"도대체 그 꼴이 뭐야. 거지라도 그 보다는 나은 옷을 걸치고 있을거야. 조금만 있으면 임금님 일행이 지나가게 되는데 그런 걸레 조각 같은 걸 걸치고 있는 것을 보여 드려서 될 거냔 말이야?" […중략…]

"무슨 여러 소리가 많아! 임금님의 눈에 안 띄게 하기 위해서 저 위에 선 길 옆에 있는 초가집들까지도 죄다 강제 철거를 시킨 판이야. 빨리 꺼지란 말야. 꺼져! 꺼져!"[25]

마치 오늘날의 잡상인 단속을 하는 단속원들을 연상시키는 삽화이다. 권력의 힘을 빌어 곤궁한 서민들의 삶을 짓밟는 내용이다. 깨쇠 엄마는 남루한 옷차림 때문에 결국 죽음을 맞고 만다. 대궐에서만 살며 꽃마차를 끌어온 말이 깨쇠 엄마의 초라한 모습을 보고 놀라서 뛰다가 치어 죽인 것이다. 깨쇠는 또순아의 돈을 훔쳐 약과를 사가지고 산으로 올라가 먹으며 논다. 날이 저물어 마을로 내려오다 사람들로부터 그 소식을 듣는다.

"또순아, 아버지. 오늘은 그 애를 용서해 주시오. 아까 얘의 엄마가 여기서 떡을 팔지 말라는데도 자꾸만 되돌아와서 팔고 있더니만 그만 꽃마차의 말에 치여 죽어 버렸답니다."

"꽃마차가 왜 장사하는 사람을 쳐 죽였대요?"

"대궐에서만 살아 온 말이 거지보다도 더 해진 옷을 입은 걸 보고 놀라서 뛰다가 그 떡장수를 죽인 거랍니다."[26]

---

25 이주홍, 「청개구리」, 『못나도 울엄마』, 창작과비평사, 1996, 42쪽.
26 위의 책, 48쪽.

화려한 꽃마차와 그 꽃마차에 치여 죽은 거지보다도 못한 깨쇠 엄마의 모습은 서민의 비참한 삶의 모습을 극명하게 대비시키고 있다. 또한 그 주검마저도 '외국 임금님의 눈에 띄게 해선 큰일난다면서 어딘지 싣고 가버린' 유기 행위는 권력 계급이 서민층의 인권을 얼마나 천시하는지를 대변하는 장면이다.

엄마의 죽음을 알고 실의에 빠져 있던 깨쇠는 꿈속에서 엄마를 만난다. 엄마는 서당 앞 연못에 떠 있는 꽃가마를 닮은 작은 꽃배 안에 아름다운 옷을 입고 앉아 있었다. 깨쇠는 엄마가 그리워 날마다 꿈속에서 만났던 서당에 간다. 서당 앞 연못은 물이 말라 엄마 청개구리가 탄 꽃배가 뜰 수 없기 때문에 비가 쏟아져 물이 불게 해달라고 목이 타게 운다. 이 장면 역시 청개구리가 울면 비가 오게 되는 유래담을 끌어온 것이다.

「가자미와 복장이」 역시 가자미와 복어의 생김새에 대한 유래담을 창작한 동화이다. 납작한 가자미와 배불뚝이인 복어가 현재의 모습을 하게 된 유래를 꾸며 쓴 글이다. 두부 장사를 하는 가자미와 기름 장사를 하는 복장이는 앞뒷집에서 서로 의좋게 산다. 겉으로는 호형호제하며 의좋게 지내지만, 상대방의 가게에서 외상으로 물건을 가져다 팔아먹을 만큼 실상은 욕심쟁이고 음흉한 인물들이다.

향파는 두 물고기의 모습을 두루마기를 입고 갓을 쓴 모습으로 그리고 있다. 어느 흐린 날 가자미와 복장이는 장에 가서 깨와 콩을 사려고 길을 나섰다가 볼일도 다 보지 않고 서로의 곳간으로 숨어들어 간다. 가자미는 비를 맞기 전에 집으로 돌아가야 한다고 생각하면서도 곳간 구석에서 나는 고소한 냄새의 유혹을 뿌리치지 못하고 이빨로 깻묵 주머니를 끊는다.

> 마악 깻묵 주머니를 물고 잡아당기려고 하는데, 딱다그르르…… 하고, 별안간 천지가 무너지는 소리를 하면서 번갯불이 번쩍했다. 이 서슬에 기름틀이 꽝

떨어지면서 가자미를 납작하게 눌러 버렸다. 사람 살리라할 새도 없었다. 몸뚱이가 종잇장같이 납작해졌는데 어디서 소리가 나올 것인가! 번갯불은 연거푸 번쩍거리고, 비는 억수로 쏟아지기 시작했다.[27]

복장이도 콩을 자루에 가득 넣은 것도 모자라 한 알이라도 더 입에다 담아가지고 나오려 한다. 끝없는 욕심이 얼마나 가련하고 추한가를 가자미와 복장이의 행동을 통해서 알려주고 있다. 욕심은 판단력의 마비를 낳고 결국 파멸을 가져온다는 교훈을 이끌어내고 있다.

> 콩을 틀어 놓고 물을 마시고, 또 콩을 틀어 놓고 물을 마시고 했다. 이러는 사이에 별안간 번개가 번쩍하더니만, 하늘이 쪼개지는 소리가 났다. 이 서슬에, 복장이는 저도 모르게, 땅바닥에 퍽 엎어졌다. 복장이만 엎어지는게 아니라, 같은 때 두부 곳간도 엎드려 버렸다. [⋯중략⋯] 복장이는 있는 힘을 다 내어서 콩자루를 떠밀었다. 딱다그르르⋯⋯ 하고, 번갯불과 함께 천둥 소리가 또 한 번 났다.[28]

홍수로 큰물이 지면서 복장이도 뱃속에 콩을 가득 넣은 상태로 물살에 떠내려간다. 가자미는 기름틀에 치여서, 복장이는 틈바귀에 끼여서 집과 함께 큰물에 휩쓸려 내려간다. 작가는 바다로 흘러들어간 가자미와 복장이가 자신들의 잘못을 인정하지 않고 서로를 미워하며 원수로 살아가고 있다고 서술하고 있다. 작가는 이야기를 더욱 실감나게 구사하기 위하여 '지금도 생선 가게에 가볼라치면, 가자미와 복장이는 늘상 서로 훔쳐만 보고 있는 것이다.'라고 매듭을 짓고 있다. 지나친 욕심을 부리다 파멸의 나락으로 떨어져서도 자신을 반성하기보다는 남을 비방

27 「가자미와 복장이」, 위의 책, 68~69쪽.
28 위의 책, 70~71쪽.

하고 원망하는 비열한 인간상을 가자미와 복장이라는 어류에 비유해 담아내고 있다.

> "그런 쥐나 개구리나 곤충 같은 것들이 공해 때문에 많이 줄었다 그 말인가?"
>
> "바로 그거여요. 전날엔 그렇게 많던 것이 농약이다, 공장 폐수다 하는 바람에 자꾸만 수가 줄어들었지 뭡니까. 할아버지께선 최근에 시외나 농촌에 가 보신 일이 있으셔요?" [···중략···]
>
> "먹을게 적어지고 어쩌고가 문제 아녀요. 저희들에겐 농약 공해보다도, 폐수 공해보다 생명을 위협하는 더 큰 원수가 있는 걸 어떡합니까?"

「아침길」은 쥐를 의인화한 동화이다. 박서방네 집 헛간에 살던 찌이와 느릅나무 집에 살던 찍이는 사돈 사이로 누나와 형의 결혼식에서 처음 만나 친해진다. 두 쥐는 신작로 가에로 놀러가 고장으로 멈춰서 있던 자동차에 올라갔다가 그 차를 타고 읍내로 가게 된다. 그들이 찾아간 박주사네 집은 읍내에서 제일 부자인 박서방네 삼촌집이다.

> 내려다보이는 질펀한 천장은 마치 넓은 운동장 같았다. 가만히 있으려니까, 발간 운동모를 쓴 꼬마둥이 쥐 한 놈이 두 팔을 쭉 뻗고는 해수욕하듯 풍 내리 뛴다.
>
> 빤스 바람으로 마라톤을 하는 놈, 솔방울을 굴려 축구를 하는 놈, 콩알을 퉁겨 베이스볼을 한 놈, 호도를 공중으로 던져 농구를 하는 놈, 우르르…… 퉁탕탕…… 천장은 우렛소리를 내면서 소란했다.[29]

---

29 「아침길」, 위의 책, 140쪽.

박주사네 집 천장 위로 올라간 찌이와 쨱이 대들보에서 내려다본 천장의 모습이 재미있다. 마라톤을 하고, 축구, 야구, 농구를 하는 쥐들의 모습을 재미있게 그리고 있다. 이주홍 동화는 이처럼 흥미롭고 실감나는 장면을 삽입하여 독자들에게 잔잔한 웃음을 던져주고 있다. 박서방이 삼촌인 박주사에게 돈을 꿔러 온다. 박주사는 궤에 돈이 많으면서도 돈이 없다고 거절한다. 찌이와 쨱은 돈궤짝에 구멍을 뚫어 돈을 꺼내어 주려고 한다. 그때 마침 도둑이 들어 돈뭉치를 훔쳐 달아나는 바람에 박서방이 도둑으로 몰린다. 쥐들이 도둑의 발꿈치를 물자 소리를 지른다.

영감은 몽둥이를 들고 때리고, 할멈은 가위를 가지고 나와 찌르고, 머슴은 장작개비로 갈기고, 부엌데기는 화젓가락을 들고 나와 지졌다.

'아야! 아야!!' 하고, 견디다 못한 도둑은 돈뭉치를 내던지면서 담을 뛰어넘어 내뺐다.

박주사네 집안 식구들이 합세하여 도둑을 잡는 장면 역시 재미있게 묘사되어 있다. 도둑을 잡는 연장이 다 다르고, 저마다 역할에 잘 어울린다. 박서방의 누명을 벗긴 찌이와 쨱은 박주사네 집을 나와 양조장으로 가서 술지게미를 먹는다. 그러자 얼굴이 달아오르고 머리가 빙빙 돈다. 술에 취한 쥐들의 모습 또한 사람의 그것처럼 재미있게 묘사되어 있다.

괜히 외치고 싶고, 두 팔에 힘이 불근불끈 솟아 어느 놈이고 대들기만 하면 때려눕혀 줄 것만 같았다.

"거, 아까 우리들을 시골뜨기라고 욕하던 놈 없나?"

"쌈하면 큰일나. 그보다는 우리 이 지게미나 싸 가지고 가자. 아버지들이 좀 반겨 하시겠니?"

찌이와 쨱은 지게미를 종이에 싸 가지고는, 자동찻길로 나왔다.

차차로 다리가 비틀거려서 더 걸을 수가 없었다. 술이 취해서였다. 둘이는 철둑 밑으로 가서 잤다.[30]

술에 취해 객기가 발동하는 쥐들의 행동을 실감나게 그린 장면이다. 술지게미를 먹고 술에 취한 쥐들은 어깨동무를 하고 노래를 부르며 아침길을 걸어간다. 이처럼 이주홍의 의인화동화에서는 등장하는 동물들의 말과 행동을 통해 실제의 인간 세상을 그대로 그리고 있다. 이는 캐릭터만 동물일 뿐 실제로는 현실을 모사한 것이어서 흥미롭다.

「훈장건 쥐」에는 개와 새끼 쥐가 등장한다. 새끼 쥐인 끝동이는 주인집 아이가 내다버린 만화책을 주워보며 즐거워하다 엄마쥐에게 꾸지람을 듣고 조부자네 집으로 간다. 조부자네는 집에서 기르는 고양이와 개는 끝동이 아버지와 할아버지를 물어 죽인 원수들이다. 끝동이는 조부자네 집으로 고개를 내밀다가 세퍼드를 만나 위기에 빠지지만 기지를 발휘해 위기를 모면한다.

"흥, 죽으려니까 슬픈 모양이구나?"

"그게 아녀요. 셰퍼드 선생님의 높으신 이름을 듣고 선물까지 사 가지고 찾아 뵌 건데, 저를 죽이기부터 하시려니까 선생님의 인격이 아까워 우는 거여요." […중략…]

"그럼요. 선생님의 이름이 높으시다는 것은 세상에서 모르는 사람이 없는걸요."

"아 세상 사람들이 모두 그런 말을 하고 있나? 하기야 그래서 그랬던지 집을 잘 지킨다고 우리 집 주인이 내게 이런 훈장까지 걸어주기도 했지. 그런데, 가지고 왔다는 선물이란 뭐냐?"[31]

---

30 위의 책, 148쪽.
31 이주홍, 「훈장 건 쥐」, 『북치는 곰』, 견지사, 1996, 27~29쪽.

쥐가 치켜세워 주는 바람에 세퍼드는 쥐를 잡아야 한다는 생각도 잊어버리고 자기 자랑에 빠진다. 끝동이가 재미난 만화책을 더 가져다 주겠다는 말에 넘어가 걸고 있던 훈장까지 건네준다. 이 동화 역시 「살찐이의 일기」처럼 강자인 세퍼드가 약자인 쥐에게 당하는 구조로 설정되어 있다. 이 동화 속에는 '하늘이 무너져도 솟아날 구멍이 있다는 속담처럼 어떤 난관에 봉착하더라도 지혜를 발휘하면 극복할 수 있다는 교훈이 숨겨져 있다. 이처럼 향파 동화에는 교훈이 겉으로 드러나지 않고 숨어 있는 점이 장점으로 작용한다.

「노랑이」에는 세퍼드 같은 외국종 개가 아닌 토종개가 등장한다. 이 동화에 나오는 토종개 노랑이 역시 자기도취에 빠져 사는 인물이다. 그는 안하무인이고 아전인수적인 삶을 살아간다. 자신의 신분을 뽐내는 것으로 그치지 않고, 남을 헐뜯는 일을 취미로 삼는다. 우리 인간 사회에서도 아전인수 격인 나르시즘적 사고에 빠져 자신을 높이고 남을 깎아내리는 경우를 볼 수 있다. 주인공 노랑이는 자신도 다른 가축들과 같이 똑같은 처지에 있으면서도 자신을 높이고 남을 무시하는 삶을 살아간다.

> "너희들은 이 내 신분을 알고나 있는지를 몰라. 난 외국산의 피라고는 한 방울도 섞이지 않은 우리 한국 순수 혈통의 토종이란 말야. 글쎄 내 이 몸매부터 보라구. 크도 작도 않은 알맞은 키, 통통하게 쪄 있는 살, 꾀꼬리 빛은 저리 나가라 하는 노오란 털빛…… 주인이 나한테 반해 있는 것도 무리가 아니지. 틀림없이 주인은 나를 자기의 비서쯤으로 알고 있을 거야."[32]

노랑이는 자만심과 자아도취로 가득 차 있다. 황소는 하는 일 없이 밥

---

32 이주홍, 「노랑이」, 『오수릿골의 맹돌이』, 계몽사, 1983, 10쪽.

만 축내고 있고, 돼지는 값이 좋지 않아 사료값 때문에 새끼를 낳아도 주인이 그냥 버린다고 말한다. 닭은 새벽도 초저녁도 모르고 제멋대로 울어대기 때문에 미치광이 소리를 들어도 좋다는 말을 떠벌이며 모두가 다 팔려가도 자신만은 남아 있게 된다고 장담을 한다. 이처럼 내가 제일이고 다른 이들은 모두 하찮게 여기는 사고를 가진 인물인 것이다.

"엄마, 노랑이가 개장수한테로 끌려갔어. 보신탕집으로 가는 거라고 자전거를 타고 온 어떤 낯선 남자가 그런 말을 하고 있더란 말이야."[33]

다른 동물들에게 자랑을 늘어놓던 노랑이는 주인이 부르는 소리를 듣고 뛰어가지만 개장수에게 끌려가게 된 것이다. 이 동화는 자중자애하고 분수를 지키라는 교훈이 담겨 있다. 이 세상에는 자기도취에 빠져 살아가는 인물들이 많다. 마치 자기가 최고인 것처럼 자신을 치켜세운다. 향파는 이 동화를 통해 노랑이처럼 자신의 장점을 과대포장하여 떠벌이며 다른 사람을 무시하는 세태를 꼬집고 있는 것이다.

「못난 돼지」 역시 「노랑이」와 같은 주제를 담고 있다. 용길이네 집에는 많은 가축을 기르는데, 돼지는 개, 닭, 소, 말, 염소 등과 함께 살아간다. 개는 집을 보고, 말은 짐을 싣고, 소는 밭을 갈고, 닭은 알을 낳고, 염소는 젖을 짜는 등, 모두 하는 일이 있어서 귀여움을 받지만 돼지는 하는 일이 없어서 민망하게 생각한다. 주인 딸이 구정물을 한 그릇 떠다주며 '밤낮 먹기만 하고 야단'이라고 핀잔을 주자 벼를 말리는 멍석가로 날아드는 참새를 잡으려 한다.

가만히 우리구멍으로 몸을 숨겨 가지고 내다보니, 이번에는 어제 개한테 꽁

33 앞의 책, 12쪽.

지 빼인 꽁지 없는 참새가 와서 앉았습니다.

'옳다. 이제는 됐다. 네까짓 놈쯤이야!'

돼지는 부리나케 뛰어 나가서, 새를 잡으려고 덮쳤습니다.

그랬더니, 정말 이 놈의 꽁지 없는 새는, 다른 새들 모양으로 펄 펄 날아가지는 못해도, 풀 풀 풀 풀 조금 날다가 앉고, 금방 잡힐 듯하면서도 잡히지 않고 마음만 간질간질하게 만들어 놓습니다.[34]

결국 돼지는 멍석 위의 벼를 온마당에 다 흩뿌려 놓아 마치 타작마당처럼 만들어 놓고 만다. 그 바람에 용길이 엄마에게 부지깽이로 얻어맞고 종래는 시장에 내다 팔리게 된다. 이 동화 역시 자신의 분수를 모르고 경솔하게 날뛰다가 종래는 낭패를 당하는 내용이다. 향파는 이처럼 개나 고양이, 돼지, 쥐와 같이 우리 주위에서 흔히 볼 수 있는 동물을 캐릭터로 교훈이 담겨져 있는 의인화 동화를 많이 창작하였다.

「멸치」는 멸치를 의인화한 동화로 1939년에 발표한[35] 작품이다. 그물에 걸린 멸치 새끼가 마른 멸치가 되어 사람들의 식탁에 올라 목구멍으로 넘어가기까지의 과정을 그렸다. 이 작품은 건어물이 된 멸치가 생각하고 행동하는 장면 때문에 부자연스럽다. 작가는 '몸은 죽었지만 마음은 그래도 살았습니다.'라고 서술하여 당위성을 획득하려 했다. 하지만 생명이 없는 멸치가 생각은 물론 적극적인 행동까지 펼치고 있으므로 어색할 수밖에 없다.

물은 더욱 부글부글 소리를 내고 뜨거워서 죽을 지경입니다.

"이거 웬일이니?"

멸치새끼는 미칠 듯이 돌아다녔습니다.

---

34 이주홍, 「못난 돼지」, 『철우 요술통』, 꿈동산, 1983, 21~22쪽.
35 1939년 5월 9일부터 12일까지 동아일보에 연재하였다.

궁둥이는 물러나는 것 같고 꼬리는 떨어지는 것 같고 눈알은 빠지는 것 같았습니다.

"아이구 뜨거워 죽겠다."

멸치새끼는 궁둥이를 우둥켜 쥐고는 살려 달라고 펄펄 뛰었습니다.

[…중략…]

멸치새끼도 금방 죽어질 것 같았습니다.[36]

생명이 없는 마른 멸치가 끓는 냄비에 들어가 살려달라고 아우성치는 장면이나 죽어질 것 같다고 한 표현은 부자연스럽다. 사실성의 결여는 문학성의 폄하를 수반한다. 아무리 픽션이라도 당위성을 확보해야 감동을 자아낼 수 있다.

멸치새끼는 숟가락 위에 올라앉았습니다. 이 육지에서는 제일 구경이 좋다는 사람의 목구멍이 몹시도 그리웠습니다.

이곳만 구경하고는 얼른 바다 고향으로 돌아가려 했습니다.

이 목구멍이란 곳에서는 고향이 몇 십 리밖에 안 되리라 생각했습니다.

그래서 어머니 앞엘 가서 그 재미난다는 목구멍나라의 이야기를 선물하려 생각했습니다. 숟가락은 휙딱하더니 주인 아이의 입 속으로 들어갔습니다. […중략…] 입이 우물우물하고 입술이 턱 닫히더니 온 천지가 깜깜해졌습니다.[37]

멸치가 숟가락 위에 올려져 사람의 목구멍 속으로 들어가는 장면이다. 반찬이 되어 목구멍 속으로 넘어가는 일련의 과정이 세밀하고 흥미롭게 묘사되어 있다. 하지만 목구멍이 '육지에서 가장 구경이 좋다'고 한 구절은 객관성이 없다. 아마도 목구멍부터 시작되는 식도를 동굴로 비유

36 이주홍, 「멸치」, 『청어뼉다귀』, 우리교육, 1996, 211쪽.
37 위의 책, 214쪽.

해서 경치가 좋다고 표현한 것 같으나 그래도 육지에서 제일 구경이 좋다고 한 표현은 비약이 아닐 수 없다. 생명이 없어진 마른 멸치가 끓는 냄비 속에 들어가 두 번 죽었는데도 사람의 목구멍 속을 구경하고 고향인 바다로 돌아가려고 한 것은 사실성에서 크게 벗어나 있다. 허구적인 작품이라도 적절한 리얼리티를 확보해야 문학성을 획득할 수 있는 것이다.

2) 판타지 동화의 특성과 주제 의식

이주홍이 창작한 판타지 동화로는 「병아리의 나들이」, 「살찐이의 일기」, 「철우 요술통」, 「곰보 바위」, 「외로운 짬보」, 「천신과의 약속」 등이 있다.

「병아리의 나들이」는 그림 속의 병아리가 현실 세계로 나왔다가 다시 그림 속으로 들어가는 판타지 동화이다. 병풍의 그림으로 그려져 있던 병아리가 병풍에서 나와 나들이를 하고 다시 그림 속으로 복귀하는 내용으로 짜여져 있다. 철우의 공부방에 있던 여섯 폭짜리 병풍에는 폭마다 닭과 병아리, 다람쥐, 고양이, 학, 잉어, 기러기 등 여러 동물들의 그림이 그려져 있다. 날이 저물자 어미닭은 병아리들을 닭장 안으로 불러들인다. 6번 병아리인 뿅은 병풍 안에만 갇혀 살고 있는 게 싫어서 엄마 몰래 세상 구경을 하려고 마음 먹는다.

> 뿅은 병풍에서 폴싹 방바닥에 뛰어 내렸습니다. 그러고는 철우가 펴 놓고 있는 책 옆으로 걸어갔습니다. 책에는 글자들이 까맣게 쓰여져 있고, 한쪽 가에는 무슨 기계인지 병같이 생긴 그림이 그려져 있었습니다.
>
> '뿅 뿅 뿅' 하고 울면서 책 둘레를 돌아다니고 있는데도 철우는 병아리가 와 있는 것을 모르는 모양입니다. 계속해서 화만 잔뜩 내고 있었습니다.
>
> 뿅은 콕콕콕 부리로 책을 쪼으면서 철우에게 말했습니다.[38]

뿅은 숙제하기 싫어하는 철우에게 받아쓰기 문제를 불러 주지만 철우는 공부하기가 싫어 만화책을 찾는다. 뿅은 이층에서 잠든 할아버지 방으로 가서 할아버지 콧등 위로 올라가기도 하고, 철우의 누나인 은아 방에 가서 물을 먹으려다가 컵 속의 물을 쏟고 만다. 은아는 병아리가 물을 쏟아 책과 공책을 다 버려 놓았다고 불평을 한다. 어머니는 은아의 말을 믿으려 들지 않고 정신나간 소리를 한다고 일축한다.

"아니 병풍이 이렇게 접혀 있지 않아? 내가 집으로 들어갈 수 있게 접혀 있는 이 병풍을 좀 펴달란 말야!"

철우는 그제서야 고개를 들어 병풍을 쳐다 봤습니다. 닭과 다람쥐 그림이 그려져 있는 병풍 두 폭에 접혀 있었습니다.

"으응, 정말! 내가 아까 만화책 찾느라고 병풍 뒤를 뒤졌더니만 그 새에 병풍 한 폭이 접혀 있었던가? 자!"하고 철우가 병풍을 평상시대로 펴 주니까, 뿅은

"안녕! 철우 내일 다시 만나!" 하고 병풍 속으로 포루루 날아 올라갔습니다.[39]

이 동화는 몽환적 판타지도 아니고 그렇다고 요술이나 마법의 세계인 매직적 판타지도 아니다. 토도로프가 말한 현실에서 일어날 수 없는 기이한 사건이기 때문에 독자들로 하여금 실제로 일어날 수 있는 일인지 망설일 수밖에 없는 사건이 펼쳐지게 되므로 판타지의 영역에 속하는 작품이다. 그런데 철우와 병아리가 아무런 교감이나 서로 교통할 수 있는 장치도 없이 대화하는 장면은 부자연스럽다. 또한 병아리 뿅이 병풍 속으로 날아들어가는 장면은 황당한 느낌을 자아내게 한다. 그것은 현실과 판타지를 잇는 가교가 설정되어 있지 않기 때문이다.

「살찐이의 일기」에는 고양이와 쥐들이 등장한다. 고양이 '살찐이'가

---

38 이주홍, 「병아리의 나들이」, 앞의 책, 29쪽.
39 앞의 책, 43쪽.

쓴 일기를 구술하는 형식으로 이야기가 전개된다. 마치 '톰과 제리'가 연상될 만큼 살찐이가 생쥐형제에게 당하는 내용이 주류를 이루고 있다. 그런데 이 동화는 고양이의 꿈 형식을 빌어 판타지 세계로 이입하는 점이 흥미롭다. 몽환적 판타지를 도입하고 있는 것이다. 이 동화의 판타지로의 이입 부분과 이탈 부분을 살펴보자.

……의자에 올라앉아 햇볕을 쬐면서 꼬박꼬박 졸고 있었는데, 세상에 이런 일 좀 보라구. 무심결에 골목을 내려다 보니까, 거리가 온통 물 속에 들어 있는 게 아니겠어? […중략…] 그런데, 무엇보다도 구경거리인 것은 그 물 밑으로 오고가고 하는 사람들과 자동차들의 왕래인 거야. 더러는 더디 돌리는 영화처럼 아주 천천히 물 속에서 걸어가는 사람도 있었지만, 대개는 사람이나 자동차나 땅에서 떠서 헤엄쳐 다니더란 말야.[40]

할아버지는 나를 들어서 안고 의자에 앉으시더만,
"그 동안에 얼마나 심심했었니? 우리 살찐인 잠도 잘자구."하고, 내 머리를 쓰다듬어주시기로 아래를 내려다보니까 물이 언제 있었더냐는 듯이 거리는 본디대로 자동차와 사람들만 분주히 다니고 있는 게 아니겠냔 말야. 그럼 난 그새 뭘 하고 있었다는 거지?[41]

이야기의 구조가 루이스 캐럴의 『이상한 나라의 앨리스』와 흡사하다. 앨리스가 책 읽는 언니 옆에서 꾸벅꾸벅 졸다 분홍토끼가 토끼굴 속으로 들어가는 것을 보며 몽환적 판타지로 들어가듯이 살찐이가 햇볕을 쬐며 졸다가 꿈 속의 세계로 빠져들어가는 장면이 비슷하다. 두 작품 모두 주인공들이 꿈 속의 세계로 들어감을 암시할 뿐 직접 꿈을 꾼다는 사

40 위의 책, 118~120쪽.
41 위의 책, 129~130쪽.

실은 직접 언급하고 있지 않다. 할아버지의 말을 통해 고양이 살찐이가 잠을 자며 꿈을 꾸고 있었다는 것을 알 수 있다.

그래서, 다음 번에 어느 골목으로 돌아 들어가는데, 보니까 조금 전에 내뺀 그 생쥐 놈들이 담벼락 아래의 양지쪽에 앉아서 구슬치기를 하고 있는 게 아니겠어. 그래서, '이번엔 헐 수 없다. 요놈들…….'하군 번개같이 그 두 놈을 한꺼번에 잡아쥐었지.

"너 이놈들, 아깐 우리를 속였지?"

"아이구 용서해 줘요. 아깐 우리 엄마들이 집에서 일 거들어 달라 해서 그만 못 나왔어요."

"지금 와서 변명이 무슨 변명이야. 네놈들이 약속을 어겼던 죄로 우리가 잡아먹어 주고 말 거야."[42]

생쥐들에게 속은 고양이 살찐이와 얼룩이가 다시 생쥐들을 붙잡는 장면이다. 하지만 고양이들은 세 번이나 감쪽같이 속아 넘어간다. 어려움에 봉착한 약한 자가 기지를 발휘하여 강한 자를 이기는 장면은 약자 편에 속하는 어린 독자들에게 카타르시스를 제공한다. 쥐와 고양이들이 피아노를 치고, 쥐들이 구슬치기를 하는 장면 또한 동화의 주독자인 어린이들에게 동일시에 의한 친밀감을 형성해 주어 이야기 속으로 빠져들게 하는 요소로 작용한다.

「철우 요술통」은 기계적 판타지에 속한다. 기계가 판타지 세계로 가는 교량적 구실을 하기 때문이다. 판타지 세계로 이끄는 기계는 철우가 발명한 요술통이다. '철우 요술통'은 성냥통만한 크기에 숫자버튼이 붙어 있는 것으로 오늘날의 리모콘과 같은 것이다.

---

42 앞의 책, 122쪽.

'철우 요술통'은 과거의 연도와 날짜를 누르면 모니터 화면에 그때의 일들이 생생하게 떠오르는 것이다.

"할아버지가 칭찬만 받으셨다구요? 시험이 며칠 뒤에 있는데도 덕배하고 학수하고 얼음판에 얼음 지치다가 얼음 구덩이에 퐁당 빠졌던 건 누구셨던가요? 서당에 돌아가서 발가벗긴 채 두 손으로 사타구니를 가리고 회초리 맞으신 건 누구셨던가요?"

철우는 요술통을 보고 할아버지가 어린 시절에 겪었던 일들을 살핀다. 철우는 공부는 하지 않고 방을 어지럽혀 놓았다고 꾸중하는 할아버지에게 할아버지의 어린 시절의 이야기를 생생하게 들려준다. 할아버지는 자신의 어린 시절의 일을 또렷이 기억해내는 철우를 신통하게 생각한다.

"아니 이 놈이 무슨 말을 하고 있는 거지? 내가 서당에서 벌 서던 일을 네가 어떻게 안단 말이냐?"

"다 아는 방법이 있지요. 이 기계는 손톱 만큼도 거짓말이 없거든요."

"아아니, 그거 신통한 일이다? 그게 무슨 기계이기에 그때의 일을 그렇게 귀신같이 알아맞힌단 말이냐. 나도 한 번 보고 싶으니 좀 보여 주려무나!"[43]

철우는 할아버지에게 요술통을 절대로 보여드릴 수가 없다고 버틴다. 그런데 철우가 왜 기계를 보여주려고 하지 않는지 이유가 나타나 있지 않다. 동화의 내용으로 보아 그 기계가 가짜라서도 아니고, 다른 사람이 보면 불이익이 오거나, 계율을 파기하는 경우도 아니다. 그런데도 철우는 요술통을 감추고 할아버지를 떠밀어내면서까지 보여주지 않는 것이다.

---

43 이주홍, 「철우 요술통」, 앞의 책, 15쪽.

무조건 보여주지 않으려는 것보다 차라리 다른 사람이 보면 그 기능을 상실한다는 계율이라도 설정했더라면 당위성을 획득할 수 있을 것이다.

「곰보 바위」는 무생물인 바위를 의인화하여 쓴 동화이다. 바위가 사람들 몰래 운동장을 걸어다니고 교실까지 들어가 칠판에 글씨를 쓴다. 국민(초등)학교 분교장 정문 옆에 곰보 바위가 있다. 어느 달 밝은 밤 곰보 바위는 운동장으로 들어가 보려는 생각을 한다. 이 동화는 이처럼 이야기의 구성은 판타지적 요소가 있지만 판타지 세계로 들어가는 구조는 허술하다.

> '그렇다! 누가 보는 것도 아니니 내가 오늘 밤에는 아이들처럼 운동장 안에 들어가서 한 번 놀아 봐야지.'
>
> 곰보 바위는 곧 일어섰습니다. 몸이 무거워서 처음엔 걷기가 상당히 힘이 들었지만, 이리 뒤뚱 저리 뒤뚱하면서도 운동장 복판에까지 가는 데는 별로 큰 실패가 없이 걸어갈 수가 있었습니다.
>
> '자 그럼 예까지 오긴 했다만 지금부터 뭘 해봐야 하지?'[44]

전설이나 민담에 보면 바위나 산이 자라거나 움직이는 장면이 있다. 울산 바위가 금강산을 향해 달리다가 설악산에서 멈추었다거나 사람들 몰래 키 크기 내기를 하던 마이산이 사람에게 들키자 우뚝 멈추었다는 이야기가 그것이다. 바위가 사람들 몰래 운동장을 걸어다니는 장면은 분명 판타지적인 요소이다. 하지만 창작동화에서 판타지 세계로 나아갈 때에는 사건의 당위성을 제공해줘야 튼실한 작품이 될 수 있다. 하지만 이 동화는 그렇지 못하기 때문에 부실한 판타지가 되고 말았다.

---

44 「곰보 바위」, 앞의 책, 90쪽.

'내가 왜 그런 장난을 했을까?'

후회를 해봤지만 일이 이쯤 되고 보면 후회도 소용이 없는 것입니다. […중략…] 운동장 안으로 들어선 아이들은 모두 걸음을 딱 멈추면서 크게 놀랐습니다.

"아앗? 운동장을 누가 이 모양으로 해 놓았어?"

"야아 야아! 정말 이거 이상하다. 밤사이에 뭐가 우리 운동장을 이 모양으로 망가뜨려 놨을까?"[45]

곰보 바위는 교실에 들어가 교단에 올라가기도 하고, 교장 선생님의 훈화를 흉내내기도 한다. 바위는 칠판에 낙서도 하고, 철봉에 매달려 보기도 한다. 이윽고 운동장에서 만난 장군 바위와 함께 달리기 경주도 한다. 그러느라고 운동장을 엉망으로 만들어놓고 만다. 바위가 스스로 걸어다니며 낙서도 하고 다른 바위와 경주를 하는 장면은 어색하고 부자연스럽다. 그것은 판타지 세계로 나아가는 장치의 미비 때문이다. 이처럼 향파의 판타지 동화는 구성상의 리얼리티의 결여로 역동성을 발휘하는 데는 실패하고 있다.

「외로운 짬보」는 중편으로 종운이의 꿈 이야기를 그린 몽환적 판타지 동화이다. 주인공인 종운이와 길래는 종이배를 타고 하늘을 날아가 짐승들이 사는 숲속 나라[46]에 가게 된다. 이 동화는 약자의 인권이 유린당하고 금권만능주의에 사로잡힌 사회를 비판하고 있다.

이 이야기는 프롤로그부터 대화로 시작함으로서 독자들이 꿈 이야기라는 것을 눈치채지 못하게 설정하였다.

---

45 앞의 책, 100쪽.

46 이 작품에 나오는 '숲속 나라'는 이원수가 1949년에 『어린이 나라』에 연재한 『숲속 나라』를 동경한 것이다. 이원수의 『숲속 나라』는 어린이들의 나라로 자유와 사랑과 자주의 나라인 이상사회 건설을 그리고 있다.

"얘, 종운아, 돛을 내려…… 돛을 내려!" […중략…] 그들은 어디서 탔는지를 모른다.

그들은 또 어째서 배가 하늘 위에 떠서 날개 되었는지 조차도 모른다.

겁쟁이 길래만은 돛대를 꼬옥 안고 앉아서 배가 뒤집힐까 떨고 있지만 닻줄과 키를 잡고 뒤에 앉은 종운이는 기분이 좋기만 해서 혼자 휘파람을 불면서 머리카락을 날린다. […중략…]

"참 이상하다. 저런 산중에 무슨 불이 저렇게 아름답게 켜져 있을까? 저기가 혹시 말라꽁이 아저씨[47] 동화책에 있는 '숲속나라'는 아닐까?"

"그래, 참! 동물들만 살고 있다는 그 '숲속나라' 일지도 모를걸!"[48]

종운이와 길래는 '여름문화제'를 하는 숲속 나라에 도착한다. 그들은 숲속 나라에서 여러 가지 재미있고 신기한 경험을 한다. 손자의 손을 이끌고 들어가는 산돼지 할머니, 머리에 기름을 바른 여우 신사, 구두닦이 생쥐 아이들이 하나가 되어 어울려 사는 곳이다. 숲속 나라는 생김새와 옷차림이 다르다고 편견이나 차별을 받지 않고 모두가 평등하게 생활하는 곳이다. 종운이와 길래는 꼬마 다람쥐의 도움으로 복지사회인 숲속 나라를 구경한다.

그들은 '짬보 선생 피아노 독주회'를 포스터와 함께 피아노를 치는 짬보를 만난다. 짬보 선생은 동네에서 돈을 거둬 유학을 보내주었지만 자신이 잘났다고 생각하며 은혜를 모르는 사람이다. 그는 종합예술제에도 참가하지 않고 피아노 독주회를 하지만 아무도 가지 않는다. 화가 난 짬보는 술집이나 케이크 집에 가서 먹을 것을 구걸하지만 퇴짜를 맞는다. 짬보는 세상이 위대한 예술가를 몰라본다고 원망을 한다. 개구리 올챙

47 향파는 이원수를 일컬어 말라꽁이라고 했다. 종운이가 꿈에서 깨어 현실로 돌아왔을 때에도 그의 옆에는 말라꽁이 아저씨가 놓고 간 동화책 한 권이 놓여 있었다.

48 앞의 책, 75~78쪽.

이 적을 생각 못 하는 안하무인인 사람들을 비판하는 대목이다. 종운이와 길래는 운동경기와 숲속 나라 종합예술제를 구경하기도 한다.

다음엔 나비소년의 무용이 있고, 뻐꾸기의 독창이 있고, 달팽이의 고전춤이 있고, 메뚜기 베짱이들의 합창이 있고, 끝에 가서는 두꺼비들이 나와서 하는 "두껍전"의 연극, 토끼들이 나와서 하는 "토끼전의 연극, 암꿩 수꿩 새끼 꿩들이 나와서 하는 "토끼전"의 연극, 암꿩 수꿩 새끼 꿩 들이 나와서 하는 "장끼전"의 옛날 연극들이 끊길 줄 모르는 박수를 받아 가면서 첫날밤의 막을 내렸다.[49]

종운이와 길래는 꼬마다람쥐를 따라 도토리 다방에 들어간다. 그곳에서 별안간 밖에서 봇물 터지는 소리에 놀라 밖으로 나와 산마루로 올라간다. 그때 짬보는 배를 잡아타고 나무 둥치에 매어놓은 줄을 끊으려고 안간힘을 쓴다. 짬보는 배를 타고 달아나고 종운이와 길래는 앞으로 쏠리면서 천길만길 산골짜기로 굴러 떨어진다.

"내가 죽었나 보다!"

종운이는 한참만에 정신을 차려보니 종운이는 죽지 않고 있었다.

"절 깨우시지 왜 절 안 깨워 주셨어요?" […중략…] 하얀 종이배를 손바닥 위에 놓고서 소리를 지르면서 방안을 뛰고 돌아다녔다.

"얜, 물 쏟는구먼 왜 이렇게 뛰고 야단이니!"

어머니는 물을 떠다 놓고서 다리미질을 하고 있었다. […중략…] 종운이는 종이배를 들고서 마루 밑으로 내려섰다.50)

이 동화의 마지막 부분이다. 이 동화는 함께 어울려 협동하는 생활의

49 앞의 책, 111쪽.
50 앞의 책, 117~118쪽.

중요성을 강조하고 있다. 또한 꿈속에서 찾은 숲속 나라처럼 모두가 평등하게 따뜻한 마음으로 서로 도우며 살아가는 이상향을 제시하고 있다. 이 동화는 꿈 이야기를 그림으로써 판타지의 역동성을 떨어뜨리고 있으나 이는 당시대에 창작된 동화의 한계점일 수밖에 없다.

「천신과의 약속」은 천상국과 지상국을 넘나들며 펼쳐간 중편 판타지 동화이다. 공중나라에 사는 앞돌이와 뒷돌이는 광선발사식 신호기를 타고 지상국으로 여행을 내려온다. 둘이는 오염된 공기 속을 통과해 내려오느라 살갗이 온통 까맣게 된다. 앞돌이와 뒷돌이는 지상국 어딘가에서 콩나물을 비료로 기르고, 고춧가루에 톱밥을 섞고, 석회로 두부를 굳히고, 폐유로 참기름을 만들어서 판다는 말을 듣고 참 용하다고 생각한다.

여관에 들어갔다가 모든 소지품을 도둑맞고 쫓겨나 번개라는 두목을 만난다. 번개는 앞돌이와 뒷돌이가 공중나라로 타고 가려는 광선발사식 신호기를 타고 공중으로 올라간다. 그곳에서 혼탁한 지상국에서 살기 힘들어 올라온 사람들을 만난다.

> 오죽이나 했으면 저희들이 난 고국 땅을 버리고 나왔겠어요. […중략…] 물가는 비싸고 세금은 천장같이 높아 가기만 하지요. 그러니까 강도, 절도가 사방에서 일어나 사람이 재물을 잃고 목숨을 빼앗겨도 호소할 곳이 없고, 자식이 아비를 죽이고 아비가 자식을 죽여도 그것을 잘한다 못한다 말을 할려고들 않으니 어떻게 그런 세상에서 냅니까. 그래서 참다가 참다가 못해 이곳으로 피해 온 거죠.[51]

인용문은 부조리하고 혼탁한 당시대[52] 사회상을 그린 모습이다. 이러한 현상은 지금도 변함이 없지만 살기 힘든 고국을 버리고 이민을 떠나

---

51 이주홍, 「천신과의 약속」, 『청어뼉다귀』, 우리교육, 1996, 23~24쪽.
52 이 작품은 1977년에 발표되었다.

는 작금의 현실을 예견한 듯하다. 지상국의 현실은 이처럼 암담하고 부도덕하며 각종 부조리로 얼룩져 있지만 천상국은 지상국과 대조적이다.

> 밭마다 일꾼들이 농사일을 하고 있었다. 순경들이 엎어진 아이를 일으켜 주고 노인들의 손을 잡아 공손하게 길을 인도해 주고 있었다. 거기서는 농약도 안 쓰고 공장에서 폐수도 안 흘려내는지 공중에는 많은 참새들이 날고 있었고, 맑은 개천에서는 보기 좋게 몰려다니고 있었다. [⋯중략⋯]
>
> 어느 거리를 가 보아도 서로 시비하고 큰 소리를 내지르는 사람을 볼 수 없었다. [⋯중략⋯] 노인이 지고 있던 무거운 짐을 받아 서로가 먼저 져 드리겠다고 승강이를 하고 있는 것이었다.[53]

이처럼 사회보장제도가 확립되어 있는 천상국은 지상국과는 대조적으로 유토피아적인 나라이다. 도둑이나 강도가 없고 노인이나 약한 자를 우대하며 서로 돕고 어울려 살아가는 이상향인 것이다. 이 작품은 개발이라는 미명 아래 자행되는 환경과 생태계 파괴를 경계하며 각종 범죄와 혼탁으로 얼룩진 어두운 사회 현실을 조망하고 있다.

할일이 없어 따분해진 번개는 빨리 지상국으로 돌아가 나쁜 짓을 마음껏 하고 싶어한다. 번개는 '천신각'이라는 사당에 가서 소원을 말하면 원을 이루게 해준다는 천신을 만난다. 번개는 천신에게 속히 지상국으로 돌아가게 해달라고 말한다.

> 전면에 엄청나게 큰 노인 하나가 의자에 걸터앉아 있었다. 그것은 살아 있는 인간인지, 나무로 만든 우상인지 분간할 수가 없었다.
>
> 번개는 이 우상에게 자기의 소원을 호소하리라 결심했다. 이곳에서는 하루도

---

53 앞의 책, 25~27쪽.

더 배겨 낼 수가 없어서였다. […중략…]

"나가라면 냉큼 나가는 게지 무슨 여러 말이냐!"

문밖을 나서니까, 양쪽에 서 있던 금강 역사가 주먹으로 번개의 머리를 내리쳤다. 그랬더니 번개는 눈에서 불이 번쩍 나면서 자기의 몸이 어디로 자꾸 떨어져 내려가고 있는 건지 정신이 없어졌다.[54]

번개는 천신에게 도둑질을 하지 않겠다는 약속을 하고 지상국으로 돌아오게 된다. 앞돌이와 뒷돌이는 신호기를 타고 천상국으로 올라가고 번개는 도둑질을 하기 위해 집으로 돌아간다. 그런데 번개가 도둑질을 하려 하면 자의와는 상관없이 '당신 집의 물건을 훔치고 있다'고 큰 소리로 외치게 되는 것이다. 마침내 번개는 금고를 털려다 경찰에 붙잡혀 끌려가게 된다. 이 동화는 모두가 함께 잘 살 수 있는 복지사회를 염원하며 어린이 독자들에게는 약속의 중요성을 가르치고 있다.

3. 닫는 말

본고에서는 이주홍이 창작한 서사문학 작품 중에서 아동소설을 제외한 동화 작품만을 가려 논의하였다. 이주홍 동화는 동물을 의인화한 동화가 주류를 이루고 있고 판타지 동화도 몇 편 창작하였다. 그는 개나 고양이, 돼지, 쥐와 같이 우리 주위에서 흔히 볼 수 있는 동물을 캐릭터로 교훈이 담겨져 있는 의인화 동화를 많이 창작하였다. 또한 피지배층의 곤궁한 삶이나 민중의 애환을 그리기도 했고, 분수를 모르고 행동하다 낭패를 보는 내용의 작품을 발표하였다.

54 앞의 책, 35~36쪽.

향파 동화의 특성을 살펴보면 첫째, 전래동화의 구성방식과 주제의식을 담고 있다. 의인화 동화에서 권선징악적이고 인과응보적인 주제와 설화의 한 분류인 유래담에 대한 동화가 많기 때문이다. 향파는 전래동화의 구성방식인 유래담적 요소가 들어 있는 동화를 창작하여 재미성을 불어넣고 있다. 이러한 동화로는 「개구리와 두꺼비」, 「청개구리」, 「가자미와 복장이」 등이 있다. 또 「배암새끼의 무도」, 「호랑이 이야기」, 「노랑이」 등에서처럼 권선징악적이고 인과응보적인 주제를 이야기에 담아 은근히 일갈하고 있다. 이러한 구성과 주제의식은 한국 동화문학의 개척자의 반열에 있는 제1세대작가들의 공통된 특성이기도 하다.

둘째, 현실에 대한 리얼리티를 작품 속에 구현하고 있지만 적극적인 계몽성이 문학성을 폄하하고 있다. 이러한 작품에서는 강한 비판의식과 함께 계몽성을 담고 있다. 「아침길」, 「훈장 건 쥐」, 「못난 돼지」 등 다수의 작품들 속에는 세태를 풍자하는 높은 비판 의식과 사실성이 내재되어 있다. 또한 사실적인 심리묘사로 독자들에게 읽는 즐거움과 함께 카타르시스를 제공하고 있다. 향파는 일제 강점기, 해방 공간과 한국전쟁 등 당시대의 열악한 시대상황에서 교육만이 암울한 시대를 개척할 수 있다는 사명감으로 계몽담론을 작품 속에 주입하였다고 본다. 하지만 지나친 계몽담론은 문학성과 예술성을 떨어뜨리는 요소로 작용한다.

셋째, 다수의 판타지 동화를 창작하여 나름대로의 문학적 성과를 거두고 있다. 이주홍이 창작한 판타지 동화로는 「병아리의 나들이」, 「살찐이의 일기」, 「철우 요술통」, 「곰보 바위」, 「외로운 짬보」, 「천신과의 약속」 등이 있다. 이러한 작품들은 제1세대 작가들에게서 공통적으로 찾아볼 수 있는 판타지 공법의 미숙으로 인한 역동성이 결여되어 있는 것이 많다. 이러한 결과는 독자들에게 상상의 즐거움을 안겨준다는 일면도 있지만 꿈 이야기를 다룬 몽환적 판타지에서 느낄 수 있는 상실감이나 현실에 뿌리내리지 못한 공상 이야기가 안겨 주는 허무감도 동반할 수밖에 없다. 이는 판타지의 무한공간을 유영할 수 있는 기법이 미숙할 수밖에 없었던 당시대 판타지 동화의 한계를 벗어나지 못한 결과이다.

지금까지 살펴본 것처럼 이주홍은 우리 주위에서 흔히 볼 수 있는 동물을 캐릭터로 주로 동물을 주인공으로 한 의인화 동화를 통해 교훈성이 풍부한 동화를 창작하였다. 그의 동화에는 유래담적 요소도 있고, 현실을 모사한 계몽성과 주제의식이 강한 작품도 많다. 또한 그가 창작한 판타지 동화에는 한국의 초기 판타지 동화에 나타나는 몽환적 요소가 강하거나 판타지 세계로 나아가는 장치가 미비되어 현실에 뿌리내리지 못하는 한계를 노출하고 있다.

전통문화의 수용과 평화사상의 구현

김성도 작가작품론

1. 어진길의 생애

어진길 김성도(金聖道)는 1914년 5월 29일 경북 경산군 와촌면 덕촌리에서 김창현(金昌賢)의 8남매 가운데 장남으로 출생했다. 그의 집안은 조부 때부터 농사를 지으며 살아왔다. 기독교를 믿는 집안[1]이었기 때문에 이름조차도 성도라 지었다. 하양보통학교[2]를 졸업하고 미션스쿨인 대구계성학교를 거쳐 연희전문학교 문과를 졸업하였다. 1937년부터 황해도 신천의 경신학교[3]와 함경도 함흥의 영생고등보통학교[4]에서 교사로 근무했다.

1929년 대구계성학교 재학할 때부터 아동잡지 『별나라』·『아이생활』·『신소년』·『새벗』 등에 동요를 발표하며 작품활동을 시작했으며, 1932년 월간잡지 『동광』[5]의 문예작품 모집에 시 부문 3등 입선, 1933년

---

1 김성도는 개신교 장로를 지냈다.
2 경산시 하양읍에 있는 초등학교로 1911년에 개교함.
3 황해도 신천에 있는 신천교회에서 설립한 학교.
4 오늘날의 중고등학교에 해당함.
5 1926년 5월 20일 창간, 1933년 1월 13일 통권 40호를 끝으로 폐간되었다. 편집 겸 발행인은 주요한이었고, 집필자로 이광수 · 김억 · 주요섭 · 김동환 · 김동인 · 양주동 등이 참여했다.

『신가정』에 동요 「강아지래요」가 입선하며 문학적 소양을 드러냈다. 영생고등보통학교에서 교편을 잡으면서 아동문학가 강소천[6]을 만나 함께 동요 작곡에 힘썼다. 1934년 작사·작곡한 〈어린음악대〉는 초등학교 교과서에도 실리며 유명해졌다. 그가 작곡한 동요 중 회자된 노래로는 윤태웅 작사 〈아기별〉, 강소천 작사 〈호박꽃초롱〉·〈보슬비의 속삭임〉, 김영일 작사 〈산골 동네〉 등이 있다.

1945년 8월 광복 후 월남하여 민중서관 편집국장으로 잠시 있다가, 대구신명여고 교사, 대구계성고등학교 교사 및 도서관장 등을 지냈다. 경북여자사범대학, 계명기독대학 등에서 아동문학을 강의하기도 했다.

1956년부터는 〈안데르센 동화집〉을 번역하였고, 〈그림동화〉도 번역 소개하였다. 그 결실로 1961년 『안데르센 동화선집』(전 9권, 구미서관), 『그림동화 선집』(전 6권, 구미서관)을 상재하였다. '아동문예 콩쿨'이나 '계성백일장' 등을 주최하여 어린이 글짓기 운동을 주도하였다. 1962년 《경북어린이신문》 편집위원으로 일하였고, 1957년 이응창·김진태 등과 대구아동문학회를 창립하여 〈개나리 문고〉, 〈도라지 문고〉 등을 출간하였다. 1965년에는 문인협회 경북지부장, 예총 경북지부장, 1971년 한국아동문학가협회 부회장 등을 역임하였다. 1978년에는 이재철이 창립을 주도한 한국현대아동문학가협회 초대 회장에 추대되기도 하였다.

1960년대 이후에는 동화 창작에 주력하여 처녀작품집 『색동』(배영사, 1965)을 냈고, 『복조리』(배영사, 1968), 『별똥』(보성문화사, 1971), 동화선집 『꽃주머니 복주머니』(신흥인쇄사, 1972) 등을 펴냈다. 『꽃씨와 인형』(세종문화사, 1974) 발표 이후에는 주로 이야기 그림책인 유년동화집 『이야기주머니』(학사원, 1976), 『하나 둘 셋』(예림당, 1978)과 동화집 『봄바람 갈바람』(계림문고, 1979), 『꿈을 실은 풍선』(예림당, 1980), 『피리와 달』(아동문학사, 1982) 등을

6 강소천은 1915년 함경도 고원 생으로 영생고등보통학교를 졸업하였다.

펴냈고, 사후에 대표동화선집 『메아리』(지경사, 2002)가 나왔다. 그의 작품은 편수로는 그리 많지 않지만 전래동화를 현대적 감각에 접목시킨 것, 현실의식을 반영 풍자한 것, 귀여운 동심을 재치있게 표현한 것 등 다양하다.

1971년 동화 「생각하는 시계」로 소천아동문학상, 1975년 경북문화상, 1980년 동화 「진달래」로 대한민국아동문학상 아동문학 부문 우수상,[7] 1984년 한국아동음악상 등을 수상했다.

동화작가, 동화 번안가, 동요작사, 작곡가 등으로 활동하던 김성도는 1987년 6월 10일 대구에서 73세를 일기로 영면하였다. 1988년 10월 23일 그의 모교인 하양초등학교에 〈어린 음악대〉가 새겨진 '김성도 노래비'가 세워졌다.

2. 전통문화와 통일의지의 수용

1) 전승설화의 재조명

설화는 작자가 알려지지 않은 이야기이고, 전승집단의 문화와 세계관에 바탕을 둔 언어 집합으로서 흥미와 교훈을 담고 있다. 설화는 인간이 언어로 의사를 전달하면서 시작되었다는 것이 일반적인 견해이다. 즉

7 원래의 수상작은 「대포와 꽃씨」였다. 이 작품은 서로 전쟁 중인 두 나라에서 대포 속에 꽃씨를 넣어 발사함으로써 상대방의 나라에 꽃을 피워 사이좋은 나라를 만든다는 내용이다. 본상 작품으로 심사가 되었는데 며칠 후 재심이 있다며 심사단을 다시 모이게 했다. 이유인즉 꽃씨를 넣은 대포를 먼저 발사한 나라가 북쪽 나라로 묘사되어 있는 것이 문제였다. 이것은 남북 분단의 현실 속에서 평양 방송이 이용할 수도 있을 것이고, 만일 그럴 경우 국가보안법에 저촉되어 관련된 모든 사람들이 중앙정보부의 심문을 받아야 한다는 것이다. 당시의 공포 분위기 속에서 본상은 우수상으로 낙하되고 「진달래」로 대체되는 수모를 감당해야 했다.(이재철, 「한국아동문학교류와 두 사람의 작가」, 『한국아동문학연구』 제3호, 12쪽)

인간사회가 형성되고 집단생활을 하면서 경험한 바나 상상한 것을 말하는 것으로부터 만들어져 전파 · 전승되었다고 보는 것이다.

김성도는 신화, 민담, 전설 등 전승 설화에서 소재를 찾아 동화로 재구성하는 일에 관심을 보였다. 설화의 재화에는 두 가지가 있는데, 하나는 '전해지는 그대로 다루는 것'이고, 또 하나는 '자기의 문장으로 윤색하고 필요에 따라서는 줄거리를 가감하는 것'[8]이라고 말한다. 김성도는 주로 후자의 수법을 택하고 있다.

「섬을 찾아 온 세 사람」과 「반쪽 사람」은 한국의 거인설화를 모티프로 하고 있다. 「섬을 찾아 온 세 사람」은 작가 스스로 설화를 차용했음을 밝히고 있다. 김성도는 『한국의 신화』[9]를 읽고 나서 '한국의 여자 거인 이야기가 한국의 유일한 거인신화라 한다. 나는 이 거인신화에 힌트를 얻어 이 작품을 구상했다.'[10]고 피력하고 있다.

이 작품의 모티프가 된 것은 제주도의 거인설화 '선문대할망'이다. 이 동화는 요행만 바라보며 살던 게으른 섬사람들의 생활 태도를 거인이 찾아와 변화시킨다는 내용을 담고 있다.

> 어떤 섬의 이야기라 전해지고 있습니다.
> 그럴 뿐, 그 섬 이름은 알려지지 않고 있습니다.
> 크기가 남쪽바다에 있는 제주도 만하다고들 합니다.[11]

현길언의 『제주도 이야기』[12]에도 '선문대할망' 설화가 나오는데 백록담이 할망의 의자일 정도로 몸집이 커서 살기 불편했다고 한다. 선문대

---

8 김성도, 「나의 동화관과 창작의 변」, 『아동문학평론』 창간호, 아동문학평론사, 1976, 28~29쪽.
9 장수근, 『한국의 신화』, 성문각, 1961.
10 김성도, 앞의 글, 30쪽.
11 김성도, 「섬을 찾아온 세 사람」, 『꽃씨와 인형』, 119쪽.
12 현길언, 『제주도 이야기』, 창작과비평사, 1984, 27~30쪽.

할망은 자신이 입을 수 있는 커다란 옷을 지어주면 육지를 드나들 수 있는 다리를 놓아주겠다고 한다. 김장성의 『세상이 생겨난 이야기』[13]에는 아주 키가 큰 할머니가 살았는데 치마폭에 흙을 퍼담아 한라산을 만들었다고 한다. 지독한 흉년이 든 해에 먹을 것이 없자 몰래 제주를 떠났는데 제주도의 수호신이 되었다고 한다.

가난하게 살고 있는 섬에 세 명의 거인이 차례로 찾아온다. 그들의 가난은 벗어나기 힘든 태성적 가난이 아니라 밤낮 술과 노름을 일삼아 생긴 태만적 가난이다. 마침내 섬사람들은 신령의 노여움을 사 벌을 받게 된다.

> "섬사람들은 모두 산기슭으로 모여라!"
>
> 동서가 백리, 남북이 오십 리나 된다는, 작지 않은 온섬에 그 소리가 쩌렁쩌렁 울려 퍼졌습니다.
>
> 수천 명의 섬사람들은 가슴이 서늘했습니다.
>
> 온 섬사람들은 그 소리에 몸서리를 쳤습니다.
>
> "필시 이건 산신령님이 노하신 거다."
>
> 온 섬사람들은 떨리는 가슴으로 산기슭으로 모여들었습니다.[14]

섬사람들은 신령을 보고 어마어마한 크기에 놀란다. 그 신령은 남자 신령으로 배가 고프다며 양식을 요구한다. 3년 후에 다시 들리겠으니 배를 채울 만큼의 양식을 준비하지 않으면 잡아먹겠다는 말을 남기고 사라진다. 섬사람들은 죽을힘을 다해 일하여 창고에 양식을 그득 채운다.

3년 후 두 번째 거인 신령이 다시 나타난다. 그는 첫번째 신령의 아내라며 옷감을 마련해 달라는 요구를 한다. 섬사람들은 큰 몸집에 맞는 옷

---

13 김장성, 『세상이 생겨난 이야기』, 사계절, 1998, 95~111쪽.
14 위의 책, 120쪽.

감을 구할 생각에 놀란다. 섬사람들은 모두가 한마음으로 뭉쳐 옷감 짓는 일에 매달린다.

3년 후 다시 세 번째 신령이 찾아온다. 그는 첫 번째 두 번째 신령과 달리 보통 사람의 네댓곱밖에 되지 않는 젊은이다. 이 젊은 신령은 가장 훌륭한 사람을 뽑아 이 섬을 다스리라는 할아버지의 말을 전한 뒤 사라진다. 거인을 통해 열심히 일하면 풍요로운 삶을 이룰 수 있다는 메시지를 주는 동화이다. 이 작품은 여러 개의 설화를 차용하여 어린이의 눈높이에 맞게 변용시킴으로써 문학적 성공을 거두고 있다.

「반쪽 사람」 역시 우리의 전승설화를 모티프로 하고 있다. 이 동화는 액자식 구성을 취하고 있는데 이야기의 허두가 너무 장황하다. 작가는 이야기에 진실성을 높이려고 한 작법이겠지만 긴장감이 떨어지는 결과를 낳고 있다.

> 종잡을 수 없는 이야기.
>
> 아마 이렇게들 말하겠지요.
>
> 아닌게 아니라, 친구한테 이 이야기를 들었을 때 나도 그런 생각이 들었지요.
>
> [⋯중략⋯]
>
> 그런데, 이 친구가 이야기를 들려주기 전에 하던 말을 여기 좀 적어야겠습니다.
>
> “이번 이야기는 옛날에만 있었던 이야기고, 또 시골사람들만이 믿고 있는 이야기야. 그렇지만 자네야 동화를 쓴다니 내 이야기를 알아들을 만한 것 같아서 해 보겠네.[15]

허구는 꾸며낸 이야기이지만 참말 같은 거짓말이어야 한다. 진실성이

15 김성도, 「반쪽 사람」, 『꽃씨와 인형』, 126쪽.

있는 것처럼 포장되어야 독자들의 호기심을 끌 수 있는 것이다. 김성도는 이 이야기에 진실성을 불어넣기 위하여 '친구에게 들은 이야기'라고 에둘러 말하고 있다. 하지만 그 바람에 이야기로 들어가는 초입이 지루해지며 이야기가 탄력을 잃게 되었다.

> 반쪽 사람은 키가 활대장승만하고, 힘이 산을 뽑을 만큼 장사더랍니다.
>
> 힘이 어찌나 센지, 아름드리나무를 무슨 풀 뽑듯이 하고, 큼직큼직한 바위를 번쩍번쩍 쳐들고, 몇 개의 바위를 가지고 아이들 공기놀이 하듯이 다뤘답니다.[16]

반쪽이를 거인으로 묘사함으로써 환상의 진실성을 획득하고 있다. 비정상적 인물인 거인은 위기를 맞게 된다. 영웅담에서 거인은 그의 주변 인물에 의해 위기와 갈등을 겪기 마련이다. 마을 사람들은 거인이 마을을 쑥대밭으로 만들지도 모른다는 두려움으로 장사들을 수십 명 동원해 마을 앞 정자나무에 꽁꽁 묶는다. 이튿날 밧줄은 그대로 있고 반쪽 사람은 흔적도 없이 사라진다. 백일 정도만 굶기면 죽을 것이라는 마을 사람들의 예상을 뒤엎은 것이다.

사람들은 반쪽 사람이 마을을 해칠까 봐 근심에 싸인다. 그러면서 정자나무에 귀신이 붙어서 그런 거라며 나무를 베려 한다. 그런데 나무에 도끼를 대려하자 이상한 일이 벌어진다.

> 나무 속에서,
>
> "반쪽아."
>
> 하고 큰 소리로 부르는 것입니다. [⋯중략⋯]

16 위의 책, 127쪽.

나무가 도끼로 찍힐 때마다 "반쪽아, 반쪽아!"

하고 소리쳤습니다.

마침내 그 소리는 울음으로 변했습니다.[17]

마을 사람들은 의논을 하여 나무를 그냥 두기로 한다. 그 해 농사가 잘 되자 나무를 그대로 두길 잘했다고 생각한다. 이는 모든 자연계에 영혼이 있다고 믿는 애니미즘적 사고이다. 이러한 애니미즘적 사고는 무속신앙으로 연결되며 유년아동심리와도 맥을 같이 한다.

몇 년 후 전쟁이 터져 오랑캐들이 마을을 향해 쳐들어온다. 그때 갑자기 회오리바람이 일어나며 크고 작은 돌들을 모두 날려 오랑캐를 물리친다. 이러한 환상적 요소는 어린이 독자들의 마음을 사로잡는 요인이다.

한국인의 무속신앙물 중 가장 보편적인 것이 당산나무이다. 당산나무는 우리 고유의 토테미즘으로, 마을을 지키는 수호신으로 믿는 무속신앙이다. 당산나무는 대개 마을 입구에 위치하나 마을에 따라서는 복판이나 뒷동산에 위치하기도 한다. 조상들은 당산나무를 신격화하고 제를 올리므로 마을의 안녕과 무탈을 기원하였다.

「반쪽 사람」은 이야기의 구성이 내밀하지 못해 개연성이 떨어지는 문제점을 안고 있다. 마을 사람들이 반쪽 사람을 잡으러 왔을 때 아무런 저항없이 따라갔다는 설정이나, 자신을 죽이려한 사람들이 사는 마을을 '내가 사랑한 고향'이라고 말하며 구하는 장면도 설득력이 부족하다. 이처럼 이 동화는 전승적인 이야기 구조를 취하고 있어 구성이 산만하고 개연성이 떨어지는 한계를 표출하고 있다.

전승설화를 모티프로 한 작품으로는 「꽁지 닷발 주둥이 닷발」,[18] 「빨간 병 파란 병」,[19] 등이 있다. 「꽁지 닷발 주둥이 닷발」에는 '꽁지 닷발 주둥

17 앞의 책, 132쪽.
18 『복조리』, 배영사, 1968, 89~105쪽.

이 닷발'이라는 괴물새가 등장한다. 꽁지와 주둥이의 길이가 다섯발인 괴물새를 물리친 윤기 남매의 이야기이다. 이 동화의 프롤로그를 보면 전승을 차용했음을 알게 된다.

> 이 이야기는 우리 고장에서 여러 가지로 전해지고 있다. 그 여러 가지 이야기의 같은 점을 찾고 또 거기에 약간의 살과 뼈를 붙여서 엮어 본 것이다.[20]

'꽁지 닷발 주둥이 닷발'이라는 괴물새가 서양신화나 마법 이야기에 나오는 캐릭터처럼 스케일이 커서 흥미롭다. 괴물새는 여러 마을에 나타나 가축이나 곡식가마니 등을 꽁지로 묶어가지고 사라진다. 주인공 윤기는 동생 순이가 잡혀 가게 되자 괴물새가 날아간 북쪽을 향해 길을 나선다. 그 과정에서 세 사람의 조력자들을 만나는데 밭을 매는 노인과 숯장수와 빨래하는 아주머니이다.

윤기가 괴물새가 사는 곳을 묻자 세 사람은 각각의 미션을 준다. 노인은 밭을 다 매달라고 하고, 숯장수는 숯을 하얗게 씻어달라고 하며, 아주머니는 빨래를 다 해달라고 한다. 윤기가 미션을 차례로 수행하자, 아주머니는 빨래방망이를 물에 띄우며 따라가라고 이른다. 윤기가 날이 저물어 다다른 곳은 길을 알려준 세 사람이 사는 오두막집이다.

윤기는 노인에게서 도끼를, 숯장수한테서는 불면 바늘이 쏟아지는 대통을, 아주머니한테는 성냥을 선물로 받고 잠자리에 든다. 곤히 자고 있을 때 노인이 윤기를 깨우며 호통을 친다.

> 윤기는 영문을 모르고 벌벌 떨었읍니다. 윤기는 영감님 다리를 꼭 잡고,

---

19 위의 책, 175~189쪽.

20 위의 책, 89쪽. 이야기의 허두는 '옛날에 꽁지 닷발 주둥이 닷발이라는 새가 있었습니다.'로 시작된다.

"영감님, 영감님." 하면서 다음 말을 잇지 못했읍니다. […중략…] 거기에는 주인도 집도 없고, 높다란 버드나무 꼭대기 가지에 걸터 앉아서 나무 줄기를 꽉 잡고 있었읍니다.

윤기는 이게 꿈이 아닌가 싶어서 눈을 껌벅 껌벅 하며 다시 정신을 가다듬었으나 틀림없이 꿈은 아니었읍니다.[21]

윤기가 노인이 자기를 나무 꼭대기에 올려다 놓았다 생각하며 고개를 돌리자 괴물새가 사는 기와집이 보인다. 외양간에는 가축들이 있고, 순이는 그 가축들에게 먹이를 주는 일을 한다. 윤기는 괴물새 꽁지 닷발이 집을 비운 사이 노인한테 받은 도끼로 울타리의 구멍을 내고 들어가 순이를 만난다. 빨리 도망치라는 순이의 말에 꽁지닷발을 죽이러 왔다며 계략을 알려준다. 꽁지닷발이 잠이 들자 대나무통을 불어 바늘을 퍼붓는다. 꽁지닷발이 부엌으로 가 커다란 가마솥으로 몸을 피해 다시 잠이 들자 부엌문을 잠그고 불을 지른다.

몸으로 문을 부딪혀 깨뜨리고 밖으로 나오려 할 때 지붕이 내려 앉으며 꽁지 닷발을 내리 덮었읍니다. 이 때 꽁지 닷발 날개에 불이 붙었읍니다. 죽으라고 푸드덕 거렸으나, 온 몸에 불이 붙은 꽁지 닷발은 이윽고는 쓰러져 죽고 말았읍니다. […중략…] 윤기는 순이와 이 많은 짐승들을 데리고 집으로 돌아왔읍니다.[22]

이 동화의 에필로그이다. 주인공 윤기가 괴물새의 소굴을 찾아가 어려움을 극복하고 동생과 가축들을 구출해 오는 영웅담이다. 구성이 다소 산만한 면도 있지만 옛이야기에서 볼 수 있는 호기심과 긴장감이 흡

21 앞의 책 96~97쪽
22 위의 책 105쪽

인력을 주어 끝까지 읽도록 유도하고 있다.

「빨간 병 파란 병」도 전승설화에서 차용한 동화이다. 이 동화의 허두를 보면 전승된 이야기임을 작가 스스로 밝히고[23] 있다. 이 동화는 우리 민담에 자주 등장하는 여우 변신 모티프를 소재로 하고 있다. 아들만 셋 둔 부잣집에 고대하던 딸이 태어났는데 자정 무렵이면 여우로 변하여 소를 해친다.

> 막내 동생은 하늘을 우러러 낑낑하며 이상한 소리를 지르더니, 훽하고 덕수를 넘었습니다. 땅에 손도 대지 않고 훽하고 재주를 넘자, 동생은 어디론지 사라지고 큰 백여우 한 마리가 서 있지 않습니까?[24]

막내가 여우로 변하는 장면이다. 맏이가 목도한 사실을 부모에게 알리자 아버지는 막내딸을 시기하여 꾸민 연극이라 하며 아들을 내쫓는다. 맏이는 두 동생들과 5년 후에 정자나무 밑에서 만나기로 하고 길을 떠난다. 맏이가 쫓겨난 후 두 동생도 쫓겨난다. 결혼을 한 맏이는 집 떠난 지 5년 만에 아내가 준 노랑, 빨강, 파랑색 등 세 개의 병을 갖고 고향을 찾아간다. 가는 도중 부모들도 여우에게 화를 당하고 마을도 폐허가 되었다는 소식을 듣는다. 고향에 가서 만난 누이는 여우로 변신을 하여 맏이를 해치려 한다. 맏이는 아내가 준 병[25]을 차례로 던져 여우를 물리친다. 마침내 정자나무 아래에서 두 동생들을 만나는 것으로 이야기는 막을 내린다. 이러한 여우 변신설화는 우리의 민담에 많이 등장하고 있다.

「꽃」 또한 전승설화를 바탕으로 쓰여진 동화이다. 이 동화도 「빨간 병

23 "옛날도 옛날, 아주 오랜 옛날에 있었던 이야기입니다" 위의 책, 175쪽.
24 앞의 책, 177쪽.
25 첫째병을 던지니 가시밭이 되고, 둘째병을 던지니 불길이 되고, 셋째 병을 던지니 물바다로 변하지만 여우는 계속 맏이를 쫓아온다.

파란 병」처럼 변신 모티프가 내재되어 있다. 이야기에 환상성을 불어 넣기 위하여 배경을 확실하게 제시하지 않고 모호한 시공으로 유인하는 수법을 쓰고 있다.

> 어디서 들은 것 같기도 하고, 언젠가 들은 것 같기도 한 이야기입니다. 분명한 것은, 아리따운 아가씨를 꽃으로 만들었다가 다시 그 꽃을 아가씨로 만들던 이야기, 이것만은 분명합니다. 내 기억을 더듬어 이야기할 테니 들어 보셔요.[26]

이처럼 언제 어디서 들은 이야기 같은데 기억을 더듬어 이야기할 테니 들어보라고 유인하며 이야기 속으로 빠져 들게 하는 것이다. 이 이야기에서 환상적 요소는 용과 주문이다.

과거 보러 가던 한 젊은이가 큰 못가를 지나가다 슬피 울고 있는 백발노인과 딸을 만난다. 사연을 들어보니 산꼭대기 못에 사는 젊은 용이 해마다 딸을 한 명씩 채어간다는 것이다. 젊은이는 노인이 건네준 긴 칼로 용을 물리친다. 노인은 딸을 꽃으로 만들어 줄 테니 데려가라는 부탁을 한다.

> "젊은이, 잠시 눈을 꼭 감으시오. 눈을 뜨면 큰일나오."
>
> 젊은이는 시키는 대로 눈을 감았습니다.
>
> "꽃으로, 꽃으로오!"
>
> 노인이 주문을 외듯이 '꽃으로, 꽃으로오.'를 세 번 뇌었습니다.
>
> "젊은이 눈을 뜨시오."
>
> 정말 노인의 손에 꽃 한 송이가 쥐어져 있었습니다.[27]

---

26 김성도, 「꽃」, 『메아리』, 2002, 지경사, 84쪽.
27 위의 책, 87쪽.

노인이 주문을 세 번 뇌자 사람이 꽃으로 변하는 장면은 황당할 수밖에 없다. 하지만 당사자인 노인은 평범한 인물이 아니라 '용'이기 때문에 황당함에서 벗어날 수 있다. 노인의 손에 쥐어져 있는 꽃은 진달래처럼 생긴 붉은 꽃이다. 노인은 젊은이에게 꽃을 다시 사람으로 되살리는 법을 가르쳐 준다.

"꽃대를 엄지와 인지로 잡고 배배 틀면서 '아가씨로, 아가씨로오' 하고 세 번을 뇌시오. 그리고 세 번째는 빙 돌리면서 공중으로 바람개비처럼 날리시오. 그런데 날릴 때는 눈을 꼭 감아야 하오."[28]

김성도는 환상의 세계로 가는 장치로 주문을 세 번 외고, 눈을 꼭 감게 하는 수법을 쓰고 있다. 눈을 뜨고 변신을 직접 목도하도록 설정하면 환상이 동력을 받을 수 없기 때문이다.

김성도의 동화에는 3과 5라는 숫자가 자주 등장한다. 그것은 그의 동화에 옛이야기인 설화를 차용한 동화가 많다는 점과 우리 문화와 정서를 작품 속에 즐겨 수용하고 있다는 것을 의미한다. 3은 우리 한민족이 좋아하던 숫자이다. 환웅도 천부인 3개를 받아 3000명을 거느리고 인간의 일 360가지를 다스렸다. 삼신 할머니, 삼시 세판, 삼월 삼짇날, 만세 삼창 등도 3과 관련된 용어들이다.

「하나, 둘, 셋」[29]에는 초등학교 5학년, 3학년, 유치원에 다니는 3형제가 등장한다. 아버지는 늦잠을 자지 못하게 "하나, 둘, 셋!"을 외쳐 3형제를 깨운다. 어느 날 아버지가 늦잠을 자게 되자 스스로 정한 벌칙대로 대청마루를 세 바퀴 돈다는 내용이다. 「개구리 박사」[30]에 등장하는 주인공은

28 위의 책, 88쪽.
29 김성도, 『색동』, 1968, 배영사, 85~62쪽.
30 김성도, 『메아리』, 2002, 지경사, 44~75쪽.

중학교에 진학하여 성적은 전체에서 3등이고 반도 3반에 배정된다.

「섬을 찾아 온 세 사람」에 등장하는 세 사람은 3년마다 섬을 찾는다. 「꽃」에 등장하는 노인의 딸은 세 명이고 주문도 세 번 된다. 「빨간 병 파란 병」에서 아내가 맏이에게 준 병도 세 개이다. 「꽃신 세 켤레」에는 돌을 맞아 꽃신 세 켤레를 선물 받는 분이가 등장한다. 「꽁지 닷발 주둥이 닷발」에도 괴물새를 찾아가는 윤기가 세 사람의 조력자를 만나 세 가지 선물을 받는다. 이 동화에는 꽁지와 주둥이의 길이가 다섯발인 괴물새가 등장하고, 「빨간 병 파란 병」에 등장하는 세 아들은 5년 후에 정자나무 아래서 만나기로 약속을 한다. 「담 밖에서 듣는 희망 음악회」에는 베토벤의 제5교향곡 '운명'이 나오고, 「꿈을 실은 풍선」에 나오는 욱이네 식구는 다섯[31] 명이다.

2) 전통문화의 재조명

「색동」은 우리의 전통의상인 색동옷을 소재로 한 동화이다. 색동옷이 생긴 일종의 유래담을 창작한 것이다. 딸만 여섯인 집에 학수고대하던 사내아이가 태어나자 귀동이라는 이름을 짓는다. 귀동이의 돌이 돌아오자 아버지는 너무 좋아서, 논까지 팔아서 돌잔치 준비를 한다. 귀동이의 누나들은 귀동이의 돌빔을 자신들이 좋아하는 색으로 하자고 주장한다. 둘째 누나는 꽃분홍색, 셋째는 연두, 넷째는 초록, 다섯째는 연분홍으로 하자고 주장한다. 그러자 어머니는 아버지의 결정에 맡기자고 하고, 아버지는 맏누나의 뜻대로 하라고 한다.

맏누나는 어떤 색으로 옷을 지을까 고심을 한다, 그러다 무지개꿈을 꾼 후 여러 색깔의 무지개색으로 하기로 결정한다. 자매들의 의견을 수

31 우리 민족이 숭상하던 색은 황, 청, 백, 적, 흑 5방색이다. 색동옷의 색이 그러하다.

용할 수 있기 때문이다. 만누나는 천을 사온 후 식구들이 모두 잠든 틈을 타서 옷을 짓는다. 귀동이 돌이 되기까지는 비밀로 하기 위해서이다.

일곱 가지 무지개 빛깔이 귀동이의 얼굴을 비추어 환하게 했읍니다.

귀동이가 무지개를 두 팔에 감고 있는 것입니다.

"아가, 어디서 그런 의견이 났니?"

하고 아버지께서 신기해서 물었읍니다.

"며칠 전날 밤에 앞산 위에 무지개 걸린 꿈을 꾸었어요. 그 여러 색깔을 귀동이 옷에 옮겨 놓을까 하고……."

하는 대답이 끝나기도 전에 둘째 딸이,

"아이, 우리 귀동이 예뻐라!"

하고 귀동이를 껴안고, 이마, 볼, 머리 할 것 없이 마구 입을 맞추었읍니다.

이 무지개 빛깔을 두른 소문이 퍼지자, 어린애들 돌이나 명절이면 다른 사람들도 꼭 같은 옷을 해 입힌다고 합니다. 여러 빛깔의 옷이라 해서 색동이라고 부른답니다.[32]

유래담에 해당되는 이야기인데 배경을 오늘날로 했기에 어색한 느낌이 든다. 배경을 조선시대 쯤으로 설정했더라면 어색함에서 벗어날 수 있을 것이다. 그런데 이 동화에는 사실과 다른 오류가 있다.

색동옷이란 돌이나 명절에 어린아이가 입는 저고리를 말한다. 색동옷에 관한 유래는 여러 가지가 있지만, 음양오행설(陰陽五行說)에 따라 액땜을 하고 복을 받기 위하여 5방색(五方色)을 이어붙여 입혔다는 것이 정설이다. 오방색은 다섯 방향을 상징하는 색깔로 이루어진다. 동쪽을 상징하는 청색, 서쪽을 상징하는 백색, 남쪽을 상징하는 적색, 북쪽을 상징하

32 김성도, 「색동」, 『복조리』, 1968, 배영사, 130~131쪽.

는 흑색, 중앙을 상징하는 황색을 말하는데, 색동은 흑색 대신 녹색을 넣는 것이 일반적이다. 그런데 이 동화에는 색동을 무지개색로 묘사하고 있다. 일곱색인 무지개색이 아니라 다섯 색깔인 오방색으로 묘사해야 정확한 것이다.

「별똥」은 별똥별(유성)을 본 후 하루 동안 말을 안 하면 벼락부자가 된다는 민속신앙을 해학적으로 재구성한 동화이다. 저녁 먹을 때까지 멀쩡하던 아버지가 갑자기 벙어리가 되자 집안에 소동이 일어난다. 어머니는 의원을 부르고 무당을 찾아가 푸닥거리까지 부탁한다.

> 의원은 고개를 옆으로 기울였습니다.
>
> "이건 시초이고 곧 미칠 병입니다. 미쳐도 점잖게 미친 병입니다."
>
> 미친다는 말에 어머니는 가슴이 철렁 내려앉았습니다. 말문이 막혀 한참 동안 말도 못 했습니다.
>
> 아버지는 여전히 싱글싱글하며 웃고 있습니다.[33]

의원이 대문을 열고 나가자, 아버지는 다시 말을 하게 된다. 뒤늦게 굿을 하기 위해 풍물을 가지고 왔던 무당도 멋쩍게 돌아간다. 아버지가 별똥을 보고 24시간 동안 말을 안 하면 벼락부자가 된다는 친구의 말을 믿은 아버지가 벌인 촌극인 것이다.

「복조리」는 음력 선달 그믐날 집안으로 날아드는 복조리를 소재로 세시풍속을 재현한 동화이다. 조리는 쌀을 이는 도구이므로 쌀을 일듯 복을 일어주고 재앙을 걸러주기를 바라는 마음에서 사고 팔았다. 그 해의 복을 조리와 같이 긁어 모아 건진다는 뜻에서 복조리 파는 풍속이 생긴 것이다. 복조리를 사서 문 위나 벽에 걸어 벽사진경(辟邪進慶)하는 풍속은

33 「별똥」, 『메아리』, 2002, 지경사, 42쪽.

조리의 무수한 눈이 신체의 눈과 같이 광명을 상징하는 데서 온 것으로 추측된다.

복조리는 섣달 그믐날 자정 이후부터 정월 초하룻날 아침 사이에 사서 걸어 놓는다. 섣달 그믐날 자정이 지나면 조리 장수들은 복조리를 사라고 외치면서 돌아다닌다. 각 가정에서는 밖에 나가 1년 동안 쓸 만큼의 조리를 산다. 섣달 그믐날 밤에 사지 못한 집은 설날 아침에 사는데 일찍 살수록 좋다고 믿기 때문이다. 사람들은 설날 새벽 복조리를 기둥에 걸어놓고 무사안녕을 빌었다. 복조리는 정월 보름까지 사고팔았다. 「해동죽지(海東竹枝)」[34]에는 '예로부터 습속에 섣달 그믐날의 해가 저물면 복조리 파는 소리가 성안에 가득하다. 집집마다 사들여서 붉은 실로 매어 벽에 걸어둔다'는 기록이 남아 있다.

음력 섣달 그믐날 밤 집으로 복조리 여섯 쌍이 날아든다. 복조리를 던진 사람들은 돈을 찾아 간다. 정월 대보름 전날 밤에도 복조리 한 쌍이 날아든다. 형은 복조리 한 쌍이 더 필요하다고 하며 아쉬워한다. 나는 시장에 가서 복조리 한 쌍을 사다 집 담 너머로 던진다.

> 집에 들어가니 형은 좋아서 어쩔 줄을 몰라 하고 있었습니다.
> 그리고 네모난 판을 꺼내다 놓고 복조리를 꺼내 왔습니다. […중략…]
> 쌍쌍의 복조리를 세로 모로 놓고 있습니다.
> 보니, 'ㅂ'자가 돼 있습니다.[35]

집 안으로 날아든 복조리 여덟 쌍으로 '복'자를 만드는 삽화이다. 형이 마루 기둥에 '복'자를 달아 놓자 어머니는 딱성냥 열여섯 갑을 사다가 복조리에다 쌍쌍이 넣는다. 아버지는 '금년엔 복을 많이 받겠다'고

---

34 조선 말기의 문신이자 서예가인 최영년(崔永年)(1856~1935)이 1925년에 출간한 시집.
35 위의 책, 80~81쪽.

기뻐하며 형에게 아이디어상 명목으로 상금까지 준다.

"그런데…."

하고 형이 말을 꺼냈습니다.

"설도 보름도 아닌데, 복조리가 하나 날아들었어요. 그게 누굴까요?"

"글쎄, 던진 사람이 돈을 받으러 올 테지."[36]

이 동화의 에필로그이다. 형은 복조리를 던진 사람이 동생인 것을 모른다. 복조리를 던진 사람은 조리값을 받으러 오기 마련이다. 그런데 복조리값은 깎을 수도, 무를 수도 없다. 조리 값을 깎으면 복을 깎고, 복을 찬다고 생각했기 때문이다. 「복조리」는 점차 사라지고 잊혀져가는 복조리 사고 팔기 풍속을 소재로 구현해낸 동화이다.

3) 반전 평화 사상과 통일 의지

김성도는 해방 전 황해도 신천과 함경도 함흥에서 교편을 잡으며 젊은 열정을 불사른 경력이 있다. 그 때문에 그에게 조국의 분단은 누구보다 더 큰 상념일 수밖에 없다. 하루 빨리 통일이 되어 젊은 영혼을 묻고 온 함흥을 가보고 싶은 마음이 간절한 것이다.

「대포와 꽃씨」는 남북분단의 현실을 인식하고 평화통일의 염원을 주제로 한 동화이다. 이 동화는 시간적 배경을 옛날[37]로 설정하여 환상의 통로로 유인하고 있다. 남쪽과 북쪽[38]에 위치한 두 나라는 오랫동안 사이

36 앞의 책, 83쪽.

37 '옛날, 어느 곳에 두 나라가 있었다.'로 시작하고 있다.

38 1982년 아동문학사에서 펴낸 『피리와 달』에는 남쪽 나라와 북쪽 나라가 아닌 동쪽 나라와 서쪽 나라로 표현되고 있다. 이는 반공 이데올르기가 지배하던 군사독재정권 시절이었기에 필화를 면하기 위한 방편으로 해석된다.

가 좋지 않았다. 북쪽 나라 사람들은 키가 크고, 남쪽 나라 사람들은 키가 작다는 소문이 무성했다. 어느 날 남쪽 나라 곳곳에 북쪽 나라에서 쏜 포탄이 떨어진다. 포탄이 터지지 않아 불발탄인 줄 알았는데 알고 보니 그 속에는 꽃의 뿌리가 들어 있었다. 꽃뿌리 포탄에 대한 항의를 어떻게 할지 고민하던 임금은 신하들과 의논을 한다.

"꽃은 꽃으로 갚아야 합니다."

"꽃으로 갚다니?"

"예, 북쪽 나라에서 꽃의 뿌리를 포탄으로 쐈으니 우리는 꽃씨를 포탄으로 쏘는 게 좋겠습니다."[39]

남쪽 나라 임금은 온 나라에서 모은 꽃씨를 포탄 속에 채워 북쪽 나라로 쏘아 올린다. 포탄은 북쪽 나라의 궁전 뜰에 떨어진다. 북쪽 나라 신하들은 자기 나라가 먼저 선수를 쳤으니 이겼다고 좋아한다. 하지만 포탄을 열어본 북쪽 나라의 임금은 꽃씨가 잔뜩 들어 있는 것을 보고 자기 나라가 졌다고 신하에게 말한다. 그 이유는 자기네가 보낸 꽃뿌리에 비해 꽃씨의 양이 열배도 더 많다는 것이다. 지는 것이 이기는 것이란 말을 실감할 수 있는 삽화이다.

"그게 무슨 말씀이십니까? 이런 일에는 결과가 중요합니다. 이기고 지고가 어디 있습니까?"

"참, 그렇지. 으하하하……."

임금은 자기 말투를 그대로 되풀이하는 총리 대신의 말에 그만 웃음을 터뜨리고 말았다.[40]

39 「대포와 꽃씨」, 『100년 후에도 읽고 싶은 한국명작동화』, 2003, 예림당, 61쪽.
40 앞의 책, 63쪽.

자신을 흉내내는 총리의 말을 듣고 화를 내기는커녕 웃음을 터뜨리는 임금은 평화지향적인 인물이다. 자국이 승리했다고 큰소리를 치는 신하들에게 패배를 자인하는 임금의 용기는 진정한 승자의 덕목이다. 마침내 남쪽 나라는 꽃뿌리를 심고, 북쪽 나라에서는 꽃씨를 심는다. 봄이 오자 두 나라는 아름다운 꽃나라가 된다.

남쪽 나라 임금은 꽃 이름을 모르는 세 종류의 꽃 이름을 알기 위해 북쪽 나라에 사신을 보낸다. 북쪽 나라에는 게으름뱅이에게 먹이면 부지런해진다는 개미꽃, 꽃잎을 삶으면 꿀이 된다는 꿀벌꽃, 시들지 않고 꽃잎이 나비처럼 훨훨 날아다닌다는 나비꽃이 만발해 있다. 이 세 가지 꽃은 성실, 풍요, 행복의 상징으로 번영을 나타내는 것이다. 남쪽 나라에 핀 꽃들은 일곱 빛깔의 무지개꽃, 저녁놀의 빛을 가진 노을꽃, 꿈을 꾸고 있는 아가들의 눈매 같은 꿈꽃으로 꿈과 예술, 평화를 상징한다.

> 북쪽 나라에서도 남쪽 나라에 사신을 보냈다. 사신들은 '개미꽃', '벌꿀꽃', '나비꽃'의 뿌리를 나귀에 바리바리 싣고 갔다.
>
> 남쪽 나라 임금도 북쪽 나라 사신을 반가이 맞이하였다.
>
> 그리고 사신들이 돌아갈 때는 '무지개꽃', '노을꽃', '꿈꽃'의 꽃씨를 나귀에 잔뜩 실어 보냈다.[41]

이 동화의 에필로그이다. 두 나라는 꽃뿌리와 꽃씨를 나누어 가지고 행복하게 살게 된다. 대포는 전쟁을 상징하고 꽃씨는 평화를 상징한다. 서로 사이가 좋지 않던 두 나라가 상대국가에게 대포를 쏘지만 그건 전쟁을 도발하기 위한 포격이 아니라 평화를 구축하기 위한 축포인 것이다. 무력이 아닌 화합을 통하여 평화를 이룬다는 상징성이 강한 동화이다.

---

41 위의 책, 66쪽.

「팔씨름」은 「대포와 꽃씨」와 그 구성이 유사한 동화이다. 「대포와 꽃씨」는 평화를 추구한 반면 「팔씨름」은 전쟁을 지향한다. 「대포와 꽃씨」가 공생 지향이라면 「팔씨름」은 공멸로 막을 내린다.

동쪽과 서쪽으로 나뉘어진 두 나라는 하찮은 일로 전쟁을 벌인다. 서쪽 나라에는 동쪽 나라 왕자 엉덩이에 뿔이 났다는 소문이 돌고, 동쪽 나라에는 서쪽 나라 공주가 언챙이라는 소문이 떠돌아 전쟁이 벌어진 것이다. 그런데 전쟁의 실제 원인은 동쪽 나라는 서쪽 나라의 돼지를 탐냈고, 서쪽 나라에서는 동쪽 나라의 소를 탐냈기 때문이다. 전쟁이 계속되자 제3국의 슬기로운 나그네가 중재를 위해 두 나라를 차례로 방문한다. 팔씨름으로 승부를 내자는 나그네의 제안에 양국의 대표로 뽑힌 장사들이 국경에서 팔씨름대회를 한다.

중재자인 나그네는 무력이 아닌 스포츠 교류를 통한 화해를 택한 것이다. 그런데 동쪽 나라 사람들은 왼팔잡이이고, 서쪽 나라 사람들은 바른팔잡이기 때문에 승부가 나지 않는다. 그러자 양국 장사들은 팔씨름 대신 치고박기로 결판을 내려한다. 장사 중에 성미 급한 사람이 힘자랑을 하려고 나그네를 한 팔로 번쩍 치켜올려 빙빙 돌린다. 상대방 장사도 질세라 나그네를 한 바퀴 돌리고 멀리 던져 버린다. 전쟁을 싫어하는 두 임금은 팔씨름 대신 다른 방법을 알아보기로 하지만 중재자의 돌연사로 묘책을 찾지 못한다.

나그네의 부하는 그래도 자기 주인이 소중했습니다. 아직도 그 슬기로운 분은 하늘에서 내려온 사람이라고 믿었습니다.

다음 보름달이 뜰 때까지만 기다렸던들 하고 원통해 했습니다. 그래서 숨이 끊어진 주인을 업고 저 멀리로 달아났습니다.[42]

---

42 김성도, 「색동」, 『복조리』, 1968, 배영사, 174쪽.

이 동화의 에필로그이다. 중재자인 나그네가 두 나라 사이의 화해를 해결하지 못하고 미결로 끝을 낸 것이다. 나그네가 숨을 거두면서 막을 내림으로써 주제도 모호하고 결말도 산뜻하지 못하다. 사건을 바라보는 두 나라 임금의 역할도 없고, 나그네의 부하가 주검을 업고 달아났다는 설정으로 끝맺음으로 황당해지고 말았다.

"그 엉덩이에 뿔이 난 왕자를 언챙이의 공주와 결혼시키는 게 좋겠다."[43]

인용문은 나그네가 장사들에게 공중돌림을 당하면서 생각했던 말이므로 실행될 수 없는 제안이다. 중재자로 나선 나그네가 역할을 다하지 못하고 숨지게 함으로써 이야기의 결말이 명쾌하지 못하게 된 것이다. 그 결과 재미성과 문학성이 동반 상쇄되는 결과를 낳고 말았다.

「꽃씨와 인형」은 베트남 인형과 우리나라 인형이 자기 나라에 대한 이야기를 하며 평화를 기원하는 내용이다. 이 동화가 창작된 때는 베트남 전쟁이 한창이던 시기이다. 내전으로 촉발된 전쟁은 미국, 한국을 비롯한 다국적군의 개입으로 확산되기에 이르렀다.

베트남과 우리나라는 역사적으로 유사한 점이 많고, 인연이 깊은 나라이다. 우리가 일제에 의해 강점침탈을 당했듯이 베트남 역시 프랑스에 의해 강점침탈을 당했다. 제2차 세계대전 후에 국토가 남북으로 양분된 것 또한 유사하다. 베트남은 수년 동안 내전을 겪다 1975년에 통일을 이룬다. 한국은 자유를 수호한다는 미명 아래 베트남전에 연인원 30여만 명의 군사를 파견[44]하여 내전에 개입하였다.

「꽃씨와 인형」은 벽시계가 내레이터의 역할을 한다. 벽시계는 언어가

43 위의 책, 174쪽.
44 1964년 9월 의료진을 파견한 것을 시작으로 1967년 6월 은마부대 파병을 마지막으로 1973년 3월 철수하기 까지 총 8년 8개월 동안 참전하였다.

다른 두 나라 아가씨 인형의 말이 통하지 않을 것을 알고 둘의 이야기를 전달해주는 통역사의 역할을 한다. 인형의 주인인 영이는 어리지만 생각이 깊은 아이이다. 영이의 오빠는 전쟁 중인 베트남에 특파된 종군기자이다. 영이는 베트남에 하루 빨리 평화가 오기를 기원하는 뜻으로 오빠에게 분꽃 씨를 보낸다.

> 아오자이 아가씨가 색동옷의 아가씨한테 물었읍니다.
>
> "저 달력의 그림을 좀 보셔요."
>
> 색동옷의 아가씨도 달력을 바라보았읍니다.
>
> "산은 분명한데 빨간 게 온통 산을 덮었네요. 저게 뭔가요."
>
> 색동옷의 아가씨가 대답했읍니다.
>
> "네, 저거요. 저건 진달래라는 꽃이어요. 우리 나라 산에 가면 얼마든지 있죠."
>
> 아오자이 아가씨는 놀랐읍니다.
>
> "저렇게 고운 꽃이 온 산을 덮다니, 정말 놀라워요."[45]

베트남 인형이 달력의 그림을 보고 묻자 한국 인형이 사계절마다 아름다운 한국의 경치를 자랑하는 삽화이다. 베트남 인형은 자기 나라 자랑을 하려다 말고 염불을 외운다. 전쟁을 생각하니 가슴이 아파서이다. 김성도는 평화주의자이다. 이 동화에는 반전 평화 사상이 담겨 있다.

지구촌에서 일어난 수많은 전쟁 중 종교적 갈등과 포교의 수단에서 비롯된 전쟁이 많았다. 중세의 십자군 전쟁이 그러했고, 신교파와 구교파의 갈등으로 인한 독일의 30년 전쟁이 대표적인 사례이다. 김성도는 기독교 신자이면서 불교를 배려하는 포용력을 발휘한다. 이 동화에서

45 김성도, 「꽃씨와 인형」, 『꽃씨와 인형』, 세종문화사, 1974.

베트남 아가씨 인형은 불교 신자이고 영이는 기독교 신자이다. 시계는 모두의 소원을 노래한다.

"월남에 평화를, 또각 또각"
"나무아미타불, 또각 또각"
"이 나라에 통일을, 또각 또각"
"하나님, 아 하나님, 또각 또각"[46]

이 동화의 마지막 장면이다. 시계의 바람처럼 베트남은 통일을 이루어 평화가 찾아왔지만, 한국은 여전히 분단된 채 대치 상태이다. 김성도는 동화 「메아리」를 통해서도 통일 염원을 간구한다. 김성도는 해방되어 대구에 정착하기 전까지 황해도 신천과 함경도 함흥에 거주한 바 있다. 특히 함흥 영생학교에서 교편을 잡던 그의 가슴 아픈 이력은 슬픈 메아리가 되어 울려 퍼진다.

그 메아리가 어드메로 헤매다가 그 날 밤 우리 집 대문에 부딪혔는지!
아, 그건 30년 전의 내 목소리였어요. 함흥의 공동 묘지, 그러니까 반룡산 기슭이지요.
난 내 둘째 아들과 맏딸을 거기 묻고 왔어요.
내가 그 때 목멘 소리로 부르던, 아니 부르짖던 그 소리였어요.[47]

1인칭 주관자 시점의 이 동화는 작가의 슬픈 가족사가 배어 있다. 「메아리」는 작가가 북녘 땅 공동묘지에 묻고 온 아들딸[48]을 잊지 못해 30년

---

46 위의 책, 49쪽.
47 김성도, 「메아리」, 『메아리』, 2002, 지경사, 21쪽.
48 동화에는 '경덕'과 '복실'로 나와 있다.

동안 목놓아 부르는 사자곡(思子曲)인 것이다.

작가의 통일 의지는 「꿈을 실은 풍선」에도 나타나 있다. 욱이네 다섯 식구는 새해를 맞아 소원을 담은 쪽지를 풍선에 달아 띄우기로 한다. 모두들 쪽지에 소원을 써서 풍선에 달고 밖으로 나온다.

> 할아버지 풍선을 바라보던 욱이 아버지는,
> "아!"
> 하고 놀랐습니다.
> 할아버지 풍선 끝에 달린 종이는 봉하지 않았습니다.
> 넓은 쪽지에 붓글씨로,
> '남북통일'이라 씌어 있었습니다.[49]

각자의 소원을 풍선에 달고 나온 가족들은 쪽지를 떼고 할아버지의 풍선에 매단다. 한 가지의 소원으로 한데 묶는 삽화는 민족화합과 통일을 상징한다. 남북 통일을 소망하는 욱이 할아버지의 소원은 곧 작가의 소원이자 한민족 모두의 소원이라고 할 수 있다.

3. 나오는 말

김성도는 목일신, 강소천, 박목월, 박경종 등과 연배가 비슷한 아동문학가이다. 특히 강소천과는 함경도 함흥의 영생학교에서 만난 인연으로 소천이 작고할 때까지 교류하였다. 15세 때부터 아동잡지에 동시를 발표하다 1932년과 이듬해에 『동광』과 『신가정』에 동시가 입선되며 문단

49 위의 책, 171쪽.

에 나왔다. 일제 강점기에는 신천 영신학교와 함흥 영생학교에서 교편을 잡았다. 특히 영생학교에서 만난 강소천의 영향으로 동요를 작곡하다가 해방 후 대구로 낙향하여 정착하며 외국 동요를 번역하기도 했다. 1950년대에는 안데르센, 그림 형제의 동화를 번역 출판하는 일에 매진하다가 1960년대부터는 주로 동화를 창작하기에 이른다.

그는 우리의 전승설화를 차용하여 재구성하거나 전통문화를 동화 속에 수용하려는 확고한 의지를 보였다. 전승설화를 새롭게 구성하여 재조명한 작품으로는 「섬을 찾아 온 세 사람」, 「반쪽 사람」, 「꽁지 닷발 주둥이 닷발」, 「꽃」, 「빨간 병 파란 병」 등이 있고, 전통문화를 현대생활과 접목한 동화로는 「별똥」, 「복조리」, 「색동」 등이 있다.

그는 20대 청년 시절에 교편을 잡으며 황해도 신천과 함경도 함흥에 거주했기 때문에 누구보다도 분단의 아픔을 체득한 작가이다. 그러한 이력은 작품 속에도 투영되어 반전 평화 사상과 통일 의지로 나타난다. 여기에 해당되는 동화로는 「대포와 꽃씨」, 「팔씨름」, 「꽃씨와 인형」, 「꿈을 실은 풍선」, 「메아리」 등이 있다.

시대 정신과 교육적 효용성

최태호 작가작품론

1. 들어가는 말

1) 옥천이 걸어온 길

옥천(沃川)[1] 최태호(崔台鎬)의 본관은 해주로 문헌공 최충의 후손이다. 1915년 4월 17일 경기도 안성군 양성에서 태어났다. 네 살 때 향리 서당에 다니며 천자문을 익혔고, 어깨 너머로 한글을 깨쳤다. 그의 부친은 최태호의 건강을 위해 1922년 강원도 고성군 삼일포[2]로 이주하였다. 그해 초등학교에 입학하였고 6년 가까이 가족과 함께 그곳 남강가에서 살았다. 그에게 고향은 태어나 유년시절을 보낸 안성이 아니라 자라난 고성[3]인 셈이다.

---

1 옥천은 그가 충북 옥천여자고등학교 교장으로 근무하였기 때문에 스스로 아호로 삼았다. 그의 다른 호는 역낙재(亦樂齋)이다. 옥천여고는 오늘날 옥천상업고등학교의 전신이다.

2 그곳은 금강산 기슭으로 옥천은 열한살 때 금강산 비로봉에 처음 올랐다고 회고한다.

3 최태호는 『아동문학평론』 제37호(1985) 「할아버지 인심 손자에게」에서 "어려서 강원도 고성으로 이사를 가 거기서 소년 시절을 보냈을 따름인데 묘하게도 고향이라는 말의 어감이 안성보다 강원도 고성이 더 짙으니 이상한 일"이라고 술회한다.

풍치 좋은 고성은 그에게 문학적 정서와 감성을 키우기에 안성맞춤이었다. 그는 글짓기에 소질이 있어 1923년 「어머니」라는 글을 월간 『조선아동』에 투고하여 게재되었다. 1927년 서울로 이주하여 경성사범[4] 연습과에 입학하여 전액 관비 장학생으로 다녔다. 이때 은사로 만난 국어학자 일석 이희승으로부터 조선어를 배웠다. 1933년 졸업 후 3월부터 인천공립보통학교 교사를 시작으로 12년 4개월 동안 초등교사로 근무하였다.

해방 후 3년 동안 인천창영초등학교 교감으로 재직하며, 이강민 · 김철수 등과 등사물 잡지 『새교육』[5]을 발간하여 인천지역 교육에 새바람을 일으켰다. 또한 『시와 산문』 동인회[6]를 만들어 7집까지 간행하기도 했다. 1948년 2월부터 문교부 편수관으로 일하며 국정 초등국어교과서 편찬을 주도하였다.

그는 6·25 피난 시절 부산에서 강소천을 만나[7] 아동문학과 친해지는 계기가 되었다. 1958년 6월 충북 옥천여자고등학교 교장으로 부임[8]하여 잠시 근무하다 1959년 2월 예술원 사무국장으로 자리를 옮겼고, 같은 해 문교부 사회교육과장으로 이동하였다. 1960년 2월부터 국립중앙도서관장, 1962년 2월 문교부 장학관, 1963년 2월 춘천교육대학장[9] 을 지냈다. 1972년 7월부터 서울성동여자실업고등학교 교장[10]을 지냈고,

---

4 경성사범은 일본인을 위한 학교로 한국인 입학생은 일본 학생의 10% 이내로 선발하였다.

5 1945년 11월 경부터 인천에서 새교육 운동을 내세우며 신교육사상, 교육과정 구성 및 운영, 신학습지도 등을 내용으로 편집한 무크지이다.

6 표양문, 함효영, 한상억, 김차영 등과 함께 해방 후 6 · 25 전까지 간행하였다.

7 '부산 피난 시절에 추운 다다미방에서 화로를 치고 앉아 강소천 씨가 탈고한 동화원고를 가지고 격의없이 비평하였다'고 회고한다.(김영자, 「따뜻하고 다정한 최태호 선생님」, 『아동문예』, 1978년 7월호)

8 그의 발령은 좌천의 성격이 강했다. 그가 편수관으로 근무할 때 강직한 성격으로 인한 직언이 좌천으로 이어졌다는 해석이 지배적이다. 이러한 이유로 근무처가 자주 바뀌었다.

9 소설가 이외수는 춘천교대 시절 자신의 제적을 극구 말렸던 최태호 학장을 평소 존경하는 인물 셋 중 하나라고 했다.

10 1974년 8월 15일 문세광에 의한 박대통령 저격사건 때 성동여자실업고등학교 합창단 학생 장봉화가 유탄에 사망한 사건이 발생하자, 유족에 대한 보상과 직업 알선을 위해 혼신을 다한 일화는 그의 교육자적 품성의 일면을 엿볼 수 있다.

1976년 3월 경기상업고등학교 교장으로 부임하여 1980년 8월 말 정년 퇴임하였다.

옥천은 마해송·강소천·김요섭·임인수·방기환 등과 함께 한국동화작가협회를 조직하였다. 1957년 대한민국 어린이헌장의 기초와 선포 추진에 참여하기도 했다. 1962년 아동문학전문지 『아동문학』 편집위원, 1966년 소천아동문학상 운영위원장을 지냈다.

그가 아동문학의 길을 걷게 된 것은 초등학교 국어교과서에 수록할 교재로 동극 「걸레」와 동화 「이상한 안경」을 쓴 것이 계기가 되었다. 그는 6·25 전에 장편동화 「콩나물과 방울떡」을 『교육주보』에 연재하다 전란으로 중단되었다. 이처럼 그의 창작 활동은 순수한 문학적 동기보다 우리말에 대한 애정에서 출발하였기 때문에 교육적인 효용성[11]을 중시하였다. 그가 남긴 주요 저서로는 동화집 『아름다운 이야기』(52), 『리터엉 할아버지』(55), 수필집 『애처론』(61), 『호랑이 선생님과 토끼 선생님』(87) 등이 있다.

최태호는 이여숙과 혼인하여 2남 4녀를 두었다. 그는 해방 전 초등학교 교사로 출발하여 문교부 편수관, 국립도서관장, 고등학교 교장, 대학 학장, 강원도 교육위원, 한국교육개발원 이사 등에 이르기까지 교육자로서 대한민국 교육 발전에 이바지하였다. 동화작가와 아동문학이론가로도 활동하다 72세를 일기로 1987년 7월 9일 저녁 서울 잠실주공아파트 자택에서 숙환으로 별세[12]했다.

2) 옥천의 문학관

옥천은 전쟁의 소용돌이를 겪으며 이를 극복한 1950년대를 매우 뜻깊

11 그가 작사한 '최영장군 노래'(나운영 곡)는 초등학교 음악교과서에도 수록된 바 있다.
12 그의 묘소는 안성시 양성면 방축리 선영에 있다.

게 생각하였다. 그 이유로 생존경쟁의 각박한 상황 속에서도 자라나는 어린이의 성장 욕구에 부응하는 문학적 활동이 활기차게 일어났기 때문이라고 밝혔다. 또한 어린이 입술에는 오히려 노래가 불리워지고 신문잡지와 출판물에 어린이 차지의 비중이 늘어났었다[13]고 회고한다.

이러한 흐름 속에서 동화창작에 대한 사명감을 느끼고 참여하게 되었으며, 어린이와 함께 생활하고 호흡하고 이해하고 싶은 심경에서 순수문학보다는 교육적 효능면으로 작품을 쓰게 되었다[14]고 술회하였다. 그는 창작동화에 전래동화의 환상적이고 해학적인 요소를 수용하려고 노력하였다. 그러면서도 교육성이 가미된 동화를 창작하였다.

> 어린이로서의 생활－성장에 대한 동경과 소망을 어떻게 볼것인가, 동심이 한갓 어린이답다는 재롱이어서는 아니되고, 어른스런 세계의 복사판도 아니라는데 나의 과제가 있었다.
>
> 이렇게 생각할 때, 나는 전설과 전래동화가 인간의 원초적인 동경과 소망을 지닌 바탕에서 이루어졌고, 어린이들의 공감이 바로 이점이라는 데에 착안하였다. 그런데 한국의 전래동화는 이 동경과 소망을 가로막는 요소를 환상으로 해결하고, 현실적 갈등을 해학적으로 처리하여 웃음과 풍자로 탈바꿈하는 슬기와 기법을 갖추고 있는 것이다.[15]

그는 어린이의 세계를 현실 긍정적으로 파악하고 있다. 그 때문에 낙천적인 아동상을 작품 속에 투영하고 있다. 그것은 1950년대의 현실 고발적 문학과 대립적 입장에 서는 것으로, 교육적 아동문학이라고 할 수 있는 이상주의문학으로서의 아동문학을 강조하는 데서 출발하였다. 즉

13 최태호, 『리터엉 할아버지』, 아동문예사, 1987, 6쪽.
14 최태호, 『리터엉 할아버지』, 아동문예사, 1987, 6쪽.
15 「나의 동화를 말한다」, 『아동문학평론』 제25호 1982. 2쪽.

그의 동화는 교육적 효용성에 바탕을 두고 창작되었음을 알 수 있다. 소천과 동년배로 10여 년간 친구로 교류[16]해온 옥천은 교육적 효용성을 중시하던 소천의 문학관에 영향을 받을 수밖에 없었다.

> 요즈음 생활동화라고나 할까, 생활에 부닥친 여러 문제를 계기로 하는 동화에 있어 문제를 해결해 주기 위한 수단으로 현실을 과장 폭로하는 것을 문학정신이라 주장하는 사람도 잇다. 이것은 분명히 성인문학의 범주를 아동문학에 이식하려는 저의이지만, 아동문학은 그 대상부터의 본질이 이상주의에 속하기 때문에 나는 결코 그런 의도에 찬성하지 않는다.[17]

옥천은 아동문학을 순수한 문학적 동기에서라기보다 우리말에 대한 애착과 교과용 도서 집필이라는 목적을 가지고 출발하였다. 그것은 다분히 교육적 효용성을 염두에 둔 것이었다. 교육적 효용성이란 아동문학이 아동에게 끼칠 수 있는 정신적 영향력을 말한다. 이는 아동문학을 통해 던지는 메시지가 어려운 역경을 극복하고, 꿈과 희망을 주며, 어려운 이웃을 배려하고 함께 소통하는 덕목이어야 하는 것이다. 즉 문학을 통해 교훈성을 제시하고 윤리성을 내세우는 이상주의 문학을 추구하는 것으로 낭만주의 문학과도 통한다.

대한민국 정부 수립과 함께 문교부 편수국에 근무하게 된 그는 교과서에 실을 교재로 쓰기 위해 동화 공부는 물론 극본도 연구하고 노래말도 다듬어야[18] 했다. 옥천은 생활동화를 내세우는 현실참여적 아동문학관을 경계하였으며, 환상도 합리적 · 현실적인 질서체계를 지니고 있어

16 1·4후퇴 때 월남하여 부산 부두에서 막노동을 하던 동화작가 강소천을 발견하고 유력한 출판업자를 불러 독채 전셋집을 제공해주고 출판계약을 맺도록 주선해 주었으며, 문교부 편수국 일을 맡기었다고 회고했다. 동년배인 목월과도 20년 넘게 교류하였다.

17 최태호, 「나의 회의」, 『아동문학』 2호, 1962.11, 25쪽.

18 최태호, 앞의 글.

야 한다고 주장하였다. 1960년대에 들어서면서 작품 창작보다는 이론 활동에 주력하여 아동문학 전문지인 『아동문학』의 편집위원으로 활약했다. 그는 이 잡지에 「동경과 이상의 문학」(『아동문학』 vol.1, 1962.10), 「나의 회의」(『아동문학』 vol.2, 1962.11), 「동시와 동요의 바탕」(『아동문학』vol.3, 1963.1), 「아동문학의 나아갈 길」(『아동문학』 vol.4, 1963.3), 「소천의 문학」(『아동문학』 vol.5, 1963.6) 등을 차례로 발표하며 아동문학의 이론 정립에도 이바지하였다. 또한 소천아동문학상 심사위원[19]을 맡아 후진 양성에 주력하기도 하였다.

2. 옥천의 작품 세계

1) 『리터엉 할아버지』에 나타난 패러디의 다양성

『리터엉 할아버지』[20]는 월간 아동잡지 『새벗』[21]에 연재한 열세 마당 연작 형식의 장편동화이다. 이 작품은 동네 아이들이 겨울밤에 리터엉 할아버지방에 모여 듣는 이야기로 꾸며졌다. 현실적 질서에 입각하여 합리적인 해석이 가능한 환상 세계를 그리면서 재미성과 해학성을 추구하고 있다. 환상의 세계를 꿈의 세계로 처리하여 한계성을 드러내기도 하였지만 전후 어린이들을 위해 교화적 이상주의를 표방한 작품이다. 중심인물인 할아버지는 황당한 이야기를 한다고 하여 '리터엉'[22]이라는 별명을 얻게 된다. 연령에 구애됨이 없이 다 같이 공감할 수 있고, 민담이 지닌 매력을 동화 속에 담으려고 의도한 작품이다. 구연체로 전개되기

19 그가 동화를 쓰게 된 것도 피난지 부산에서 만난 소천의 권유에서였다.
20 1955년 정민문화사에서 출간하였고, 1963년 배영사에서 재출간하였으며, 3쇄본은 1987년 아동문예사에서 상재하였다.
21 이 동화는 1954년 12월호부터 이듬해 7월호까지 8개월간 연재되었다.
22 엉터리를 거꾸로 한 말이다.

때문에 옛이야기처럼 구수한 맛과 분위기를 느낄 수 있다.

이 작품은 6·25전쟁이 끝난 이듬해에 쓴 작품이다. 6·25전쟁은 수많은 인명을 살상하고 재산을 송두리째 앗아갔으며, 이산가족으로 가정이 해체되는 등 온갖 불행을 안겨주었다. 작가는 전쟁의 상처로 고통받는 어린이들에게 이야기를 통한 감동과 재미를 선사하기 위하여 동화를 집필한 것으로 보인다. 이 동화에는 전래동화나 유래담, 우화 등을 익살스럽게 패러디한 내용이 주목을 끈다.

이 동화는 돌이·돌쇠·바위·이쁜이·엄마가 서로 어울려 펼쳐가는 생활 이야기는 어른스러운 눈으로 보면 모두 엉터리 같은 이야기이다. 그러나 순진무구함과 원시성이 깃들어 있는 동심의 눈으로 보면 모두 진실로 받아들여질 수 있다. 이처럼 최태호는 우화나 설화가 지닌 흡인력과 매력을 패러디하여 동화 속에 재현시키려고 했다. 그는 순수문학보다 교육적 효능면으로 작품을 선별하는 입장[23]에서 동화를 창작하였다.

이 동화는 1950년대 중반 한국의 시골을 배경으로 현실 속에 환상을 끌어들이고 있다. 그 환상은 허풍과 과장을 통해 재미성을 추구하려 한 상상력의 산물이다.

> 겨울 밤입니다.
>
> "얘들아 사람은 지혜가 있어야 하는 거야, 에헴!" 리터엉 할아버지는 한번 기침을 크게 하십니다. 이 에헴 소리만 나면 돌이도 이쁜이도 간난이도 침을 한번 꿀꺽 삼키고 할아버지 얼굴-아니 할아버지 입을 쳐다봅니다. (10쪽)

『리터엉 할아버지』의 프롤로그이다. 이씨 성을 가진 할아버지는 아이

23 「희망과 동경 속에서」, 『리터엉 할아버지』 머리글, 아동문예사, 1987. 그는 동화창작에 사명감을 느끼며 어린이와 함께 생활하고 호흡하고 이해하고 싶은 심정에서 동화를 창작했다고 토로한다.

들을 사랑방에 모아놓고 이야기를 풀어놓는다. 그 이야기는 주로 비현실적인 이야기들이다. 그 때문에 할아버지의 별명은 엉터리를 거꾸로한 리터엉 할아버지인 것이다. 작가는 제목을 그렇게 붙인 이유를 당시의 시대적인 불안 속에서 동화가 풍기는 해학성을 겨냥한 것[24]이라고 밝히고 있다. 그는 이 동화를 어린이만의 국한된 생활이 아니라 어른과 노인에 이르기까지 공통된 인간의 원시성, 그리고 시대성에 대한 공감과 우의도 염두에 두었다고 회고[25]한다. 비현실적인 이야기는 현실에서 맛볼 수 없는 또다른 즐거움이 있다. 환상이 동화의 필요조건으로 자리잡을 수 있는 근거이다. 일상의 뻔한 이야기로는 동심을 사로잡을 수 없다. 좀 더 부풀리고 과장되고 포장된 이야기가 흥미를 자아낼 수 있는 것이다.

첫 번째 이야기는 「호랑이와 나팔 이야기」로 전래동화적 성격이 짙다. 화자인 리터엉 할아버지가 어렸을 때 호랑이를 잡은 이야기이다. 할아버지가 밤에 나팔을 들고 느티나무에 올라가 있을 때 호랑이가 나타나 기어오른다. 할아버지가 나팔을 빼액 불자 깜짝 놀란 호랑이가 뚝 떨어진다. 할아버지가 들려주는 호랑이 잡은 무용담은 어른들의 눈높이에서 보면 허풍이 아닐 수 없다. 할아버지가 어렸을 때 겪은 이야기라는 전제 때문에 순진한 청자들은 곧이들을 수밖에 없다. 이와 같은 민담적 요소는 독자들을 이야기 속에 빠져들게 하는 언어적 마력이 있다. 할아버지가 떨어뜨린 거꾸로 선 나팔 위에 호랑이가 떨어져 꽁무니에 박힌 삽화는 해와 달이 된 오누이의 삽화[26]에서 차용한 대목이다. 나팔이 꽁무니에 박힌 호랑이가 놀라서 방귀를 뀌고, 그 바람에 나팔이 울리는 삽화는 코믹한 장면이어서 웃음을 자아낸다.

이 동화는 겨울밤 할아버지 방에서 시작하여 여름밤 수박밭 원두막에

---

24 앞의 글.

25 앞의 글.

26 썩은 동아줄을 타고 하늘에 오르던 호랑이가 추수 끝난 수숫대 그루터기에 꽁무니를 찔려 피를 흘리며 죽는 장면과 유사하다.

서 끝[27]을 맺는다. 겨울밤의 배경은 함박눈이 내리거나 눈이 쌓인 밤으로 설정하였다. 아이들은 눈을 맞거나, 눈길을 헤치며 할아버지 댁으로 모여든다. 할아버지가 들려주는 재미있는 이야기를 듣기 위해서이다. 눈이 오거나 눈 쌓인 밤의 정경은 환상적인 분위기를 연출한다. 그러한 환상적 분위기는 독자들을 이야기의 세계로 자연스럽게 유인하는 역할을 한다.

두 번째 이야기인 「크리스마스와 오뚝이」는 크리스마스날 밤에 듣는 이야기로 설정되어 있다. 중심 내용은 리터엉 할아버지가 어린 시절 산타클로스 할아버지로부터 빨간 괴물 오뚝이[28]를 선물 받은 이야기이다. 괴물 오뚝이는 부끄러운 일을 하면 자꾸 커지고, 훌륭한 일을 하면 작아진다는 것이다. 이러한 설정은 콜로디 동화 피노키오의 코에서 차용한 대목이다.

이 동화에 등장하는 인물들은 돌이, 바위, 이쁜이, 간난이로 모두 토속적인 이름이다. 1950년대에는 이러한 토속적인 이름이 귀에 설지 않던 시절이다. 작가가 등장인물들을 모두 토속적인 이름으로 설정한 것은 전래동화 풍의 작품 분위기와 맞추기 위해서이다.

> 마귀 할멈은 나를 보고 이렇게 말하겠지. 네가 만일 요술나라 사람이 되고 싶거든 이 나무 열매와 이 샘물을 마셔라. 그러면 내가 저 파랑새 보고 요술나라 구경을 시켜주라고 할 테니까. […중략…] 자 이제부터 요술나라 학교 공부를 하러 떠나야 한다. 이렇게 말하겠지. 그러더니 어느 틈에 요술 할멈은 보이지 않고 여태까지 화려하게 꾸며져 있던 동산과 방 안도 다 사라지고 나만 혼자 쓸쓸한 눈 위에 서 있었단다. (31~32쪽)

온누리가 하얀 눈에 덮이면 일상적 풍경에서 일탈하여 마치 요술나라

27 이 동화를 『새벗』에 연재하기 시작한 달이 12월이고 마무리한 달이 7월이기 때문이다.
28 오뚝이는 이 동화에 교육성을 주입시키는 역할을 한다.

처럼 느껴진다. 「눈나라 요술나라」는 눈 덮인 세상을 배경으로 이야기를 펼치고 있다. 요술이나 마술이라는 소재는 그 신비성 때문에 동화에 자주 등장한다. 화자인 리터엉 할아버지는 자신이 겪은 어린 시절 이야기를 아이들에게 들려준다. 이 이야기에는 마귀할멈과 파랑새가 등장한다. 마테를링크의 동극 「파랑새」[29]를 부분적으로 패러디한 삽화이다. 할아버지가 마을로 돌아가려는 생각에 잠겨 있을 때 마귀할멈 집에 있던 파랑새가 나타나 요술나라로 안내하려 한다. 할아버지는 뿌리치고 집으로 왔지만 식구들은 알아보지 못한다. 투명인간이 된 할아버지는 오뚝이로부터 요술나라 구경이나 하고 오라는 말을 듣고 파랑새를 따라 눈길을 간다. 그러자 '거꾸로 나라'라는 팻말이 나타난다.

> "리터엉 할아버지는 참 별난 데도 다 가보셨어. 나도 그런 나라에 좀 가봤으면!" [···중략···] 그러는 동안에 별안간 문밖에서 쪼르릉 쪼르릉 소리가 들렸습니다. [···중략···] 돌이는 얼른 문을 열었습니다. [···중략···] 뜻밖에도 파랑새 한 마리가 빨래줄에 앉아서 쪼르릉 쪼르릉 울고 있지 않겠어요. [···중략···] "돌이 도련님, 뭘 그리 생각하세요? 거꾸로 나라 구경이 하고 싶으면 날 따라 오세요." [···중략···] 이윽고 파랑새는, "거꾸로 나라"라고 쓴 푯말 위에 앉더니, "자아, 돌이 도련님, 이 길로 곧장 가세요."하고는 쪼르릉 울면서 날아가 버렸습니다. (38~39쪽)

「요술나라 거꾸로 나라」의 도입 부분이다. 파랑새는 거꾸로 나라로 안내해주는 길라잡이 역할을 한다. 파랑새가 현실세계와 판타지를 연결하는 메신저의 역할을 하는 것이다. 환상동화에서 메신저의 역할은 이야

29 「파랑새」는 크리스마스날 치르치르와 미치르가 마귀할멈의 부탁을 받고 파랑새를 찾으러 여행을 떠나는 내용이다. 마귀할멈은 치르치르에게 다이아몬드가 있는 마법모자를 준다. 그 다이아몬드를 돌리면 미래와 과거로 갈 수 있다. 치르치르와 미치르는 기억의 나라, 밤의 나라, 숲과 행복과 미래의 나라를 차례차례 순례하면서 모험을 한다.

기에 힘을 실어주므로 설정이 중요하다. 할아버지는 아이들에게 '요술 나라'를 거쳐 '거꾸로 나라' 구경을 하게 될 거라고 운만 뗀 후 이야기를 마친다. 집에 돌아와 잠자리에 누운 돌이가 거꾸로 나라가 어떤 나라인지 궁금해 한다. 할아버지의 이야기를 되새기며 잠자리에 든 아이들은 이야기와 관련된 꿈을 꾸기도 한다.

> 돌이는 우스워서 배꼽을 움켜쥐고 한참 뼁빙 돌았습니다. 아무리 거꾸로 나라라 해도 생쥐한테 쫓겨서 고양이가 살려 달라고 비명을 지르는 게 우습기 짝이 없어서 돌이는 하하하하 소리를 내고 웃었습니다. 그 때, "돌아 너 왜 그러니?" 엄마가 돌이를 흔들어 깨웠습니다. […중략…] "돌이가 거꾸로 나라 이야길 했지만, 이번엔 그럼 내가 가본 진짜 거꾸로 나라 이야기를 해야겠군." (40~41쪽)

엄마가 흔들어 깨우는 장면에서 돌이가 꾼 꿈속의 세계임을 알 수 있다. 고양이가 쥐에 쫓겨 살려달라고 하는 삽화는 거꾸로 나라이기 때문에 가능하다. 강자가 약자에게 쫓기는 장면은 약자의 입장에서 보면 통쾌한 일탈이다. 이처럼 불가능을 가능하게 하는 일이 환상동화의 힘이다. 돌이의 꿈 이야기를 들은 할아버지는 자신이 겪은 꿈 이야기를 들려준다. 할아버지가 간 거꾸로 나라에서는 물건을 사면 거꾸로 돈을 받는다. 할아버지는 물건을 공짜로 많이 얻으려다 돈보따리가 무거워져서 낭패를 본다. 거꾸로 나라는 모두가 공짜고 모두가 힘 안 들이고 생기기 때문에 사람들의 손과 발도 없어져 오뚜기처럼 변한다. 복지정책의 확대로 공짜를 좋아하는 오늘날 한국 사회의 인심을 풍자한 것 같아 흥미롭다. 거꾸로 나라 이야기가 끝나면 「간난이와 옛말나라」로 이어진다.

할아버지가 다음에는 옛말 나라 이야기를 해준다고 하자 집으로 돌아온 간난이가 바느질 하는 엄마에게 옛말 나라에 가봤느냐고 묻는다. 그러자 엄마는 시치미를 떼고 가보았다고 말하며 간난이를 잠자리에 들게 한다. 간난이는 옛말 나라에 가고 싶어 눈을 뜨지 않고, 마음속으로 수를 센다. 간난이가 담요를 타고 하늘을 나는 장면은 꿈속의 세계이다. 작가는 이러한 삽화가 꿈이라는 것을 눈치채지 못하게 잘 처리하고 있다. 비행 담요 삽화는 '마법의 양탄자' 같은 서양의 동화에도 등장한다.

놀라운 것은 리터엉 할아버지가 썰매 위에서 사슴 고삐를 채찍질을 하면서, "간난아, 어떻게 옛말 나라 가는 길을 알았니?"하시는 것이었습니다. [⋯중략⋯] "자, 다 왔다. 얘들아, 이 사슴은 말이야. 내가 그 전에 이야기 해준 선녀와 나무꾼에 나오는 사슴이야. 이 썰매는 산타할아버지 썰매고."하시며 설명해 주십니다. (53~54쪽)

전래동화 「선녀와 나무꾼」에 나오는 사슴이 산타 할아버지의 썰매를 끄는 삽화이다. 우리의 전래동화와 서양의 동화를 조합하여 패러디한 장면이다. 사슴은 옛말 나라에 들어갈 때 문지기인 호랑이를 조심하라고 이른다. 간난이는 담뱃대를 물고 리터엉 할아버지에게 잘 만났다고 말하는 호랑이를 무서워한다. 문지기 호랑이는 리터엉 할아버지가 어렸을 때 나팔 때문에 혼이 났던 호랑이인 것이다. 그런데 죽은 것으로 묘사된 호랑이가 아무런 설정없이 재등장하는 장면은 혼란을 일으키게 한다. 리얼리티의 상실은 판타지의 불꽃에 찬물을 끼얹는 격이다.

"그까짓 나팔은 바보 같은 네가 무서워하는 게지만, 네 할아버지가 제일 혼난 것을 난 가지고 있어. 자, 봐라. 이 곶감을."하시며, 곶감 한 꼬치를 쭉 내미시니까 여태까지 아주 뻐기고만 있던 호랑이란 놈이 별안간 부르르 떨지 않겠습니까. [⋯중략⋯] 호랑이는 담뱃대를 내던지고 발을 싹싹 빌면서, "아이구, 할아버지 살려주세요. 우리 할아버지가 이 세상에서 곶감처럼 무서운 건 없다고 하

셨어요."하며 쩔쩔매는 것이었습니다. (55쪽)

이 장면은 전래동화 「호랑이와 곶감」을 패러디한 삽화이다. 문지기 호랑이가 항복을 하자 할아버지는 간난이와 그 친구들을 데리고 문 안으로 들어간다. 간난이는 무지개 다리를 건너다 춤을 추던 선녀가 엄마인 것을 알고 깜짝 놀라 미끄러진다. 간난이는 옛말 나라를 꿈속에서 다녀온 것이다. 간난이가 건너던 무지개 다리는 색동이불인 것을 알 수 있다.

여섯째 마당인 「새나라 새들의 임금님」에는 박쥐구실설화[30]를 패러디한 장면이 나온다. 그런데 모티프만 패러디했을 뿐 이야기는 새롭게 창작하였다. 박쥐는 할아버지에게 자신들이 새들로부터 미움을 받는 까닭을 이야기한다. 박쥐들은 다른 새들에게 새 나라의 임금으로 부엉이를 모시자고 제안하여 추대한다. 임금이 된 부엉이는 새들을 잡아먹고,[31] 남은 것은 박쥐에게 준다. 할아버지는 부엉이를 활로 쏘아 죽인다. 그러자 박쥐들이 총공격을 해온다.

> 박쥐란 놈들이 꼭 중공 오랑캐처럼 떼를 지어 와르르 덤비는데, 시커먼 구름장 같아. 그렇지만 무서울게 뭐냐?
>
> 그놈들이 가까이 왔을 때, '쏘아라!' 하고 명령을 했더니 고무총을 잔뜩 잡아 당겼던 새들이 한꺼번에 입을 딱 벌렸단다. (69~70쪽)

이 동화가 창작된 시기가 한국동란 직후인지라 박쥐 떼를 중공군의 인해전술에 비유한 장면은 흥미롭다. 박쥐들은 새들이 쏘아댄 돌멩이 탄환을 맞고 모조리 죽게 된다. 파랑새를 비롯한 새들은 할아버지에게 새 나

---

30 이 설화는 이솝 우화에도 등장하는데 기회주의자인 박쥐는 날짐승과 길짐승 양쪽에서 미움을 받게 된 이야기이다. 이 설화는 박쥐라는 동물의 생태에 관한 유래를 말하고 있으면서도, 책임감 없는 기회주의자들에 대하여 비판을 가하고 있는 풍자적 내용의 설화이다.

31 이 장면은 우화 '개구리나라 임금님'을 패러디한 대목이다.

라 임금님이 되어달라고 조르자 할아버지는 수락한다. 임금이 된 할아버지는 새 둥우리를 새로 만들어 주는 등 새 나라 새들이 행복하게 살 수 있는 지혜를 낸다. 할아버지는 후임 자리를 느티나무에게 물려주고 새 나라를 떠난다. 할아버지는 파랑새의 안내를 받으며 엉터리 나라로 향한다. 엉터리 나라에서는 그야 말로 엉터리[32] 같은 일들이 벌어진다.

우물을 들어 마시는 이야기는 어불성설이지만 엉터리 나라이기에 가능하다. 배가 고파서 주머니칼을 꺼내 타고 가던 황소의 고기를 실컷 베어 먹었다는 이야기나 돼지를 통속에 가두어 놓고 뚫린 구멍으로 빠져나온 살을 베어 먹는다는 이야기는 엉터리의 극한이다. 리터엉 할아버지는 엉터리 나라 사람들에게 멧돼지 사냥법을 가르쳐준다. 멧돼지들을 감자로 유인하여 줄을 서게 한 뒤 철사를 이은 총알 한 방을 쏘아 천 마리도 넘는 멧돼지들을 한꺼번에 잡는 방법이다. 이 또한 어처구니없는 이야기이지만 엉터리 나라이니까 허용이 되는 것이다.

멧돼지에게 쫓기던 할아버지는 얼음이 꺼지는 바람에 강물에 떠내려간다. 자신의 목을 뽑아 얼음장을 깨는 삽화는 엽기적이다. 쑥 뽑은 머리는 도로 붙이면 그만이라고 하며 할아버지는 이야기를 끝낸다. 일곱째 마당인 「엉터리 나라」는 할아버지가 아이들에게 뻥친 이야기이다. 아이들도 할아버지의 얼토당토않은 거짓말을 유쾌한 이야기로 받아들인다.

할아버지가 감기에 걸리자 이쁜이와 돌이는 들로 산으로 파랑새를 찾아 나선다. 파랑새에게 할아버지의 감기를 낫게 해달라고 하기 위해서이다. 구장댁 머슴이 파랑새라며 자신의 주머니 속에서 꺼내 준 것은 버들피리이다. 간난이 엄마는 파랑새는 자신의 가슴속에 있다고 말한다.

「산골 총각의 엉터리 시합」에서도 허풍스런 이야기들이 펼쳐진다. 그루터기에 머리를 부딪혀 죽는 산토끼 사냥 이야기, 굵다란 대통 속에 선

32 이치에 맞지 않는 터무니없는 말이나 행동을 뜻한다.

달 찬바람을 넣어두었다가 여름철에 땀 안 흘리고 일하는 방법, 커다란 철망을 논바닥에 펴놓고 볍씨를 뿌린 후 모가 자라 벼이삭이 익으면 철망을 들어올려 추수하는 방법, 황소 꼬리에 돌을 매달고 황소 잔등에 콩 한 알을 붙들어 맨 후 콩을 쪼는 꿩을 잡는 방법 등 엉터리 시합[33] 이야기들이 소개 된다.

「반짝반짝 반딧불」은 아기별이 세상 구경을 하러 두메산골에 내려왔다가 할머니와 어렵게 사는 조손 가정을 도와준 이야기이다. 아기별이 밤길을 걷는 노인과 아기들의 길을 밝히기 위해 반딧불이 되었다는 유래담적인 이야기이다. 「염소 할아버지와 수박」은 이야기의 마지막 장으로 리터엉 할아버지가 어린 시절 염소할아버지네 수박밭에서 수박서리를 한 추억담이다. 익지 않은 수박을 따서 낭패를 본 할아버지가 그 죄책감으로 악몽에 시달린 이야기와 염소할아버지에게 용서를 빌자 며칠 후 잘 익은 수박을 가져와 송구스러워한 내용이 그려져 있다.

> 반딧불이 또 하나 날아옵니다. 멀리서 별똥이 쭈르르 흐릅니다. 할아버지는 수박을 잡수시고 나서 말씀 하셨습니다.
>
> "아이 참 잊었군! 그래서 말이야. […중략…] 이 하이얀 수염이 텁석부리로 났다면 얼마나 좋았을까. 하하하하."
>
> 여름밤은 깊어만 갑니다. 리터엉 할아버지 이야기는 언제까지나 계속할는지요. (132쪽)

『리터엉 할아버지』의 에필로그이다. 반딧불이가 날아다니고, 별똥이 흐르는 여름밤에 할아버지가 수박을 먹으며 아이들에게 이야기를 들려주는 삽화이다. 리터엉 할아버지가 수염을 기르게 된 것도 어린 시절 자

33 엉터리 시합에서는 그루터기로 산토끼를 잡는 산골 총각이 우승을 차지한다.

신의 잘못을 감싸준 염소할아버지를 닮고 싶어서이다. '언제까지나 계속 할는지요'로 마무리하며 이야기가 더 이어질 수도 있다는 여운을 남기고 있다. 이 동화는 얼핏 황당무계한 이야기들의 나열 같지만 갖가지 전래동화와 설화를 패러디하며 웃음과 해학을 선사하고 있다. 이는 전쟁의 참상에서 고생하는 당시대 어린이들에게 재미있는 이야기를 통해 웃음을 주려는 작가의 의지로 해석할 수 있다.

2) 「백조의 선물」과 치유의 문학

「백조의 선물」은 중편동화이다. 이 작품은 1955년부터 1957년까지 한국일보에 16회에 걸쳐 연재되었다. 이 동화는 6·25 전후를 시대적 배경으로 아기별이 관찰자의 시점으로 등장한다. 서울 구경을 내려온 아기별이 들려주는 이야기로 꾸며져 있다. 이 동화의 중심인물은 영희이다. 아버지는 인민군에 잡혀 가고, 어머니마저 피난길에서 헤어져 고아가 된 영희가 백조를 비롯한 창경원 동물들의 도움으로 엄마를 다시 만나는 이야기이다. 전쟁으로 상처받은 어린이들을 동화로 치유하고 싶어하는 작가의 배려가 깔려 있는 작품이다.

6·25전쟁이 나던 날은 일요일이다. 영희는 그날 부모님과 함께 창경원 동물원[34] 구경을 간다. 전쟁이 터진 날 동물원 구경을 갔다는 게 설득력이 떨어지지만 매스컴과 통신이 발달하지 못했던 시절이기에 개연성을 열어둘 수는 있다. 하지만 전쟁 발발 일주일 전쯤으로 설정했더라면 더 설득력이 있는 상황이다.

---

34 일제는 1909년 창경궁에 동물원과 식물원을 만들고 그후 창경원이라 개칭하였다. 창경궁을 동식물원으로 만들라고 순종에게 건의한 자는 이토오 히로부미였다. 그는 동물원 개장을 며칠 앞두고 안중근 의사에 의해 하얼빈에서 사살된다. 동물원은 해방 후인 1946년에 재개장하였다가 1984년 과천에 서울대공원이 만들어져 옮길 때까지 사용하였다.

> 영희가 여섯 살 때 그러니까 5년 전 6월 25일.
>
> 영희는 날마다 엄마한테 졸라댄 보람이 있어 어머니와 아버지와 동생 윤이와 같이 창경원엘 갔었습니다. 그런데 모처럼 간다는 게 날씨가 잔뜩 찌푸려서 가랑비까지 내렸습니다. 그래도 영희는 기뻤습니다. 영희가 그렇게 가고 싶어하던 창경원엘 가던 6월 25일 영희가 창경원 문 밖에 나오자 거리에는 국군을 콩나물처럼 가득 실은 트럭이 북으로 꼬리를 물고 달리는 것이었습니다. (26쪽)

전쟁이 난 지 며칠 후[35] 서울 장안은 죽음의 거리로 변한다. 총을 멘 사람이 찾아와 영희가 아끼던 진돗개도 끌어가고, 한밤중에 아버지도 잡아간다. 전쟁이 영희네 집안을 하루아침에 황폐화시킨 것이다. 단란한 가족을 해체시킨 전쟁의 비극은 피난길로 이어지며 영희를 고아로 만든다.

영희는 어머니와 함께 기차 지붕에 올라타서 피난을 간다. 아무리 전쟁이란 극한상황이라도 여섯 살 영희가 동생을 업고 피난길에 나서는 일이 과연 가능할까 의문이 드는 삽화이다. 사람들이 다닥다닥 올라탄 기차는 한 발자국도 옮겨 놓기가 어려운 상황이다. 윤이는 기차 지붕에서 눈보라 찬바람을 맞아 감기에 걸려 앓다 목숨을 잃는다.

그런데 피난길에 어린 영희를 기차 지붕에 혼자 두고 죽은 아이의 무덤을 만들기 위해 내려간 엄마의 행동은 설득력이 없다. 설득력이 없는 설정은 이야기의 사실성을 떨어뜨려 문학성을 폄하할 수밖에 없다. 혼잡한 피난길에서 손을 놓쳐 잃어버렸다는 식의 설정이 훨씬 자연스러울 것이다. 어머니를 잃어버린 영희는 대구 고아원을 거쳐 서울에 있는 고아원에서 생활하게 된다. 6·25전쟁이 나던 날 창경원에 갔던 영희는 트라우마로 인해 창경원에 가자는 고아원 선생님의 제의도 거절한다. 초등학교 4학년 연령대가 하는 행동으로는 부자연스러운 설정이다. 10대 초반

35 인민군은 전쟁을 일으킨 지 사흘 만에 서울을 점령한다.

의 아이라면 안 가겠다는 고집보다 그곳에 가게 되면 생이별한 부모를 만날지도 모른다는 기대감을 갖게 되는 것이 자연스럽기 때문이다.

전쟁이 끝난 후 창경원 동물원에서는 사자 의장을 중심으로 동물 회의가 열린다. 동물회의 의장은 전쟁에 시달린 어린이들을 위로할 방법을 의논한다. 원숭이와 여우는 자신들을 괴롭히는 구경꾼들을 성토하지만 사자는 사람들의 입장을 두둔하며 동물들을 설득한다. 마침내 낙타, 백조, 흰곰, 두루미, 호랑이 등이 어린이날에 무료 입장할 수 있도록 초대장을 보내기로 의결한다. 이를 지켜본 아기별도 기뻐한다.

> 동물회의 다음 날부터 동물원은 한결 더 즐겁고 풍성해졌습니다. 그 뿐인가요. 동물회의에서 보낸 어린이날 초대장은 아기 별님 손으로 집집마다 서울 시골 할 것 없이 사방으로 퍼지기 시작하였습니다. [···중략···]
>
> 즐거움을 원하는 분이나 슬픈 사정 이야기라도 무슨 의논을 하고 싶은 분은 모두 어린이날을 잊지 마시고 찾아주시기 바랍니다.
>
> 어린이 여러분의 친한 벗 동물회의 의장 (23~24쪽)

동물회의 의장 사자가 보낸 편지가 아기별에 의해 전국으로 배달되는 장면이다. 사자가 보낸 비현실적인 편지를 배달해주는 주체가 아기별이 있기 때문에 설득력을 얻을 수 있다. 영희는 창경원에 가자는 고아원 선생님의 제의를 거절한다. 전쟁이 나던 날 가족과 함께 갔던 창경원은 영희에게 트라우마를 유발한 장소이기 때문이다. 선생님은 스스로 가엾은 영희의 엄마가 되기를 원한다. 깊은 밤 선생님의 품에 안겨 잠이 든 영희를 지켜보던 아기별은 이 곳에도 동물회의 초대장을 놓고 간다.

백조는 영희의 꿈속에서 어머니가 되었다가 선생님의 모습으로 변하기도 한다. 어머니를 부르며 선생님 품으로 파고든다. 엄마를 찾던 영희가 꿈속에서 백조에게 안겨 있을 때 동물원에서는 호랑이가 의장이 되어 회의를 연다. 백조는 꿈속에서 만난 새마을 고아원의 영희가 창경원에 오지 않으려는 까닭을 설명한다. 동물들은 영희가 엄마를 그리워한다는 것을 알고 어머니를 찾아 줄 방법을 의논한다. 마침 구경온 까치가 창경원 앞에서 캐러멜 장수하는 아주머니가 아기 잃은 엄마라는 이야기를 꺼낸다. 백조는 영희 엄마가 창경원 옛 생각이 그리워서 잃어버린 아기를 기다리고 있는지도 모른다는 생각을 한다. 동물들은 어린이날을 맞아 서울 장안의 아기 잃은 엄마들을 초대하기로 한다.

> 지붕에서 까치가 울기 시작했습니다. 깍깍깍깍.
>
> "아기 잃은 엄마들은 창경원으로 오세요. 아기 잃은 엄마를 아기가 찾습니다. 깍깍깍깍 어서 어서 오세요." […중략…]
>
> "어젯밤 꿈이 참 이상해요. 창경원 동물들이 아기 잃은 엄마들 잔치를 열고 있지 않아요."
>
> 아침 인사를 하는 사람들 중에 이 마지막 이야기를 하는 사람이 바로 아기 엄마들이었습니다. 아기 별님이 부지런히 초대장을 배달한 덕택이었습니다. (38쪽)

아기별로부터 동물회의 초대장을 받은 캐러멜 파는 아주머니도 캐러멜 상자를 가지고 집을 나선다. 영희도 아침 일찍 일어나 세수를 하고 창경원에 가겠다고 스스로 말한다. 꿈속에서 초대장을 받고 백조 품에 안기어 엄마 생각을 하다 창경원에 가보고 싶어진 것이다. 창경원에 가지 않겠다고 고집을 부리던 영희가 스스로 마음을 바꾼 것은 꿈이라는 매개체 때문에 가능하다. 아기별이 메신저가 된 꿈이라는 매개체는 판타지에 리얼리티를 실어 역동성을 발휘하게 해준다.

백조는 꿈과 현실을 연결해주는 매개체이다. 환상의 세계를 구축할 때 매개체의 역할은 중요하다. 백조는 흰빛이 주는 이미지 때문에 순결하고 여성스럽다. 흰색의 보편적인 의미는 희망, 순수, 숭고, 고귀한, 순결, 신성한, 영적인, 여성스러운, 진실, 결백 등을 나타낸다. 흰색은 매우 긍정적인 색으로서, 고귀하고 신성한 색이며, 순수하고 순결한 색이다. 따라서 백조는 희망과 순결의 상징으로 여성적이고 모성의이미지도 내포하고 있다. 또한 안데르센의 동화 '백조 왕자'에서처럼 변신을 유추할 수 있는 환상 이미지가 강하다.

이 동화에서 동물원의 백조는 영희에게 꿈을 찾아주고 꿈을 이루게 한다. 또한 꿈속에서 만난 백조처럼 영희를 환상의 세계로 이끌기도 한다. 이 동화의 제목이 '백조의 선물'인 것도 백조의 역할과 비중이 크기 때문이다.

> 더구나 그날 밤, 고요한 창경원 안에서 동물회의가 열린 것을 아기별님은 보았습니다.
>
> "이런 기쁠 데가 없습니다. 고아들에게 선물을 보내자던 백조님은 가장 귀한 어머니를 선물로 보내드린 셈입니다." [⋯중략⋯]
>
> 엄마도 그동안 쌓이고 쌓인 사연을 무엇부터 풀어야할지 이야기도 채 못하고 어느새 잠이 깊이 들었습니다. 영희 엄마가 되어주겠다고 하시고 또 여태까지 엄마 노릇을 하시던 선생님도 영희 옆에서 주무십니다.
>
> 엄마 없던 영희가 두 엄마 사이에서 자는 셈입니다. 아기 별님은 그 평화스런 얼굴을 들여다보시고 참말 만족한 웃음을 띠셨습니다. (50쪽)

이 동화의 에필로그이다. 백조의 선물은 결국 엄마를 잃은 영희에게 어머니를 찾아준 것임을 알 수 있다. 영희는 동물 회의가 열리고 있을 때 친엄마와 고아원 엄마 사이에서 깊은 잠에 빠져 있다. 아기별은 관찰자가 되어 이야기를 훈훈하게 마무리하고 있다. 이 동화는 6·25전쟁으로 아버지와 동생을 잃고, 어머니와도 헤어졌던 영희가 백조와 아기별의 도움으로 다시 만나게 되는 줄거리로 짜여 있다.

이 동화는 휴전 후 전쟁고아나 이산가족이 많은 당시대 현실을 조망하며 쓴 작품이다. 현실과 환상세계를 조화롭게 펼치며 전쟁으로 헤어졌던 모녀의 극적인 상봉을 다루고 있다. 전쟁의 후유증으로 몸과 마음이 피폐한 어린이들에게 꿈과 희망을 주기 위한 작가의 심중이 담긴 동화이다. 전쟁의 상흔으로 얼룩진 당시대 어린이들의 참상을 치유해보고 싶은 작가의 의지를 헤아릴 수 있다.

3) 「호랑이 선생님과 토끼 선생님」에 나타난 민족정신

동화집 『호랑이 선생님과 토끼 선생님』에는 중편동화인 「호랑이 선생님과 토끼 선생님」과 「백조의 선물」 외에 「강아지와 고양이」[36]를 비롯한 11편의 단편[37]이 수록되어 있다.

표제작품인 「호랑이 선생님과 토끼 선생님」은 자전적 동화로 1970년대에 창작되었다. 태호가 화자로 등장하는 이 작품은 작가가 유년시절을 보낸 일제 강점기를 배경으로 민족정신을 일깨우고 있다. 우리 민족이 일제의 압살에 시달리면서도 굴복하지 않았던 것은 호랑이 선생님으로 대표되는 민족주의자들의 꿋꿋한 기개와 토끼 선생님으로 대표되는 애국청년들의 무궁화꽃 같은 독립정신이 살아 있었기 때문이다. 호랑이 선생님은 구세대를 상징하고 토끼 선생님은 신세대를 상징한다.

호랑이 선생님은 글방에서 한문을 가르치는 봉건적인 인물이다. 한글

---

36 웅길이와 계홍이가 우정을 돌이키기까지의 과정을 그리고 있다. 개와 고양이는 이웃에 살아 친했으나, 동물의 주인인 두 아이는 서로가 앙숙인 사이다. 두 아이가 싸우자 선생님은 아이들의 손목에 종이끈을 묶어주며 집까지 끊지 말고 가라고 한다. 결국 손을 잡고 가는 것이 가장 좋은 방법임을 알게 되며 우정의 중요성을 느끼게 된다는 내용이다.

37 「일요일 아침」, 「사진」, 「잃어버린 구슬」, 「고향」, 「이상한 안경」, 「행복한 공」, 「할아버지 밤나무」, 「감나무」, 「일학년 오빠」, 「낚시 할아버지」 등이다.

을 언문이라고 얕잡아 부르고 한문을 진서라고 높여 부르는 고루한 인물이다. 예수를 귀신으로 지칭할 만큼 신문화를 부정적으로 보는 시각도 뚜렷하다. 그만큼 자존의식이 강한 인물이다. 태호의 부모는 어린 태호를 서당인 글방에 보낸다. 학생들은 그날 공부한 것을 외지 못하거나 밖에 나가서 오래 놀면 회초리로 종아리를 맞는다. 태호는 엄살을 부린다며 종아리에 피가 맺히도록 맞는 앙이를 보고 호랑이 선생님이 무서워 글방에 가지 않는다.

마을에 '엡엣의숙'이라고 불리는 예배당이 들어서고 예배당에 딸린 학교가 생기면서 변화의 바람이 분다. 학교가 생기자 태호는 서울에서 온 토끼 선생님을 만나게 된다. 토끼 선생님은 까만 양복 차림의 스무살을 갓넘긴 신세대 청년이다.

> 학교가 시작되던 날 입학한 학생은 십여 명 되었는데 나는 학생도 아니면서 예배당 교실에 들어가서 글공부하는 구경을 할 수 있었다.
>
> 선생님은 어떻게나 이야기를 잘하시는지 지금도 그 모습이 기억난다. […중략…] 그 중에서 우리들을 반하게 만드는 일은 선생님이 씽씽이[38]를 잘 부는 것이었다. […중략…] 여보 여보 거북님 내 말 들어보오. 천지간 동물 중에 네발가지고 저같이 느린 걸음 처음 보아라. 이런 노래를 부르고는 한바탕 씽씽이를 부는 바람에 이 노래는 금방 마을 아이들 사이에 유행되었다. 이래서 마을 사람들은 박선생이 아니라 토끼선생님이라고 하였었다. (143~144쪽)

서당 글방에서 회초리를 맞아가며 한문 공부를 하던 아이들이 신식학교에서 글과 음악을 배우는 모습을 그린 장면이다. 토끼 선생님이 부는 하모니카 소리를 들으며 신기해하는 아이들의 모습이 그려진다. 학

38 하모니카 소리를 흉내내어 '씽씽이'라고 했다.

교가 생기면서 어린이들의 놀이터와 마을 젊은이들의 운동장도 확보된다. 토끼 선생으로 불리는 박선생님은 운동장에 철봉대를 만들고 철봉운동을 한다. 마을 어른들이 박선생님이 허리를 철봉에 대고 빙빙 돌리는 것을 보고 토끼 선생님이 아니라 원숭이 선생님이라고 말하는 장면은 코믹하다.

마을 청년들은 운동장에서 커다란 고무공을 가지고 축구를 한다. 나중에는 머슴들까지 돼지 오줌보에 바람을 넣은 공을 만들어 축구를 한다. 태호는 아버지가 장에서 사다 준 조그만 고무공을 받고 무척 기뻐한다.

> 학교가 생겨서 놀이터로 왁자지껄해지자 참 재주 좋은 선생님이라고 칭찬이 마을에 자자했다. 근방 아이들까지 학교에 와서 놀고 아주 글방은 그만 두고 학교로 옮기는 학생도 생겼다. […중략…]
>
> "세상이 망할라구 성현의 말씀 안 듣고 짐승들처럼 뛰어놀기만 좋아하고 남녀가 한데 모여서 노랫가락이나 하면 제일이냐? 그 못된 왜놈들 닮아가기만 열심이니 이제 우리 나라 백성은 모두 오랑캐가 되는 거야."
>
> 호랑이 선생님은 한숨을 쉬시고 젊은이를 보면 호령만 하셨다. (146쪽)

학교가 생기고 토끼 선생의 인기가 많아지자 호랑이 선생은 마음이 상할 수밖에 없다. 글방을 그만두고 신식 학교로 적을 옮기는 학동들이 생기니 마음이 편할 리 없다. 예배당에 모여 남녀가 함께 찬송가를 부르는 모습을 보고 왜놈을 닮아간다고 호통을 치기도 한다. 호랑이 선생님은 구시대를 상징한다. 공자와 맹자를 숭상하는 글방 선생님은 유교적인 신념을 가진 봉건주의자이다. '왜놈을 닮아 오랑캐가 되어간다'는 호랑이 선생님의 탄식은 일제에 강점당한 식민지 백성의 울분과 꿋꿋한 민족정신이 담겨 있다.

신식 학교가 생기자 천자문이나 공부하는 서당의 인기가 시들해질 수밖에 없다. 공차기와 철봉운동으로 상징되는 근대화 물결에 고루한 공자왈, 맹자왈을 읊조리는 구학문이 밀리게 된 것이다. 토끼 선생님은 예배당 주일학교 아이들에게 노래도 가르쳐주고 '토끼와 호랑이' 같은 옛날 이야기도 들려준다. 이 전래동화를 통해 힘이 약하더라도 지혜만 있으면 폭력을 이길 수 있음을 풍자하고 있다. 토끼 선생이 들려준 이 동화에서 토끼는 한민족이고 호랑이는 일본인임을 암시하고 있다. 토끼 선생님이 아이들에게 "우리 나라는 무궁화동산이에요. 무궁화꽃을 많이 많이 피워야 해요.", "우리들은 무궁화꽃이예요 무궁화동산에 무궁화꽃이예요."라고 말한 대목에서도 살필 수 있듯이 토끼 선생님은 교육을 통해 민족의 독립을 꿈꾸는 의인임을 알 수 있다.

회초리라는 폭력을 무기로 무섭게 가르치는 호랑이 선생님보다 노래와 이야기로 재미있게 가르치는 토끼 선생님이 아이들에게 인기가 있을 수밖에 없다. 호랑이 선생이 엄격하고 권위적인 인물이라면 토끼 선생님은 다정다감하고 살가운 인물이다.

그런데 마을에서 인기가 밀리던 호랑이 선생님의 위상이 높아지게 된 사건이 벌어진다. 추석을 앞두고 마을 사람들이 명절 준비를 하고 있을 때, 칼을 찬 일본 순사가 한국인 보조원과 함께 집 청결 상태를 점검한답시고 마을을 순찰한다. 일본 순사는 어느 할머니 집에 들어가 집안이 불결하다며 트집을 부리다 할머니와 다투게 된다. 순사가 장독대 옆의 터줏가리[39]를 뽑아버리자 할머니가 야단을 치게 되고 순사는 장독을 발로 차서 깨어버린다. 자초지종을 알게 된 호랑이 선생님은 보조원을 향해 소리친다.

"뭐, 왜놈들은 할애비도 조상도 없다더냐? 남의 터주를 뽑아버리는 놈이 순

39 집집마다 장독대 옆에 볏짚으로 만들어 놓은 고사터로 일 년에 몇 번씩 떡시루를 갖다 놓고 고사를 지내거나 무당이 푸닥거리를 하던 곳이다.

사가 무슨 순사야. 장독은 저놈과 원수라도 졌다더냐?"

호랑이 선생님은 보조원을 꾸짖는 말씀이었지만 성난 눈은 일본 순사를 노려보고 계셨다. 일본 순사는 보조원의 말을 듣고, 더욱 표독한 소리로 말했다.

"빠가야로, 무슨 떠주까리노 말이 했소. 야만인이노 미신 믿는 사람이 야만인……."

미신 믿는 사람이 야만인이라는 말에 호랑이 선생님은 정말로 담뱃대를 휘두르며 호령을 하셨다.

"이놈아, 우리 조선 사람이 왜놈보다 야만인인 줄 아느냐? 이 섬나라 오랑캐 놈아." (136쪽)

순사는 일제 강점기의 민초들에게 무서운 존재였다. 어린아이들이 울 때 '순사가 잡아간다'는 말이 오늘날에도 회자되고 있을 정도로 공포의 대상이었던 것이다. 서슬이 퍼런 순사에게 오랑캐놈이라고 꾸짖는 호랑이 선생님의 기개는 민족정신을 대변한다. 일본 순사는 왜놈 오랑캐라는 말을 트집잡아 보조원을 시켜 호랑이 선생님을 잡아가려고 한다. 머슴의 아들인 보조원은 신분 관계도 있고 호랑이 선생님의 기세에 눌려 일본 순사를 간신히 데리고 간다. 일본 순사를 호령하여 내쫓은 일은 불의에 굴복하지 않는 기개이며 민족정신의 발로이다.

토끼 선생님은 어린이들뿐만 아니라 아낙네들이나 머슴들에게도 인기가 높다. 글을 모르는 아낙네들의 편지를 대신 써주고, 머슴들에게 사랑방에서 한글을 가르쳐주기 때문이다. 토끼 선생님은 문맹퇴치운동도 펼친 것이다. 화자인 태호는 여섯 살 이전에 한글을 깨쳐 성경책이나 고담책을 읽을 수 있었다. 태호의 총명함을 엿볼 수 있는 대목이다.

토끼 선생님은 가끔 서울에 다녀오셨다. […중략…] 저만치 선생님이 보이면 우리들은 일제히 선생님 하고 부르면서 뛰는 것이었다. 장난꾸러기들은 토끼 선생님하고 부르기도 했다. 선생님은 손을 흔들며 걸으시는데 거의 매번마다 등에는 보따리를 메고 오시는 것이 마치 산타클로스 할아버지 같았다. 선생님이 보따리를 풀면 여러 가지 신기한 이야기가 많았다. [⋯중략⋯] 그러나 마을 사람들이 신기하게 여기고 또 토끼 선생님을 존경하게 된 것은 주판을 사 가지고 와서 가르쳐 준 때이었다. (151쪽)

토끼 선생님이 메고 온 보따리 속에는 책, 분필, 연필, 지우개 같은 학용품이 대부분이다. 선생님은 아이들에게 기차, 전차, 비행기 같은 탈 것 이야기도 들려주고 마을 사람들에게 주산도 알려준다. 암산이나 주먹구구로 하던 셈을 주판으로 쉽게 할 수 있게 되니 토끼 선생님에게 고마워한 것은 당연하다. 토끼 선생님은 무궁화 묘목도 구해다 심고 코스모스를 비롯한 여러 꽃씨를 뿌려 마을을 아름답게 가꾼다. 마을 사람들이 처음 본 코스모스꽃의 이름을 몰라 박선생꽃이라고 부르는 삽화는 웃음을 머금게 한다. 젊은 토끼 선생님의 일련의 행동은 선각자요, 젊은 지도자로서의 풍모를 엿보게 한다.

추석을 앞두고 운동회와 학예회를 준비하던 토끼 선생이 일본 순사에게 잡혀가는 일이 벌어진다. 그러자 호랑이 선생이 장터에 가서 강보조원을 만나 토끼 선생의 석방을 부탁하여 풀려나오게 된다. 추석 다음날 학교에서는 마을 사람들을 모아놓고 운동회와 학예회를 연다. 학예회가 끝나자 토끼 선생님은 다시 독립운동을 했다는 죄목으로 경찰서에 끌려간다. 마을 사람들이 근심에 싸여 있을 때 호랑이 선생님은 토끼 선생님을 어떻게 해서든 구해내야 한다고 앞장선다. 마을 청년들이 이웃 마을에 사는 강보조원을 데리고 오자 호랑이 선생님도 허리를 굽혀가며 잘 봐달라고 애원한다. 마을 대표가 경찰서에 찾아갔지만 빈손으로 돌아온다. 호랑이 선생님이 닷새 동안이나 경찰서를 찾아가 탄원한 결과 토끼 선생님은 마을을 떠나는 조건으로 풀려나게 된다. 마을의 원로인 호랑이 선생님 덕분으로 풀려날 수 있게 된 것이다.

문맹퇴치와 함께 나라꽃 무궁화 교육으로 민족정신을 기르려던 토끼 선생님은 좌절을 맛보게 된다. 토끼 선생님은 주권 잃은 식민지 백성의 설움을 안고 마을을 떠난다. 토끼 선생님은 우는 태호에게 공부 많이 해서 20년 30년 후에 또 만나자고 말하며 길을 떠난다. 토끼 선생님이 자신을 연호하는 학생들을 뒤돌아보며 손을 흔드는 장면은 인상적이다.

> 돌아오는 길가에 코스모스랑 백일홍이랑 아침 햇빛을 받아 활짝 웃는 꽃들을 보고도 나는 소리없이 울었다. [⋯중략⋯] "울지 말고 웃으며 만나자!"
>
> 나는 그 화사한 꽃들이 꼭 토끼 선생님처럼 말씀하시는 것 같았다. 십 년이 지나고 이십 년이 지나도 토끼 선생님은 볼 수 없었다.
>
> 해방이 된 후 일본 순사를 볼 수 없게 되자, 거리에는 노는 아이들 노랫소리에 다시 한번 선생님을 불러보게 되었다. (163쪽)

이 동화의 에필로그이다. 어른이 된 작가 최태호가 어린 시절 자기가 좋아하던 토끼 선생님을 그리워하는 장면이다. 이 작품은 작가가 태어나 유년 시절까지 살았던 안성을 배경으로 자전적 형식으로 쓰여졌다. 이 작품의 시대적 배경이 되는 1920년대는 일제가 겉으로는 문화정치를 표방하던 시기였다. 이는 기미 만세운동으로 촉발된 독립운동의 기운이 팽배하고, 홍범도가 이끈 봉오동전투와 김좌진이 이끈 청산리전투에서 참패한 일제가 유화정책을 폈기 때문이다. 일제는 1920년 동아·조선일보 창간을 허가하는 등 문화정치를 내세우며 민심을 달래려 했다. 따라서 토끼 선생님이 문맹퇴치운동을 벌이던 시대적 배경은 역사의 축과 일치하는 것이다.

「호랑이 선생님과 토끼 선생님」에는 일제 강점기를 살아온 작가의 회한과 당시대를 산 인물들의 민족정신이 고갱이를 이루고 있다. 호랑이 선생님의 일본 순사에 대한 저항과 기개, 학교교육을 통해 민족을 계몽하고 독립운동을 펼치던 토끼 선생님의 열정, 토끼 선생님이 옥에 갇히자 적극적으로 나서서 출옥시킨 호랑이 선생님의 행동은 민족정신의 고갱이인 것이다.

3. 나오는 말

동화작가이자 수필가이며 교육자인 옥천 최태호는 정부 수립 후 문교부 편수관으로 근무하며 초등학교 교과서를 편찬하는 일에 앞장섰다. 그는 교과서에 게재할 문학교재를 직접 집필하면서 아동문학과 인연을 맺었고, 1950년 피난지 부산에서 강소천을 만나 교류하면서 본격적으로 동화를 쓰게 되었다. 특히 휴전 후 전쟁으로 정서가 피폐해진 어린이들을 위해 동화를 썼는데 그 산출물이 「백조의 선물」, 「리터엉할아버지」, 「호랑이 선생님과 토끼 선생님」 등이다.

옥천은 어린이의 세계를 현실 긍정적으로 파악하여 낙천적인 아동상을 작품 속에 투영하고 있다. 이상주의 문학을 지향하는 그의 동화는 교육적 효용성에 바탕을 두고 창작되었다. 그는 전쟁의 상처로 고통 받는 어린이들에게 이야기를 통한 감동과 재미를 선사하기 위하여 동화를 집필한 것으로 보인다. 그는 자신이 어린 시절에 겪은 자전적 스토리를 동화의 소재로 쓰기도 하고, 전래동화나 설화, 유래담, 우화 등을 익살스럽게 패러디하여 동화에 차용하였다.

그는 1962년 아동문학 전문지인 『아동문학』[40]이 창간되자 편집위원으로 활약했다. 그는 이 잡지에 「동경과 이상의 문학」, 「나의 회의」, 「동시

40 1962년 10월 강소천 · 김동리 · 조지훈 · 최태호 · 박목월 등을 편집위원으로 하여 창간되었다. 발행인은 백파 조석기이며, 배영사에서 발행하였다.

와 동요의 바탕」, 「아동문학의 나아갈 길」 등을 차례로 발표하며 아동문학의 이론 정립에도 이바지하였다.

최태호의 동화관과 작품 세계를 집약하면 다음과 같다. 첫째 시대정신을 통찰하고 동화 속에 낙천적 아동세계를 투영하며 교육적 효용성의 아동문학을 옹호하였고, 둘째 동화에 자전적 경험과 설화나 명작동화 등을 패러디하여 흥미성을 높였으며, 셋째 리얼리티를 바탕으로 판타지를 접목한 동화를 지향하였지만 문학성을 크게 담보하지는 못하였다.

그는 1950년대 후기를 풍미한 주목받는 동화작가였지만 1970년대 이후에는 작가로서보다 교육자와 사회 원로로서의 역할에 치중하여 창작 활동이 주춤하였다. 게다가 창작집 출판도 뜸하여 주목받는 작가군에서 멀어지게 되었다. 하지만 전쟁 직후 시대상황을 직시하고 정서가 메마른 어린이들에게 꿈과 소망을 주기 위해 집필했던 창작정신과 동화에 담긴 교육적 효용성은 높이 평가되어야 할 것이다.

자연애를 통한 합일정신의 구현

유여촌 작가작품론

1. 들어가는 말

유여촌(柳麗村)의 본명은 운생(云生)으로 1912년 4월 18일 경북 안동군 풍남면 하회리에서 출생했다. 4남 2녀 중 장남으로 태어나 마을 앞 낙동강가를 놀이터로 성장하였다. 그의 성장지인 풍산평야의 자연환경은 훗날 그가 동화를 쓰는 데 많은 영향을 끼쳤다.

그는 15세인 1927년 풍남보통학교를 졸업한 후 야학을 열어 마을 어린이들에게 한글 공부를 시켰다. 1929년 대구사범학교 심상과에 입학하여 문학 서적을 탐독하는 등 문학에 뜻을 펼쳤다. 그가 1학년 때에 『어린이』지에 단편소설을 투고한 사실이 이를 뒷받침한다.

20세 때인 1932년 이순학(李順鶴)과 대구에서 혼인하여 이듬해에 장남 병락(炳洛)을 낳았다. 1934년 대구사범학교를 졸업하고 전북 남원군 운봉보통학교에 발령받아 교직의 길을 걷게 된다. 이 무렵 그는 일본의 동화작가인 미야자와 겐지(宮澤賢治)[1]에 심취되어 그의 동생인 미야자와

1 宮澤賢治(1896년 8월 27일~1933년 9월 21일)는 이와테 현 출신의 일본의 문인이자 교육자, 에스페란티스토이다. 향토애가 짙은 서정적인 필치의 작품을 다수 남겼으며, 작품 중에 다수 등

세이로구(宮澤淸六)와 자주 편지를 주고받았다.

1936년 장남 병락이 뇌막염으로 발병 한 달 만에 사망하자, 삶에 회의를 느껴 불교 서적을 탐독하기도 했다. 이 무렵 『모나미 닛뽕가이시진(日本海詩)』이라는 시 잡지의 편집동인으로 활동하였으며 차남 걸호(杰浩)가 출생하였다.

1938년 경북 상주군 함창 동부심상소학교로 전근하여 매신순보(每申旬報)에 일본어 소설 「산협의 서광(山峽의 瑞光)」을 응모하여 당선되었다. 이 무렵 『시진시다이(詩人時代)』와 『닛뽕가이시진(日本海詩人)』의 편집동인이 되었으며, 경성일보에 수필을 기고하기도 하였다. 이 해에 3남 영호를 낳았다.

1940년 안동군 풍북심상소학교로 전근하여 방학 때는 아동극단을 이끌고 인근 지방을 다니며 순회공연을 하였다. 1941년 태평양 전쟁 중에는 일시 교직을 물러나 하천부지를 개간하는 등 농업에 종사하였다. 이 해에 장녀 연자(燕慈)가 출생하였고, 1944년에는 차녀 덕자(德子)가 출생하였다.

1945년 해방을 맞아 교직에 복귀하여 미군정청 학무과에 근무하게 되었고, 이듬해에는 학무과 성인교육계장이 되었다. 1947년 3녀 미자(美慈), 1949년에 4남 명호(明浩), 1952년에 4녀 난희(蘭熙), 55년에 5녀 애라(愛羅)가 출생하였다. 1952년에는 대구초등학교 분교사 주임, 1955년에 남산고등학교 강사, 1963년 문경군 생달초등학교 교장이 되었다. 그는 이 무렵부터 아동문학에 뜻을 두고 여러 편의 동화를 쓰기 시작했다.

1964년 마침내 경향신문 신춘문예에 동화 「바람을 그리는 어린이」가 당선되어 52세 늦깎이로 동화작가로 등단하였다. 그는 창작열을 불태워

장하는 이상향을 고향인 이와테의 에스페란토식 발음인 ihatovo라고 명명하였다. 지주들의 수탈로 가난에 허덕이던 농촌의 비참한 환경을 개선하기 위해 애니메이션 〈은하철도 999〉의 원작인 『은하철도의 밤』을 창작하기도 했다. 사후 그의 작품에 대한 평가가 점점 높아져 국민작가로 불려지고 있다.

1967년에 동화선집 5권[2]을 상재하여 새싹회가 주관한 제1회 〈해송동화상〉[3]을 수상하였다.

1965년 구미 동부초등학교, 1970년 대구평리초등학교, 1971년 대구서부초등학교 교장으로 재직하며 동화 창작에 몰두하였다. 1971년에 동화선집 제2집 전 5권[4]을 상재하였는데, 제1집에 실린 99편에 이어 58편의 동화가 실려 있다.

1975년에는 모성애를 소재로 한 동화집 『눈내리는 밤』을 출간했다. 1977년 경북 금천모암국민학교 교장으로 정년 퇴직 후에는 서울 영등포구 당산동 자택에서 창작 활동에만 전념했다. 그 결실로 유년동화집 『달나라 땅나라』를 출간했고, 미발표작으로 『도루묵 교장 선생』, 『염소 할아버지』, 『당자동 마을』, 『낙동강』 등이 있다.

말년에 위암 선고를 받고 투병 중 서울대병원에서 수술을 받고 자택에서 요양하다 향년 69세로 1981년 5월 9일 별세하였다. 그는 경기도 고양 벽제 국제공원묘지에 잠들어 있다.

2. 여촌의 동화 세계

1) 목가적 이상주의

여촌 동화에 대한 본격적인 논의는 그의 문학적인 업적에 비해 전무

---

2 『바람을 그리는 어린이』, 『금개구리 은개구리』, 『어린이나라 별나라』, 『물새알』, 『우정이 싹틀 무렵』(성문각, 1967)

3 새싹회에서는 해송동화상 첫 번째 수상이라는 뜻을 살리기 위해 마해송이 신춘문예에서 뽑은 제자 중에서 작품을 뽑아 상을 주었다.

4 『사랑 학교 꿈 학교』, 『봉숭아의 노래』, 『철수의 동화나라』, 『은방울꽃 피는 마을(전편)』, 『은방울꽃 피는 마을(후편)』(성문각, 1971)

하다시피 했다. 단지 동화집의 서문이나 서평, 교류기 정도가 있을 뿐이고 평론으로는 이재철의 「유여촌론」[5]과 필자의 졸고[6]가 있을 정도이다.

그는 50이 넘은 늦은 나이에 등단하여 20년도 채 되지 않은 기간 동안 200여 편의 단·중·장편동화와 아동소설을 썼을 만큼 창작열이 대단하였다.

그가 활동했던 1960년대 후반과 1970년대를 통틀어 그만큼 왕성하게 창작활동을 했던 아동문학가는 찾아보기 힘들다. 유여촌은 동화할아버지로[7] 통할 만큼 동화문학에 대한 열정이 탁월했다.

그는 등단한 지 7년 동안에 10권의 아동선집을 내놓을 만큼 다작의 작가이다. 이들 선집에는 총 157편의 동화와 아동소설이 실려 있다. 이들 대부분은 단편이지만 중편에 해당하는 작품이 8편, 장편이 1편이다.

중편의 작품을 열거하면 「에디슨의 여우」, 「아빠산새 엄마산새」, 「점순 할아버지와 아기너구리」, 「꼬마 음악가」, 「사랑학교 꿈학교」, 「교회의 첨탑이 빛나는 밤」, 「고니의 호수」, 「굴뚝새와 국화꽃」 등이다. 장편은 9권과 10권에 전, 후편으로 나누어 싣고 있는 『은방울꽃 피는 마을』이다.

이재철은 유여촌의 문학 세계를 시적 환상의 문학이요, 목가적 이상의 문학[8]이라고 정의하였다.

> 옥련이도 순자도 단숨에 담임 선생님 앞으로 모여들었읍니다. 우윳빛 이슬이 이제는 두터운 안개가 되어 산골짝으로 사라져 가는 안개의 실마리를 잡아 밤색 윗도리에 칭칭 감고 계셨읍니다. [···중략···]
>
> 옥련이는 하늘이 시키는대로 도화지를 깔고 청동파리의 등 뒤에 숨었읍니다.

---

5 이재철, 「유여촌론」, 『한국아동문학작가론』, 개문사, 1992.2, 258~266쪽.
6 「자연과 인간이 어우러지는 교육성」, 『한국현대아동문학작가작품론』(사계 이재철교수 정년기념 논총), 집문당, 1997.
7 이재철, 위의 책, 260쪽.
8 위의 책, 261~262쪽.

순이는 이제는 색연필을 도화지에 문지르면서 꼼짝도 할 수 없다는 듯 서서만 있는 감나무를 쳐다봤습니다. 어느덧 검푸른 앞산의 숲 속에서 상수리나무들이 대열을 지어 운동장 변두리를 서성거리기 시작했습니다. [⋯중략⋯]

옥련이는 점점 발길을 바쁘게 옮겨 놓았습니다. 어쩌면 억새밭을 훨훨 나는 것같이 느껴졌습니다. 잔잔한 나뭇가지가 친근하게 귓속말로 속삭입니다. 단풍 잎은 붉다 못해 이제는 아주 까맣게 그을려진 곳도 많았습니다. 할아버지 까마귀는 민식이의 도화지에 날개를 잃고 울지도 못하고 몸둥이를 오므린 채 나뭇가지에 앉아 있었습니다.

옥련이는 억새밭을 날면서 치맛폭을 펼쳤습니다.

—「바람을 그리는 어린이」

위의 작품은 유여촌의 등단작이자 대표작이라 할 수 있는 동화이다. 이 작품은 낭만적 요소와 시적 환상성을 짙게 깔고 있다.

이 작품이 씌어졌던 1960년대 초는 우리의 아동문학이 비로소 본궤도에 올라 본격동화운동이 결실을 맺기 시작하는 때이다. 이 시기에 발표된 작품 중에서 현실과 환상의 정교한 교직을 보여주는 이만한 작품을 그리 흔하게 찾아볼 수 없다.

본격동화운동이 일어난 배경을 살펴보면 1950년대 문단의 중추 장르로서의 아동소설의 기능은 교육성이나 오락성 등의 비문학적 요소에 크게 의존하고 있었다. 정치·사회적 모든 여건의 변화에 의한 그 효용성의 감퇴는 아동소설에 대한 문학으로서의 인식 내지는 그 중요성에 대해서 필연적으로 재평가를 가져왔다. 따라서 아동소설은 중추적인 역할이나 핵심적 장르의 위치에서부터 서서히 밀려나게 되었다. 아동소설이 문학으로서 존재하기 위해서는 문학성을 갖추어야 하였으며, 여기에서 문학성의 회복을 위한 온갖 시도들이 이루어졌던[9] 것이며 이러한 기류는 본격동화운동을 일으키는 기폭제로 작용했던 것이다.

유여촌의 동화는 아름다운 자연과 더불어 살아가는 화전민들과 산촌 사람들의 인간애와 자연애호사상을 주로 그리고 있다.

> 현대의 발달된 문명을 등지고 살고 있는 화전민들은 정말 불행한 사람들이지요. 그네들은 너무나 가난하며 초라합니다. 그러나 그네들이 살고 있는 아름다운 자연과 또 그네들의 소박하고 정다운 마음씨는 이 세상의 무슨 물건으로도 바꿀 수 없읍니다. 나는 이 책에서 주로 화전 마을의 그러한 소재를 펼쳐 놓고, 그 자연과 인간 사이에 엮어지고 있는 흐뭇한 이야기와 꿈의 세계로 보고 동화를 꾸미는 데 노력했읍니다.[10]

그의 말처럼 여촌은 주로 자연과 인간의 교감을 통한 "일치된 감정의 세계"를 작품에 투영하고 있다. 이는 그가 산골학교에 근무하며 겪은 체험을 바탕으로 하고 있다. 그의 작품 경향은 한마디로 목가적인 이상주의를 추구하는 것으로 요약할 수 있다.

2) 교육적 효용성

여촌은 동화 창작에 있어 교육적인 효용성을 중시함으로써 예술성을 중시하는 동화문단의 큰 흐름과는 다소 상대적 위치에 서게 되었다. 오랫동안 교직에 몸담아 온 그에게 있어서는 생태적 현상일 수밖에 없다. 그는 〈교육동화의 가능성〉을 다음과 같이 역설하고 있다.

> 아동문학에 필연적으로 제기되는 두 가지 집약적인 문제가 있다. 즉 예술성과 교육성이다. 대체적인 경향으로 교단 작가들은 예술성에 앞서 교육성을 중

9 이재철, 『한국아동문학 연구』, 서울:개문사, 1982, 142쪽.
10 『동화선집』 제1집, 머리말.

요시하는 것 같고 이에 반해서 이원수씨는 씨대로의 독특한 견해를 가지는 것 같다. 아동문학인 이상 문학으로서 좋은 작품이면 그만이지 교육성 운운은 사족이라는 것이다. 氏는 더 나아가서 유독 아동 세계를 인정하고 싶지 않는 것 같다. 동일 작가의 작품에서도 교육성을 강하게 다룰 때도 있겠고 예술성이 짙은 글을 쓸 수도 있을 것이다. 정도의 차이는 있다 할지라도 교육성이 전연 배제된 아동성이 있을 수 없을 것이다.[11]

그의 이러한 주장을 통해서도 알 수 있듯이 그의 작품 전체에는 대부분 교훈성이 내재되어 있다. 이러한 그의 신념과 창작 태도는 유여촌 동화의 특징을 결정짓는 중요한 요인이 될 수밖에 없다.

어떤 분은 '여촌동화'의 특징을 다음과 같이 말하고 있다. '동화가 흔히 아동문학의 미명 아래 지나치게 예술성을 강조하는 나머지 성인문학의 영역에서 방황하거나 어른스럽게 엮이어 아동들의 세계와 동떨어지기 쉬운데 여촌동화는 이 점을 잘 극복하고 있다.' 다시 말해서 예술성보다도 교육성을 더 강조한 것이다. 아닌 게 아니라 여촌동화 전면에 그 점이 잘 나타나 있다.[12]

3) 후렴조의 나열이 주는 효과

유여촌 동화에서 산견되는 또 하나의 특징은 대화문에서 찾아볼 수 있는 짧은 후렴조의 반복이다. 이 후렴조 반복은 독자가 이야기 속에 자연스럽게 동화될 수 있는 장치도 되지만 지나치게 길어지면 글이 탄력을 잃게 되고 지루한 느낌을 주게 된다.

---

11) 유여촌, 「교육동화의 가능성」, 《대구일보》, 1970.12.19.
12) 김성도, 《영남일보》, 1971.8.11.

"엄마는 눈을 감았읍니다. 눈을 감고 아야기를 합니다. 아기도 눈을 감았읍니다. 눈을 감고 이야기를 듣습니다.

"산 너머 등 너머."

"그래서요."

"전나무 숲 속에."

"그래서요."

"깊고 깊은 겨울 밤에."

"그래서요."[13]

이 동화 한 편에서 무려 30회가 넘는 '그래서요' 후렴조를 찾아볼 수 있다. 이 같은 경우는 「점순이 할아버지와 아기 너구리」[14]나, 「젊은이 개구리」,[15] 「다람쥐와 곰」,[16] 「기성회비」,[17] 「굴뚝새와 국화꽃」,[18] 「은방울 꽃 피는 마을」[19] 등에서도 쉽게 찾아볼 수 있다.

그 중 그의 최초의 장편인 『은방울 꽃 피는 마을』에 나타나 있는 예를 살펴보자.

"이번에는 말요"/"그래서"/"오소리 집도 뺏고"/"그래서"/"꽃사슴 마을에 가서 오줌도 누고"/

"그래서"/"똥도 누구"/"그래서"/"침도 뱉고"/"털도 뽑고"/"그래서"/"뼈다기도 버리고"/"그래서"/"퀴퀴한 냄새를"/"그래서"……20)

13 유여촌, 『동화선집』 6권, 64쪽.
14 유여촌, 『동화선집』 2권, 75~77쪽. (후렴조: 그래서요)
15 『동화선집』 3권, 163~164쪽. (후렴조: 개굴개굴)
16 위의 책, 177~178쪽.(후렴조: 예)
17 위의 책, 227쪽. (후렴조: 그래서)
18 『동화선집』 7권, 191~192쪽. (후렴조: 네), 212~214쪽. (후렴조: 그래서요).
19 『동화선집』 9권, 126~127쪽.
20 유여촌, 『동화선집 』 9권, 126~127쪽.

복순 할배와 아기 너구리가 주고받는 대화문의 인용이다.

이상의 인용에서도 알 수 있듯이 그가 즐겨 사용하는 후렴조의 나열은 독자를 동화 속으로 유인하는 매직적 판타지의 요소로 작용하기도 하고 음악적 리듬감과 함께 대화를 흥미롭게 이끌어 가는 긍정적 측면도 있다. 하지만 자칫 내용이 느슨하고 지루하게 될 부정적 요소도 안고 있다.

4) 자연과 합일된 우의적 동화

유여촌 동화에는 자연과 더불어 살아가는 사람들과 그 자연을 구성하고 있는 동식물들이 많이 등장한다. 그는 동식물을 의인화한 우의적 동화를 폭넓게 구사하고 있다.

유여촌 동화의 주무대가 되는 두메 산골 화전촌의 정경을 그린「순아의 마을」, 억새 줄기와의 대화를 그린「명숙이의 동요」, 새 봄을 등지고 숨진 산골 아이 순옥이의 넋을 기린「봄은 돌아와도」, 방울새들의 노래소리가 울려 퍼지는 산골 학교의 정경을 그린「꼬마 방울새」, 굶주림에 죽은 민숙이의 이야기인「오월이 오면」, 외롭고 쓸쓸한 패랭이꽃 이야기인「패랭이꽃」, 산개울가에 사는 떡버들의 노래 소리인「욜랑욜랑이」, 고목이 되어 쓰러진 은행나무와 정이와의 정을 그린「늙은이 은행나무」, 그림도구를 갖고 싶어하는 옥련이의 소망을 환상과 현실을 조화시켜 수채화처럼 그려낸「바람을 그리는 어린이」, 소풍날 도시락 걱정을 할 만큼 가난한 산골 아이들의 인정을 그린「우정」, 죽어가는 메뚜기를 살려주는 태진이의 따뜻한 마음을 그린「올림픽 선수」, 자유와 평화의 상징인 꿀벌 마을이 잔인하고 욕심 많은 말벌 떼를 물리친 이야기인「윙윙윙그르르」, 음악 교습소를 차려놓고 사욕을 채우다 죽을 고비를 맞게 된 개구리의 이야기인「일등 신사 개구리」, 많이 먹고 몸집을 키워 왕이 되려다가 배가 터져 죽고 마는 다람쥐의 이야기인「왕이 되고자 하던 다람쥐」, 가난한 산골을 배경으로 어머니의 사랑을 그린「윤자의 어머니날」, 순진한 아기 토기를 꼬드겨서 잡아먹으려 한 살쾡이의 이야기인「꼬깨미」, 지난날의 잘못을 뉘우치고 짐승 마을을 위해 좋은 일을 많이 하게 되는 늙은이 여우 이야기인 중편동화「에디슨 여우」등 동화선집 1권에 실려 있는 모든 동화들이 산골을 배경으로 했고, 등장 인물들도 산골 마을 사람이거나 동식물들인 것이다.

2권부터 8권까지 실려 있는 작품들 중 동물이 등장인물로 나오는 우의적 판타지 동화의 제목을 열거하면 다음과 같다.

2권—「수늑대와 암늑대」,「토끼 올가미」,「점순 할아버지와 아기 너구리 1·2」,「오루고루 선생님」,「꼬마 음악가」,「숲속의 요리점」,「미련장이 산돼지」,「금개구리 은개구리」등 전체 17편 중 9편이다.

3권—「넹가루 음악 학교」,「덕복 할아버지」,「오줌싸개 왕말벌」,「포수와 너구리」,「다람쥐와 장춘이」,「아빠 제비」,「바람둥이 산동이」,「젊은이 개구리」,「다람쥐와 곰」,「정말 우습네」,「아기거미의 모험」,「동화 속의 짐승들」등 전체 23편 중 12편이다.

4권—「아빠산새 엄마산새」,「이야기 주머니」,「노랑나비와 꿀벌」,「굴뚝새와 산돼지」,「다람쥐의 꿈」,「까마귀 교장 선생님」,「점순 할아버지의 감맛」등 15편 중 7편이다.

5권—「할아버지」,「노래 방울새」,「산새」,「성구와 다람쥐」,「먼산 까마귀와 귀뚜라미」등 23편 중 5편이다.

6권—「연못 엄마」,「할미새의 집」,「귀뚜라미의 기쁨」,「늦가을」,「눈 내리는 밤」,「토생원 자제 학교」및 중편인「사랑학교 꿈학교」등 13편 중 7편이다.

7권—「복슬이의 스케이트」,「까까코코 까까라라」,「옛집」,「뒤뚱이의 나들이」, 「고니의 호수」, 「굴뚝새와 국화꽃」 등 14편 중 6편이다.

8권—「새로 생긴 관광지」, 「짐승은 탈 수 없음」, 「멧새의 푸념」, 「은주의 신랑」, 「아기 두꺼비의 배꼽」, 「오화당 도둑」, 「개미와 사마귀」, 「실개울 나라 꿈나라」, 「파랑새의 아침인사」, 「복덕 할배」, 「토끼 아줌마와 두더지」, 「한 쌍의 원앙새」, 등 전체 30편 중 13편이다.

이 밖에 장편인 9, 10권 『은방울꽃 피는 마을』에도 동물들이 많이 등장한다. 장편에서는 주로 병덕 할배가 들려주는 이야기나 동화 선생님인 순아 선생님이 들려주는 이야기 속에 등장한다.

이처럼 유여촌은 주로 동물을 의인화한 우의적 동화를 많이 창작하였다. 이러한 그의 동화에는 숲 속의 새, 곤충, 짐승 등 많은 동물들이 중심인물이거나 주변인물로 등장한다. 그의 동화에 특히 많이 나오는 동물들은 다람쥐, 너구리, 토끼, 까마귀 살쾡이 등이다. 이들 동물들은 병덕 할배나 점순 할아버지, 복배 할배, 교장 선생님 등과 스스럼없이 대화도 나누고 어리광도 부리고, 개구진 짓도 하는 등 친화력 있는 관계로 나타난다. 마치 마음씨 좋은 할아버지와 귀염둥이 손자 사이처럼 느껴진다. 그 때문에 그의 동화에 등장하는 동물들은 하나같이 정답고 친근감을 자아내게 한다. 이와 같이 그의 동화에서는 인간과 동물, 더 나아가 인간과 자연은 하나가 되어 결국 인간과 자연의 합일로 나타난다.

동물뿐 아니라 식물들까지도 인간과 일체가 되어 대화를 나누고 일치된 감정을 노래한다. 즉 꽃이나 나무, 옥수수대나 갈대들, 나무 열매까지도 동물이나 사람들과도 자연스럽게 대화를 한다.

이는 두메산골 화전촌을 배경으로 그 자연과 인간 사이에 엮어지는 흐뭇한 정을 일치된 감정으로 꾸미려 했다는 작가의 창작 의도와도 부합되는 것이라 하겠다.

5) 꿈을 좇는 아동상

유여촌 동화에 등장하는 대부분의 아동들은 작품의 주배경이 되는 산골 아이들이다. 그들은 문명 생활과는 거리가 먼 순진무구하고 착한 아이들이다. 그리고 그들은 대부분 가난한 아이들이다.

그가 동화 창작을 활발히 하던 1960년대는 보릿고개로 지칭될 만큼 가난한 생활을 하던 시대였다. 온 국민들이 허리띠를 졸라매고 가난과 싸우던 시대였지만 산골 화전민촌의 생활은 비참하리만큼 가난에 찌든 생활이었다. 그 때문에 병들어 치료도 받지 못하고 죽어가는 어린이들이나 심지어 굶어 죽게 되는 어린이도 생기게 되었다. 그의 동화 중에 「봄은 돌아와도」, 「5월이 오면」, 「물새알」 등은 이러한 어린이들의 슬픈 사연을 형상화시킨 작품이라 하겠다. 유여촌이 그리는 아동상은 자연과 인간과의 일체감에서 오는 인간의 순수성을 그 기본 바탕으로 깔고 있다. 여촌이 추구하는 인간의 순수성은 자연과 더불어 티없이 살아가는 아동들에게서 찾고 있다.

유여촌 동화에 나타나는 아동들은 어려운 환경에 굴하지 않고 꿈을 좇거나 역경을 이기는 어린이들로 나타난다. 그가 작품에 도입하고 있는 몽환적 판타지의 요소는 생리적 꿈인 경우와 희망적 꿈인 경우로 구별할 수 있다.

꿈을 좇는 아동상은 대개 서정과 환상성이 짙은 작품들에서 찾아 볼 수 있다. 영양실조로 쓰러질 만큼 가난한 생활을 하면서도 그림을 그리고 싶어하는 꿈을 포기하지 않고 결국은 그 꿈을 이루는 「바람을 그리는 어린이」의 옥련이, 소아마비를 앓아 왼쪽 다리가 부자연스러운 순련이가 날개달린 화판을 타고 하늘을 나는 환상 세계를 그린 「소아마비 순련이」, 교통사고로 머리를 다쳐 환상 세계를 체험하며 숲 속의 동물들과 일체가 되는 「사랑학교 꿈학교」의 강윤이, 기차를 타고 시골 할아버지댁을 찾아가며 은하수나라를 여행하는 꿈을 꾸는 「철수의 동화나라」의 철수, 억새줄기와의 대화를 통해 억새 숲을 지나가는 와삭바람의 동요를 짓게 되는 「명숙이의 동요」에 나오는 명숙이 등은 환상을 매개로 자신의 꿈과 이상을 실현하고 있다.

3. 나오는 말

지금까지 『동화선집』에 나타난 작품을 중심으로 유여촌 동화의 특징을 살펴보았다. 그가 추구하는 작품의 경향은 인간과 자연이 공생하는 합일정신과 몽환적 환상의 세계로 요약할 수 있다.

유여촌 동화의 배경이 되는 화전민촌은 현대 물질문명과는 거리가 먼 곳이다. 그가 화전민촌과 같은 두메산골을 작품의 배경으로 삼은 것은 황금주의와 물질문명에 용해되어가는 인간의 순수성을 회복시키기 위한 몸부림이다. 그의 동화에 등장하는 어린이들은 한결같이 가난하고 어려운 환경에 처해 있지만 그 역경을 딛고 일어서는 당차고 마음씨 고운 어린이들이다. 그들은 순박한 인정이 물씬거리고 맑고 고운 마음씨들을 소유하고 있다.

또한 다람쥐, 너구리, 여우, 토끼 등을 등장시킨 수많은 우의적 판타지 동화를 통해 자연애호사상을 주창하고 있다. 유여촌 동화에 나오는 동물들은 사람과 자연스럽게 어울려 함께 말하고 함께 뛰놀며 울고 웃는다. 때로는 어리광을 부리기도 하고 개구쟁이짓을 하기도 한다. 거기에는 사람과 동물이 따로 존재하는 것이 아니라 함께 화합하며 일치된 감정으로 융화한다.

유여촌 동화의 특성으로 꼽을 수 있는 환상성은 동화가 지향하는 특성으로 높이 평가받을 수 있다. 하지만 리얼리티를 상실한 무질서한 환상이 자칫 독자들을 혼란에 빠뜨려 무슨 내용인지 이해하기 힘든 작품들도 발견되고 있다. 또한 지나치게 교훈성이 드러나 문학성을 폄하하는 일련의 작품들[21]이나 개과천선적 이야기들이 많이 엿보이는 것은 적극적인 풍자정신의 결여와 함께 유여촌 동화의 한계점이라 지적할 수 있다.

지금까지 살펴본 유여촌 동화의 특성과 작품 경향을 요약해 보면 문학성보다는 교육성에 관점을 두고 사랑의 문학을 강하게 실천하고 있다는 점과 탁월한 상상력으로 시적이고 몽환적인 환상의 세계를 자유롭게 넘나들지만 무질서한 환상의 무분별한 도입으로 이해하기 어려운 작품들도 산견된다는 점을 들 수 있다. 또한 그의 동화에는 자연과 인간을 동일선상에 놓고 동물에게도 인격을 부여하는 등 동물 애호사상을 고취시키는 우의적 동화들이 많다.

---

21 괴테는 위대한 작품은 우리를 가르치지 않고 변화시킬 뿐이라고 했다.

흰색 이미지를 통한 페미니즘의 구현

권용철 작가작품론

1. 작가가 걸어온 길

파정(坡亭)[1] 권용철(權容徹)은 1943년 6월 5일(음) 경북 안동군 남선면 원림동에서 권순창과 이을연의 차남으로 태어났다. 1955년 원림국민학교와 안동사범병설중학교를 졸업하고 1961년 안동사범학교를 졸업한다. 그는 초등학교에 입학하기 전인 1949년에 어머니를 여읜다. 그는 29세의 나이에 작고한 어머니에 대한 추억이 별로 없다고 회고한다. 그 때문에 어머니를 추억하려는 소망을 동화라는 피륙으로 짜내었다. 그는 어린 시절 소쩍새와 뻐꾹새 울음소리를 들으며 서정적 감성을 키웠다. 여름에는 냇가에서 멱도 감고, 물고기를 잡으며, 풀잎배도 띄우며 놀았다. 마을에서 멀지 않은 철길에서 들려오는 기적소리[2]를 들으며 미지에 대한 동경심을 키우기도 했다.[3]

중학교 시절 그는 항해사가 되어 오대양을 누비고 싶은 꿈을 꾸기도

1 파정은 그의 장편 『들장미 언덕』에 나오는 주인공의 이름이다.
2 첫 창작집 『하얀 물새의 꿈』에 나오는 「먼 기적 소리」는 자전적 이야기이다.
3 「목탄으로 그린 자화상」, 『권용철 동화선집』, 지식을 만드는 지식, 196쪽.

했지만, 부친의 뜻에 따라 안동사범학교에 진학한다. 졸업 후 항해사의 꿈은 접었지만 바다에 대한 동경은 변하지 않아 해안가 작은 포구의 초등학교 교사로 근무한다. 1964년 늦가을 경향신문 신춘문예 공고를 보고 동화 한 편을 써서 응모한다. 동화에 대해 잘 모르고 썼던 그 작품이 1965년 경향신문 신춘문예 당선작[4]인 「들국화」이다. 그는 문학을 제대로 해보고 싶은 마음에 교직을 그만두고 상경한다. 성균관대학교 국문과에 진학하여 1972년에 졸업한다.

1978년 심재수와 고광자의 차녀 심형인과 혼인하여 이듬해 장남 세원을 낳고, 1981년 차남 세민을 얻는다. 문학적 소양을 키우기 위해 성균관대학교 교육대학원에 진학하여 1988년에 졸업[5]한다. 1978년부터 1985년까지 자유의 소리 방송 전문위원을 지냈고, 1987부터 한국간행물윤리위원회 심의실장으로 근무한다. 1985년 숭의여대에 출강했고, 1990년부터 3년간 숙명여자대학교에서 아동문학을 강의했으며, 1999년부터 정보통신윤리위원회 전문위원으로 활동했다.

단편동화 「흐느껴 우는 소리」로 20만원 현상공모 문공부 문예상(1969), 『들장미 언덕』으로 소천아동문학상(1973), 『하늘이 보내준 여행』으로 방정환문학상(1991) 등을 수상하였다.

지은 책으로는 동화집 『하얀 물새의 꿈』(육민사, 1969), 『들장미 언덕』(계몽사, 1979), 『봄바다 물결소리』(대한기독교서회, 1970), 『별이 내리는 눈밭』(육민사, 1971), 『사랑의 자장가』(견지사, 1980), 『영혼이 부르는 트럼펫』(갑인출판사, 1982), 『고래잡이 간 형제』(꿈동산, 1983), 『씨 뿌리는 농부』(아동문학사, 1983), 『하늘이 보내준 여행』(계몽사, 1985), 『로봇이 된 세원이』(꿈동산, 1990), 『마음나라 여행』(삼성당, 1991), 『하늘 운동장』(웅진, 1991), 『내 어머니 흰 아침나라』(대교출판, 1992), 『하늘이 뿌리는 씨앗』(문학수첩, 1996), 『배꽃

4 심사위원은 마해송이었다.
5 「김유정 소설 연구」로 석사학위를 받았다.

향기』(파랑새어린이, 2001), 『엄마의 강』(두산동아, 2004)[6], 『햇귀』(파랑새, 2012), 『권용철 동화선집』(지식을 만드는 지식, 2013) 등이 있다.

2014년 4월 18일 71세를 일기로 자택에서 타계했다. 갑작스런 사인은 심장마비였다.

2. 파정의 문학 세계

1) 흰색 이미지와 페미니즘

권용철 동화에 대한 문학적 평가는 대체로 동심에서 발아한 시적 언어와 이미지의 형상화를 통한 현실과 환상의 조합으로 집약할 수 있다.

김용희는 권용철 동화를 '순수한 동심의 환영과의 만남과 어머니의 부재에 따른 현실 체험에 의해 일어날 수 있는 가능한 경험들을 질서적으로 형상화하고 있다'[7]고 하였다. 이태동은 권용철 동화에 대하여 '인간에게 가장 보편적인 두 가지 경험[8]을 그의 독특한 시적인 언어를 통해 그의 작품세계에서 형상화하는 데 성공하고 있다'[9]고 하였다. 김자연은 '권용철 작품에 나타난 창작 원리는 일원적 세계관에 의한 현실 세계와 환상 세계의 시공간 일치, 이미지 요소를 동심 시점에서 상징적으로 형상화한 환상세계의 구현'[10]이라고 하였다. 이성천은 권용철의 동화 세계

---

6 『하늘이 보내준 여행』을 개명하여 바꾼 개정본.

7 김용희, 「현실체험과 상상적 경험」, 『동심의 숲에서 길 찾기』, 청동거울, 1999, 67쪽.

8 그의 동화의 일부분은 어른들이 세상을 살아가면서 잃어버렸던 초월적인 세계에 대한 꿈을 형상화한 것이고, 나머지 부분의 주제는 어린 아이들의 마음에 삶의 진실과 살아가는 지혜를 심어주는 데 있다. 전자는 잃어버린 초월적인 것에 대한 꿈에 관한 것이라면, 후자는 룩크가 말한 것과 같이 순결한 마음에다 올바르게 살아가는 지혜를 심어주는 것과도 같은 기능을 하고 있다. 이재철 교수 정년기념논총, 『한국아동문학 작가작품론』, 집문당, 1991, 768쪽.

9 위의 책, 768쪽.

10 김자연, 『한국동화문학 연구』, 서문당, 2000, 285쪽.

에 대해 "맑은 영혼과, 햇빛 같은 마음씨와, 풀씨 같은 꿈을 지닌" 어린이를 위한 '푸른빛'의 교훈과 미래를 향한 제언의 내용으로 충만하다[11]고 하였다.

권용철은 동화의 색깔에 흰색 이미지를 선호한다. 그것은 젊은 나이에 세상을 떠난 어머니에 대한 그리움의 원천 때문이다. 어머니의 조실은 그에게 트라우마이자 문학의 고갱이로 작용했다. 「별이 내린 눈밭」, 「은물결」, 「함박눈 내리는 산골의 크리스마스 이브」, 「눈이 오면」, 「하얀 물새의 꿈」 등은 흰색의 이미지를 촉발해낸다. 『권용철 동화선집』의 「꿈속에 내리는 눈」, 「학이 된 누나」, 「눈산의 그림자」, 「목련」 등도 흰색의 이미지로 충만하다. 그는 다분히 감상적이어서 눈물을 소재로 한 일련의 작품도 썼다. 「눈물」, 「눈물짓는 아이」, 「흐느껴 우는 소리」 등이 그것이다.

그는 그리움의 애조띤 정서를 동심의 프리즘을 통해 문학에 투영시킨 작가이다. 「기적 소리」, 「그리움의 거울」, 「그리운 나라」, 「가고 싶은 나라」 등에서 절실한 그리움을 직조해 낸다. 그의 동화세계는 여성 지향이어서 페미니즘의 경향도 다분히 있다. 그의 동화에 어머니, 할머니, 누나, 소녀, 공주 등이 중심인물로 자주 등장하는 것이 그 반증이다. 여성이 중심인물이거나 여성 주체적 인물인 작품으로는 『하얀 물새의 꿈』의 「검은 눈동자의 소녀」, 「선녀」, 「씨뿌리는 선녀」, 「은물결」, 「학이 된 누나」, 「오마니」, 「목련」 등이 있다. 또한 여성이미지가 강한 새와 꽃을 소재로 한 작품이 많다. 새를 소재로 한 작품에는 『내 어머니 흰 아침나라』,[12] 「부엉새 짜가」, 「하얀 물새의 꿈」, 「학이 된 누나」 등이 있고, 꽃을 소재로 한 작품에는 「감꽃 줍는 아이들」, 「접시꽃 필 무렵」, 「할미꽃」, 「들국화」, 「코스모스」 등이 있다.

---

11 이성천, 「동심의 현상학」, 『권용철 동화선집』, 2013, 193쪽.
12 아이가 개천절날 저녁 학을 타고 단군조선으로 시간여행을 떠나면서 이야기가 시작된다.

2) 초기 동화에 나타난 문학적 양상

권용철의 첫 창작집인 『하얀 물새의 꿈』에는 29편의 단편동화가 실려 있다. 이 동화집은 문화공보부 창작지원금을 받아 펴낸 책이다. 그에게 있어 물새는 이별의 트라우마로 각인되어 있다. 하얀 물새는 그리움의 표상인 동시에 상실의 이미지이다. 그는 물과 바다를 동경한다. 그것은 바다가 주는 모성 이미지 때문이다. 바다는 생명의 근원이고 모성성의 상징이다. 프롤로그에 해당하는 「산호꽃 피는 바다」에서는 화자인 자신이 동화를 쓰게 된 까닭을 이야기하고 있다.

> 그들은 아름다운 꿈에서 깨어난 듯한 표정들을 하고 있었습니다.
>
> "아저씨 한 곡만 더 불어 주세요."
>
> 뿔이 세 개밖에 없는 어느 소라 껍데기가 말했습니다. 나는 어쩐지 신이 나서 또 불기 시작했습니다.
>
> "야!"
>
> 「고향의 봄」이 끝나자, 소라 껍데기들은 박수를 짝짝 치면서 방긋방긋 웃었습니다.
>
> ―「산호꽃 피는 바다」(『하얀 물새의 꿈』, 9쪽)

의인화 동화라고는 하지만 소라껍데기가 '박수를 짝짝치며 방긋방긋 웃었다'고 한 구절은 초기 동화에 나타나는 미숙한 표현이다. 애니미즘에 입각한 동화의 창작원리에서 모든 생물이나 무생물까지 생각하고 대화하고 행동할 수 있다. 하지만 만물의 의인화라도 그 주체에 따라 도에 벗어나지 않는 행동이어야 자연스럽게 느껴지는 것이다. 부자연스러움은 생경한 느낌을 유발하게 되어 문학성을 폄하시키게 된다.

「들국화」[13]는 작가가 처음 쓴 동화이자 신춘문에 당선의 영예를 안겨

준 작품이다. 이 동화는 들국화와 망초의 삶을 대비시켜 삶의 자세를 일깨우고 있다. 들국화는 힘들고 어려운 삶의 조건 속에서도 꿋꿋이 살아가 결국에는 의미 있는 삶을 이룬다. 망초는 자신의 처지를 불평하고 다른 이의 삶을 부러워만하다 좌절한다. 두 인물의 삶을 대비시켜 행복은 다른 사람의 도움이 아닌 자기 자신의 노력으로 이루어진다는 것을 말하고 있다.

"망초야, 너무 슬퍼하지 마라. 저렇게 사람의 도움을 받으며 사는 꽃들보단, 누구의 도움도 없이 혼자 살아가는 우리가 얼마나 장하고 떳떳하냐. 꾹 참고 살아가노라면, 우리에게도 언젠가 행복한 날이 돌아올 거야."

들국화는 꽃잎을 꼿꼿하게 만들면서 말했습니다.

—「들국화」(『하얀 물새의 꿈』, 175쪽)

들국화가 살고 있는 땅은 메마르고 척박한 땅이다. 게다가 주변엔 망초나 엉겅퀴들이 많아서 양분을 얻기가 매우 힘들다. 이와는 달리 근처에 있는 빨간 지붕의 양옥집에 있는 꽃들은 좋은 환경에서 자란다. 주인이 제때 물과 거름을 주고, 비바람이 몰아쳤을 때는 다시 세워 주기도 한다. 망초는 자신의 처지를 비관하며 양옥집에 사는 꽃들을 부러워하지만, 들국화는 그런 망초를 달래면서 묵묵히 자신의 일을 계속한다. 들국화는 심한 가뭄이 들자 보랏빛 꽃을 피운 자신의 모습을 생각하며 안간힘을 낸다. 마침내 애타게 기다리던 비가 오지만 망초는 이미 숨을 거둔 후이다. 안타까워하던 들국화는 가을을 맞아 예쁜 꽃을 피운다.

"들국화? 그럼 아빠, 이 꽃은 누가 가꿔 주었어?"

---

13 '들국화'는 들에 피는 국화류의 총칭이다. 벌개미취, 구절초, 익모초, 감국 같은 국화과 식물의 총칭인 것이다. 따라서 '들국화'를 주체적 이름으로 내세운 것은 오류이다.

"가꾸어 주긴, 저 혼자 커서 피었지."

"저 혼자서?"

소녀의 검고 큰 눈이 더욱 커졌습니다.

"아빠, 이 꽃은 꼭 궁궐에서 쫓겨난 엘리자 같아."

소녀는 나직하게 속삭이며, 꽃봉오리에 입을 맞추었습니다.

들국화의 눈에서는 기쁨의 눈물이 주르르 흘러 내렸습니다.

—「들국화」(『하얀 물새의 꿈』, 181쪽)

이 동화의 에필로그이다. 들국화의 눈에서 눈물이 흘러내렸다는 표현도 자연스럽지는 못하다. 이 동화는 결말 부분에서 화자가 바뀌고 있다. 처음에는 화자가 고난을 겪어내는 들국화인데 결말 부분에서는 부녀로 바뀌어 두 개의 의미 단위로 짜여지게 된다. 들국화는 소녀의 입맞춤을 통해 기쁨의 눈물을 흘리게 된다. 소녀의 입맞춤과 들국화의 눈물이 숱한 역경과 고난을 이겨내고 꽃피운 보람과 가치를 상징하는 것이다. 이 동화는 작은 어려움도 이겨내지 못하고 쉽게 좌절해 버리는 나약한 아이들에게 들국화의 삶을 빌어 굳은 의지를 심어주고 있다.

「쌍골죽의 꿈」[14]은 줄기의 양쪽에 홈이 깊이 팬 대나무인 쌍골죽을 의인화한 동화이다. 병든 몸으로 태어났지만 좌절하거나 절망하지 않고 자신의 길을 찾아나가던 쌍골죽이 마지막에 자신의 오랜 꿈을 이루는 과정을 통해서 역경과 고난을 긍정적으로 이겨나가는 삶의 모습을 보여준다.

'모든 게 삶을 마감할 준비를 하고 있구나! 탐스러운 열매들을 만들어 놓고, 그런데 난 버림만 받고 있으니…….'

쌍골죽은 콧등이 시큰해졌습니다.[15]

14 1975년 『법륜』 8월호에는 '젓대'라는 제목으로 발표되었다.

'하지만 언젠가 나도 빛나는 마감을 할 수 있을 거야. 꿈을 버리지 않고 주어진 일을 열심히 하면…….'

쌍골죽은 다시 마음을 가다듬고 힘을 내었습니다.

—「쌍골죽의 꿈」(『하얀 물새의 꿈』, 50쪽)

쌍골죽은 파랑새가 품으로 뛰어드는 꿈을 꾼 후 피리가 되어 맑은 소리를 내고 싶다는 꿈을 품게 된다. 하지만 대나무 주인은 이상하게 생긴 쌍골죽을 베어버린다. 쌍골죽은 먹이를 찾는 개미들이 건너갈 수 있는 다리가 되어주는 데서 위안을 찾는다. 그런데 이 동화 역시 설정구도에 문제가 있다. 주인에 의해 베어져 생명을 잃은 대나무가 특별한 설정없이 생각하고 행동하는 삽화 역시 생경한 장면이다.

쌍골죽은 사공의 노로 쓰이다 버려지고, 할머니의 지팡이로 쓰이다가 버림받는다. 나중에는 불을 헤집는 부지깽이로 쓰이게 되지만 버림받는 신세에 대한 한탄보다는 자신의 쓸모를 찾는다. 어느 날 한 길손이 쌍골죽을 얻어다 피리를 만들고, 하늘의 소리라고 감탄한다. 쌍골죽은 이 소리를 들으면서 웃다 울다 하면서 대숲이 있는 쪽 하늘을 바라본다. 위 인용문은 쌍골죽이 할머니의 지팡이로 쓰이다가 버려진 후 독백하는 장면으로 '긍정적 사고'와 '꿈을 향한 전진'이라는 주제의식이 나타나 있다.

"바로 이 소리야! 하늘의 소리! 젓대는 역시 쌍골죽으로 만들어야 해. 슬픔의 뿌리를 갖고 태어나 버림받으며 떠돌게 되는…. 그 아픔과 설움들이 가슴을 저미는 아름다운 소리로 새롭게 태어나는 거야!"

—「쌍골죽의 꿈」(『하얀 물새의 꿈』, 56쪽)

---

15 초판 원작에는 '몹시 슬퍼졌습니다.'로 되어 있으나 선집에는 '콧등이 시큰해졌다'로 수정되었다. 의인화 동화지만 대나무에게 '콧등' 운운한 것은 부자연스럽다.

길손이 쌍골죽 젓대를 불다 가을의 울음소리 같은 젓대 가락을 듣고 감탄하는 장면이다. 이는 우리 민족의 '한의 정서'를 잘 그려내고 있는 삽화이다. 권용철은 일제 강점기 말에 태어나 일곱 살에 어머니를 잃고, 6·25전쟁의 소용돌이를 헤쳐 나온 인물이다. 그러기에 그의 질곡된 삶은 슬픔의 뿌리를 갖고 태어난 젓대의 운명과 동일하다. 아픔과 설움을 극복하고 가슴 저미는 소리로 재탄생한 젓대소리와 질곡된 삶을 동화로 승화시킨 작가의 삶은 유사성이 있다고 할 수 있다.

앞에서 소개한 두 동화에는 각각 '들국화'와 '쌍골죽'이라는 주인공이 등장한다. 두 주인공의 삶에서 나타난 공통점은 '긍정적 시각'과 '꿈을 향해 부단히 노력하는 삶'이라고 할 수 있다. 들국화는 메마른 땅에서 태어났지만 좋은 환경의 꽃들을 부러워하지 않고 자신의 위치에서 최선을 다해 아름다운 꽃을 피운다. 또한 선천적으로 장애를 가지고 태어난 쌍골죽은 주인에게 버려지지만 여러 고난 속에서도 쌍골죽은 절망하지 않고 마침내는 피리가 되고 싶다는 꿈을 이루게 된다.

3) 하얀 그리움의 미학

『하얀 물새의 꿈』의 표제작인 「하얀 물새의 꿈」은 권용철의 대표작이라고 할 수 있다. 따오기 비오와 기러기 나시아의 사랑, 그리고 엄마 따오기의 모정을 그리고 있다. 이른 봄, 늪에서 만난 비오와 나시아는 첫눈에 반해 사랑하는 사이가 된다. 그러나 비오는 여름 새,[16] 나시아는 겨울새. 서로 다른 곳을 찾아 떠나야 하는 운명이다. 마음 아파하는 비오의 모습에 엄마 따오기는 안타까워한다. 중편에 속하는 이 동화는 새를 매개로 한 소녀 취향의 연애담이다. 이 작품은 수컷 따오기인 비오가 북쪽

16 작가는 이 동화에서 겨울새인 따오기를 여름철새로 그리는 오류를 범하고 있다.

에서 온 암컷 기러기 나시아를 만나 사랑을 나누다 헤어지는 이야기이다. 물새들을 의인화하여 엮어낸 사랑이야기인데 몇 가지의 오류가 작품의 질을 떨어뜨리는 결과를 낳고 있다. 표제어인 하얀 물새는 기러기로 묘사되어 있는 나시아이다. 자신을 좋아하는 비오를 버리고 북쪽나라로 날아가 청둥오리와 사랑에 빠지는 나시아를 지칭하는 것이다. 그렇다면 '하얀 물새' 나시아의 꿈이 과연 무엇인지 납득하기 어려워진다.

> 웬 낯선 물새 한 마리가 노래에 끌리듯, 자기가 있는 곳으로 오고 있었습니다.
>
> 입술은 장밋빛 같고, 몸빛은 눈 나라의 천사처럼 눈부시도록 새하얗습니다.
>
> ―「하얀 물새의 꿈」(『하얀 물새의 꿈』, 육민사, 272쪽)

하얀 물새인 나시아를 묘사한 장면이다. 기러기인 하얀 물새의 입술을 장밋빛 같다고 묘사한 것은 픽션의 경계를 허물고 있다. 새에게 입술은 전혀 어울리지 않은 표현이기 때문이다. 나시아가 북쪽나라로 떠나며 호숫가 은모래밭에 써놓고 간 장문의 편지도 사실성의 결여라는 측면에서 문제점이 아닐 수 없다. 동화가 창의적인 허구이기는 하지만 사실 같이 그려져야 진실성과 감동을 촉발해낼 수 있다.

> 기두리다 그대로 떠나갑니다.
>
> 혼자서 먼 길을 떠나 가는 길손 같은 심정이예요.
>
> 푸른 풀밭에 사슴이 뛰어 놀고, 밤이면 밤마다 초록별이 뜨는 이 아름다운 호수에서 오래 오래 살고 싶었는데…
>
> 이제 쌓다만 별성을 그대로 둔 채, 우리에겐 헤어져야만 하는 이별의 날이 왔습니다.
>
> 비오, 그 동안 즐거웠어요. 가슴이 타도록 보고 싶었어요. 지금 떠나가면 언

제 다시 이 동쪽 나라에 돌아올지 몰라요.

비오를 잊도록 하기 위해 엄마와 아빠가 이 나라엔 두 번 다시 오지 않겠대요.

—「하얀 물새의 꿈」(『하얀 물새의 꿈』, 육민사, 291쪽)

나시아가 비오에게 남기고 간 편지의 내용이다. 기러기인 나시아가 모래밭에 어떻게 장문의 편지를 썼는지는 묘사되어 있지 않다. 새가 긴 편지를 썼다는 삽화는 부자연스럽다. 부리나 발가락으로 썼다고 가정할 수도 있지만 이러한 설정은 생략되어 있고, 설령 그런 설정이 있다하더라도 개연성이 없기에 설득력도 떨어진다.

옛날보다 깃털이 더 우아한, 그래서 훨씬 더 아름다워 보이는 나시아는, 청둥오리와 같이 눈 위에 네 개의 발자국을 수놓으면서, 정답게 동쪽으로 걸어가고 있습니다. [⋯중략⋯]

"엄마, 미안해요. 저 하나만 믿고 살아가는 엄마였었는데⋯."

비오는 영원히 서쪽 나라로 떠나갔습니다.

노란 겨울 햇빛이 눈물 젖은 비오의 눈언저리에 쓸쓸히 아른아른 내렸습니다.

—「하얀 물새의 꿈」(『하얀 물새의 꿈』, 육민사, 322쪽)

이 동화의 마지막 장면이다. 비오는 사랑하는 나시아를 찾아 북쪽으로 가다 온갖 시련을 겪는다. 비오 엄마도 오매불망 아들의 그림자를 뒤쫓다 추위와 배고픔에 지쳐 죽고 만다. 결국 나시아는 청둥오리와 사랑에 빠지고 이를 목도한 비오도 엄마를 그리며 죽으면서 막을 내린다. 작가는 물새의 삶에 빗댄 운명적인 비극적 사랑을 이야기하고 있다. 하지만 이러한 주제가 과연 동화에서 바람직한지는 숙고해보아야 한다.

「물거울」은 일곱 살 때 어머니를 잃은 작가 자신의 자화상이다. 그는 어린 시절 어머니를 여의고 외할머니와의 추억을 쌓았다. 그의 동화에는 모성 이미지가 강하다. 작가는 어머니에 대한 기억이 별로 없다고 토로[17]한다. 이 작품은 어머니를 향한 작가의 사모곡이다.

> "할머니 이 샘이 잊어버린 사람의 모습을 되살려 주는 물거울이어요?
>
> 할머니는 아이의 얼굴을 뜯어보며 조용히 고개를 끄덕였습니다.
>
> "아, 그럼 할머니. 엄마의 모습을 되살려 주셔요. 네? 제 머릿속에요."
>
> 아이의 눈망울은 눈별 위에 살아나는 햇살처럼 밝아졌습니다.
>
> "왜, 엄마가 없니?"
>
> "네, 다섯 살 때 저 세상으로 가버리셨어요." [···중략···]
>
> "그렇게 보고 싶니 엄마가?"
>
> "네. 하늘만큼요. 철없을 땐 몰랐는데 여덟살, 아홉 살이 되니까 못견디게 보고 싶어져요."
>
> "생각나게 해주지."
>
> 할머니는 달걀 같은 아이의 얼굴을 쳐다보며 자신에 찬 목소리로 나직히 말했습니다. [···중략···] 할머니는 박달나무 막대기로 물거울을 휘젓기 시작했습니다.
>
> —「물거울」(『하얀 물새의 꿈』, 고려원 미디어, 146쪽)

고요한 샘물은 거울의 속성이 있기 때문에 피사체의 모습을 반사시켜 볼 수 있다. 죽은 어머니를 그리워하는 아이는 어머니의 사진을 한 장도 갖고 있지 않다. 아버지의 설명에 의하여 모습을 그려보려 하지만 무리

---

17 '어머니에 대한 추억도, 추운 겨울날 아침 부엌에서 세수를 시켜주시던 일과 떼를 쓰며 울자 변소로 안고 가빠뜨리려고 하신 일, 시내로 빨래하러 가시는데 따라가려고 '구름둑'이라는 곳에서 발을 구르며 울던 사연밖에 떠오르지 않는다.' 「목탄으로 그린 자화상」, 『권용철 동화선집』, 197쪽.

일 수밖에 없다. 그 때문에 어머니에 대한 그리움은 더욱 사무친 것이다. 샘물을 막연히 바라보고 있으면 어머니의 얼굴이 떠오르는 것으로 설정했다면 판타지는 역동성을 잃고 만다. 박달나무 막대기로 샘물을 휘젓기 시작하는 할머니의 행동은 독자들을 판타지 세계로 끌고 가는 주술적 최면 효과이다.

「기적소리」[18]는 철이라는 산골 소년이 초등학교에 부임해온 여선생님을 연모한 순애보적 이야기이다. 철이는 여선생님과 직접 대면하여 말 한마디 나누지 못했지만 먼발치에서 보는 것만으로도 설레이기만 하다. 그의 머릿속은 늘 여선생님에 대한 흠모로 가득차 있다. 어느 가을날 여선생님은 기차를 타고 멀리 떠나게 된다.

> 철이는 고갯마루에 오르자, 얼른 골짜기 아래를 살펴보았습니다. 그러나 선생님 모습은 어디에도 보이지 않았습니다.
>
> [...중략...] 철이는 기차에 고장이 났으면 싶었습니다. 그러나 기차는 끝내 멀리 가버리고 말았습니다.
>
> 철이는 기차가 사라진 쪽 하늘을 바라보았습니다. 마음은 새가 되어 들국화를 입에 물고 하염없이 기차를 따라가고 있었습니다.
>
> —「기적소리」(『권용철 동화선집』, 37쪽)

이 동화의 마지막 장면이다. 철이는 권용철 자신의 페이소스이며 그림자라고 할 수 있다. 여선생님을 향한 짝사랑의 연정은 산 너머로 사라지는 기적 소리처럼 긴 여운을 남긴다. 떠나간 여선생님에 대한 연정은 어린 시절 이승을 떠난 어머니에 대한 그리움이다. 그의 동화에는 그리움을 촉발해내는 서정적 감성이 많이 녹아 있다.

---

18 이 동화의 원본은 「무서리 내린 날」로 『봄 바다의 물결 소리』에 실려 있다.

「소쩍새」는 전쟁터에 나가 돌아오지 않는 아들에 대한 늙은 어머니의 그리움을 담은 동화이다. 어머니를 향한 사모곡이 아니라 아들을 그리워하는 어머니의 사자곡이다. 전쟁터에 나간 아들 북이는 어머니의 꿈에 나타나 어머니보다 먼저 가는 자신을 용서해달라고 빈다. 어머니는 꺼림직한 꿈 생각을 지우려고 하지만 그럴수록 되살아나 괴롭힌다. 이런 상황에서 들려오는 소쩍새의 애타는 울음소리는 어머니를 심리적 환상 세계로 이끌고 간다.

"땔감은 아랫마을 물순이한테 부탁해 놓았습니다. 그리고 노루 고개에 있는 산밭엔 수수와 목화를 심으세요. 수수풀대 먹을 때가 되면 저 돌아오게 될 것입니다."

아들은 어머니의 손을 잡고 눈을 자주 슴벅거렸습니다. 하지만 수수풀대를 먹을 때가 훨씬 지나도 아들은 돌아오지 않았습니다. […중략…]

'올 가을엔 이 어미 품으로 돌아오겠지.'

늙은 어머니는 혼자 말로 중얼거리며 자리에서 일어나 천장가의 서까래에 매달려 있는 씨수수 묶음 쪽으로 갔습니다. […중략…]

"소쩍, 소쩍……."

소쩍새는 사뭇 애타게 울어댔습니다.

—『하얀 물새의 꿈』(고려원 미디어, 23~24쪽)

나비 같은 곤충이나 새 같은 날짐승은 죽은 자의 영혼을 상징한다. 날개를 가진 그들이 이승과 저승을 마음대로 오갈 수 있다고 믿는 민간신앙 때문이다. 이 동화에서 소쩍새의 애타는 울음은 아들 북이의 영혼을 상징한다. 소쩍새가 한 번씩 울 때마다 어머니의 가슴은 타들어 간다. 의성어의 반복적 사용은 주술적 효과가 있다. 되풀이되는 소쩍새의 울음소리는 신비한 분위기를 연출하여 환상성을 유발하고 있다. 어머니는 소쩍새 울음에 오버랩되어 촉발되는 아들의 죽음을 받아들이지 않으려 한다. 늙은 어머니와 이승을 떠나서도 어머니를 도우려하는 아들의 영혼이 주는 갈등 구조는 전쟁의 비극성을 질타하고 있다.

4) 인간성 회복과 물신주의의 경계

「눈산의 그림자」는 어린 선녀를 내세워 우리 사회에 팽배한 물신주의를 비판하고 인간성 회복을 주창하고 있다. 작가는 이 작품을 통해 정신이 물질에 의해 지배당해서는 안 된다고 주문한다. 주인공인 아저씨는 물신주의에 물든 탐욕적인 인물이다. 바닷가에서 진주를 줍는 꿈을 꾸다 잠이 깬 까닭에 아쉬워 머리가 아픈 인물이다. 아저씨는 마음을 비우고 호수의 아름다움과 대화를 나누려고 한다. 어린 선녀가 나타나서 꽃과 대화를 할 수 있느냐는 질문과 함께, '눈사람이 걸어다닐 수 있다고 생각' 하느냐고 묻는다.

"어렸을 적엔 그렇게 생각했지."

"그 때 말고 지금 말예요."

"얘야, 그런 말 그만하고, 어서 내 마음 속으로 들어와다오. 예쁜 옷이랑, 맛있는 과자 많이 사줄 테니."

"그런 건 없어도 돼요. 마음 나라에 사니까요. 전 맑고 향기로운 생각만 먹고 살거든요. 아저씨, 눈사람이 걸어 다닐 수 있다고 생각하세요?"

어린 선녀는 안타까운 얼굴로 다시 물었습니다.

"눈사람이 어떻게 걸어 다닐 수 있니? 참, 여름에 녹지 않는 눈사람을 만들어 팔면…."

―『권용철 동화선집』(110쪽)

이 작품에서 아저씨는 탐욕스러운 인물의 표상이다. 눈사람이란 말을 들었을 때 팔아서 돈부터 챙기려는 아저씨가 선녀의 마음을 물질로 사려하자 거부하는 장면이다. 눈사람은 물욕에 때묻지 않은 순수한 인물을 상징한다. 선녀는 온갖 잡념과 욕심으로 머리가 아픈 아저씨에게 눈처럼 깨끗한 마음을 가진 사람이 되기를 바라는 뜻에서 질문을 한다. 하지만 그는 욕심의 굴레에서 벗어날 수 없다는 것을 발견하게 된다. 실망한 어린 선녀는 호수에 어린 눈산의 그림자 속으로 사라진다. 샛별이 뜰 때까지 선녀가 오지 않자 호숫가를 떠나 갈대숲으로 간다. 그 곳에서 다리를 다쳐 굶주린 아기 노루를 만나 감싸주고 치료해주려 한다.

얼마 후 새벽달이 지고, 해가 떠올랐습니다. 무서리가 하얗게 내린 세상은 흰 등불을 켠 듯 환하게 빛났습니다.

아저씨는 닫혀 있던 마음과 생각의 창문이 활짝 열린 것 같았습니다. 모든 게 어릴 때처럼새롭고 놀랍고 아름답게 여겨졌습니다. 마치 새해 첫 아침을 맞이한 것 같았습니다.

—『권용철 동화선집』(113~114쪽)

불쌍한 이웃을 보고 지나치지 않은 아저씨의 행동은 동심으로의 회귀이다. 아저씨가 변화되자 어린 선녀는 아저씨의 마음 속으로 들어온다. 그러자 아프던 머리는 맑은 하늘처럼 개운해진다. 표제어인 '눈산'은 깨끗함과 순수함의 상징이다. 욕심 많던 아저씨가 어릴 때처럼 새롭게 변화된 것은 눈산의 그림자가 마음속에 투영되었기 때문이다.

「학이 된 누나」는 고향을 지키는 누나가 단오를 맞아 그네를 뛰는 모습을 한 마리 학에 비유한 동화이다. 그런데 이태동[19]과 김자연[20]은 텍스

19 「낭만적 인식과 구원의 세계」, 『한국아동문학 작가작품론』, 집문당, 1997, 771쪽.
20 김자연, 『한국동화문학 연구』, 서문당, 2000, 278쪽.

트를 잘못 해독하여 '고향을 떠났다가 돌아온 누나가 도시의 먼지를 씻어버리고 자연과 어울리는 생활을 할 때, 학이 될 수 있다는 점을 아름다운 풍경화의 구도 속에 담고 있다'고 그릇되게 해석하였다.

이 동화는 사냥꾼의 총에 맞아 죽은 학과 청순한 누나의 이미지를 접목시켜 환상적인 분위기로 이끌고 있다. 도시로 나가 돈벌이하는 친구들과 달리 혼자 시골을 지키며 한복입고 그네 뛰는 누나의 모습을 학으로 은유한 작품이다. 학과 누나로 상징되는 자연(순수성)과 사냥꾼과 누나 친구들로 상징되는 도시문명(비순수성)을 대비시켜 고발하고 있다.

소나무와 학이 많던 마을은 개발의 미명 아래 파괴되어 큰 소나무 한 그루와 한 쌍의 학밖에 남지 않게 된다. 분도[21]는 강가의 푸른 소나무에 앉아 있는 학을 바라보며 어머니가 들려준 이야기를 떠올리며 과거를 현실로 끌어들이고 있다. 분도의 생각에 따라 넘나드는 의식의 흐름 수법은 심리적 판타지를 유발하게 한다. 분도는 한 마리 학을 보며 엄마가 들려주었던 학이야기[22]를 떠올린다.

분도는 고소하고 향긋한 쑥떡을 삼키곤, 입맛을 다시며 다시 학을 바라보았습니다. 흰 자작나무를 깎아 만든 듯한 학은 오늘따라 무척 외로워 보였습니다. 분도는 3년 전 봄, 총으로암학을 쏘아 죽인 사냥꾼이 새삼 미워졌습니다. 여름 총으로 암학을 쏘아죽인 사냥꾼이 다시 미워졌습니다.

"뻐꾹! 뻐꾹…!"

암학이 죽자, 수학은 며칠 동안이나 아무 것도 먹지 않고 강가의 늙은 소나무 꼭대기에 앉아 먼 하늘만 바라보았습니다. 그러다간 어디론가 홀연히 사라졌다

21 원작에는 철이로 나오지만, 『권용철 동화선집』에서는 '분도'라는 이름으로 개명되었고, 철이의 누나도 분향이 누나로 나온다.

22 엄마가 시집올 때만 해도 마을 산엔 아름드리 소나무들이 우거져 있고, 겨울이면 학들이 강언덕을 수놓았다는 내용이다.

가 지난 봄 여윈 모습으로 다시 나타났습니다. 암학과 같이 지내던 곳이 못내 잊혀지지 않아 찾아온 모양이었습니다. […중략…] 갑자기 아침 햇살이 여울지는 것 같은 밝은 웃음소리가 들려 왔습니다. 분도는 뒤를 돌아보았습니다. 분향이 누나가 도시에 나가 있다가 단오라서 다니러 온 누나들과 같이, 사립짝으로 나오고 있었습니다.

—「학이 된 누나」(『권용철동화선집』, 72~73쪽)

분도의 생각인 의식의 흐름은 과거 회상과 현실을 넘나들고 있다. 어머니의 이야기(회상)－쑥떡을 먹는 철이(현실)－학을 쏘아 죽인 사냥꾼(회상)－누나들의 웃음 소리(현실)－그네 뛰는 누나(현실)－학의 모습(회상, 현실)이 연상기법으로 과거의 일들이 현실에 접목되어 나타나고 있다. 이 동화는 생명력을 잃고 피폐해진 농촌의 현실을 홀로 남은 소나무와 학에 비유하였다. 분향이 누나는 혼자 남은 학처럼 시골을 지키고 있다. 누나 친구들은 도시로 돈벌이 갔다가 단오를 맞아 고향을 찾은 것이다.

분향이 누나는 지붕 아래로 잠시 사라졌다가, 다시 모습을 드러냈습니다.

"하늘 나라도 보여! 눈 쌓인 소나무 숲 위로 학들이 나는!"

분향이 누나는 치맛자락을 사르르 날리며, 하늘로 점점 높이 올라갔습니다. 흰 치마저고리, 머리에 드린 빨간 댕기… 누나의 모습은 학과 같았습니다.

—「학이 된 누나」(『권용철 동화선집』, 74쪽)

시골에 살며 전통문화를 지키려는 누나와 도시에 살며 현대문화에 익숙해진 누나 친구들은 극명히 대비된다. 누나 친구들은 머리와 옷맵시에서 온통 도시 냄새가 풍기지만 철이 누나는 창포물에 머리를 감고 흰 치마저고리를 입은 전통적인 모습이다. 누나와 누나 친구들을 대비시켜 도시와 시골의 이미지를 상징적으로 표현하고 있다.

『햇귀』는 생명의 참된 가치를 고양하고 물신주의를 경계한 판타지 동화이다. 장난감 새인 햇귀가 진짜 종달새가 되고 싶어 생명의 비밀을 찾아 떠나는 모험을 그렸다. 자연 속에서 더불어 살아가는 작은 생명들의 감성을 작가 특유의 서정적인 필체로 펼치고 있다.

종달새 소리를 듣고 어릴 적 기억이 떠오른 퉁방울눈 아저씨는 과자 깡통을 잘라 장난감 새를 만든 후 '햇귀'라는 이름을 지어 준다. 아저씨는 입만 벙긋거리며 조잘거리는 장난감새 햇귀를 신기한 눈으로 바라본다. 그러다가 장난감 새가 말을 한다는 것도 어딘가에는 있을 법한 일이라고 생각한다.

햇귀는 자기도 하늘을 자유롭게 날며 아름답게 노래하는 진짜 종달새가 되고 싶다고 한다. 퉁방울눈 아저씨는 장난감 새 햇귀의 바람이 전혀 불가능한 것만은 아닐거라고 생각한다. 그는 오래전 맑게 빛나던 햇빛과 그리움으로 만든 하모니카를 꺼내 불며 어린 시절의 기억들을 떠올리고는 흐뭇한 미소를 짓는다.

그 순간 방 안이 넓은 들판으로 변하더니 깡통으로 만든 햇귀는 아주 작은 풀싹이 되어 깨어난다. 햇귀는 향기로운 배초향이 되어 보고, 마음이 따뜻한 팔랑나비도 되어 보았다가, 꿈을 지켜 주는 설렘 아이, 다툼을 막아 주는 은종 아이, 그리고 아이의 눈에 맺힌 눈물이 되어보기도 한다. 이렇게 모진 고통과 어려움을 몸소 겪어 본 뒤에야 비로소 생명의 그 소중함과 특별함을 깨닫게 된다.

5) 현실과 환상의 경계

『들장미 언덕』은 작가의 첫 장편[23]으로 아동소설이다. 1972년 소년조

---

23 '모든 사람에게 사랑받을 수 있는 이런 아들이 있었으면' 하는 생각에서 썼다고 토로한다.

선일보에 연재한 후 1979년에 계몽사에서 상재했다. 중심인물인 파정의 어머니는 남편과의 불화로 프랑스로 그림 공부를 하러 떠난다. 그 사실을 모르는 파정은 어머니가 죽은 줄로 안다. 월남전에 참전해야 하는 아버지는 파정을 산호섬에 사는 할아버지에게 맡긴다. 그곳 고아원에서 입양한 물초 누나를 의지하며 가족과 함께 살날을 기다린다. 그러다 결핵으로 요양차 온 이종누나와 이모를 만나게 된다. 아버지의 실종을 계기로 파리의 엄마와 연락이 되어 가정이 회복된다.

이 작품은 작가 특유의 시적 언어와 감성적 문체를 통해 문학성을 획득하고 있다. 잃어버린 초월적 세계에 대한 꿈과 순결한 마음으로 올바르게 살아가고자 하는 파정의 동심은 등장인물들의 잃어버린 세계 회복에 일조를 한다. 해체된 가정의 피해자인 파정은 회복의 공간인 바다와 야생의 생명 에너지가 충만한 들장미 언덕을 치유의 공간으로 갖게 된다. 작가는 파정의 삶을 통해 운명을 극복하는 의지가 얼마나 소중한 것인가를 제시하고 있다.

『영혼이 부는 트럼펫』은 트럼펫을 잘 부는 상철과 네 친구의 우정을 그린 아동소설이다. 트럼펫을 잘 부는 상철은 폐병을 앓아 바닷가 오두막집으로 요양하러 떠난다. 명수와 용태, 강숙은 겨울방학을 맞아 상철을 찾아왔다가 할아버지가 지키는 등대섬까지 방문하게 된다. 명수와 용태는 신비한 전설의 섬 이야기를 듣고 모험을 떠난다. 병이 깊은 상철은 숨을 거두고 등대가 있는 둔덕에 잠들게 된다. 집으로 돌아온 명수는 어디선가 들리는 트럼펫 소리를 들으며 상철 생각에 힘들어 한다. 결국 아버지와의 대화를 통해 친구의 죽음에 따른 트라우마를 극복하게 된다.

권용철은 동심을 통하여 삶의 근원적 문제에 접근하여 인간성 회복에 도달하고자 한다. 음악, 꽃, 새, 하얀 색 등 이미지 요소를 통하여 초월적 세계에 대한 꿈을 동심의 정서와 자연물의 상징적 이미지로 형상화시킨다. 현실세계와 환상세계의 시공을 넘나들며 이미지 요소를 상징적으로 나타낸다.

『엄마의 강』은 연어의 생태를 파악하여 의인화한 장편동화이다. 연어는 태어난 강을 떠나 바다로 나갔다 3~4년 후에 되돌아오는 회귀성 어류이다. 작가는 연어들이 바다로 가는 까닭은 엄마를 찾기 위해서라고 설정한다. 이 동화 역시 어머니를 그리워하는 작가의 마음이 용해되어 있다.

강에서 태어나 거친 바다를 여행하며 다시 돌아오는 연어의 삶을 통해 인생의 지혜를 깨닫게 해준다. 부와 명예와 권력 등을 상징하는 네 마리의 연어 꿈샘, 봄샘, 열매샘, 참샘은 엄마를 찾아 바다로 여행을 떠난다.

> "우리 여행 가. 저 아래를 지나가면 어디선가 엄마가 우릴 기다리고 계실 것 같아. 무지개 다리 저쪽엔 신나는 모험들도 많을 거야."
>
> "연어들 몸엔 길손의 피가 흐르고 있지 꿈을 찾아 먼 곳을 떠돌아다니는…. 그런 삶은 연어가 세상에 처음 태어난 오천만 년 전부터 이어져왔지. 그래서 나도 가고 싶어. 저 무지개처럼 가슴 설레게 하는 일들이 수두룩할 것 같아."
>
> 먼 곳을 바라보는 듯한 꿈샘의 눈은 별처럼 빛난다.
>
> —『엄마의 강』(38쪽)

여행을 떠나기 전 뱀장어 할아버지에게 들었던 대로 세상은 결코 호락호락하지 않다. 연어들은 다른 연어들과 싸우기도 하고, 흰둥가리에게 속아 무서운 말미잘에게 잡아먹힐 뻔도 한다. 상어 '사납군'과 청새치에게 쫓기기도 하며 어려움을 겪던 연어들은 결국 각자의 방향을 정해 흩어져 살아가게 된다. 연어의 험난한 삶을 통해 인생의 의미를 알려주는 동화이다.

『내 어머니 흰 아침나라』는 우리나라의 역사를 소재로 한 16편의 이야기가 옴니버스식 구성으로 나열되어 있다. 이 작품은 환상을 도입한 역사동화이다. 개천절 저녁, 아이의 집 마당 오동나무 우듬지에 눈부신 학 한 마리가 나타나 운다. 학은 아이를 태우고 역사를 거슬러 단군 조선으로 가면서 이야기가 펼쳐진다.

학은 아사달이라는 곳에 아이를 내려놓고는 어디론지 홀연히 사라져 버렸습니다.

아이는 정신이 맑아지자 주위를 둘러보았습니다.

앞으로는 은빛 시내가 흐르고, 건너편에는 풀꽃들이 만발한 동산이 있었습니다. 동산마루에는 오래 묵은 박달나무가 한 그루 있고, 그 밑에는 흰 옷을 입은 할아버지 한분이 젓대를 들고 앉아 있었습니다. […중략…] 이 이야기는 할아버지가 부는 젓대의 울음소리에서 피어난 신기한 그림들을 모은 것입니다.

—『내 어머니 흰 아침 나라』(4~5쪽)

이 동화에서 학과 젓대는 환상의 세계로 이끄는 매개체이다. 아이는 할아버지가 부는 신비한 젓대소리에 따라 과거 우리 역사 이야기를 듣게 된다. 이 작품은 단군 할아버지가 젓대를 불 때마다 고조선에서부터 오늘에 이르기까지의 우리나라의 역사가 하늘에 한 토막씩 피어나는 것으로 설정되어 있다. 단군신화와 박혁거세 신화, 신라의 피리인 만파식적의 이야기, 3·1운동에 이르는 역사적 순간들을 이야기로 경험하게 된다.

자유의 나무들은 다시 '반뜩반뜩' 아이들로 바뀌었다.

그와 함께 놀라운 일이 일어났다. 동쪽 나라가 푸른 빛을 품으며 하늘로 떠올라 세상을 환히 비추기 시작했던 것이다. 아이들은 비둘기의 목에 평화의 씨와 사랑의 씨와 자유의 씨를 매달아 먼 나라로 날려보냈다.

비둘기들은 푸른 빛살을 타고 북쪽으로 날아갔다. 동쪽으로도 떠나가고, 서쪽과 남쪽으로도 사라져 갔다. 아이들은 언덕 위에 서서 노래를 부르며 비둘기들을 자꾸자꾸 날려 보냈다.

—『내 어머니 흰 아침 나라』(203~204쪽)

이 동화의 마지막 장인 '아침 하늘에 핀 꿈'의 끝부분이다. 젓대를 불던 할아버지가 사라지자 학이 나타난다. 학은 아이를 태우고 아침이 밝아오는 동쪽 나라로 훨훨 날아가며 막을 내린다. 이 동화는 역사적 사건이 시대 순으로 나열되어 있진 않지만 우리 역사를 돌아보고 앞으로의 다가올 우리 미래도 내다볼 수 있게 구성하고 있다. 작가는 마지막 장에서 자유와 평화와 사랑의 꿈을 키우며 세계를 향해 나아가는 우리 겨레의 자랑스럽고 희망찬 미래를 그리고 있다.

3. 나오는 말

권용철은 일제 강점기에 태어나 해방 공간과 6·25전쟁 등을 몸소 겪으며 질곡의 역사를 살다 갔다. 6·25전쟁 한 해 전 그에게 닥친 어머니의 상실은 각인된 내면화를 통해 문학적 트라우마로 작용했다. 권용철 동화에는 페미니즘 성향이 강한 작품들이 많다. 그의 동화에는 여성지향적인 소재들이 많이 등장한다. 그러한 까닭은 그의 성장 배경과 밀접한 연관이 있어 보인다. 어린 시절 어머니를 잃은 삶의 궤적이 작품에 투영되어 있기 때문이다.

그의 작품에는 새와 꽃, 꿈, 눈 등의 여성 이미지를 지닌 소재들이 많다. 등장인물의 비율을 보아도 남성보다 여성이 압도적이다. 권용철의 동화에 주도적으로 등장하는 인물은 소녀, 공주, 선녀, 누나, 어머니, 할머니 등으로 남성인물[24]에 비해 월등히 많다.

작품의 소재나 배경이 되는 색채도 흰색에 편중되어 있다. 흰색은 그가 동화에 즐겨 도입하는 색채이다. 흰색은 순수함과 깨끗함, 희망과 동경, 그리움과 신비성이라는 이미지를 수반한다. 이러한 흰색 이미지는 여성성이 강하고 결국 페미니즘과도 내통한다. 권용철의 초기 동화에 공주나 선녀들이 많이 등장하는 것도 이와 같은 결론의 단초가 된다.

그의 작품은 전통문화와 서구문화를 넘나들고 있다. 젓대와 트럼펫 소리가 울려퍼지고, 따오기 비오와 기러기 나시아가 사랑을 나눈다. 그의 동화는 색조 지향이다. 환상을 유발해내려는 흰눈과 흰새와 흰옷으로 대표되는 백색주의와 그리움의 대상인 어머니, 누나, 여선생님, 꿈과 꽃을 통한 여성지향성은 환상적 분위기를 도출해내는 역할을 한다. 구도적 역할을 하는 선녀 역시 작가의 내면에 자리잡고 있는 모성 혹은 페미니즘의 투영이다.

그는 한국 동화작가 중 김요섭을 선호했다. 그의 환상적 문학 탐험에 매료되었기 때문이다. 권용철은 동화를 아침의 문학이자 사랑의 문학, 구원의 문학으로 생각하고, 인간의 삶과 자연과 예술과 문학의 토양에 깊이 뿌리를 내리고 생장할 때 비로소 창조될 수 있다고 믿었다. 이러한 신념으로 애상적 환상과 그리움에서 촉발된 동화를 썼다. 권용철 문학의 메타포는 휴머니즘을 지향하는 환상의 직조와 흰색 이미지를 통한 페미니즘의 구현이라고 할 수 있다.

24 그의 첫 동화집에서 남성이 중심인물로 등장하는 동화로는 「예술가와 은백양나무」, 「기두림의 별」, 「딸기코 할아버지」 정도이다.

인내와 희생으로 피워낸 꽃

강준영의 「그리움 나무」와 「진주조개 이야기」를 중심으로

1. 작가의 생애와 작품

강준영은 1944년 3월 2일 함경남도 원산 남산동에서 아버지 강처중(姜處重)과 어머니 이강자(李康子) 사이에 2남 1녀 중 장남으로 태어났다. 부친과 모친은 둘 다 지식인[1]들이었기 때문에 해방이 되자 이념의 갈등을 겪게 된다. 이듬해 그들은 월남하여 서울 전농동에서 새로운 삶을 시작한다. 강준영은 여섯 살 때 서울 장충초등학교에 입학했으나 그해 6·25전쟁이 나자 그의 가정은 비운에 휩싸이게 된다. 그 당시 경향신문 조사부장이던 아버지를 이별한 후,[2] 모친과 3남매는 외가가 있는 충북 중원군 신의면으로 피난한다. 이 신의면이 바로 그의 문학적 고향이 된 '신의실'이다. 강준영은 자전적인 작품을 많이 썼는데, 그의 글이 리얼리티를 바탕으로 한 신뢰성을 획득할 수 있었던 것은 자전적인 체험이 근

1 부친은 연희전문 문과를 졸업했고, 모친은 이화여전에서 수학했다.

2 강준영은 부친에 대한 이야기만 나오면 극구 함구했는데, 거기에 남모르는 비밀이 있는 것 같다. 혹시 그의 부친은 이념적 갈등을 못이겨 다시 고향으로 돌아간 건 아닐까. 그런 가정이 사실이면 강준영의 '그리움'의 원형에 대한 수수께끼가 풀리는 셈이다. 아내 박영자의 추측이다. 사계이재철교수정년기념논총, 『한국현대아동문학작가작품론』, 집문당, 1997, 1084쪽.(주석 인용)

간을 이루고 있기 때문이다.

강준영은 신의면 용원초등학교에 전학하고, 가족들은 전쟁이 끝난 후에도 그대로 신의실에 눌러 앉게 된다. 그 무렵 그의 모친도 학교 선생님으로 들어갔기 때문에 비교적 생활은 안정되었다. 강준영은 모범생이었다. 책임감이 강하고 성실하여, 줄곧 반장을 했다. 공부를 잘해 월반까지 하는 등 선생님들의 사랑을 독차지했다. 그는 글짓기에도 소질을 보여 소년 시절부터 동화작가가 되려는 꿈을 키웠다.

1960년 충주중학교를 졸업하고, 1963년 청주사범학교를 졸업한 후, 경북 영천군 신녕 서부초등학교에 교사로 부임하게 된다. 이곳에서 훗날 그의 부인이 된 박영자를 사제지간으로 만난다. 강준영은 1964년부터 습작해 온 시와 수필을 지상에 투고하기 시작한다. 그로부터 4년 후인 1968년 마침내 대구매일신문 신춘문예에 동시 「아침」이 당선되면서 등단한다. 그 해 영천군 내 초등학교 교사들을 중심으로 '땀고개 아동문학동인회'를 조직하여 활동하기도 한다.

1970년 그는 자필 프린트에 자신의 삽화를 넣어 만든 동시집 『영이는 자라서』를 펴낸다. 그의 동시 속에 자주 등장하는 '영이'는 첫 부임지 때 제자였던 박영자의 애칭이다. 주로 동시를 써오던 그가 동화를 쓰기 시작한 것은 1973년 대구 내당초등학교로 전근한 이후부터였다.

1974년에 「신의실 봄」, 「전쟁과 촛불」 등 주목할 만한 작품을 발표하고 이듬해에 첫 동화집 『그리움 나무』(영진문화사, 1975)를 상재하여 제9회 세종아동문학상을 받아 문단에 이름을 알린다. 그는 지방 신춘문예 등단이 탐탁치 못했던지 계속 신춘문예에 응모했지만 번번이 고배를 마셔왔다. 그런데 『그리움 나무』가 신춘문예 못지않은 큰 문학상을 받게 해 준 것이다.

1976년 애제자 박영자와 혼인을 한 후에도 그는 지나치다 싶을 만큼 원고지에 매달렸다. 술은 전혀 못하는 반면 담배는 골초였다. 그 해 대구의 젊은 아동문학가들과 '한뜻모임'이란 동인을 만들고 『꽃과 항아리』[3]를 펴냈으며, 「진주조개 이야기」(영남일보, 1976)를 발표한다.

1977년 맏딸 '열매'가 태어나고, 이듬해 둘째 '잎새', 그리고 2년 후에는 셋째 딸 '나래'가 태어났다. 1978년에는 그의 대표작이라고 할 수 있는 「날개」가 발표되었고, 대구 MBC에 주간드라마 〈범어동 할아버지〉를 집필하는 등 다양한 문학 활동을 보여주었다.

1979년에 두 번째 동화집 『진주조개 이야기』가 출간되었고, 상주 북초등학교로 전근한 1981년에는 전래 동화와 민요 수집에 열을 올려 많은 전래동화를 개작했으며,[4] 작품 곳곳에 민요를 삽입시키는 등 한국적 정서가 깃든 작품 창작에 몰두하였다. 그것은 가장 한국적인 것이 가장 세계적이라는 투철한 작가의식의 발로였으며, 한국 동화의 정체성을 추구해 보려는 노력의 일환이었다.

1983년은 강준영에게 있어서 통한의 한 해였다. 여름방학 중인 8월 1일에 의사장티푸스로 입원을 한 것이 불행의 시초였다. 입원 치료 중 항생제 과다 복용 등으로 부작용이 생겨 위궤양 수술을 받기에 이르렀고, 9월 15일 그 후유증으로 39세의 젊은 나이로 타계한다.

사후 1년 후에는 유고집이자 제5동화집인 『고마워요 선녀님』(아동문학사)이 출간되었다. 1992년에는 유고동화집 『촛불 하나 켜 놨죠』(서림문화사)가 출간되었다. 문단 생활 15년에, 4권의 동화집과 유고 작품으로 동시 30편, 유년동화 11편, 개작 전래동화 32편, 〈범어동 할아버지〉(MBC 주간드라마 극본) 등을 남기고 있다.

본고에서는 강준영의 대표작이라고 할 수 있는 「그리움 나무」와 「진주조개 이야기」를 중심으로 논의하고자 한다. 두 작품이 쓰여진 시대상

---

3 김상삼, 노원호, 배익천, 하청호 등 대구의 젊은 아동문학가들로 구성된 '한뜻아동문학동인회'에서 낸 동인지.

4 1978년 〈범어동 할아버지〉 집필, 1982년 『도깨비와 자전거』, 『열두 고개의 도깨비』, 1984년 『고마워요 선녀님』 출간.

황을 먼저 알아보고, 그러한 시대상황이 작품에 어떤 영향을 미치고 있으며, 오늘날 시대상황에서 두 작품을 또 다른 관점으로 해석해 보고자 한다.

2. 작품에 구현된 통과의례

「그리움 나무」와 「진주조개 이야기」는 중심인물의 인내와 희생을 통해 무언가 결실을 맺는 구조로 전개되고 있다. 이야기 속 주인공은 자신에게 닥친 시련을 극복하고 성취를 향해 진일보한다. 이러한 과정을 통해 그들은 삶의 참된 가치를 찾고 그로 인해 성장하며 발전하게 된다. 이것을 하나의 '통과의례'라고 보고 작품에 나타나는 통과의례 의식을 살펴보고자 한다.

통과의례란, 어떤 일을 하기 위해서 꼭 거쳐야 하는 과정을 말한다. 한 범주에서 다른 범주로 옮겨가거나 다른 부문의 개인들과 합류하기 위해서 다양한 형태의 유사한 의식들을 수행해야 함을 포괄적으로 상징하는 말이기도 하다. 그 형태들은 아주 폭넓고 다양하게 우리 사회에서 나타나고 있다. 개인은 홀로 모든 집단과 유리된 채 지내기도 하고, 어떤 특정한 집단의 구성원들로부터 분리되기도 한다. 그러면서 통과의례를 경험하게 된다.[5]

「그리움 나무」는 임신과 출산의 통과의례로 「진주조개 이야기」는 성년식의 통과의례로 해석할 수 있다. 임신과 출산 의식은 서로 결합되어 하나로 나타난다. 이 첫 번째 의례는 가족과 사회로부터, 때로는 자신의 성으로부터 분리시키는 것이다. 그 다음은 일종의 전이기라고 볼 수 있

5 A. 반겐넵 저, 전경수 역, 『통과의례』, 을유문화사, 1985.09.10, 264쪽. (이하 언급시에는 작가 이름과 쪽수만 표시한다.)

는, 임신과 관련된 의례가 행해진다. 마지막으로 그를 이전에 속했던 집단에 다시 통합시키거나, 그가 아들을 낳았을 때 사회 안에서 어머니로서의 새로운 지위를 규정해 주는 출산 의례가 행해진다.[6] 이처럼 임신과 출산은 여성의 태생적 역할이다 보니 주로 여성의 입장에서 생각해보지만 전적으로 여성에게만 이 의식이 적용되는 것은 아니다.

「그리움 나무」에서는 아빠 나무가 주축이 되어 이야기를 이끌어간다. 아빠 나무는 홀로 외롭게 '그리움'을 품고 살아간다. 엄마 나무에게 바람이 불어올 때 그 바람에 꽃가루를 실어 날린다. 그리하여 엄마 나무는 열매를 맺게 된 것이다. 그러나 아빠 나무는 자신의 의지나 힘으로는 그 열매를 얻을 수가 없다. 열매는 엄마 나무에게만 열리기 때문이다. 「그리움 나무」는 이렇게 인내를 가지고 열매를 기다리는 아빠 나무의 이야기이다.

> "자, 받으셔요. 당신의 '그리움'이 주시는 선물이어요."
>
> 물어 온 은행알을 아빠 나무에게 전해 주었습니다. 얼마나 기쁜 일입니까. 아빠 나무는 온 세상이 갑자기 눈부신 빛으로 보였습니다.
>
> "나의 사랑스런 열매야."
>
> 아빠 나무는 소리쳤습니다. 이웃 나무들이 동그랗게 눈을 뜨고 보았습니다.

간절히 기다리던 열매를 까치의 도움으로 얻게 된 아빠 나무는 "온 세상이 갑자기 눈부신 빛"으로 보일 정도의 큰 기쁨과 감동을 얻게 된다. 자신의 꽃가루로부터 시작된 그리움의 실체가 열매라는 매개체로 완성된 것이다.

통상적으로 첫 번째 출산은 매우 중요한 사회적 의미를 지닌다. 아기

---

6 A. 반겐넵, 80쪽.

가 태어날 때까지 혼인이 정당하다고 인정하지 않는 곳에서는 임신과 출산에 관한 의례가 결혼식의 마지막 부분이 되기도 한다.[7]

그리고 여자의 전이기는 약혼식에서부터 첫 아이의 출산까지 이르게 된다. 어머니가 되면 도덕적 사회적 지위가 상승하게 된다. 이제 단순히 여자가 아니라 여사로 호칭되며, 적법한 아내로서의 지위를 인정받는다.

그러므로 임신과 출산 의례는 아주 중요한 개인적·사회적 의미를 지니고 있다. 보호 의례나 출산을 촉진하기 위한 의례[8]는 이차적인 통과의례의 범주로 분류되어야 한다. 왜냐하면, 이를 통해 미래의 아버지와 어머니가 사회의 가장 중요한 단위, 즉 사회의 핵심이 될 수 있기 때문이다.[9]

다시 말해서, 임신과 출산은 아버지와 어머니에게 있어서 사회의 최소 구성원으로서 스스로의 존재감을 나타내고 사회적 지위를 증명하는 하나의 통과의례가 될 수 있다. 『그리움 나무』에서도 아빠 나무가 까치가 물어온 은행알을 주위에 있는 나무들에게 자랑하며 자신의 존재감을 더욱 높이는 삽화가 등장한다.

> "보려무나, 이 예쁜 열매를……."
>
> "은행나무님 열매여요?"
>
> "그렇지, 나의 열매야."
>
> 아빠 나무는 연거푸 소리쳤습니다. […중략…]
>
> 그리고 까치 아저씨가 날라다 준, 그 작고 예쁜 은행알들은 어떻게 되었을까요?

---

7 인도 데칸 반도의 닐기리 산지와 스리랑카에 사는 종족인 토다 족의 의례.

8 가끔 아버지가 수행하기도 한다.

9 많은 민족에 있어서 아버지에 대한 같은 현상이 나타난다. 그 예의 하나가 종자명제이다. 그는 자신의 이름 대신 누구누구의 아버지라 불린다. 이름을 바꾸는 것은 세계, 입사, 결혼, 즉위 의례의 하나이다. 따라서 종자명제도 통과 의례로서 새로운 집단으로 분류됨을 나타내는 것으로 보아야 한다. A. 반겐넵, 89~90쪽, 재인용.

땅 위에 떨어져 싹이 트고 자라서 아빠 나무 곁의 아기 나무가 되었을 것입니다.

「그리움 나무」는 다양한 나무들이 함께 어울려 살고 있는 공간에서 아빠 나무와 아기 나무라는 구성원으로 커다란 숲의 일부분이 되어 살아간다. 이것이 바로 사회적 지위의 획득인 것이다. 그리고 임신과 출산의 한 통과의례를 통한 하나의 범주에서 또 다른 하나의 범주로 이동한 것이라 하겠다.

「진주조개 이야기」에서 '아무것도 가진 것이 없는 가난한 진주조개'는 보석을 만들어 타인에게 주기 위해 자신의 목숨을 희생한다. 진주조개는 사회적으로 약자인 동시에 아직 입사의례를 하지 못한 소년의 모습이다.

어떤 사회집단이든지 소년이 사회의 한 구성원인 성인의 모습으로 성장하기 위해서는 통과의례가 필요하다. 의식을 행하고 법규를 배우면서 점차적으로 그 사회의 구성원이 되는 것이다. 가난한 진주조개는 할아버지에게 어떻게 하면 보석을 얻을 수 있는지 묻는다.

할아버지는 조개에게 "넌 혼자 있어야 해." 하고 말씀하셨습니다. 이것이 첫 규율입니다.

홀로 시련을 이겨내는 것은 초입자가 겪어야 하는 통과의례이다. 홀로 시련을 견디는 것은 외로움과 고통과의 싸움이다. 아픔과 시련을 이기고 얻어낸 결실은 빛나도록 아름답고 값진 것이다. 조개는 자신의 살점을 도려내는 아픔 속에서 진주를 품으며 키운다.

나날이 지나는 동안, 가슴이 아파왔습니다.
뾰족하고 매운 것이 맨살을 콕콕 찌르는 것도 같고, 때로는 가슴을 도려내는 것 같기도 했습니다.

당장 가슴을 털어버리고 싶어졌습니다.

진주조개는 아픔을 이겨내고 커다란 보석을 갖게 되지만, 그것 또한 조개만의 보석이 아니다. 이야기 속의 진주조개는 보석을 인간인 해녀에게 바치며 자신의 온몸을 희생한다. 찬란한 보석을 남기기 위해서는 이러한 커다란 희생이 뒤따르는 것이다. 그러나 누구나 이처럼 커다란 희생을 치르며 참된 가치를 남기는 행위를 할 수 있는 것은 아니다.

4. 나오는 말

1970년 중반에 창작된 「그리움 나무」와 「진주조개 이야기」는 당시대상을 잘 조명하고 있는 동화중의 하나이다. 동화의 줄거리만을 보았을 때에는 진주조개의 값진 희생과 아빠 은행나무의 기나긴 인내의 열매로 아기 은행나무와 커다란 숲을 이루는 아름다운 이야기이다. 당 시대에는 개인보다는 전체의 이익을 앞세우는 경제개발 논리가 지배하였다.

「진주조개 이야기」에는 가난한 진주조개가 등장한다. 이 동화 속의 조개는 자신의 살을 에어가며 힘겹게 키운 아름다운 진주를 인간에게 모두 내어주고 만다. 조개가 살아가면서 느끼는 것이라고는 고통일 뿐이다. 조개는 마지막까지 아픔의 절정인 자신의 죽음을 기다려야만 찰나처럼 지나가는 기쁨을 만날 수 있는 것이다.

「그리움 나무」는 오늘날의 가족 관계와 구조 속에서는 쉽게 공감할 수 없는 부분도 있다. 하지만 부모와 자식간의 사랑은 무조건적이다. 아직도 내리사랑의 의식구조는 우리 한국 사회에 뿌리 깊게 남아 있다. 사랑과 희생은 아름다운 빛을 발할 수 있는 것이다.

건강한 자아 회복을 위한 노력

손춘익 작가작품론

1. 작가가 걸어온 길

손춘익은 1940년 11월 28일 경상북도 경주시 도지동에서 태어났다. 어린 시절 경북 포항으로 이주하여 2000년 9월 4일 타계할 때까지 포항에서 살았다. 본관은 월성(月城)이며 3남 1녀 중 막내로 태어났다. 그의 부친은 경주에서 농사를 짓다가 빚보증으로 가세가 기울자 포항의 빈민가로 이주하였다.

1952년 포항국민학교를 졸업하고, 1955년 동지중학교를 졸업했다. 1960년엔 동지상업고등학교를 졸업하고 1962년엔 포항수산대학을 졸업했다. 1965년 7월에 영덕군 축산항국민학교로 발령을 받아 근무했으며, 이후 1966년부터 1987년까지 20여 년 동안 동지상업고등학교 교사로 근무했다. 1968년 이호순과 혼인하여 1969년 장남 한샘을 낳았고, 1971년 딸 아미를 낳았다.

한국아동문학가협회 회원으로 활동하다, 1989년부터는 10년간 민족문학작가회의 이사를 역임했다. 국제펜클럽회원, 한국문인협회 포항지부장, 한국아동문학인협회 회원, 민족문학작가회의 이사 및 아동문학분

과위원장을 지냈다. 평생 고향에 거주하며 1972년부터 10년 동안 포항간호전문대학 강사로 근무했다. 1981년에는 지역 문학잡지 『포항문학』을 창간하고 1999년까지 편집위원으로 활동하며 지방의 문학 발전에 힘썼다.

1966년 대구매일신문 신춘문예에 「선생님을 기다리는 아이들」이 입선되고, 조선일보 신춘문예 동화 부문에 「선생님을 찾아온 아이들」이 당선되며 문단에 나왔다. 1972년 『이상한 아이들』로 제5회 세종아동문학상, 1981년 『비탈을 구르는 작은 돌』로 소천아동문학상을 수상했다, 1982년엔 경북문화상을, 2000년 5월에는 『땅에 그리는 무지개』로 제10회 방정환문학상을 수상했다. 사후인 2011년에는 고향인 포항의 향토문화와 예술인들의 업적을 기리기 위해 마련된 〈애린문화상〉의 첫 수상자로 선정되었다.

세상을 떠나기 20여 일 전에도 단편동화 「천사님이 계시네요」를 『아동문예』(2000.11~12월호)에 발표한 것에서도 확인할 수 있듯이 그에게 아이들은 곧 천사이며. 글을 쓰는 것은 천사와 만나는 통로였다. 그가 타계한 지 5주년을 맞아 동화작가 김일광과 소설가 이대환 등이 중심이 되어 환호해맞이 공원에 그의 문학비를 세웠다.

그의 문학에 대한 촌평으로는 엄기원의 「일상으로부터의 일탈, 그 판타지에 대하여—손춘익 개구장이 도깨비들」, 조대현의 「빨간 자동차 속의 펜과 문학난쟁이」(『펜과문학』, 1998년)와 박성배의 「作家의 목소리—손춘익, 강추애, 김재창, 정진숙」(『아동문학평론』 25호, 2000년 겨울), 김일광의 「동화작가 손춘익 문학비를 세우며」(『아동문학평론』 30호, 2005년 겨울) 등이 있다. 그는 소설도 꾸준히 발표했고, 성인 문단의 문인들과도 교류를 활발히 했다. 아동문학에 대한 애정과 동화 창작에 대한 사명감도 깊었고, 소설 창작에 대한 갈망도 깊었다.

그가 상재한 저서로는 『천사와 꼽추』(새벗, 1970), 『동전 한 닢』(세종문화사, 1971), 『이상한 손님들』(세종문화사, 1973), 『산비둘기네 둥지』(일지사, 1979), 『작은 어릿광대의 꿈』(창비, 1981), 장편 『섬으로 간 아이들』(세종문화사, 1981), 장편 『비탈을 구르는 작은 돌』(갑인, 1981), 단편동화집 『바위 앞에 선 사람들』(인간사, 1984), 유년동화 『멍멍아 멍멍아』(예림당, 1984), 유년동화 『까치와 야옹이』(예림당, 1984), 『담쟁이가 뻗어가는 쪽』(웅진출판, 1985), 장편 『마루 밑의 센둥이』(창비, 1985), 『새를 날려 보내는 아저씨』(창비, 1987), 『시골로 간 예쁜이』(견지사, 1988), 『어린 떠돌이』(창비, 1991), 『달과 꼽추』(중원사, 1993), 단편동화집 『도도새와 카라비아 나무』(웅진, 1994), 단편동화집 『둥지에서 냇물로』(창비, 1995), 『점박이와 운전수 아저씨』(우리교육, 1995), 『푸른 바다 저 멀리』(웅진, 1998), 『천사와 보낸 하루』(중앙출판사, 2000), 『땅에 그리는 무지개』(창비, 2000) 등이 있다. 또한 전래동화집 『꿀떡해 버린 꿀떡』(창비, 1994), 『호랑이도 살고 빗쟁이도 살고』(창비, 1994), 『서동이와 선화공주』(우리교육, 1999), 『노힐부득과 달달박박』(우리교육, 1999) 등을 상재하였고, 유고집으로 1주기기념 동화집 『염소 메헤헤와 개구쟁이들』(우리교육, 2001) 등이 있다.

2. 손춘익의 문학 세계

1) 환경과 문학

손춘익 문학에 대해 연구된 것은 10년 단위로 작품을 시기별로 구분해서 특징 변화를 정리했던 선안나의 석사학위 논문(1997)과, 동화의 의식 세계를 언급한 최경희의 논문(1997), 그리고 소년소설을 연구한 최영희의 석사학위 논문(2012)이 전부라고 할 수 있다. 그러나 왜 그런 변화를 보였는지, 어떤 의미가 있는지 근원적으로 언급한 내용은 전무하다.

손춘익이 보이는 문학 기술의 변화는 작가 개인적으로 의미가 있을 뿐만 아니라 한국의 아동문학을 포함해 일반 문단까지 적용되는 장르 개념 비교, 어린이들에게 가지는 동화의 역할과 의미, 문학이 가지는 치료 효과 등 문학의 본질까지 생각해 볼 수 있게 하는 중요한 요소라고 본다.

손춘익은 동년배 사람들이 대부분 그랬듯이 어렵고 궁핍한 어린 시절을 보냈다. 그의 부친이 고향인 경주를 떠나 포항으로 이사한 것도 지독한 가난을 피하기 위해서였다. 손춘익은 말년에 펴낸 수상집 『깊은 밤 램프에 불을 켜고』를 통해 어려웠던 가정사와 아버지를 추억한다. 포항은 당시 동해남단에서 가장 알아주던 어항이었기에 돈이 돌 것이라는 소문을 따라 포항으로 온 것 같다고 회고한다.

> 아버지는 본디 일자무식이고 농투성이였으나 역마살이 낀 탓인지 일찌감치 바람이 나서 가산을 탕진하고 고향을 등진 것이었다. 우리 식구가 정착을 한 곳은 서산 밑이란 빈민촌이었다. [···중략···] 물론 우리 식구는 애초부터 사글셋방 신세였다. [···중략···] 어머니는 워낙 솜씨를 타고나신 듯 바느질이나 빨래품도 파시고 또 부잣집 큰일에도 곧잘 불려 가서 음식도 장만하셨다. 우리가 그나마 배를 곯지 않은 것은 그 덕분이었다. 아버지는 시장에서 채소 행상을 하셨는데 하고 한 날 고주망태가 되어 고래고래 고함을 지르며 돌아오시던 기억밖에 나지 않는다.
>
> —『깊은 밤 램프에 불을 켜고』(267~270쪽)

그의 자전적 이야기를 소재로 창작한 『어린 떠돌이』는 작가가 등단 초기에 썼던 작품을 개작해서 펴낸 동화책이다. 그 원작이라 할 수 있는 「아름다운 꿈길」 속 아버지는 주인공 점득이에게 똑똑한 모범생인 형과 비교하며 공부는 신통치 않으니 학교를 포기하고 당장 먹고 살 수 있게 돈을 벌어 올 것을 종용하는 태도를 보인다. 이에 주인공은 오랜만에 집에 나타나서 큰소리만 치며 자신을 몰라주는 아버지에 대한 원망을 토로한다.

그런데 어머니에 대해서는 동화 작품에서나 수상집 곳곳에서 존경과 감사의 마음을 드러낸다. 아름다운 꽃을 보았을 때나, 어버이날 어머니가 좋아하던 음식을 접할 때, 명절 때 등 일상 속에서 어머니를 그리는 작가의 마음을 확인할 수 있다. 작가의 회상에 따르면 어머니는 부드러우나 강했고, 어려움 속에서도 올곧게 아이들을 키워냈다. 자녀들을 위해 옛날이야기도 들려주고, 어려운 살림살이를 잘 꾸려갔고, 음식 솜씨와 바느질 솜씨 또한 좋았다. 손춘익은 그런 그녀를 '한국의 어머니상'으로까지 평가하고 있다.

손춘익 문학의 고갱이는 미래에 대한 꿈과 희망을 잃지 않는 소년다움이다. 그리고 그 소년다운 열정은 손춘익 본인의 욕망의 무의식적 발현이며, 건강한 자아 회복을 위한 일관된 과정이었다.

2) 손춘익 문학의 뿌리 동화정신

1966년 손춘익은 동화작가로 등단 후 1974년『현대문학』에 단편소설「죽음의 길」을 발표하면서 소설가로도 활동한다. 그 결과가『작은 톱니바퀴의 연가』,『이런 세상』등의 소설집 출간이다. 또한 수필도 발표하여『꽁보리밥과 찬 우물물』,『코끼리의 코, 무수막』같은 산문집을 내기도 하였다. 이렇게 폭넓은 행보를 보였지만, 그의 문학의 뿌리는 옹골찬 동화정신이 지배하고 있다.

> 동화는 서사적이면서도 서정성이 강한 문학이다. 그래서 동화정신이란 따로 살아 있는 것이다. 시적 환상과 서사적 리얼리티의 하모니는 모든 동화작가의

꿈이다. 동화는 독자는 물론 작가도 기쁘고 즐겁게 해 준다. 왜냐하면 그것은 사랑과 화해, 혹은 무한한 가능성의 세계이기 때문이다. [⋯중략⋯] 하지만 동화의 세계는 한마디로 환상공화국이다. 동화정신이란 말도 사실은 환상공화국의 현장일 따름인 것이다. 동화를 굳이 환상공화국이라고 일컫는 이유는 무엇인가? 그것은 동화가 동심을 모체로 한 문학이기 때문이다. 아니 동화는 동심에 의한, 동심을 위한 문학이란 말이 더 적절한지도 모른다. 동심은 인간의 원초적 심성이다. 그러므로 그것은 워낙 순진무구하다.

—『깊은 밤 램프에 불를 켜고』(318~319쪽)

손춘익의 동화 세계는 사람과 자연에 대한 애정이 넘친다. 자기를 진심으로 사랑할 줄 아는 사람만이 타인을 사랑할 줄 아는 법이다. 그는 불우했던 어린 시절을 되돌아보며 자신의 상처를 치유해 나가는 글을 동화라는 그릇에 담아냈다. 동화를 사랑과 치유의 문학으로 규정하는 것은 이 때문이다. 신춘문예 당선작인 「선생님을 찾아온 아이들」은 그의 자전적 이야기이다. 이 작품을 통해 교사로서의 자세와 죄의식, 어린 시절 본인의 결핍했던 부분을 제자들에게 채워 주려는 교사의 열정적 사랑을 짐작할 수 있다. 그의 수필집을 보면 그가 어린 시절 선생님의 관심과 사랑을 받고 싶었으나 월사금을 내지 못하여 벌을 서거나 교실 밖을 배회했던 아픈 기억을 회억한다. 자신의 옷차림은 남루한데, 깔끔한 차림의 부잣집 아이만 좋아했던 교사들의 태도에 대한 아쉬움, 그림을 제법 잘 그린다고 생각했지만 정작 미술 시간에 칭찬 한 번 받아 보지 못한 섭섭함, 잘사는 친구들만 선생님의 사랑을 받아서 좌절했던 기억 등을 독백한다.

손춘익의 동화에는 본인의 과거를 반면교사로 삼아 모든 아이들에게 사랑을 공평하게 나눠 주는 바람직한 교사의 모습을 투영하고 있다. 이처럼 그의 동화 속에는 사랑과 치유의 문학인 동화정신이 관류하고 있다.

3)「당산나무 도깨비」에 나타난 전승적 환상

전승적 환상은 '아주 오랜 옛날에 이런 일이 있었다'는 식의 언어적 매직이기 때문에 쉽게 이야기 속으로 빠져들 수 있다. 아주 오랜 옛날의 일이라는 설정은 실제로 목격하거나 체험한 사람은 없지만 전해져 오는 이야기이므로 쉽게 사실인 것처럼 생각하게 한다.

이와 같이 전승적 환상은 이질감과 거부감이 따르지 않기 때문에 어린이들에게 친화력을 준다. 전승적 판타지는 동화의 시작과 끝을 옛날 이야기의 수법과 비슷하게 전개하는 것이 보통이다.

손춘익의「당산나무 도깨비」는 전승적 판타지를 수용하여 창작한 중편동화이다. 전승적 판타지란 옛날 이야기나 전래동화에 나타나는 공상성이 풍부한 판타지를 말한다. 전승적 판타지는 이야기의 구조는 물론 분위기까지 전래동화의 그것과 유사하다.

전승적 판타지를 수용한 동화는 옛날이야기에서 느낄 수 있는 것처럼 스스럼없이 이야기 속의 환상의 세계로 빠져 들어갈 수 있다. 이는 이야기에 등장하는 당산나무나 서낭당, 마을 제사는 물론 중심인물인 도깨비까지 공시적 통시적으로 존재하도록 이끌어낸 작품의 배경과 인물의 성격 때문이기도 하다.

손춘익은 이야기에 환상성을 불어넣기 위하여 허두부터 전래동화의 수법처럼 신비성으로 치장하고 있다.

> 동네에서 가장 나이가 많은 것은 당산나무였지요. 오백살이나 되었으니까요.
>
> 하지만 그보다 나이가 훨씬 더 많은 것이 또 있답니다. 도깨비지요. 도깨비들은 천년만년 자기가 살고 싶을 때까지 살 수가 있대요. 당산나무 도깨비가 바로 그렇다고 해요.

오백살이나 된 당산나무와 그보다 나이가 훨씬 더 많은 도깨비를 등장시킴으로써 '옛날 아주 오랜 옛날부터 있어 왔다'는 역사성을 부각시키게 된다. 그것은 언어의 주술력으로 작용하여 독자들을 자연스럽게 판타지 속으로 빠져들게 하는 구실을 한다.

「당산나무 도깨비」는 전승적 요소가 작품의 내면적 모티프로 작용하고 있으며, 구조상으로는 현대동화의 골격을 견지하고 있다. 따라서 전래동화의 재미성과 창작동화의 문학성이 어우러져 긍정적인 평가를 받을 수 있는 동화이다.

이 작품은 개발이라는 미명 아래 제거되고 사라져가는 우리 것에 대한 애정과 보전의 당위성을 담고 있다. 70년대 이후 불어닥친 근대화·산업화 과정에서 파생되는 부정적 갈등요소들이 끊임없이 제기되었다. 조상 대대로 살아온 마을 전체가 수몰되어 하루 아침에 고향을 잃게 되는가 하면 마을의 수호신 노릇을 해온 수백 년 묵은 당산나무가 뿌리째 뽑혀 없어져야 했다. 이 과정에서 개발을 강행하려는 세력과 마을을 지키려는 세력의 대립과 갈등은 필연적일 수밖에 없었다. 그러나 힘의 논리에 의해 개발이 강행 지속되면서 자연환경이 파괴되고 생태계마저 위협받아 산업화에 따른 폐단이 도처에서 나타나기 시작했다.

「당산나무 도깨비」도 이러한 과정에서 나타나는 갈등을 그린 동화이다. 산업화에 밀려 공단으로 변하게 될 마을과 함께 베어질 운명에 처한 당산나무(느티나무)를 지키려는 마을 사람들과 관청(공단) 사람들과의 대립과 갈등을 그리고 있다.

이 동화의 줄거리를 살펴보면 다음과 같다.

①마을 사람들이 수호신으로 여기는 느티나무 앞에 제삿상을 차려놓자 당산나무 도깨비가 느티나무 가지에 앉아 내려다본다.

②젯상에 오른 음식들의 맛을 본 도깨비는 사람들로부터 느티나무를 베어 없앤다는 말을 듣고 깜짝 놀란다.

③마을 사람들은 마을에 공단이 들어서면 당산나무가 베어 없어지게 될 것이라며 당산나무를 지킬 방법을 궁리하며 걱정한다.

④까마득한 옛날, 마을이 생기면서 마을 사람들은 마을 앞 고개 밑에 느티나무를 심어놓고 마을을 지키는 당산나무로 삼자, 한 떠돌이 혼이 그 소문을 듣고 달려와 느티나무 속에 깃들어 당산나무의 지킴이가 되는데 이가 곧 당산나무 도깨비이다.

⑤언제부터인가 마을 사람들은 음력 대보름날 당산나무 앞에서 제사를 지내기 시작하는데 소원을 빌면 당산나무 도깨비가 도와주게 된다.

⑥제사를 지낸 마을 사람들이 당산나무를 살릴 대책을 세우지 못하고 눈치만 살피고 있자, 당산나무 도깨비는 마을 사람이 모두 일어나 마을을 지키라고 외친다. 이 말을 들은 당산나무도 울음 소리를 내자, 마을 사람들이 날마다 모여들어 당산나무를 지키게 된다.

⑦마을 사람들은 공단 건설 공사를 진행하려면 반드시 나무를 베어야 한다는 공단 책임자와 맞서 물리친다.

⑧보름 후 공단 책임자는 보상금 백만 원을 지불한 후 나무를 베어도 좋다는 법원 판결문을 가지고 나타나 일꾼들에게 톱질을 시킨다. 젊은 일꾼이 톱질을 시작하려 하자, 당산나무 도깨비는 방망이로 젊은이를 내리친다. 그 바람에 톱날이 부러지며 젊은이의 팔목을 때려 피를 흘린다.

⑨다른 젊은이가 도끼를 들고 나와 느티나무의 밑둥을 내리치자, 당산나무 도깨비는 다시 방망이를 휘두르고 그 바람에 도끼 자루에서 도끼날이 빠져나가 젊은이의 발목을 내리친다.

⑩책임자는 불도저를 불러서 느티나무를 밀어뜨리려 한다. 느티나무 가지 위에 올라앉아 있던 도깨비가 뛰어내려와 돌무덤에서 주먹만한 돌을 주워들고 느티나무 가지 위로 올라간다. 불도저가 느티나무 앞으로 바짝 다가오자 동네 사람들은 돌멩이를 집어던진다. 그때 도깨비가 던진 돌멩이가 운전기사의 이마를 맞추자, 운전기사는 비명을 지르며 운

전대를 놓는다.

⑪불도저가 엉뚱한 곳으로 굴러가자 마을 사람들은 만세를 부르며 덩실덩실 춤을 춘다. 도깨비도 신바람이 나서 "만세! 만만세! 엇쇠! 잡귀들은 썩 물러가라! 이놈! 내 앞에는 얼씬도 하지 말렸다!"하고 호통을 친다.

⑤에서처럼 마을 사람들은 오백 살 된 느티나무를 수호신으로 받들며 해마다 음력 대보름날 마을 제사를 지내는 것으로 그려져 있다.

> "살기좋은 마을이 되려면 당산나무를 잘 모셔야 하느니라. 몇 백년 동안이나 우리 마을을 지켜온 수호신이거던. 옛 어른들 말씀을 잊지 말아야 해. 아무리 큰 난리가 나도 우리 마을만은 아무 탈이 없었다고 하잖은가."
>
> "암, 일제 때 일본순사가 긴 칼을 빼어들고 이 당산나무를 베려다가 오히려 칼이 부러지고 제 손목만 다치는 바람에 혼비백산해 도망쳤다고 하지 않던가."

이처럼 당산나무가 신령스런 힘을 발휘할 수 있었던 까닭은 당산나무에 깃들어 사는 도깨비 때문이다. 당산나무 도깨비는 '제 욕심만 채우려고 하는 소원은 들은 척도 하지 않았지만 그렇지 않은 소원은 반드시' 도와주었다. 당산나무의 신령스런 힘은 도깨비로부터 나온다는 당위성이 있기 때문에 이 동화의 판타지는 리얼리티를 확보할 수 있는 것이다.

하지만 리얼리티를 상실한 대목도 눈에 띈다. ⑧, ⑨에 나타난 것처럼 느티나무를 베기 위해 일꾼들이 톱과 도끼를 사용하는 장면은 현장감을 고려하지 않은 난센스일 수밖에 없다. 오백 년 묵은 몇 아름드리 느티나무를 전기톱도 아닌 일반 톱이나 도끼로 인부 한 사람이 나서서 자르려 한 장면은 어느 공사장에서도 찾아볼 수 없는 비현실적인 이야기가 아닐 수 없다. 동화가 비현실적인 이야기를 다룬다 할지라도 현장 상황을 묘사할 때에는 정확한 현실감으로 리얼리티 확보에 주력해야 한다.

등장인물의 성격은 이야기의 흐름에 중대한 영향을 끼치는 요인이 된다. 이 동화에 등장하는 당산나무 도깨비는 오백 살이라는 나이에도 불구하고 개구쟁이 같은 동심을 가지고 있다. 이러한 성격을 묘사한 장면을 구체적으로 살펴보면 다음과 같다.

도깨비는 빙그레 웃는 얼굴로 어서 제사를 지내기만 기다리고 있습니다. 아무리 도깨비라고 해도 염치가 있어야지, 제사도 지내기 전에 함부로 음식을 집어 먹을 수는 없거던요.

당산나무 도깨비는 한 해 가운데서도 제삿날이 가장 기쁘답니다. 색동옷을 입듯 별스레 치장을 하는 것도 그렇거니와 또 맛난 음식도 실컷 맛볼 수가 있습니다.

그는 지금 장난꾸러기처럼 느티나무 가지 위에 올라 앉아 가만히 사람들을 내려다 보고 있으나 어쩐지 전혀 신바람이 나지 않습니다. 처음에는 갑자기 제삿상을 받게 되어 기뻐했지만, 어느새 그도 사람들과 마음이 같아졌답니다.

느닷없이 당산나무 도깨비가 그 젊은이를 겨냥해 "에잇, 맛 좀 봐라!"하고 방망이를 내리쳤어요.

두 젊은이가 그렇게 당하고 나자 이제는 아무도 나서려고 하지 않았습니다. '그것 좀 보라고! 헤헤헤……' 도깨비가 이제는 또 금방 개구쟁이처럼 나무가지 위에 걸터 앉아 혀를 날름거리며 빈정거렸어요.

물론 도깨비도 가만히 있지 않았지요. 그는 지금 느티나무 가지 위에서 벌떡 일어나 신바람이 나서 두 팔을 치켜들고 외쳐댑니다.

이렇게 개구쟁이 같은 동심을 가진 도깨비의 성격은 이 작품의 분위기를 보다 동화답게 만들고 있다. 이 동화가 더욱 동화다울 수 있었던 것은 당산나무를 베려고 한 일꾼들이나 운전기사를 죽음으로 몰고 가지 않고 다치게만 했다는 점이다. 하지만 운전기사가 돌팔매에 맞아 머리를 감싸고 있는 상황에서 '독립운동이라도 하듯 목청껏 만세를 부르는' 장면은 생경한 느낌마저 자아내고 있다.

그 꼴을 본 염소수염 할아버지가 갑자기 두 손을 번쩍 들고 목청껏 만세를 부릅니다. 마치 독립운동이라도 하듯 힘이 넘쳐나는군요. 그 할아버지 뿐만 아니라, 곁에 선 아저씨도 덩달아서

"만세! 만만세! 야 우리가 이겼다!"

하고 외쳤어요. 그러자 그 자리에 모인 마을 사람들이 하나같이 신바람이 나서

"만세. 만만세! 얼씨구 절씨구. 우리 동네 만만세!… 지화자 좋구나 좋네! 당산나무 만만세!"

하고 소리치며 덩실덩실 춤을 추기 시작했어요. 물론 도깨비도 가만히 있지 않았지요.

공단에 고용되어 업무상 느티나무를 베려고 한 노동자에게 도깨비가 응징을 가한 것까지는 무리가 없으나 돌에 맞은 운전기사가 다친 상황에서 만세를 부르고 춤을 추는 장면은 동심의 조리개로 조절을 했더라면 하는 아쉬움이 남는 삽화이다.

그는 지금 느티나무 가지 위에서 벌떡 일어나 신바람이 나서 두팔을 치켜들고 외쳐댑니다.

"만세! 만만세! 엇쇠! 잡귀들은 썩 물러가라! 이놈! 내 앞에는 얼씬도 하지

말렸다!"

도깨비는 할아버지처럼 쩌렁쩌렁한 목소리로 호통을 쳤으나 사람들의 귀에는 그 소리가 들리지 않았어요. 하늘과 땅 사이가 너무 넓었거든요.

이 동화의 결미 부분이다. 앞에서 열거했던 동심을 가진 도깨비의 성격과는 대조적인 묘사가 아닐 수 없다. 인물의 성격은 일관성이 유지되도록 신중을 기해야 한다. 오백 살이나 된 도깨비가 자신이 응징한 일꾼이 쓰러지자, 만세를 부르며 '잡귀들은 물러가라'고 외치는 장면은 부자연스럽고 당산나무 도깨비의 위상과 전체적인 성격과도 부합되지 않는 대목이다. 이것은 성격이라는 말이 내포하는 도덕성(morality)과 개성(personality)이라는 개념을 염두에 두어야 하기 때문이다.

3. 나오는 말

손춘익 문학의 고갱이는 미래에 대한 꿈과 희망을 잃지 않는 소년다움이다. 그리고 그 소년다운 열정은 손춘익 본인의 욕망의 무의식적 발현이며, 건강한 자아 회복을 위한 일관된 과정이었다.

손춘익은 가난한 약자들에 대한 따뜻한 관심과 애정으로 문학 활동을 해온 작가이다. 이는 손춘익이 1966년 동화작가로 등단한 것과 깊은 관련이 있다. 그는 어린이를 전형적인 사회적 약자로 이해했다. 그는 발표한 많은 작품에 가난하지만 주변의 유혹에 빠지지 않고 자신의 길을 걷는 어린이들을 주인공으로 등장시켰다.

손춘익은 초기에는 주로 동화를 창작하다가 점차 아동소설과 소설로 옮겨 갔다. 어린 시절 결핍에서의 해방구로 시작된 글쓰기는 자기 부정의 서사를 자존감의 회복으로 완성해 나갔다. 그의 초기 작품에는 동물을 의인화하거나 옛이야기를 모티프로 한 작품이 많았다. 유년시절 손춘익에게는 후원자나 지원군이 거의 없었다.

자존감이 강했던 손춘익은 외로움을 극복하기 위한 작업으로 문학의 씨앗을 가슴에 뿌렸다. 그는 혼자 마을 뒷산을 오르고 바닷가에 홀로 앉아 수평선 너머를 동경하며 외로움을 다스렸다. 손춘익의 삶은 결코 닮고 싶지 않은 아버지와의 갈등 자체였다고 할 수 있다. 어린 시절 아버지와의 애증과 갈등을 통한 성장과정을, 여과 없이 작품에 반영했다.

손춘익은 아버지에 대한 원망과 증오, 어머니에 대한 무한한 사랑과 감사를 작품에 반영했다. 그것은 의인화 동화나 옛이야기를 패러디한 전승적 환상동화 속에 투영되어 있다.

장편 아동소설에 천착한 치열한 작가 정신

김자환 작품론

1. 작가가 걸어온 길

김자환은 1952년 전남 순천시 생목동에서 아버지 김찬수 씨와 어머니 이덕순 여사의 둘째로 태어나 순천에서 성장하였다. 고등학교까지 순천에서 다녔으며 1973년 광주교육대학을 졸업했다. 여수에서 30년을 넘게 살아오는 동안 여수가 고향이 되었다. 1973년 광주 교육대학을 졸업한 후 초도초등학교, 율촌초등학교, 북초등학교, 구봉초등학교, 자산초등학교, 경호초등학교 등 주로 여수의 초등학교 교사로 근무하다 1990년 이후 사립인 여수 여도초등학교에서 근무했다.

1984년 《광주일보》 신춘문예 동화 「참새 할아버지」가 당선되어 문단에 데뷔한 후 1985년 체신부와 KBS 동화공모에 동화 「별」이 당선되었으며, 1987년 깻돌아동문학회 결성을 주도하여 지역아동문학의 지평을 여는 데 기여하였다. 1988년 제28회 아동문예작품상에 소년소설 「할머니」가 당선되었고 같은 해 첫 동화집 『등대지기와 흰눈이』로 13회 전남아동문학상을 수상했다.

1989년 장편동화 『등대지기』로 제8회 새벗문학상을 수상했다. 1990

년 월간 『새벗』에 「등대지기」가 연재되었고 월간 『아동문예』에 장편동화 『노라미와 무지개』가 연재되었다. 1992년 장편동화 『노라미와 무지개』로 11회 아동문예작가상을 수상했다.

그동안 지은 책으로 『세상에서 가장 아름다운 사람꽃』, 『순돌아 도망쳐』, 『날아라 동서남북』, 『두리 날다』, 『난 너하고는 달라』, 『진욱이 안 미워하기』, 『여우고개』, 『노라미와 무지개』, 『등대지기』 등 40여 권이 있다.

주로 장편동화를 즐겨 쓰며, 특히 아름다운 항구 도시 여수를 배경으로 한 작품을 썼다. 계몽아동문학상, 새벗문학상, 아동문예작가상 등의 문학상을 수상했다. 여수 여도초등학교에서 아이들과 생활하다 2008년 12월 1일 신경세포종으로 세상을 떠났다.

그는 어린이의 눈높이에 맞는 고민과 갈등을 진지하게 생각하는 동화를 썼다. 이기적이고 허영심 많은 세태에 반해 도덕적이고 헌신적인 인간형을 제시하여 어린이들에게 가치 있는 삶이란 무엇인가를 이야기했다. 사랑과 우정이 흔하고 가벼워지기 쉬운 요즘, 헌신적인 사랑과 바르고 넓은 마음으로 친구를 대하는 우정과 사랑의 참뜻을 제시하고 있다.

2. 김자환의 작품 세계

김자환은 단편보다는 주로 장편을 즐겨 쓴 작가이다. 그는 고학년 어린이들의 눈높이에 맞는 아동소설을 많이 창작했다. 50대 중반에 찾아온 병마와 싸우면서도 처연하게 동화를 쓰다 스러져간 치열한 정신을 가졌던 작가이다. 그는 세상을 떠나기 두 달 전까지도 기성작가를 대상으로 한 공모전에 작품을 냈을 정도로 작가정신이 투철하였다. 그가 56세의 많지 않은 나이에 갑자기 생을 마감하지 않았더라면 그의 문학적 성과는 더욱 찬연했을 것으로 짐작된다.

그의 작품은 크게 세 가지로 분류할 수 있다. 하나는 동물을 의인화한 일련의 장편동화들로 주로 초기에 창작한 동화들이다. 이런 작품에는 여수 오동도와 향일암을 배경으로 동박새가 등장하는데, 작품의 배경과 등장인물이 비슷하다는 특징을 갖고 있다. 『등대지기와 흰눈이』, 『새들은 왜 울지 않는가』, 『노란, 아주 작은 새』 같은 작품들이다.

두 번째는 『여우학교 여우선생님』, 『여우고개』, 『운주사의 하얀도깨비』 등과 같이 전승적 소재로 쓴 환상성이 녹아 있는 작품들이다. 『여우고개』는 임진왜란을 시공적 배경으로 삼고 있지만, 『여우학교 여우선생님』, 『운주사의 하얀도깨비』는 오늘날을 배경으로 하고 있다. 우리의 민담과 전설에 나오는 여우와 도깨비를 모티프로 하여 흥미로운 사건을 펼치고 있다.

세 번째는 고학년 아동들의 생활과 심리를 다룬 장편 아동소설들이다. 그는 교단작가 중에서도 몇 손가락 안에 들 만큼 다작의 작가이다. 『쉬면서 노는 학교』 시리즈 3권과 『진욱이 안 미워하기』, 『날아라 동서남북』, 『난 너하고는 달라』, 『조아조아 방송국』, 『돼지클럽 4총사』, 『어른 길들이기』, 『우리가 남이니?』, 『짧은 치마 최한결의 좋은 친구들』, 『사랑바이러스』, 『엄마가 보고 있다』 등과 같이 초등학교 현장을 배경으로 펼쳐지는 아동소설이다.

그밖에 『세상에서 가장 아름다운 사람꽃』, 『만두와 방콕 할아버지』, 『늙은 별 좀생이』처럼 따뜻한 가족애와 함께 어울려 살아가는 이웃 사랑과 인간과 동물의 따뜻한 교감 및 첨단과학 시대를 배경으로 인공위성을 소재로 한 작품들도 찾아볼 수 있다.

김자환은 동화를 재미있게 쓰려고 노력한 작가이다. 그의 동화에 익살스러운 표현을 즐겨 사용했다. 그는 등장 인물의 특성을 살린 재미있는 별명으로 흥미를 사로잡는다.

아빠는 김기남이라는 이름보다 '꽃을 든 남자' 또는 '딸기 아빠', '꽃 시인'으로 더 잘 통해요. 엄마와 동갑내기인 35세인데 시인이거든요. '꽃 시인'은 아빠가 꽃에 대한 시를 많이 발표하기 때문에 생긴 별명이고요, '꽃을 든 남자'는 우리 가게 꽃 배달을 도맡아 하기 때문. 그리고 '딸기 아빠'란 두말 할 것도 없이 우리 집이 딸이 셋이나 되는 딸부자이기 때문에 붙은 별명이래요. '딸기'란 '딸 +기집애'의 준말이라나요?

—『세상에서 가장 아름다운 사람꽃』 중에서

"원시곰? 그건 또 무슨 소리니?"

"문시원, 제 이름을 거꾸로 해보세요."

"원시문……."

"거기서 문 자를 180도 회전시키면요?"

"곰……. 원시곰!"

그제야 엄마가 손으로 입을 가리며 킥킥 웃었다.

—『진욱이 안 미워하기』 중에서

한별이의 별명은 '혓바닥', 바쁘게 부를 때는 그냥 '혀'. 똑똑 떨어지는 발음에, 나긋나긋 상냥한 목소리에, 재치 있게 엮어 가는 말솜씨 때문에 생겼다.

—『조아조아 방송국』 중에서

미란이의 별명은 '에란'. 얼굴이 달걀처럼 갸쭉하게 생겨서 처음엔 '계란'이라고 불렀는데 그것이 발전이 되어서 영어로 'egg'가 되었고, 나중엔 '에그'의 '에'자와 '미란'이의 '란'자를 따다가 아예 '에란(e-란)'이라고들 불러요.

—『조아조아 방송국』 중에서

이처럼 작가는 등장인물의 별명을 설정하고 그 별명의 배경에 대해서 재미있게 설명하고 있다. 아이들은 별명을 즐겨 짓고 별명 부르기를 좋아한다. 주로 별명은 이름이나 생김새, 버릇 등의 특징을 살펴 짓는다. 그런데 그 별명이 억지스럽거나 작위적일 때에는 문학성을 훼손시키고, 재미성이 반감된다. 언어의 유희는 재미성을 부추기지만 남용하게 되면 스토리의 품격이 떨어지게 된다.

『새들은 왜 울지 않는가』는 향일암과 여수 여천의 명소들을 배경으로 펼쳐지는 아름답고 환상적인 이야기이다. 자연보전의 당위성을 불교적 입장으로 조명함으로써 사람이 곧 자연의 일환임을 깨닫게 하고, 나아가 인간성 회복을 주제로 접근해 가는 상징성 높은 장편동화로 주인공인 동화작가와 동박새 포롱이가 펼치는 모험이 신비롭고 흥미를 자아낸다.

『등대지기』는 여수 앞바다에 있는 오동도 동백나무숲에 사는 동박새 흰눈이가 다람쥐 다랑이, 때까치 등대지기, 휘파람새 휘돌이 등과 펼치는 의인화 동화이다. 숲 속 동물들의 사랑과 우정, 시기와 질투를 그리고 있다. 평소 콧대 높던 흰눈이는 떠돌이 휘파람새 휘돌이를 좋아하게 된다. 이를 본 다랑이는 질투심에 음모를 꾸며 휘돌이를 날지 못하는 새로 만든다. 휘돌이가 날지 못하게 되자 흰눈이는 자신의 길을 찾겠다며 오동도를 떠나지만 등대지기는 휘돌이를 정성껏 간호한다. 휘돌이는 등대지기의 정성에 감동하게 되고 둘의 다정한 모습을 본 다랑이도 허영심 많은 흰눈이보다 자신을 소중하게 대하는 다롱이를 받아들인다. 동물들의 이야기에 빗대어 참다운 우정과 사랑이 무엇인가를 깨우쳐 주고 있다.

『노란, 아주 작은 새』는 여수 향일암 동백숲에 사는 동박새 포롱이의 이야기이다. 작고 깜찍한 포롱이는 말도 많고 질투심도 많지만 마음씨가 곱고 자연을 지키고자 하는 의지가 남다르다. 사람들에게 사람은 자연의 일부분이며, 서로 돕고 사랑하며 살아야 한다는 깨달음을 일깨워준다. 산까치, 은행나무 귀신, 호랑산의 산신령 할머니, 4백 년 넘게 잠만 자고 있는 큰바위, 대교 용순이 등이 함께 펼치는 모험담이다.

『두리 날다』는 12년 동안 갇혀 지내다 날게 된 전라남도 순천만 흑두루미 실화를 담은 창작동화이다. 우연히 남산에서 날지 못하는 흑두루미 두리를 보호하던 남자는 아들의 학교에 두리를 기증한다. 기증 받은 두리는 10년이 넘도록 날지 못하고 사육장에서 길러진다. 그런 두리를 김원장이 발견하게 되고, 철새인 두리를 방사하기 위한 노력이 시작된다. 두리가 보여준 생명의 존엄성과 삶에 대한 강한 의지로 지켜낸 철새의 본능과 야생성을 보여주는 이 동화는 십 년 이상 인간에게 사육되다 야성성을 되찾은 흑두루미 두리의 이야기를 담고 있다.

『여우학교 여우선생님』은 민담과 전설에 등장하는 여우고개를 현대 상황에 접목시켜 창작한 동화이다. 여우고개를 넘어 다시 두어 마장쯤 산을 따라 들어가다 보면 '여우골'이라는 마을이 나온다. 이곳을 둘러싸고 있는 여우산은 워낙 높고 험해서 좀처럼 외지 사람들의 발길이 닿지 않는다. 여우골에는 옛날부터 여우들이 많이 살고 있었다. 여우 중에 마지막 구미호인 은호가 여우골을 지키기 위해 이곳에 선생님으로 부임해 온다. 은호는 인간과 결혼하여 죽음을 당한 엄마를 보면서 자신이 여우골을 지키겠다고 결심하며 대학까지 졸업하고 여우골 선생님으로 온 것이다. 이 동화는 여우골을 되찾기 위해 사람들과 대결할 수밖에 없는 이야기가 흥미롭게 펼쳐지고 있다.

『여우고개』는 조선시대 임진왜란 때의 여수 지방을 배경으로 펼쳐지는 장편동화이다. 해안 마을마다 왜구들의 노략질이 빈번히 발생하자 자신들의 사리사욕을 채우려는 지배계층으로 인해 고통받던 백성들이 자신들의 삶터를 스스로 지키기 위해 돌성을 쌓는 이야기를 바탕에 깔고 있다. 이야기를 이끌어 가는 힘은 무엇보다도 구미호에게 아버지를 잃은 묘남과 구미호의 딸 은빛 여우 미랑의 사랑 이야기이다. 서로 원수이면서도 결코 사랑을 포기할 수 없는 그들의 복잡미묘한 관계 설정이 긴장감을 더한다. 여기에 묘남과 쌀례가 쌍검을 이루어 왜인 무사 후쿠

이와 맞서는 장면에서는 긴장감을 떨칠 수 없다.

『운주사의 하얀 도깨비』는 천불천탑 신화와 쌍와불로 유명한 전라남도 화순군에 있는 운주사를 배경으로 언청이 소녀와 하얀 도깨비의 우정을 그리고 있다. 도깨비의 왕이 될지도 모른다는 이유로 도깨비 대왕에게 미움을 받고 쫓겨난 하얀 도깨비는 자신 때문에 부모님까지 떠돌이 도깨비가 될 위기에 처하자 도깨비마을을 떠나 운주사 뒤편 다탑봉에 거처를 꾸린다. 하얀 도깨비는 언청이라는 이유로 절에 숨어 지내게 된 국회의원 딸 은희를 만나고 서로에게 깊은 호감을 느낀다. 하지만 이들이 운주사의 와불을 몰래 도굴하여 팔려는 도둑을 잡게 되면서, 숨어 지내던 은희는 절을 떠나게 된다. 상처투성이 은희의 아픔을 덜어주고 싶은 하얀 도깨비는 어머니가 목숨을 걸고 구해온 도깨비 방망이를 휘둘러, 자신의 목숨과 은희의 행복을 바꾸려 한다. 각자가 속한 세계에서 상처받은 영혼들이 마음으로 사랑하며, 서로의 상처를 치유해가는 가슴이 따뜻해지는 이야기이다. 참된 사랑과 우정, 잃어버린 인간다움에 대하여 생각하게 만든다. 개개인의 가치와 생명을 존중하는 불교적인 사유가 깊숙이 배어 있는 작품이다.

김자환은 어린이의 눈높이에 맞는 고민과 갈등을 진지하게 파헤친 아동소설을 많이 썼다. 이기적이고 허영심 많은 세태에 반해 도덕적이고 헌신적인 인간형을 탐구하여 어린이들에게 가치 있는 삶이 무엇인가를 제시하고 있다. 어른들의 지나친 욕심이 아이들을 경쟁구도로 내몰고, '학교폭력'이란 말이 화두가 되는 요즘, 우정과 사랑의 참뜻을 생각하게 하는 작품들을 발표하였다.

『쉬면서 노는 학교』는 답답하고 어두운 교육현실을 우회적으로 풍자하며 어린이들에게는 통쾌한 재미와 스스로 공부하려는 의지를, 교육계에는 이상적인 학교와 교육방법 제시를, 학부모들에게는 부끄러움 속에 자성의 계기를 마련해주는 장편아동소설로 진정으로 어린이를 위하는 길이 무엇인지를 깨닫게 해준다.

『진욱이 안 미워하기』는 평범해 보이지만 다부지고 욕심 많은 소녀 문시원과 어릴 적부터 이웃 사촌간인 공진욱이 펼치는 이야기이다. 진욱은 학년이 올라갈수록 의젓하고 세심해지는 남자 친구이다. 시원이는 그런 진욱이를 좋아하면서도 자존심 때문에 새침데기 행세를 한다. 진욱이와 임원 활동을 같이 하는 성실하고 착한 보현이를 보며 시원이는 질투를 한다. 미움의 갈피를 잡지 못한 시원이는 같은 반 문제아인 민우를 이용하여 보현이의 약점을 잡아내려 한다. 그러나 시원이는 보현이와 진욱이가 봉사 활동을 한 사실을 알게 된다. 괴로운 시원이는 자기 자신의 얄팍한 시기심이 친구들을 미워하게 했다는 사실을 알게 된다. 이 동화는 친구들의 우정도 오랜 기다림과 인내가 있어야 열매를 맺을 수 있다는 사실을 알려준다

『조아조아 방송국』은 주인공 허한별을 중심으로 '조아조아 방송국'에서 일어나는 일들을 흥미진진하게 그리고 있다. 방송국이 갖고 있는 상업적인 면모와는 다르게, 방송의 힘으로 누군가를 도울 수 있음을 진지하게 보여준다. 방송 매체에 대한 관심을 가진 아이들에게, 어린이 방송국에서 일어나는 여러 상황을 살펴볼 수 있게 해준다.

『날아라 동서남북』은 초등학교 6학년 여자 아이들이 겪고 있는 성장의 아픔과 고통을 깜찍하고 발랄한 생활과 모습을 통해 실감나게 풀어내고 있다. 그들처럼 성장의 아픔을 겪고 있는 아이들, 가정과 이성문제 등으로 어른들 못지않게 혼란과 갈등을 겪고 있는 아이들의 이야기이다. 앞으로 펼쳐질 앞날에 대한 기대와 호기심과 설렘, 그리고 보이지 않는 미래에 대한 불안함과 두려움 때문에 아이들은 반항하고 비판한다. '동서남북'이라는 모임을 결성해 자신의 정체성을 찾아가는 네 명의 소녀들. 이성문제, 부모와의 마찰, 학교 폭력, 친구의 죽음, 중학교 진학 등의 고민거리를 슬기롭게 이겨나가는 건강한 모습을 보여주고 있다.

『난 너하고는 달라』는 문장의 호흡이 짧고 경쾌하여 속도감 있게 읽혀진다. 이을남 선생은 진도표에 따라 수업을 하는 것이 아니라 흥미 있는 부분부터 골라 먼저 수업을 한다. 그는 곧잘 교장 선생님에게 불려가 이런저런 잔소리를 듣는다. 아이들은 아이들대로 '어른 길들이기'라는 파격적인 계획을 꾸민다. 이 작전은 아이들이 고정 관념에 사로잡힌 어른들의 세계를 거부하고, 스스로 자신들의 세계를 열어 가는 과정을 재미있게 묘사하고 있다. 이런 모습들은 곧 자율성을 잃어 가는 아이들에게 상큼한 자극을 주게 되고, 또한 잃어버렸던 자신감을 되찾게 해 준다.

『거짓말이야』는 단편동화 3편이 수록되어 있는 동화집이다. 어린이들은 가정, 학교 등 작은 사회에서 여러 사람들과 관계를 맺으며 자라난다. 그 관계 속에는 마음이 잘 통하는 단짝 친구, 친구 같은 선생님, 자기를 못살게 구는 장난꾸러기 친구도 있다. 이 책은 그 속에서 생겨나는 순수한 감정들을 있는 그대로 보여주고 있다. 표제작 「거짓말이야」는 만우절날 선생님과 학생이 '거짓말'로 대결하는 모습을 유쾌하게 그린 동화이다. 거짓말을 통해 서로의 사랑을 확인하게 된다는 발상으로 웃음과 감동을 전해준다. 「도레미 삼총사」는 장난꾸러기 현도와 그런 현도 때문에 속상한 담이의 이야기가 펼쳐진다. 티격태격 다투면서 싹트는 호감을 어린이들의 눈높이에 맞춰 섬세하게 표현하고 있다. 「하늘이」는 아파트에 사는 이유로 개를 기르지 못하게 된 하늘이와 그런 하늘이의 마음을 공감하고 위로해 주는 영빈이의 이야기를 담았다. 말을 하지 않아도 진실된 마음으로 서로를 이해한다는 따뜻한 이야기가 담겨 있다.

『사랑 바이러스』는 금빛나 선생님과 6학년 3반 아이들이 펼치는 아동소설이다. 금빛나 선생님은 특이한 선생님이다. 아이들과 이야기하는 방법이 다르고, 아이들을 바라보는 눈빛이 다르다. 세상에 대한 분노와 불신이 가득한 아이 진우에게는 누나가 되어 주려 하고, 진우를 불량배라 욕하며 매질하는 다른 선생님에게 달려들어 싸우기도 하고, 엄마의 지나친 간섭이 싫어 집을 나오겠다고 폭탄 선언을 하는 모범생 알참이에게는 주저없이 집을 나와 버리라고도 한다. 선생님의 소망은 단 하나. 아이들이 정말 행복하고, 사랑을 아는 아이들이 되는 것. 선생님은 이를 위해 사랑 바이러스를 퍼뜨리고, 생명의 불꽃이 꺼지는 순간까지 아이들의 마음밭에 사랑의 꽃을 피우기 위해 노력한다. 마침내 선생님의 소망대로 아이들이 사랑에 물들어 갈 때 선생님은 조용히 세상을 떠나고 만다. 함께한 시간은 6개월이지만 평생토록 간직할 수 있는 사랑의 씨앗을 아이들 마음에 심어준 것이다.

『만두와 방콕 할아버지』는 정년 퇴임을 하고 자신이 쓸모없다고 여기며 방 안에만 틀어박혀 사시는 할아버지가 강아지 만두와 지내면서 마음을 열게 되는 과정을 그렸다. 할아버지는 처음에는 아파트에서 시끄럽게 짖는다고 강아지 만두를 베란다로 내몰고, 털 때문에 힘들어 하기도 하지만 차츰 마음의 문을 열고 사람들이 두려워 숨어 사는 병을 이기게 된다. 만두 덕에 세상을 바라볼 수 있게 된 할아버지는 만두를 소중한 보물로 생각하게 된다.

『세상에서 가장 아름다운 사람꽃』은 2005년 문예진흥원 예술창작지원금을 받은 작품이다. 유복한 가정의 아이들이, 함께 어울려 살아가야 할 세상을 발견하고 눈떠가는 과정을 따뜻하게 그리고 있다. 작품 속에 등장하는 인물들은 하나같이 독자들로 하여금 부러움을 사기에 부족함이 없다. 작품을 이끌어가는 화자이자 '꽃집 마니마니'의 셋째 딸 세령이를 비롯해, 꽃가게 주인장인 아름다운 엄마와 그런 엄마를 끔찍히도 사랑하는 꽃시인 아빠, 그리고 은빛초등학교 6학년 큰언니 희령이와 5학년 작은언니 은령이까지, 화목하고 웃음꽃 넘치는 가족의 모습이다. 세령이 가족들은 행복한 가족의 안위만을 위하지 않고, 주위를 둘러보면서 그들을 필요로 하는 사람들에게 그들의 사랑을 몸소 실천할 줄 안다. 아빠는 오래 전부터 용돈의 일부를 매달 장애인 복지관에 기부하고 있고, 언젠가부터 둘째 은령이도 산동네 할머니를 돕고 있으며, 셋째 희령이 또한 그런 언니를 본받아 자신의 용돈을 아낀다.

이 작품은 세령이 가족의 행복한 모습을 통해 따뜻한 가족애를 맛볼 수 있고, 그들이 주변을 돌아보며 펼치는 이웃 사랑을 본받을 수 있다. 또한 글쓰기라면 최고지만 딱 하나, 교실 야구라면 당장이라도 쥐구멍에 숨고 싶은 세령이의 학교 생활을 통해 친구들과 생기는 작은 오해와 가슴 콩닥거림 등 그들만의 우정도 맛볼 수 있다. 세령과 아빠가 나누는 에필로그를 보면, 이 작품의 주요 메시지가 무엇인지 알게 된다.

> "사람은 꽃이란다. 아빤 이 세상에서 가장 아름다운 꽃이 사람꽃이라고 생각해. 서로 아끼고 돕고 나누고 그러면서 향기 나게 살아야지?"

3. 나오는 말

김자환이 쓴 동화의 대부분은 생활동화이다. 평범한 일상 속에서 독자들에게 메시지를 던진다. 그러나 그의 일상은 전혀 지루하지 않다. 동화작가 박성배는 김자환에 대해 '별로 재미있을 것 같지 않은 상황에서도 독자가 미처 예측하지 못한 재미를 보물처럼 숨겨두는 재능'을 가지고 있는 작가[1]라고 말한다. 하찮은 소재 속에서 작가는 특별한 씨앗을 발견하고 독자에게 활짝핀 꽃을 보여주려 애쓴다.

동화 『세상에서 가장 아름다운 사람꽃』, 『조아조아 방송국』, 『진욱이 안 미워하기』는 그의 대표작이라 할 수 있다. 『세상에서 가장 아름다운 사람꽃』은 단란하고 화목한 가정환경 속에서 자라는 세 자매가 등장한

1 김자환, 『진욱이 안 미워하기』, 계림, 174쪽.

다. 사랑과 관심이 필요한 사람들이 세상에 많이 있다는 것을 이들이 체험으로 발견하고 느끼고 눈떠가는 과정을 담고 있다. 『조아조아 방송국』은 '좋은 방송'을 통해서 '좋은 학교'를 꿈꾸는 한 초등학교 방송부의 이야기를 그려냈다. 『진욱이 안 미워하기』는 누군가를 사랑하기도 하고, 미워하기도 하고, 토라지기도 하고, 용서하기도 하면서 스스로 성장해가는 아이들의 이야기를 담고 있다.

이렇듯 작가는 주변에서 얼마든지 일어날 수 있는 특별할 것 없는 이야기를 그만이 가진 특유의 따듯한 감성으로 반짝이게 만들고 있다.

김자환은 이 세상에서 가장 소중한 것은 가정과 가족이라고 보고 있다. 가정이 하나하나 모여서 이웃이 되고, 나라가 되고, 지구촌이 되듯이. 내 가정 가족과 함께 세상의 모든 가정이 행복을 나누고 누릴 수 있을 때 세상은 비로소 꽃밭이 된다. 사람꽃의 향기가 넘치는 커다란 꽃밭. 김자환은 아이들이 그런 꽃밭에서 행복한 꿈을 꾸며 행복하게 자라기를 바랐다.

그는 어린이들의 심리를 잘 파악하고 있었다. 어린이들이 좋아서 학교에서 어린이들과 생활하면서 자연스럽게 몸에 배었기 때문이다.

작가는 "나는 오랜 동안 학교에서 어린이들과 함께 생활하면서 많은 것을 보고, 듣고, 또 배우곤 하였어요. 그러면서 깨달은 것은 사람마다 누구나 마음 안에 사랑의 꽃씨가 숨겨져 있다는 사실이에요. 다만, 어떤 사람은 그 꽃씨에 물을 주지 않아 메말라 버리게 하고, 또 어떤 사람은 정성스럽게 가꾸어서 예쁘고 향기로운 꽃을 피어나게 하는 것이 다를 뿐……."[2]이라고 밝히고 있다.

따뜻한 감성으로 아이들을 품는 사람, 김자환. 그는 이렇듯 어린이들도 어린이 나름대로의 사랑의 감정을 갖고 있음을 잘 보여주고 있다. 어

---

2 앞의 책, 4~5쪽.

린이들은 자기도 모르게 가지고 있는 감정을 숨기거나, 잘 모르기 마련이다. 그러나 김자환은 그런 어린이들에게 '너희들도 사랑을 할 수 있다'는 용기를 그의 평범함 이야기 속에서 불어넣어 주고 있었다.

김자환은 여수 오동도와 향일암을 배경으로 일련의 장편동화와 학교현장의 이야기를 다룬 20편이 넘는 장편동화를 창작하였다. 그의 장편동화에는 자연과 인간의 합일정신이 담겨 있고, 자연보전의 소중함을 일깨우고 있다. 김자환 문학의 주류를 이루는 장편 아동소설에는 어울려 살아가는 따뜻한 이야기와 사춘기 아동들의 고민과 갈등의 해결 과정이 사랑과 우정을 주제로 제시되어 있다.

제2부 2000년대 동화문학의 흐름

풍자와 해학이 주는 재미—최효섭 동화집 『트럼펫 부는 개』를 중심으로
가슴이 따뜻해지는 동화—조대현 작가작품론
고향에 대한 향수와 가족애—강정규 작가작품론
심리적 환상과 우의성—최효섭 동화론
소외 받는 아이들에 대한 성찰—이금이 작가작품론
상처를 치유하는 동화의 힘—김향이 작가작품론
역사 판타지를 위한 풀무질과 담금질—심상우 작품론
가족애를 통한 동심의 복원—이성자 동화론
엄숙한 동화 쓰기—정진 작가작품론
홍종의 동화에 나타난 현실 인식—『오이도행 열차』, 『반달역』을 중심으로
여린 듯 하지만 힘이 센 동화—함영연 작품론
다양한 소재와 개성 있는 캐릭터—김경옥 작가작품론
이야기의 힘을 믿는 작가—이지현 작품론
재미있으면서도 여운이 긴 동화—서석영 작품론

풍자와 해학이 주는 재미

최효섭 동화집 『트럼펫 부는 개』를 중심으로

1. 들어가는 말

최효섭(崔孝燮)은 미국에 거주하며 노익장을 과시하는 진정한 동화작가이다. 그는 1963년 한국일보 신춘문예로 등단하여 환상동화의 한 유형인 심리적 환상동화[1]나 우의적 동화를 즐겨 써오고 있다. 최효섭은 환상의 특성을 잘 파악하고 그것을 작품에 수용하여 60년대 동화문단에 주목할 만한 작품들을 많이 창작하였다. 그는 30대까지 왕성한 창작 활동을 하다 미국으로 이민하여 30여 년간 목회 활동에 주력하였다. 목회 은퇴 후에는 주로 동화 창작에 전념하고 있는데 그가 70세 이후에도 15권 이상[2]의 주목받는 동화집을 상재한 사실이 그 증거라 할 수 있다.

---

1 동화 속 등장인물이 상상하는 세계를 현실의 이야기처럼 그려내는 동화를 일컫는다.

2 『금순이와 백설공주』(현암사, 2007), 『뚱보 도깨비와 수퍼 쥐』(아동문학세상, 2009), 『최형사와 교향악단』(아동문학세상, 2010), 『세종대왕이 도망쳤다』(아동문학세상, 2011), 『트럼펫 부는 개』(아동문학세상, 2011), 『돼지 가족의 휴가여행』(아동문학세상, 2011), 『빨간 강아지 파란 강아지』(아동문학세상, 2012), 『별에서 온 아이』(아동문학세상, 2012), 『그림자와 노는 아이』(아동문학세상, 2012), 『노래하는 접시』(아동문학세상, 2012), 『날아가는 우산』(아동문학세상, 2013), 『구름실로 베짜는 소녀』(아동문학세상, 2013), 『색동유리 돌멩이』(아동문학세상, 2014), 『괴물 금붕어』(아동문학세상, 2015), 『반짝이는 작은집』(아동문학세상, 2015) 등이 있다.

최효섭은 1932년 황해도 해주에서 출생하여 해방 이듬해 해주사범학교 2학년에 다니다 월남한 후 1950년 고려대학교 법학과에 입학하였다. 한국전쟁이 일어나자 부산으로 피난하여 감리교신학대학에 전학하여 졸업하고, 1957년 연세대 대학원을 수료(신학 석사)했다. 이후 1967년 미국 리치몬드 장로교 교육대학을 수료(기독교교육학 석사)했으며, 1972년에는 미국으로 이주하여 1980년에 뉴욕신학대학에서 목회학 박사학위를 취득하였다. 그는 배화여중고 교목을 역임했으며 미국 이주 후에는 하트포트 교회, 남부 뉴저지교회를 거쳐 뉴욕 한인교회, 아콜라연합감리교회 등에서 목사로 활약하였다. 이러한 그의 이력에서도 알 수 있듯이 그는 동화작가이기 이전에 목회자였다. 1958년부터 교회학교용으로 『성경동화 52』(한길문화사, 1958), 『구약동화』(한길문화사, 1960) 등의 책을 냈으며, 1961년부터는 창작동화를 교회 교재에 발표하였다.

그가 본격적인 동화를 쓰기 시작한 것은 1963년 한국일보 신춘문예에 동화 「철이와 호랑이」가 당선되면서부터이다. 비록 10년이라는 짧은 기간 동안 작품활동을 했지만 그 기간 동안 정력적인 작품활동을 벌여 1960년대 동화문단에서 간과할 수 없는 작가로 발돋움했다. 그가 낸 순수 창작동화집으로는 『시계탑의 열두 형제』(숭문사, 1964), 『일곱 개의 얼굴』(한국교육도서출판사, 1965), 『열두 개의 나무 인형』(한국교육도서출판사, 1968), 『숲속나라의 늙은 너구리』(한국교육도서출판사, 1969), 『거꾸로 돌아가는 시계』(한국교육도서출판사, 1970), 『황금의 집』(신망애사, 1972), 『최효섭 동화선집』(새벗사, 1984), 『금순이와 백설공주』(현암사, 2007), 『뚱보 도깨비와 수퍼 쥐』(아동문학세상, 2009), 『최형사와 교향악단』(아동문학세상, 2010), 『세종대왕이 도망쳤다』(아동문학세상, 2011), 『트럼펫 부는 개』(아동문학세상, 2011), 『돼지 가족의 휴가여행』(아동문학세상, 2011), 『빨간 강아지 파란 강아지』(아동문학세상, 2012), 『별에서 온 아이』(아동문학세상, 2012), 『그림자와 노는 아이』(아동문학세상, 2012), 『노래하는 접시』(아동문학세상, 2012),

『날아가는 우산』(아동문학세상, 2013), 『구름실로 베짜는 소녀』(아동문학세상, 2013), 『색동유리 돌멩이』(아동문학세상, 2014), 『괴물 금붕어』(아동문학세상, 2015), 『반짝이는 작은집』(아동문학세상, 2015) 등이 있다. 최효섭은 1969년 동화집 『열두 개의 나무 인형』으로 제5회 소천아동문학상을, 2007년에는 『금순이와 백설공주』로 방정환문학상을, 2010년에는 『뚱보 도깨비와 수퍼 쥐』로 박경종아동문학상을 수상하였다.

2. 풍자와 해학의 미학

본고에서는 최효섭의 최근작 『트럼펫 부는 개』을 중심으로 그의 동화에 나타난 특성을 파악하고자 한다.

『트럼펫 부는 개』에는 표제작인 「트럼펫 부는 개」를 비롯한 18편의 동화가 실려 있다. 그 중 「토요일 아빠」, 「할머니 의자와 김치병」, 「버려진 고양이 아담」, 「방독면」 등 네 작품만 사실동화이고 나머지 14편은 순수동화이다. 이처럼 최효섭은 동화정신에 입각한 본격동화를 창작하여 순수동화 창작에 상대적으로 소홀한 한국 동화문단에 무언의 편달을 하고 있다.

「트럼펫 부는 개」는 우의적 동화이다. 제목에서 알 수 있는 것처럼 트럼펫을 부는 개 멍청이가 중심인물이다. 개가 프럼펫을 분다는 것은 흥미로운 설정이고 골계와 해학적인 요소가 있다. 트럼펫을 불 줄 알지만 도둑을 지키지 못한 멍청이는 주인집에서 쫓겨난다. 장터에서 노래를 연주하다 팥죽장사 아줌마로부터 장사에 방해된다며 뜨거운 물세례를 받은 멍청이는 다리가 불편한 소년 '밝은'을 만나 친구가 된다. 주인에게 내쫓기고 장터에서 뜨거운 물벼락을 받은 삽화는 최근 사회문제가 되고 있는 동물 학대를 풍자한 설정이다.

밝은은 개의 이름을 '트럼펫'이라고 지어준다. 갑자기 지진이 일어나 아수라장이 되자 사람들은 산으로 몰려든다. 트럼펫은 〈고향의 봄〉을 연주하여 사람들의 불안한 마음을 가라앉힌다. 다시 지진이 나서 마을에 불이 나자 트럼펫은 밝은과 함께 몸에 물을 적시고 불길로 뛰어들어 갓난아기를 안고 있는 엄마를 구한다. 개가 트럼펫을 불거나 불 속에 뛰어들어 사람을 구하는 일은 특별한 사건이지만 불가능한 것은 아니다. 제목부터 호기심을 유발하고 흥미를 끌기에 충분하다. 이 동화는 사람들에게 버림받은 개가 사람을 구하는 내용으로 사랑의 정신 구현을 제시하고 있다.

「강아지와 수도사」 역시 버림받은 강아지를 소재로 한 동화이다. 다리 하나가 부러진 강아지는 한 사나이에 의해 바다로 내팽개쳐진다. 헤엄을 치며 사투를 벌이던 강아지는 가까운 섬에서 그 광경을 목격한 수도사 할아버지의 품에 안긴다. 그런데 수도사 할아버지와 강아지가 만나자마자 대화를 나눈다.

"강아지야, 너 오늘 큰 성공을 거두었다. 끝까지 포기하지 않은 것이 성공이다."

"할아버지, 감사합니다. 할아버지 때문에 힘을 얻은 겁니다."

"허어. 말도 곧잘 하는 강아지구나. 하늘이 나에게 친구 하나를 보내주셨어."[1]

아무리 우의적 동화라 할지라도 강아지와 사람이 대뜸 대화를 나누는 삽화는 자못 부자연스럽다. 이와 같은 상황은 「트럼펫 부는 개」에서도 마찬가지이다. 사람과 동물이 함께 등장하는 우의적 동화에서 동물과 사람의 대화를 자연스럽게 설정하는 것은 극복해야 할 과제이다. 무인

1 최효섭, 『트럼펫 부는 개』, 아동문학세상, 2011, 30쪽.

도에 사는 할아버지 수도사는 일주일에 한번 보트를 타고 뭍에 나가 양식을 구해 온다. 양식을 구하러 간 할아버지가 이틀이 지나도 돌아오지 않자 강아지는 무사히 돌아오게 해달라고 기도를 한다. 마침내 양식을 구해 돌아온 할아버지를 다시 만난 강아지는 행복해 한다. 이 동화는 무인도에서 혼자 사는 수도사와 버림받은 강아지의 교감을 통한 사랑을 그린 작품이다.

「하얀 새 소프라노」도 현실 속에 판타지를 끌어들인 동화이다. 엄마가 병으로 세상을 떠난 후 소리는 아빠와 산마을로 이사하여 산다. 아빠도 엄마처럼 기침병으로 고생하기 때문이다. 소리는 새소리를 좋아하는 아빠를 위해 도화지에 크레용으로 일곱 색깔의 새 그림을 그린다. 그런데 신기한 일이 벌어진다. 소리가 그린 그림 속의 새들이 모두 살아나 창밖의 나무로 날아가 앉은 것이다. 소리는 아빠의 부탁으로 하얀 새도 그린다. 그러자 하얀 새도 살아나 소프라노 소리로 노래를 부른다. 겨울이 되자 다른 새들은 모두 날아갔지만 하얀 새 소프라노만 남아 노래를 부른다. 어느 날 도둑고양이에게 쫓기던 하얀 새는 굴뚝 속으로 떨어진다. 굴뚝 속에서 재를 뒤집어써 검은 새가 된 것을 본 아빠와 소리는 큰소 리로 웃는다. 이 동화는 고양이에게 물려 죽을 뻔했던 소프라노가 굴뚝 속에서도 살아 있듯이 아빠도 병을 이기고 소리와 함께 살기를 소망하는 동화이다. 소리가 그린 그림 속의 새는 하늘나라의 새이기 때문에 살아 있는 새로 변했다는 설정이 설득력이 있다.

「토끼네 집 손님들」은 숲속의 동물들이 힘을 모아 늑대를 물리치는 동화이다. 토끼네 집에 너구리, 사슴, 산돼지, 여우가 차례로 찾아와 문을 두드린다. 모두들 '애꾸눈 악마'라는 별명을 가진 늑대에게 쫓기거나 피해를 당한 동물들이다. 여우는 동물들끼리 몸을 쌓아 무서운 그림자를 만들어 늑대를 쫓아내자는 꾀를 낸다. 달밤이 되자 산돼지 등 위에 사슴이 올라가고 사슴 위에 여우, 여우 위에 너구리가 올라가 큰 괴물 그림자를 만들게 된다. 동물들을 해치러 토끼네 집으로 오던 늑대는 커다란 괴물 그림자에 놀라 정신없이 도망을 친다. 이 동화는 서로 힘을 합치면 어떠한 어려운 일도 해결할 수 있다는 교훈을 담고 있다.

「서울행 야간열차」는 시골에서 밤 열차를 타고 서울로 가는 세 명의 소년 소녀와 할아버지의 대화 내용을 그린 동화이다. 한복 차림의 소녀와 노란 스웨터의 소녀, 그리고 원숭이를 데리고 가는 소년은 사는 곳은 다르지만 모두 강한 의지를 갖고 서울을 향해 올라가고 있다. 아버지를 여읜 한복 소녀는 공장에 취직하여 돈을 벌기 위해서, 아버지의 술주정이 싫은 노란 스웨터 소녀는 아기 돌보는 도우미를 하기 위해서, 원숭이 소년은 공부를 하여 좋은 대학에 가기 위해서이다. 이 동화의 배경은 우리 나라가 가난하던 1960년대쯤으로 거슬러 올라갈 수 있다. 그 시절엔 가난한 집안 살림을 돕기 위해 상경하는 어린 소년 소녀들이 많았으니까. 이 동화에서 양념 역할을 하는 것은 사람의 말을 따라하는 원숭이이다. 앵무새가 아닌 원숭이가 사람 말을 따라할 수 있는지는 의문이지만 원숭이의 등장은 자칫 지루해지기 쉬운 대화체 이야기에 생기를 불어넣어주고 있다. 이 동화에서 할아버지는 소년 소녀들에게 서울에 가면 자기 집에서 함께 살자고 제안하며 막을 내린다. 소년 소녀들이 잘못될까 봐 걱정하는 할아버지의 따뜻한 마음이 잘 그려진 동화이다.

「내 이름은 최요셉이다」는 '미이래'라는 이상한 음료수를 먹은 최요셉 할아버지가 미래 세상을 체험하게 되는 동화이다. 최씨 할아버지는 세상에서 맛볼 수 없는 신비한 음료를 주겠다는 편지를 받고 수양산으로 간다. 수양산에 올라 화살표를 따라가니 키 작은 사람들이 노래를 부르며 환영해 준다. 할아버지는 작은 털보가 따라주는 빨간 병에 들어 있던 '미이래'라는 음료수를 마신 후 잠에 들었다가 깨어나게 된다. 아이들을 만나 대화하던 중 50년 후의 미래에 온 것을 알게 된다. 최씨 할아버지는 자신을 아저씨라고 부르는 아이들의 말을 믿을 수 없어 거울이 많은 헤어살롱에 갔다가 머리를 파마하고 염색까지 하게 된다. 이윽고 옆집 옷가게로 끌려가 부르진 바지에 LOVE 글자가 새겨진 티셔츠에 빨간 운동화까지 신겨지게 된다.

> 거울에 비친 최씨 할아버지는 서커스에 나오는 어릿광대 같았습니다.
> 최씨 할아버지는 짐승처럼 울부짖었습니다.
> "나는 최요셉이다! 나를 돌려다오!" [···중략···]
> 그러자 작은 사람들은 작은 마차를 타고 어디론가 사라졌습니다.
> 최씨 할아버지는 산언덕 잔디에 누워있었습니다.[2]

최씨 할아버지가 사는 시간적 배경은 1955년이다. 그런데 '미이래'라는 음료수를 마신 후 아파트가 들어서고 피자 배달을 하는 2000년대의 미래 세상으로 시간 여행을 하게 된 것이다. 이상한 음료수는 환상의 세계로 시간 여행을 할 수 있게 해주는 매개체이다. 이러한 매개체가 환상의 세계로 나아가는 동력의 구실을 하고 있다. 최효섭 동화의 장점은 풍부한 스토리에서 우러나는 재미성이다.

「배곱 총각과 소녀 고은」은 거인인 배곱 총각과 총명한 소녀 고은과의 만남과 사랑을 그리고 있다. 몸집이 보통 사람보다 두 배나 커서 배곱이라는 이름이 붙었다. 배곱은 힘이 세어서 명령만 내리면 무엇이든 이룰 수가 있다. 어느 날 집마당 우물에서 물을 긷던 고은이라는 소녀에게 물 한 대접을 가져오라고 하자 고은은 공손하게 말을 하지 않았다며 듣지 않는다. 배곱이 존댓말로 부탁하자 고은은 미소를 지으며 물을 준다. 고은은 배곱 총각의 거친 말씨를 곱게 순화시키며 가르치다 차츰 정이 든다. 온달과 평강 공주의 일화가 떠오르는 삽화이다. 어느 날 쓰나미가 발

2 앞의 책, 85쪽.

생하자 배곱은 고은을 업고 언덕으로 피난을 간다. 고은은 배를 타고 고기잡이를 나갔던 아버지가 걱정되었지만 배가 섬으로 밀려가 무사하다는 전화를 받는다. 최효섭은 사회 이슈가 되었던 사건을 재빨리 동화화하는 부지런한 작가이다. 2011년 일본 대지진으로 인한 원자력발전 공포를 「방독면」이라는 동화로 풀어놓고 있다. 「배곱 총각과 소녀 고은」 역시 일본 대지진의 여파로 발생한 쓰나미를 모티프로 한 동화임을 알 수 있다.

「서울 개와 시골 개구리」는 주인을 따라 서울에서 시골로 이사 온 개와 시골 개구리와의 우정을 그린 동화이다. 서울 개는 개울가에서 만난 시골 개구리와 친해진다. 개구리와 놀다 집으로 들어가자 주인은 개를 잃어버리겠다며 목에 끈을 매어 묶어 둔다. 개가 만나기로 한 약속을 안 지키자 개구리가 집으로 찾아온다. 주인 아저씨가 끈을 풀어줄 방법을 생각하던 중 개구리는 친구들을 몽땅 불러와 울기로 한다. 개구리 울음소리가 시끄럽자 주인은 개를 풀어 개구리를 쫓게 한다. 서울 개는 시골 개구리를 만나게 되고, 개구리 합창의 지휘는 개구리 마을 면장인 시골 개구리의 아빠에게 맡긴 후 놀러 나간다. 면장 개구리는 강약을 조절하며 개구리 합창을 지휘한다.

> 집안에서는 아저씨와 아줌마가 기분이 좋아져서 저녁 식사를 시작했습니다.
> "여보, 개구리들이 크게 울었다가 조용해졌다가 하는데 왜 그럴까요?"
> "우리 개가 쫓을 때는 조용하고 개가 쉴 때는 또 크게 우는 것이 아니겠소."
> [···중략···]
> 이날 뒤 서울 개는 끈에 묶이는 일이 없었습니다. 그리고 시골 개구리와 날마다 만나 재미있게 살았습니다.[3]

3 앞의 책, 130쪽.

최효섭은 자유와 평화를 사랑하는 작가이다. 끈에 묶여 자유를 억압당하고 사는 개를 자유롭게 방면하는 삽화는 작가가 지향하는 자유 의지이다. 이러한 사상은 그의 동화 「늙은 시계와 장난감 친구들」에도 잘 나타나고 있다. 최효섭 동화에는 현실을 풍자하고 불의를 비판한 작품들이 많이 있다.

「금반지」는 바둑이가 야옹이게 줄 청혼반지를 놓치는 바람에 대굴대굴 굴러가는 금반지를 붙잡으러 가면서 펼쳐지는 이야기이다. 개와 고양이가 달려가는 까닭을 알게 된 꿀꿀이는 둘을 오토바이에 태우고 쫓아간다. 수탉 경찰이 속도 위반으로 앞길을 막는다. 사정을 안 꼬꺼 순경도 오토바이를 몰고 금반지를 쫓아간다. 그러자 공군 전투복 차림의 독수리가 하늘에서 내려온다.

> "경찰이 시민과 오토바이 경주를 해선 안 되지 않소?"
> "경주가 아니라 우리 모두가 금반지를 쫓아가는 중이오."
> "그런 거라면 진작 이 독수리 소령에게 부탁하지 않고?"
> 독수리 소령이 큰 날개를 펴고 훨훨 날더니 곧장 돌아왔습니다.[4]

금반지는 호수 속으로 빠지고 만다. 그러자 호수에서 청개구리가 노란 금반지를 물고 얼굴을 내민다. 금반지를 찾은 바둑이가 야옹이에게 청혼을 하자 꿀꿀이도 꼬꺼 순경도 청개구리도 방해를 한다. 독수리가 야옹이의 의견을 묻자, 야옹이는 요옹이라는 남자 친구가 있다며 소개를 한다. 결국 세 친구들은 야옹이와 요옹이의 결혼을 축하해주게 된다. '닭 쫓던 개 지붕 쳐다본다'라는 속담이 떠오르는 동화이다. 인간의 세계에서 있을 법한 이야기를 동물들의 세계에 견주어 풍자하는 최효섭의

4 앞의 책, 134~135쪽.

동화는 미소를 짓게 한다.

「큰 곰과 작은 곰」은 부모를 잃은 작은 곰이 혼자 외롭게 사는 큰 곰을 만나 부녀의 정을 펼치는 따스한 동화이다. 작은 곰의 부모는 사냥꾼의 총에 맞아 목숨을 잃었다. 부녀지간이 된 곰들이 느티나무에서 놀고 있을 때 늑대들이 나타나자 아빠 곰은 늑대를 쫓는다. 먹이를 구하러 간 아빠 곰이 돌아오지 않자 아기 곰은 아빠를 찾아 나선다. 먹이를 구해온 아빠 곰은 걱정이 되어 딸을 찾아 나선다. 다시 만난 큰 곰과 작은 곰은 기뻐한다. 이 동화는 가정의 소중함과 가족의 정을 그린 동화이다. 독신 가정이 늘어나는 세태에 가정이라는 쉼터에 따듯하게 어울려 정겹게 살아갈 것을 권면하는 동화이다.

「도련님과 맛보기 개」는 부잣집 주방장의 개인 '맛보기' 개를 소재로 코믹하게 그린 동화이다. 맛보기 개는 부잣집 영감과 도령의 음식에 혹시 독이 들어 있는지를 맛보는 일을 하는 개다. 주방장은 삼대독자인 도령이 김치찌개와 갈비를 먹지 않자 근심을 한다. 맛보기 개는 아이들은 햄버거를 좋아한다며 추천하지만 영감과 도령으로부터 퇴짜를 맞는다. 중국음식인 자장면이나 탕수육을 올리고, 일본 음식인 라면과 이탈리아 음식인 스파게티를 올렸지만 결과는 마찬가지이다. 열쇠 구멍으로 도령의 방을 훔쳐본 맛보기 개는 도령이 과자와 빵을 몰래 먹기 때문에 밥을 먹지 않는다는 사실을 알게 된다. 주방장은 도령이 가장 무서워하는 가정교사에게 사실을 알리겠다고 한다. 도령이 앞으로는 밥을 잘 먹겠다고 하자 쾌재를 부른다는 내용이다. '맛보기 개'라는 독특한 캐릭터의 설정은 작품의 재미성을 담보하게 한다. 밥을 먹지 않고 군것질을 좋아하는 아이들의 세태를 꼬집으며 밥 잘먹기를 권면하는 동화이다.

「맹맹 양 시집 가던 날」은 흰 털을 가진 맹맹 양이 검은 양 깜둥이 양과 결혼하는 이야기를 그리고 있다. 멋진 맹맹 양이 결혼한다고 하자 온갖 수컷 동물들이 속상해 한다. 결혼식장에는 여러 동물들이 몰려든다.

바나나를 먹기 위해 온 원숭이들, 갈비뼈 한 대라도 얻어먹기 위해 온 개들, 설탕을 먹기 위해 온 벌들로 붐빈다. 결혼식이 시작되자 염소 목사는 신랑 신부에게 결혼 서약을 받는다. 신랑은 신부에게 약속한 것이 백 가지나 되어 '검둥이의 약속'이라는 책을 한 권 만들었다고 한다.

염소 주례는 신랑과 신부에게 축하객들 앞에서 1분 동안 뽀뽀를 하라고 주문한다. 갈수록 신장되는 여권과 상대적으로 위축되는 남권을 동화에 담고 있다. '뽀뽀해'라고 외치는 축하객들의 모습을 담은 에필로그는 오늘날 결혼식장의 풍속도를 그린 삽화이다.

「괴물과 족집게」는 아버지로부터 유산으로 물려받은 이상한 족집게를 소재로 한 동화이다. 산에 사는 바우는 숨을 거두는 아버지로부터 "이것으로 괴물의 코를 잡아라"라는 유언과 함께 족집게 한 개를 물려받는다. 바우는 사냥을 하러 숲으로 갔다가 사람 말 소리가 새어나오는 빨간 병을 발견한다. 자기를 꺼내주면 원하는 것은 무엇이든 들어주겠다는 말을 들은 바우는 족집게로 병 속에 든 괴물을 꺼내준다. 알리바바 이야기에 나오는 호리병 이야기가 떠오르는 삽화이다.

> 바우는 족집게에 집이는 것을 꺼냈습니다. 그 순간 바우는 너무 놀라 뒤로 나자빠졌습니다.
>
> 병에서 나온 것은 검은 연기였습니다. 아니 연기가 아닙니다. 검은 구름이 뭉게 구름처럼 커지더니 구름 속에 얼굴이 보이고 팔이 드러나고 다리까지 붙은 괴물이 나타났습니다. […중략…]
>
> "바우야, 산에 올라가서 너에게 보여줄 것이 있다."
>
> 검은 괴물은 바우를 가볍게 손에 들고 산으로 올라갔습니다.[5]

---

5 앞의 책, 187쪽.

괴물은 바우가 반나절은 걸려야 올라가는 산을 몇 발자국으로 올라간다. 자신을 먹구름이라고 밝힌 괴물은 바우에게 이 나라에서 제일 높은 사람, 제일 돈이 많은 부자로 만들어 주겠다고 한다. 먹구름은 바우의 허리를 붙잡고 언덕을 넘어가더니 저녁에 큰비가 오면 저수지의 둑을 허물라고 한다. 사람들에게 겁을 주어 바우를 왕으로 섬기도록 하기 위해서이다. 바우는 먹구름의 마음을 달래기 위하여 낮잠을 자자고 청한다. 먹구름이 잠이 들자 바우는 먹구름을 다시 빨간 병 속에 넣기 위해 족집게로 먹구름의 코를 잡는다.

"아얏, 누누가 내 코를!"

놀라운 일이 벌어졌습니다. 먹구름의 몸이 점점 작아지기 시작했습니다. 먹구름은 비명만 지를 뿐 힘을 쓰지 못했습니다. 잠시 뒤에 먹구름은 아기의 손가락만큼 작아졌습니다.[6]

바우는 빨간 병에 먹구름을 넣고 마개를 덮은 뒤 본래 병이 있던 자리에 흙으로 묻는다. 그러자 하늘이 밝아지더니 음악소리와 함께 천사들이 나타나 족집게를 잘 사용해서 고맙다고 한다. 천사들이 하늘로 올라가자 바우는 낮잠에서 깨어난다. 바우가 먹구름을 만나고 천사를 만난 삽화는 꿈이었던 것이다. 흙을 헤쳐보자 빨간 병은 보이지 않았지만 주머니 속에 족집게는 들어 있다. 바우는 잘못된 것을 보면 먹구름을 병 속에 가두었듯이 족집게로 가려내겠다고 다짐한다. 이 동화는 신비한 족집게라는 도구가 있기 때문에 환상성을 고양시킬 수 있다. 굳이 결말을 꿈 처리로 하지 않았더라도 역동성이 있는 환상동화로 자리잡을 수 있었을 것이다.

---

6 위의 책, 192쪽.

「유산으로 받은 강아지」는 탈무드에 나오는 '삼 형제의 보물'을 연상케 하는 동화이다. 가난한 농부가 병으로 죽음에 이르자, 아버지는 큰아들에게 집을 물려주고, 둘째에게는 밭을 주고 셋째 '다리'에게는 강아지를 물려준다. 다리라는 이름은 다리 밑에서 주워왔다고 형들이 부르는 이름이다. 아버지가 세상을 뜨자 두 형은 막내를 집에서 내쫓는다. 다리가 강아지를 데리고 집을 나서는데 강아지가 말을 한다.

> "다리야 걱정하지 마. 나는 보통 강아지가 아니고 마술 강아지다."
>
> "너 지금 말을 했니? 그것도 한국말 같은데?" [⋯중략⋯]
>
> 다리는 정말 놀랐습니다. 강아지는 사라지고 아주 예쁜 소녀가 미소를 띠고 다리 앞에 서 있었습니다.[7]

강아지가 말을 하고 사람으로 변신을 하는 것은 요술이 아닐 수 없다. 이는 매직적 판타지에 속한다. 자칫 황당할 수 있는 삽화를 강아지가 스스로 마술 강아지라고 말한 설정 때문에 환상의 동력을 얻을 수 있었다. 다리는 마술 강아지로부터 자신의 말을 잘 따르면 임금의 사위가 되게 하겠다고 제안한다. 마술 강아지가 시키는 대로 잘 따라한 다리는 마침내 임금의 사위가 되어 강아지와 함께 행복하게 산다. 이 동화는 전래동화의 구조[8]를 담고 있어 전승적 판타지도 수용하고 있다.

---

7 앞의 책, 197~198쪽.

8 강자에게 쫓겨난 약자가 조력자의 도움으로 꿈을 이루어 행복하게 살게 되는 구조는 전래동화에서 많이 찾아볼 수 있다.

3. 나오는 말

좋은 동화의 조건 중 우선되어야 하는 것은 탄탄한 스토리에서 오는 재미성이다. 최효섭의 동화는 스토리가 탄탄하기 때문에 서사성이 풍부하다. 그런데 서사성이 과다하면 자칫 이야기가 수다스러워질 염려가 있다. 최효섭 동화에서도 가끔씩은 그런 달갑지 않은 기미를 엿볼 수 있다. 하지만 그의 이야기는 구태적이고 상투적이지 않아 스토리가 새롭다. 등장인물의 이름들도 캐릭터에 걸맞게 지어져 흥미롭고 명징적인 요소가 강하다. 그의 동화는 이야기의 소재가 폭넓고, 동화의 특성을 살린 작품들이 대부분이다. 그의 동화에는 전승적인 요소와 우의적인 요소가 많다. 유머를 즐기는 그의 성격 때문에 해학적이고 풍자적인 내용도 많다. 등장인물들의 대화에서 묻어나는 유머와 골계가 재미성을 더해준다.

최효섭은 타고난 이야기꾼이다. 이야기마다 주제 의식이 뚜렷하고 겉으로 드러나지 않는 교훈성도 녹아 있다. 하지만 사람과 동물이 아무런 장치없이 직접 대화하는 데에서 오는 난센스와 부자연스러움은 극복해야 할 과제이다. 그럼에도 불구하고, 참신한 착상을 기반으로한 심리적 판타지를 활성화한 점이나 범람하는 아동소설이나 사실동화를 외면하고 본격동화에만 천착한 공은 높이 평가해야 한다. 그는 팔순의 연령에도 동화 창작의 대열에서 결코 발을 빼지 않는다. 그런 까닭에 동화의 장인으로 한국 아동문학계에 영원히 기억될 것이다.

가슴이 따뜻해지는 동화

조대현 작가작품론

1. 들어가는 말

조대현은(曺大鉉)은 1939년 강원도 횡성군 갑천면 매일리에서 태어났다. 갑천초등학교와 갑천중학교를 졸업하고 선친의 뜻에 따라 춘천사범학교에 진학하여 졸업했다. 횡성초등학교에 발령을 받고 1년 동안 교사로 있다 사직한다. 문학에 뜻을 두고 서라벌예술대학과 단국대학교에 진학하여 공부했다. 군 제대 후인 1964년 서울수색초등학교 교사로 있다가 중등학교 교사로 전직해 창덕여중, 경복고, 여의도고, 선린상고 등의 교사로 근무했다. 추계예술대학과 동덕여대에서 아동문학을 강의하기도 했다.

그는 문학에 뜻을 두고, 소설과 동화를 써서 신춘문예에 응모한다. 그 결과 소설은 한국일보 최종심에서 탈락하고, 1966년 서울신문 신춘문예에 동화 「영이의 꿈」[1]이 당선되었다. 국정 교과서 중학교 국어과 집필 위원을 지냈으며 30여 년 동안 서울 소재 중고등학교에서 국어 교사로 근

1 심사위원은 마해송, 이원수였다.

무하며 독서운동을 펼쳤다. 한국아동문학인협회 회장을 역임했고 서울 남산 도서관과 서대문 도서관 운영위원으로도 활동했다.

그가 상재한 동화책으로는 『거울의 집』(1972), 『범바위골의 매』(1975), 『할아버지 힘내셔요』(1979), 『산토끼 찻집과 너구리』(1979), 『키작은 땅꼬마』(1980), 『별나라 기타소리』(1982), 『뺑튀기나라 비둘기』(1983), 『자동차 왕국』(1983), 『갈색족자를 지켜라』(1984), 『낭떠러지섬의 삼총사』(1985), 『별난 아이』(1988), 『소리를 먹는 나팔』(1989), 『비밀친구 에쿠나』(1990), 『화가 아저씨와 새』(1991), 『큰 바위의 소원』(1991), 『왕코할아버지아 세 친구』(1991), 『가방 속에 숨어온 아이』(1991), 『아스팔트 위의 촌닭』(1992), 『투구와 나비』(1992), 『막내 도토리의 세상 배우기』(1993), 『날마다 가슴이 요만큼씩 크는 아이』(1996), 『버들골순님이』(1999), 『잠 깨는 산』(1999), 『병구는 천덕꾸러기』(2000), 『날아라 요술풀씨』(2000), 『보리밭과 수위 아저씨』(2000), 『세상에서 가장 큰 선물』(2001), 『할머니의 손바닥 주소』(2002), 『홀로 서서 가는 길』(2002), 『어? 내 몸이 작아졌어!』(2002), 『빨강 우산』(2003), 『돌 속의 새』(2003), 『동그라미나라의 네모돌이』(2005), 『선생님 선생님 우리 선생님』(2006), 『꽃샘바람』(2008), 『옥탑방 은지네』(2008), 『자물쇠가 많은 집 아저씨』(2008) 등 40여 권이 있다.

그동안 『범바위골의 매』로 한국아동문학상, 『가방 속에 숨어온 아이』로 소천아동문학상, 『날마다 가슴이 요만큼씩 크는 아이』로 방정환문학상, 『아스팔트 위의 촌닭』으로 한국어린이도서상, 『막내 도토리의 세상 배우기』로 어린이문화대상(문 학부문) 등을 수상했다.

2. 조대현 동화의 특성

1) 전쟁의 비극과 휴머니즘의 구현

전쟁은 인간의 행복을 송두리째 앗아간다. 젊은 목숨을 앗아가고 사랑과 행복을 앗아간다. 살아남은 자들까지 정신을 황폐화시키고, 식물과 동물들에게조차 참상을 일깨운다.

일제 강점기에 태어난 조대현은 6세에 해방을 맞고 초등학교 5학년 때에 6·25전쟁을 겪는다. 그는 직접 겪은 체험을 바탕으로 전쟁을 소재로한 동화를 썼다. 「투구와 나비」[2]와 「살아나는 손」[3]이 대표적인 작품이다.

> 깊은 산속 양지바른 비탈에 투구가 한 개 떨어져 있었습니다. 이 곳에서 전쟁이 한창일 때 어느 젊은 병사가 가슴에 총을 맞고 버리고 간 투구였습니다.
>
> 젊은 병사가 떠나가 버린 뒤 투구는 오랜 세월 동안 혼자 외로움을 씹고 살아야 했습니다.

「투구와 나비」의 프롤로그이다. 이 작품은 작가가 어린 시절에 겪은 6·25전쟁을 배경으로 하고 있다. 어느 병사가 머리에 쓰고 있던 투구는 그 병사와 한몸이 된다. 어머니에 대한 그리움, 사랑하는 난희라는 약혼자에게 보내는 편지의 사연을 알게 된다. 그러던 어느 날 폭탄이 터져 투구는 주인에게서 떨어져 나가 흙더미 속에 처박힌다. 전쟁의 총성이 멎은 후 세월은 흘러 흙더미 속에 묻혔던 투구는 다시 햇빛을 보게 된다.

> 그날 하루 종일 풀꽃과 나비는 투구 곁에서 즐겁게 술래잡기를 하며 놀았습

2 조대현, 『소리를 먹는 나팔』, 현암사, 2007, 109쪽.
3 위의 책, 126쪽.

> 니다. 그러다가 날이 저물어 돌아가면서, 나비는 투구에게 또 한 번 위로의 말을 했습니다. […중략…] 그 이튿날, 정말 이 산골짜기에 뜻하지 않은 일이 일어났습니다. 오랜 세월 동안 한 번도 볼 수 없었던 사람의 그림자가 이 골짜기에 나타난 것입니다. 한 사람은 목발을 짚고 절뚝거리는 남자였고, 또 한 사람은 머리에 하얀 띠를 두른 수녀님이었습니다.

젊은 병사를 그리워하며 살아온 투구에게 편지 속의 '난희'가 수녀가 되어 나타난 것이다. 투구는 자신이 기다리던 젊은 병사가 전사했음을 알게 되고 그러자 곧 한 줌 흙으로 돌아가버린다. 이 동화는 전쟁의 참상과 비극을 고발하고 있다.

전쟁의 비극을 고발한 동화로 「살아나는 손」이 있다. 이 작품은 전쟁에서 한쪽 팔을 잃은 상이군인을 소재로 한 동화다. 불구가 된 김 병사는 현실을 부정하고 자신을 비관하며 살다 두 다리를 잃은 어린 소녀 미순을 만난다. 그는 미순을 통해 심경의 변화를 일으켜 희망적인 삶을 살게 된다.

> "그렇지만 아저씨, 너무 염려하지 마. 의사 선생님이 그러시는데, 이제 조금 있으면 다리가 새로 나오게 된대. 왜 이빨도 빠지면 새로 나오지 않아? 그러니까 걱정 안 해도 돼. 아저씨의 팔도 곧 다시 나올 거야." […중략…] 잠시 뒤에 소녀는 그림 한 장을 그려 김 병사 아저씨에게 보냈습니다. 거기에는 한쪽 팔이 없는 아저씨의 모습이 그려지고, 그 자리에 새 팔과 손이 돋아나는 그림이 그려져 있었습니다.
>
> ―「살아나는 손」(『소리를 먹는 나팔』, 129쪽)

미순은 이가 빠지면 새로 나오는 것처럼 자신의 다리와 김 병사의 팔도 다시 나올 것이라 믿는다. 이런 동심적 신념으로 김 병사에게 새 팔과 손이 돋아나는 그림을 그려준다. 만약 나오지 않으면 어쩌냐는 김 병사의 물음에 소녀는 서로의 다리와 팔이 되어 장사를 하자고 말한다. 그러나 갑작스럽게 상태가 악화된 소녀는 결국 죽음을 맞는다. 김 병사는 몇 달 뒤 소녀가 그려준 그림을 품에 안고 한 손으로 장사를 한다.

조대현은 전쟁의 아픔과 상처를 어린 소녀를 통해 치유하고자 한다. 그것은 동심의 순수성과 그 힘을 믿기 때문이다. 다리가 새로 자라기만을 고대하던 소녀는 결국 죽음을 맞는다. 하지만 김 병사는 그 소녀를 통해 절망 속에서 새로운 희망과 용기를 얻는다. 비록 해맑은 소녀의 웃음을 볼 수 없지만 소녀가 그려준 그림을 품에 안고 장사를 하며 살아가는 김 병사를 통해 작가는 독자들에게 진한 감동을 선사한다.

2) 가슴이 따뜻해지는 동화

조대현은 그동안 현대문명의 경직성을 비판하고 자연애를 통한 인간성 회복을 강조해왔다. 도시문화의 병폐를 치유할 수 있는 정신적 고향 찾기와 훈훈한 감성의 복원을 주창하는 작품들을 천착해오고 있다. '동화는 절망보다는 희망을, 갈등보다는 더불어 사는 삶의 자세를, 미움보다는 사랑과 자기희생의 모습을 보여주려고 애쓰는 것'이라고 말한다.[4] 그는 독자들이 작품을 읽고 가슴이 따뜻해졌다는 말을 가장 큰 칭찬으로 받아들인다[5]고 했다. 그는 등단 50년 동안 40여 권의 동화책을 상재하며 '가슴이 따뜻해지는' 동화를 써왔다.

『소리를 먹는 나팔』의 「살아나는 손」, 『옥탑방 은지네』의 「행복 설계사 삼촌」, 「동환이 형」, 「할아버지의 용돈」, 「하느님의 몫」 등이 여기에 해당된다.

---

4 위의 책, 161쪽.
5 조대현, 『소리를 먹는 나팔』, 현암사, 2007, 머리말.

이러한 작품들은 『조대현 동화선집』에서도 찾아볼 수 있다. 홀어머니와 사는 정이가 어머니 생일날 스스로 돈을 벌어 선물하기로 결심하면서 벌어지는 에피소드를 그린 「종이꽃」, 추운 겨울날, 약속을 지키기 위해 온갖 어려운 일도 마다하지 않는 껌팔이 소녀의 이야기를 담은 「따뜻한 겨울」, 실의에 빠진 이가 스스로 설 수 있도록 하기 위해서는 희망을 주어 묵묵히 기다려 주는 태도가 필요함을 일깨우는 「종달새와 소년」 등이 이 부류의 작품이다.

「돌 속의 새」는 상징과 은유를 통해 동심의 회복을 주창하고 있다. 동화에 상징과 은유가 내포되어 있을 때 문학성이 살아난다. 주제가 겉으로 드러나지 않을 때 문학성이 담보되고, 강한 메시지를 전달할 수 있는 것이다.

> 밤마다 가슴을 앓는 바위가 있었습니다.
>
> "아! 날고 싶어! 날고 싶어!"
>
> 깊은 밤, 세상이 모두 잠든 시간이면 바위는 제 가슴 속에서 꿈틀거리는 새의 날갯짓과 신음 소리를 들을 수 있었습니다. 그럴 때면 바위는 온통 가슴이 빠개지는 듯한 아픔과 함께, 알 수 없는 기다림이 온몸을 감싸고 도는 것을 느낄 수 있었습니다.
>
> '그래. 누군가, 내 가슴 속의 새를 저 푸른 하늘로 훨훨 날아가게 해줄 사람이 나타나야 해. 나타나야 한다구!'
>
> 그러나 아무리 기다려도 바위의 소망을 들어주는 사람은 나타나지 않았습니다. 바위의 가슴 속에 깃든 새를 꺼내, 저 푸른 하늘로 훨훨 날려보내줄 그런 사람은.
>
> …… 그렇게 오랜 세월이 흘렀습니다.
>
> —조대현, 「돌 속의 새」

이야기의 시작부터 독자들은 돌 속에 갇힌 새에 대하여 궁금증을 유발하게 된다. 바위 속에서 꿈틀거리는 새의 날갯짓과 신음소리를 독자들은 주시하지 않을 수 없다.

돌 속에 갇힌 새는 현대인이 잃어버린 동심이며 마음의 고향이라고 할 수 있다. 작가는 바위의 가슴속에 깃든 새를 꺼내 자유를 찾게 해주는 사람으로 바우라는 귀머거리요, 벙어리인 석수장이를 내세운다. 정상적인 사람들이 아닌 귀머거리 석수장이로 하여금 바위 속에 갇힌 새의 소리를 듣게 한 것은 상징적이다.

조대현의 동화는 감동이 묻어나고, 그 감동은 가슴을 따뜻하게 해준다. 「엄마 마중」은 실직한 아빠와 매일 싸우는 엄마를 건우라는 아이의 시각으로 본 작품이다.

그런데 한참 걷다 보니 뒤에서 누가 따라오는 기분이 들었습니다.

힐끗 뒤를 돌아보니 아빠가 저만치 따라오고 있었습니다. 어둠 속 구부정한 모습이 틀림없는 아빠였습니다.

엄마도 아빠를 발견하고 작은 소리로 중얼거렸습니다.

"어휴, 옷 버리는데 우산도 안 쓰고 무슨 청승이람. 빨리 와 같이 우산을 쓰든지."

그 말에 힘을 얻어 건우가 소리쳤습니다.

"아빠, 이리 와 우산 쓰세요!"

아빠는 기다렸다는 듯이 큰 소리로 대답하며 뛰어왔습니다.

"어, 그래!"

하얀 우산 밑에 나란히 찍혀 나가는 세 사람의 발자국이 도란도란 이야기를 나누는 것 같았습니다.

—「엄마 마중」(『거위의 꿈』, 147쪽)

엄마는 실직한 아빠와 크게 다툰 후 식당에 나가 일을 한다. 그러는 동안 줄곧 집안 분위기는 싸늘하기만 하다. 눈 오는 날 건우는 우산을 들고 엄마 마중을 나간다. 걱정이 돼 몰래 뒤따라온 아빠와 못 이기는 척 화해하면서 우산 하나를 세 식구가 쓰고 집으로 향하면서 막을 내린다.

어려운 경제 사정으로 직장을 잃는 가장이 많아지면서 이와 같은 가족 간의 불화와 갈등이 많아졌다. 작가는 어렵고 힘든 상황일수록 가족끼리 서로 위하고 사랑해야 함을 강조하고 있다. 한 우산을 쓰고 발맞춰 걸어가는 세 식구의 발걸음은 어려움을 해쳐나가겠다는 희망의 메시지이다.

3) 소외되고 약한 사람 편들기

조대현 동화에는 사회에서 소외되거나 천대받는 사람들이 자주 등장한다. 작품 속의 주인공들은 자신에게 닥친 어려운 상황을 탓하지 않고 더 나은 세계로 나가려 노력하며 현실의 괴로움을 이겨 나간다. 이는 작가가 세상을 보는 눈이자 자세이기도 하다.[6] 또한 그의 작품에는 어둠 속에서도 밝게 살아가려고 노력하는 사람들의 태도와 마음 씀씀이가 돋보인다.[7]

「하느님의 몫」[8]에는 장님 아저씨와 아들이 등장한다. 이들은 지하철에서 하모니카를 불며 버는 돈으로 하루하루를 연명해가는 소외되고 약한 인물이다.

장님 아저씨가 부는 하모니카 소리는 소란한 지하철 안을 마치 한 줄기 맑은

---

6 조대현, 『소리를 먹는 나팔』, 현암사, 2007, 머리말.
7 조대현, 『옥탑방 은지네』, 은하수미디어, 2008, 머리말.
8 위의 책, 104쪽.

강물이 흐르듯 넘실넘실 물결치고 지나갑니다. 그러나 아저씨의 하모니카 소리에 귀를 기울여 주는 사람은 그리 많지 않았습니다.

―「하느님의 몫」(『옥탑방 은지네』, 105쪽)

하루 종일 만이천이백육십 원을 벌고서도 주님의 은총이라 여기며 집으로 돌아가던 중 강도를 만나 이마저 뺏기고 만다. 그러나 곧 강도는 아저씨가 장님임을 알고 만 원짜리 두 장을 넣어주고 돌아가는데 후에 이를 알게 된 장님 아저씨 가족은 다음날 그 돈으로 과일을 사들고 양로원에 갈 생각을 한다.

이들은 지하철에서 사람들의 무관심 속에서 벌은 소액의 돈에 감사할 줄 안다. 하루 종일 번 돈을 강도에게 뺏기고 나서도 더 안 좋은 상황의 사람일 것이라고 생각하며 다친 곳이 없다는 것에 감사한다. 이들 역시 자신들의 주어진 운명에 불만을 갖지 않고, 식구끼리 따뜻한 방에서 오순도순 이야기할 수 있다는 것만으로 감사하며 산다. 이처럼 자신도 열악한 환경 속에서 생활하지만 늘 자신들보다 힘든 사람들을 생각하며 사는 소외된 주인공이 등장한다.

「꽃샘바람」에는 소외된 인물이 선명하게 드러난다. 농업시대에서 산업시대로 변하는 과정 속에서 도시를 중심으로 전국 어디서나 같은 모양의 아파트들이 즐비해졌다. 정답게 인사를 주고받을 재래식 주택과는 많이 달라진 시대 탓에 더욱 더 외롭게 살게 된 노인들의 애환을 담고 있다.

할머니가 이 아파트로 살러 온 것은 지난 가을이었습니다. 그전까지는 시골에서 할아버지와 농사를 짓고 살았는데, 할아버지가 돌아가시자 의지할 데가 없어서 서울 아들네 집으로 오게 된 것입니다. 아파트에는 아들 내외와 두 손자가 살고 있습니다. 그렇지만 아들은 물론 며느리까지 직장에 나가는데다가, 손자들도 눈만 뜨면 학교에 가거나 놀러 나가기 때문에 할머니에게는 이야기를 나눌 말벗이 없었습니다.

—『꽃샘바람』(15쪽)

아들의 아파트에서 할머니는 늘 혼자 외로운 시간을 보낸다. 같이 살고는 있지만 서로 교류하지 않고 개인적인 생활을 하는 현대인들의 모습을 담아내고 있다. 할머니는 시골을 그리워하며 봄나물을 캐러 나갔다 돌아오는 길에 길을 잃는다. 집 밖을 제대로 거닐어 본 적도 없는 데다 다 똑같이 생긴 아파트 건물 탓에 집을 못 찾고 헤맨 것이다. 할머니는 집으로 돌아오는 와중에도 손자들이 학교에서 돌아왔을 시간인데 집에 못 들어갔을 걱정과 미안한 마음, 직장에서 돌아왔을 까다로운 며느리의 눈치를 끊임없이 보고 있었다. 시골에서 농사지으면서 할아버지와 소박한 행복을 누리며 살던 할머니는 서울이라는 도시에서 공장에서 찍어져 나온 공산품마냥 똑같이 생긴 단절된 공간을 살아가기가 벅찼던 것이다.

4) 순수한 아이들의 이야기

조대현은 순수한 동심의 실체를 작품 전반에 고스란히 담아냈다. 흔히들 아이들을 순진무구하다고 한다. 요즘 아이들은 영악하다고 말하는 이들도 있지만, 그것은 아이들을 웃자라게 한 환경의 탓으로 돌릴 수밖에 없다. 보편적 환경에서 자란 아이들은 순수하기 마련이다. 조대현의 작품에는 순수한 아이들의 모습이 잘 그려져 있다.

노래를 하다 보니 영태는 저도 모르게 눈물이 나왔어요. 옆을 돌아보니 지훈이도 울고 있었어요. 웬지 자꾸 눈물이 나왔어요.

겨우 노래를 마치고 나자 할아버지는 감을 도로 내주며 부드러운 목소리로 말했습니다.

"자, 그럼 서로 싸우지들 말고 똑같이 나누어 먹어라."

할아버지 앞에서 겨우 풀려난 영태와 지훈이는 한참 동안 집에도 들어가지 못하고 골목에 숨어서 울었습니다.

감은 먹지도 못하고 도로 돋보기 할아버지네 담 위에다 올려놓아 두고요. 세상에 태어나 아마 가장 쓸쓸했던 날일 거예요.

—『날마다 가슴이 요만큼씩 크는 아이』(109~110쪽)

감나무에 열린 감을 보고 영태는 햇볕이 뜨거워서 빨갛게 익은 것이라 하고, 지훈이는 하느님이 물감을 칠하는 것이라며 열띤 토론을 한다. 결국 아이들은 그것을 확인하기 위해 감 하나를 따다가, 왕코 할아버지에게 들키고 만다. 많은 동네 할아버지 앞에서 혼쭐이 나고 벌로 골목길 청소를 한다. 게다가 할아버지들이 노래를 시켜 아이들은 꼼짝없이 노래를 하게 된다. 노래하던 영태와 지훈이는 약속이라도 한 듯이 동시에 눈물을 보인다. 왕코 할아버지가 감을 도로 돌려주지만 아이들은 먹지도 못하고 돋보기 할아버지네 담 위에 올려놓은 뒤 골목에 숨어 운다.

아이들의 감 서리 의도부터 순수하다. 여섯 살의 영태와 지훈이는 '감이 먹고 싶어서'가 아닌 서로의 주장을 확인하기 위해 감을 훔친다. 그러나 그 또한 도둑질임을 왕코 할아버지에게 들키면서 보여주고 있는데, 크게 혼쭐이 나고서 골목길에 숨어 우는 아이들의 모습이 애처롭기까지 하다. 또한 혼이 났으니 이미 딴 감을 먹어 치워버릴 만도 한데, 아이들은 고스란히 주인집 담장 위에 올려두었다. 제목처럼 영태는 '날마다 가슴이 요만큼씩' 크고 있는 것이다.

『꽃샘바람』에도 길 잃은 할머니를 도와주는 아이들이 등장한다.

할머니가 어쩔 줄 몰라 쩔쩔매고 있는 것을 보고, 아이들이 그냥 가려다가 다시 물었습니다.

"할머니네 집에 전화 있어요?"

"응, 전화는 있지."

할머니는 귀가 번쩍 뜨여 아이들의 얼굴을 간절하게 바라보았습니다. 그러자 아이들이 다시 물었습니다.

"할머니네 전화번호가 몇 번인데요?" […중략…] 할머니가 모른다고 고개를 흔들자 아이들은 저희들끼리 뭐라고 한참 떠들더니, "할머니, 그럼 관리 사무실로 가 보세요. 관리 사무실이 저 쪽에 있으니까 거기 가 물으면 찾으실 수 있을 거예요."

—『꽃샘바람』(39~40쪽)

아이들에게 길을 묻기 전에 할머니는 젊은이에게 길을 묻는다. 젊은이는 몇 단지 몇 호인지도 제대로 모르는 할머니가 어이가 없다는 듯 픽 웃으면서 떠난다. 그러나 조대현 작품 속의 아이들은 그것에서 그치지 않고 보다 많은 것을 물어보며 도움을 준다. 그렇지만 그것이 관리 사무실로 가보라는 말뿐 데려다 준 것은 아니어서 할머니는 결국 집에 가지 못하고 죽음에 이른다. 남의 일에 관심이 없는 젊은이와 비교했을 때 조대현의 작품 속에 등장하는 아이들은 순수하다.

5) 자연으로의 회귀와 동심 찾기

『보리밭과 수위 아저씨』는 '자연과 고향이 숨쉬는 동화'라는 부제를 통해서도 알 수 있듯이 자연과 고향에 대한 그리움, 따뜻한 인성의 소중함을 깨닫게 해주는 6편의 작품들로 짜여져 있다.

「보리밭과 수위 아저씨」는 농부 출신인 빌딩의 수위 아저씨가 시골생활을 그리며 회사 정원에다 보리씨 한줌을 뿌려 가꾸는 이야기이다. 수위 아저씨를 통해 구가되는 망향가는 고향을 잃어버리고 사는 도시인들과 어린이들에게 고향과 자연의 소중함을 일깨워 주려는 작가의 애틋한 메세지이다.

'혹시 회사의 높은 분이 보고 당장 뽑으라고 야단이나 치지 않을까?'

'이 귀한 정원에다 값싼 보리를 심었다고 혹시 나마저 회사에서 쫓겨나는 것은 아닐까?'

회사의 정원에 보리를 심어놓고 노심초사하던 수위 아저씨였지만 보리가 자라 누렇게 익어가자 고향 생각에 젖으며 즐거워한다. 그러던 중 회장에게 발각되어 당황하지만 오히려 칭찬을 받고 기뻐한다는 줄거리이다. 이 동화는 각박한 도시문화에 밀려 고향마저도 잊고 살아가는 어른들에게도 진한 향수와 함께 자연의 소중함을 일깨워주고 있다. 인간의 마음의 고향은 동심이다. 가슴속에 고향을 끌어안고 있다는 것은 그만큼 순수한 동심을 품고 있다는 말이다.

「바람이 들려준 이야기」는 바람을 내레이터로 내세워 자연에 대한 사랑과 자립심 고취라는 교훈을 담고 있는 동화이다. 이 동화는 바람을 1인칭 관찰자의 시점으로 의인화하여 구어체 형식의 담화법으로 서술하고 있다. 이러한 서술법은 독자들에게 이야기를 듣는 듯한 친근감을 주게 되어 저학년 동화에 알맞은 기법이라 할 수 있다.

1학년 교실을 구경하던 바람은 공부시간에 창밖을 보며 정신을 팔고 있던 꼬마를 발견한다. 그 꼬마가 한눈팔기에 몰두한 까닭은 창밖 화단에서 벌어지는 참새 모자와 들쥐가 벌이는 긴박한 상황 때문이다. 아기 참새를 노리는 들쥐와 그 아기 참새를 구하려는 엄마 참새의 모성애가 엮어내는 한 편의 드라마가 생생하게 펼쳐지고 있는 것이다. 이 모습을 보기 위해 선생님은 물론 반 아이들 모두가 창가로 몰려든다.

"맞아요, 바로 그거예요. 만약 우리도 그 아기 참새처럼 제 일을 제가 하지 못하고 엄마 도움만 바란다면 나중에 어떤 사람이 될까요?"

그러자 여러 아이들이 제각각 큰 소리로 대답했어.

"쥐한테 물려 가는 사람이 돼요."

"저 혼자는 아무것도 못하는 사람이 돼요."

"바보 멍청이가 돼요."

이러한 에필로그는 마치 도덕 교과서에 나오는 이야기를 읽는 듯한 느낌을 준다. 이것은 이야기의 주제가 노정되어 교훈성이 지나치게 드러난 결과 때문이다. 조대현은 오랫동안 현실을 풍자하거나 쟁점화된 현실문제를 동화의 소재로 끌어들여 비판하는 작품을 많이 창작하여 왔다. 이 동화는 과잉보호로 의지가 나약해져 가는 오늘날의 어린이들에게 자립심과 용기를 강조하는 메시지라고 할 수 있다.

「어느 한가윗날 밤」은 한가윗날 밤에 빈 아파트를 털어 나가려던 도둑이 그 집에 있던 술까지 마시고 귀뚜라미 소리에 동심을 되찾아 물건을 놓고 가는 이야기이다. 다소 작위적인 요소가 있기는 하지만 탄탄한 플롯으로 개연성을 확보하고 있기도 하다. 술을 마시면 경직되었던 마음이 풀어지며 감정이 순수해지기 마련이다. 이 동화는 심리묘사를 통해 술을 마시고 귀뚜라미 소리를 들은 도둑이 어린 시절을 회상하며 잘못을 회개한다는 기둥 줄거리를 안고 있다.

드디어 창 틈에서 귀뚜라미를 발견한 남자는 아득한 눈빛이 되면서 무엇인가를 깊이 생각하는 눈치였습니다.

'그래. 이소리는 내가 아주 어렸을 때 어머니 등에 업혀 듣던 소리야. […중

략…] 이웃사람들한테도 칭찬받는 착한 사람이 돼야 한데이. 알것제? 용수야.'

남자는 속으로 이런 생각을 하는 것 같았습니다.

귀뚜라미 소리를 듣고 훔친 금붙이 보따리를 놓고 가는 도둑의 개심 회개는 독자들이 예상하지 못했던 반전이 아닐 수 없다. 이러한 반전의 묘방은 문학을 읽는 즐거움이고 문학에 흠뻑 빠져들 수 있는 충분조건이다. 사면초가(四面楚歌)라는 고사가 있다. 초나라 항우가 한나라 군사들에게 포위당했을 때 밤이 깊자 사면의 한나라 군사 중에서 초나라 노래가 들려오므로 초나라 백성이 모두 한나라에 항복한 줄 알고 놀랐다는 고사에서 유래된 말이다. 귀뚜라미 소리는 잃어버렸던 고향과 어머니를 생각나게 한 사면초가가 아닐 수 없다. 귀뚜라미 소리에 마음의 동요를 일으켜 훔친 물건까지 놓고 간다는 작위적인 삽화는 작가의 노련한 필력과 탁월한 심리묘사로 당위적인 분위기로 이끌고 있다.

「우리 반 진식이」는 전학 온 뒤 '촌뜨기'라는 놀림과 구박을 받으며 생활하는 진식이와 그의 어머니의 따스한 인정이 진식이를 무시해온 아이들을 뉘우치게 하는 이야기이다. 진식이가 연말 불우이웃돕기 성금을 많이 내자 대장노릇을 하는 용곤이는 아이들을 이끌고 진식이네 집 사정을 살피기 위해 미행한다. 진식이를 미행하다 들켜 진식이네 순대국 집에 들린 아이들은 순대를 대접받으며 궁금한 점을 묻는다.

"저 한 가지 여쭤 보겠는데요, 오늘 불우 이웃돕기 성금으로 만 원 보내셨나요?" [···중략···] "우린 그래도 따뜻한 방에서 잠이나 잘 수 있지만 집도 없는 사람은 이 추위에 얼마나 고생이 많겠어. 조금이라도 더 가진 사람이 없는 사람을 도와 줘야지."

따뜻한 순대를 먹고 나오면서 용곤이와 아이들은 왠지 얼굴이 화근화끈 달아오르는 기분이었습니다.

순대집을 하며 넉넉하게 살지도 않으면서도 이웃돕기 성금을 가장 많이 낸 진식이네야 말로 메말라 가는 세상 인심을 훈훈하게 하여 세상을 아름답게 해주는 이웃인 것이다. 이 작품은 이 동화집의 전체적인 주제와는 다소 거리가 있는 듯해 보이지만 꾸밈없이 풋풋하고 정겨운 인정이야말로 마음의 고향임을 웅변하고 있는 것이다.

「미움의 건너편」은 미움과 복수보다는 사랑과 용서의 소중함을 그린 동화이다. 사냥꾼의 총에 아기를 잃은 엄마 곰이 그 사냥꾼을 복수하기 위해 집으로 찾아갔다가 사냥꾼의 딸을 해치지 않고 돌아온다. 이러한 사실을 알고 감동 받은 사냥꾼이 산속의 동물들을 위해 선행을 베풀게 된다는 줄거리를 가지고 재미있게 전개되고 있다. 이 이야기가 흥미를 끄는 것은 박진감 있게 전개되는 플롯의 설정에 있다.

> 사냥꾼의 딸을 향해 내닫는 엄마 곰의 귀에 어디선가 갑자기 아기 곰의 목소리가 들려오는 것이었습니다.
>
> "엄마, 참으세요. 그 아이는 사냥꾼이 아니에요. 죄 없는 아이를 해치면 안 돼요."
>
> '…어?'
>
> 엄마 곰은 어리둥절하여 발을 멈추었습니다. 그리고 사방을 돌아보았습니다. 그러자 이제까지 사냥꾼의 딸일 거라고 생각했던 아이는 간 곳이 없고, 바로 그 자리에 아기 곰이 서서 앞발을 들고 재롱을 부리는 것이 아니겠습니까.
>
> [···중략···]
>
> 이상하다고 생각한 엄마 곰이 몇 발자국 뒤로 물러서 다시 보았더니 이번에는 사냥꾼의 딸로 바뀌어 보였습니다.

「동백꽃 할머니」는 지훈이와 동백꽃 화분을 정성껏 가꾸다 돌아가신 이웃집 할머니와의 따뜻한 교감을 그린 동화이다. 학교에서 돌아오던

지훈이는 아파트 단지 화단 옆에서 동백나무 화분을 지켜보고 앉아 있던 할머니를 도와 동백 화분을 화단에 묻어 준다. 봄에 땅에 묻었다가 가을에 파들이면 탐스러운 꽃을 피울 수 있다고 믿기 때문이다. 그 일로 지훈이와 할머니는 친하게 되고 지훈이는 가을이 되자 다시 화분을 캐어 할머니네 아파트까지 옮겨 준다. 그로부터 며칠 후 할머니는 숨을 거두고 마침내 한 줌의 재가 되어 산에 뿌려지게 된다. 그로부터 며칠이 지난 후 지훈이네 집에 관리실 아저씨가 찾아와 할머니가 지훈이에게 전해 주라는 유언을 했다며 동백 화분을 주고 간다.

창밖에는 흰눈이 계속 날려 쌓이는데, 따뜻한 방안에서 동백나무는 어느새 붉은 꽃을 활짝 피우고 있었습니다.

그 꽃을 볼 때마다 지훈이는 어느 산에 재로 뿌려졌을 할머니의 모습이 떠올라, 자꾸 먼 산과 하늘을 바라보는 버릇이 생겼습니다.

이 동화는 노인 홀대 풍조를 고발한 내용이 부각되어 있다. 할머니가 일주일 이상이나 앓아누웠는데도 병원에 입원시키지 않고 빈집에 방치한 채 직장에 나갔다는 소문의 내용은 노인 경시를 넘어 노인 학대 풍조를 고발한 삽화(揷話)가 아닐 수 없다. 할머니의 관(까만 나무상자)이 곤돌라에 의해 내려오는 장면은 오늘날의 아파트에서는 볼 수 없는 낯선 풍경이다. 좀더 현실과 유리되지 않는 리얼리티가 요구되는 장면이 아닐 수 없다. 저학년 눈높이로는 다소 높게 느껴지는 이 동화는 「우리반 진식이」와 함께 인간성 회복을 주장한 작가의 신념이 강하게 투영되어 있다.

이 동화집은 저학년에게 바람직한 단편동화집이다. 고향의 진정한 의미와 자연의 소중함을 모르는 어린이들이 많이 읽어 정신적 자양분을 듬뿍 섭취하게 되기를 바란다.

3. 나오는 말

앞에서 살펴본 것처럼 조대현은 현대문명의 경직성을 비판하고 자연애를 통한 인간성 회복을 강조해왔다. 도시문화의 병폐를 치유할 수 있는 정신적 고향 찾기와 훈훈한 감성의 복원을 주창하는 작품들을 천착해오고 있다.

날로 심각해져가는 노인문제를 다룬 「꽃샘바람」이나 「할머니의 손바닥 주소」, 현대사회의 인심과 모순을 고발한 「우리동네 김상사」, 「피난 온 오리 가족」 등은 감성의 복원을 주창하는 작품들이다.

조대현은 동화의 기본 요건 중 필요조건을 교육성, 예술성, 재미성으로 들고 있다. 그 중에서도 조대현은 아무리 교육적 가치가 높고 예술적 기교가 탁월하다 하더라도 독자가 재미없어 읽지 않으면 결국 사장되고 마는 운명을 지닐 것이라 말하면서 재미성에 큰 비중을 두고 창작해왔다.[9]

또한 독자들이 이야기 뒤에 숨은 뜻을 생각하면서 읽어주기를 조대현은 간절히 바란다. 작품의 겉 표면 이야기만 보지 말고 그 속에 담겨진 숨은 뜻을 새겨가며 읽어준다면 더 이상 고마울 것이 없을 거라는 조대현[10]은 수십 편의 동화에서 사람이 살아가는 참뜻이 무엇인지 깨닫게 해주고자 노력하고 있다.

세상은 여유로운 사람보다 어렵고 힘들게 살아가는 사람들의 삶 속에 참된 진실이 녹아 있기 때문에 그 진실을 찾아 독자의 마음에 감동을 주는 것이 자신의 역할이자 문학의 역할이라고 생각하면서 동화를 창작하고 있다.[11]

---

9 조대현 외, 『아동문학 창작론』, 학연사, 2009, 162쪽.
10 조대현, 『어? 내 몸이 작아졌어!』, 교학사, 2002, 머리말.
11 조대현, 『자물쇠가 많은 집 아저씨』, 계림북스 , 2008, 머리말.

고향에 대한 향수와 가족애

강정규 작가작품론

1. 작가가 걸어온 길

강정규는 1941년 6월 27일 만주 봉천성 청원현 남산성자에서 10남매 중 장남으로 태어났다. 네 살 때 충청남도 보령군 오천면 갈현리 신천 강씨 집성촌으로 귀향하여 산간마을에서 유년시절을 보낸다. 할머니는 장손이었던 그를 유독 사랑했고, 항상 그의 편이 되어 주었다. 그의 작품에는 어린 시절의 기억과 경험이 주소재로 자주 등장한다. 할머니에게서 들은 이야기는 훗날 동화작가가 되는 자양분이 된다. 잃어버린 고향에 대한 향수와 동경, 인간의 순수성을 추구하려는 그의 노력은 고스란히 문학에 반영된다. 강정규의 기억 속에 많은 비중을 차지하고 있는 이미지는 '고향'이다. 그의 뇌리에는 아직도 고향의 산과 들, 할머니의 추억들이 그대로 살아 있다. 그에게 있어 가장 행복했던 기억은 고향에서 보낸 시간이며, 힘들 때마다 고향에서 살고 싶은 욕망이 그의 작품 속에 내재되어 있다.

1964년 군에서 제대 후 10년 동안 강원도 철원, 서울 구로동, 경기도 안산 등지에서 야학운동을 펼쳤다. 1973년 크리스천신문사에 근무하며

『아가의 꿈』(삼일각)을 출간한다. 1974년 월간 『소년』 8월호에 이원수의 추천으로 아동소설 「돌」이 발표되면서 동화작가로 등단했다. 이 작품은 시골 소년의 순수하고 풋풋한 사랑 이야기를 담고 있다. 그는 이듬해 안수길의 추천으로 『현대문학』 4월호에 「선」, 12월호에 「운암도」를 발표하며 소설가로도 등단한다.

1977년 첫 동화집 『짱구네 집』(성바오로 출판사)이 출간되고, 1979년 동화집 『왕눈이와 달랭이』(성바오로출판사)가 출간된다. 1981년에 장편동화 『별이 따라다니는 아이』를 상재하고, 1982년에 동화집 『병아리의 꿈』에 실린 단편 「민들레」로 제9회 한국아동문학상을 받는다.

1984년에는 동화집 『만두집 아들』(예문당), 1985년 『짱구의 일기』(가톨릭출판사)가 출간되고, 1988년 장편동화 『별나라에서 온 편지』(바오로 딸)가 출간된다. 1989년 동화집 『꾸러기 달』(새소년), 1990년 동화집 『돌이 아버지』(대원사)가 출간되고, 이듬해 「돌이 아버지」로 제13회 대한민국문학상(우수상)을 수상한다. 1992년 동화집 『별이 된 다람쥐』(동아출판사), 1993년 어른을 위한 동화 『이야기가 된 꽃씨』(중원사), 1994년 장편동화 『큰 소나무 1, 2』(산하)가 출간되고, 이 작품으로 대산문화재단의 창작 지원금 수혜자로 선정되기도 한다. 그는 창작지원금 가운데 일부를 떼어 고향의 큰 소나무 뒤에 잠든 조모의 무덤 앞에 비석을 세워 그리움을 표현한다. 1996년에는 단편동화 「촛불」로 박홍근문학상을 수상하고, 1997년 소년소설 『작은 학교 큰 선생님』(교학사)으로 제8회 방정환문학상을 수상한다.

1997년 그는 본격 동시동화 전문 계간지 『시와 동화』[1]를 창간한다. 1998년엔 동화집 『청거북 두 마리』(국민서관)로 제20회 한국어린이도서상 저작 부문을 수상하고 2001년엔 소년소설 『다섯 시 반에 멈춘 시계』

1 이 잡지는 호당 쪽수가 보통 500 쪽이 넘는 방대한 잡지이다.

(문원)가 출간된다. 2002년 단편 「별이 된 다람쥐」를 그림동화로 다시 펴낸 후, 2003년 『작은 도둑』(효리원)과 2004년 『못난 바가지들의 합창』(문원), 『이제 조금씩 보여요』(으뜸사랑), 『토끼의 눈』(푸른책들)이 재출간된다. 2008년에는 『오마니』(대교출판), 2009년에는 『새가 날아든다』[2](푸른책들), 『다섯 시 반에 멈춘 시계』(해와 나무), 2013년에는 『아빠와 고양이』(영림카디널) 등을 상재한다.

1959년 서천고등학교를 졸업하고, 1959년 서라벌예대 문예창작과에 진학하여 1961년에 졸업한다. 그후 1980년 감리교신학대학교에 편입하여 1982년 졸업한 후 같은 해 안양대학교 국어국문학과에 입학하여 1986년 졸업한다.

2007년부터 3년간 한국아동문학인협회 회장으로 일했고, 단국대학교 예술대학 초빙교수와 크리스천신문사 부사장을 역임했다. 지금은 계간 『시와 동화』 발행인이며, 권정생어린이문화재단 이사로 있다.

2. 강정규의 작품 세계

1) 고향에 대한 향수와 동경

「돌」은 그의 등단작품으로 시골 소년의 아름다운 순애보를 다루었다. 6·25전쟁을 시공적 배경으로 어려운 시절의 가난한 아이들의 이야기를 수채화처럼 담았다. 다리를 저는 목수집 딸과 소년의 풋풋한 사랑을 그렸다. 소년은 추운 날씨에 학교에 가는 소녀를 위해 구운 돌멩이를 소녀에게 전해주고, 소녀는 소년에게 참나무 팽이를 선물한다. 가난 때문에

---

2 한국문화예술위원회 문예진흥기금 지원작품이다.

양조장집에 보내지는 소녀(그애)를 안타깝게 바라보는 소년의 아픔은 시대의 아픔이지만, 따뜻한 시선이 느껴진다.

눈오는 날 아침 '나'는 돌을 구워들고 소녀를 기다렸지만 '그 애'는 학교에 오지 않는다. '나'는 '그 애'를 기다리다 지각까지 하여 벌로 변소 청소까지 한다.

> 방안에 들어와 아랫목에 등을 대고 벌렁 누웠을 때, 부엌에서 나누는 말소리가 들려왔습니다.
>
> "우리 집 애는… 아무래도 남의 집에나 보낼까 봐요…. 집에 둬야 입힐 것을 입히나, 먹을 것을 제대루 먹이나… 내일 강 건너… 군산 양조장 집에… 보내기로 했다우…."
>
> 그 애 엄마 목소리였습니다. 한참 만에 어머니가 대꾸했습니다.
>
> "올라갈 때 메주콩이나 한 사발 갖다 주시구랴." […중략…]
>
> "메주콩, 내가 갖다 줄게요." (12~13쪽)

가난해서 입에 풀칠하기조차 어렵던 시절, 아이들의 배를 곯지 않게 하려고 남의 집에 보냈던 풍속도이다. 화자인 '나'는 메주콩 한 사발을 받아 벽장 속에서 흑설탕을 한 주먹 뿌려 '그 애'네 집으로 달려간다. '나'는 댓돌 위에 놓인 '그 애'의 고무신을 신어 본다. 바닥이 너무 닳아 보드라운 촉감의 고무신이다. '나'는 발가락을 움직이다 잘못을 저지른 것처럼 얼른 신발을 벗어 놓는다. '그 애'의 신발을 신어 보는 행위는 좋아함의 표현이다. 상대방과 나의 합일을 통해 사랑을 이뤄보려는 소박한 욕구인 것이다. '나'는 문을 열고 '그 애'의 방으로 들어가 책상 위에 엎드려 있는 '그 애'를 놀려줄 양으로 등 뒤로 다가간다.

> 그 애는 울고 있었습니다.

손에는 동그란 돌멩이가 하나 쥐어져 있었습니다. 그리고 책상 위에는 가는 새끼로 엮은 작은 바구니가 놓여 있고, 그 속에는 내가 아침마다 구워준 돌멩이들이 가득 담겨 있는 것이 보였습니다. (14쪽)

「민들레」는 별과 달을 의인화한 동화이다. 자신의 처지를 비관해 자살하려던 소아마비 소녀가 고층빌딩 옥상굴뚝 옆 갈라진 틈 사이에서 피어난 민들레꽃을 보고 민들레처럼 꿋꿋하게 살아야겠다는 소망을 지니게 되는 작품이다.

민들레는 우리 산천 어느 구석의 척박한 틈새라도 가장 작은 공간에 뿌리내리고 봄소식을 가장 먼저 알려주는 꽃이다. 모든 들꽃이 그러하듯이 가꾸지 않아도 저절로 피어나는 소탈과 의지의 대명사요, 귀하지도 화려하지도 않아서 지극히 서민적인 꽃이다. 또한 이른 봄 양지녘을 환하게 물들이기 때문에 희망과 밝음을 대표하는 꽃이라고 볼 수 있기에 긍정적인 마음가짐을 배울 수 있는 소재로 매우 적절한 꽃이다.

강정규 작품에는 '고향'을 소재로 한 작품들이 많다. 산업화로 인한 이농현상으로 70~80년대에는 농어촌에는 노인들만 남게 되었다. 고향을 등지고 도시로 간 젊은이들은 메커니즘과 물신주의의 수렁에 빠져 순수성을 잃고 피폐해져 갔다. 강정규의 작품들은 현실에서 메말라버린 정서를 되찾을 수 있게 안내해주는 작품들이 많다.

고향은 모성애를 느낄 수 있는 아늑하고 따뜻한 공간이다. 또 우리의 과거이자 우리 정서의 모태가 되는 공간이기도 하다. 이러한 공간에서 작가가 겪고 느꼈던 사고의 편린들을 통해 어떤 작품이 만들어졌는지 살펴보려 한다.

『다섯 시 반에 멈춘 시계』에서는 작가가 유년시절을 보냈던 산간마을이 배경이 된다. 이 작품은 할머니의 손자에 대한 사랑과 고향에 대한 그리움이 오롯이 전해진다.

할머니가 등불을 켜 든 채 뒷간 문 밖에 서 계신다. 한 손에는 도시락이 든 책가방이 들려 있다. 책가방을 받아들고 아랫마을을 향해 달린다. 길가의 풀 이슬에 발을 채이며 내리막길을 뛴다.

"얘야, 넘어질라. 천천히 가거라."

할머니가 저만치 따라오시며 말씀하셨다.

"어머니, 그만 들어오세유."

어머니가 때로는 아버지가 할머니를 부르시고, 그러면 할머니는 언덕길의 감나무 밑에 쯤 걸음을 멈추신 채 마냥 서 계시곤 했다. [···중략···]

학교까지 30리 길, 오고 가고 60리를 걸어 통학하는 학생은, 우리 동네 위아랫마을 통틀어 경호와 나, 둘뿐이었다.[3]

학교에 가는 손자의 뒷모습을 지켜보느라 할머니는 뒷간 문 밖에 늘 나와 있다. 손자의 뒤를 따르다가 언덕길의 감나무 밑쯤에서 걸음을 멈춘 채 마냥 서 있다. 그러고도 마음이 놓이지 않아 등불을 들고 함께 학교 가는 경호네까지 와서 인규를 확인한다. 할머니의 등불은 손자가 상엿집을 지나고, 공동묘지를 지나고, 고개를 넘어 먼동이 트면 그제야 사라진다. 혹여 손자가 다칠까 봐 손자의 가는 뒷모습을 끝까지 지켜보고 싶은 할머니의 애틋한 사랑이 느껴지는 삽화이다. 또 12Km를 걸어야 학교에 도착하는 걸 보면 인규는 오지마을에 살고 있음을 알 수가 있다.

2) 인간의 순수성

인간의 순수성을 지향하는 휴머니즘이 드러나 있는 대표적인 작품으로는 「하얀 나비」를 들 수 있다. '소년'인 화자는 순수함을 상징하는 인

---

3 강정규, 『다섯 시 반에 멈춘 시계』, 문원, 2001, 14~18쪽.

물로 강정규 작가 자신이다. 작가는 유년시절을 산간마을에서 보내며 할머니가 들려주는 옛이야기를 듣거나 홀로 시간을 보내는 때가 많았다. '소년'은 이런 작가의 어린 시절의 투영이다.

> 소년은 갓 구워낸 알밤을 집어 속껍질까지 깨끗이 벗겨내고 소녀에게 내밀었습니다. 그리고 초저녁에 구워 놓았던 것은 자기가 먹었습니다. […중략…]
>
> 소년은 계속 알밤을 까주었습니다. 그것을 받아먹던 소녀가 이번엔 자기가 알밤 한 알을 집어 속껍질까지 깨끗이 벗겨내고는 소년에게 가만히 내미는 것이었습니다. 소년은 그것을 받았습니다. 알밤을 건네받으며 소년은 소녀의 얼굴을 바라보았습니다. 추운 곳에 있다가 갑자기 더운 방에 들어온 때문인지 소녀의 얼굴이 빨갛게 상기되어 있었습니다. 소년은 소녀가 껍질을 벗겨준 알밤을 입에 넣으며 빙그레 웃었습니다.[4]

담임선생님을 좋아하던 소년은 가을 내내 눈이 내리면 선생님께 구워드릴 알밤을 모은다. 그러다 어느 날 선생님이 고모에게 전해주라는 선생님의 결혼 청첩장을 보고 소년은 상심한다. 그러던 어느 날 마을에 온 서커스단 공연에서 공연을 하는 한 소녀를 만난다. 작은 몸집의 소녀를 본 소년은 자신도 모르게 자꾸 소녀 생각이 난다. 소녀가 김치를 얻으러 다닌다는 소리를 듣고 소녀를 불쌍히 여기며 선생님에게 주려고 했던 알밤은 모두 소녀를 위해 굽는다. 이처럼 소년의 눈높이에서 순수한 시선으로 사물을 바라보기에 세상이 따뜻하고 아름답게 보이는 것이다.

「짱구네 집」은 가난해도 정직하고 바르게 살아야 함을 아픈 어머니의 행동을 통해 보여준다. 짱구네 집은 가난하다. 어느 날 꼬마와 함께 붕어를 잡으러 나갔던 짱구는 꼬마를 업고 가다가 가게 앞에 떨어져 있는 식

---

4 강정규, 「하얀 나비」, 『짱구네 집』, 문원, 2006, 158~160쪽.

빵 봉지를 발견하고 그것을 집에 주워온다. 집에 와서는 어머니와 둘째 형에게 주운 고물을 팔아 산 것이라며 거짓말을 한다. 하지만 둘째 형과 어머니는 거짓말을 눈치채고, 결국 어머니와 짱구는 다시 빵을 가게주인에게 돌려주러 가게 된다.

> "너 똑바로 말해. 고물을 얼마나 주웠어. 응?"
> "……."
> "네가 고물을 주워 팔았다면 빵을 사지는 않았을 거야, 그렇지?"
> 짱구의 눈앞이 흐려옵니다. 정말 그렇습니다. 고물을 주워 팔았다면 빵을 사지는 않았을 것입니다. […중략…]
> "짱구야, 바른 대로 말해 봐. 큰형이 늘 말했지? 가난해도 정직하게 커야 된다구……. 엄마랑 아버지도 항상 그랬지? 그리구 선생님께서두……."
> 짱구의 눈에서 눈물 두 방울이 동시에 개울물 위로 떨어졌습니다.-중략-
> "제가 혼자 갈게요, 그리고 잘못했다고…… 빌고 올게요."
> "가자, 어느 상점이냐?"
> 엄마는 기어가면서 똑같은 말만 반복합니다.
> "충남상회 앞이요."
> 짱구가 기어가는 엄마 옆에 걸어가며 대답했습니다.
> "하느님이 계시다, 이 자식아……."
> 소나기로 질척해진 신작로를 엄마는 두 무릎과 손바닥으로 기어가고, 짱구는 그 옆에 걸어가며 자꾸만 혀를 깨물고 있었습니다.[5]

아픈 몸을 이끌고 가게 앞까지 기어가면서까지 빵을 돌려주려는 어머니의 모습은 참담할 정도로 슬픈 삽화이다. 어차피 누군가 버리고 간 것

---

5 강정규, 『짱구네 집』, 문원, 2006, 19~21쪽.

이기에 그냥 먹을 수도 있는 것인데 바르지 못한 것은 그냥 지나칠 수 없다는 어머니의 선한 양심이 나타나 있다. 짱구는 이런 어머니에게 선한 마음과 양심을 배우며 자라게 된다. 부모님의 희생을 모르고 자기 것을 먼저 챙기려드는 현대를 살아가는 아이들에게 교훈을 주는 작품이다.

「까치집」은 길을 넓히기 위해 쇠똥배미 논을 내놓으라는 마을 사람들의 요구를 수락할 수 없다는 명구 할아버지의 신념과 미루나무 꼭대기 둥지 안에 있는 까치 새끼들을 지키기 위한 명구의 고집이 잘 드러난 작품이다.

명구는 미루나무에 있는 까치알을 친구들과 발견한다. 명구는 까치알을 구워먹자는 아이들의 말을 듣지 않는다. 학교 수업이 끝나면 미루나무 위로 올라가 까치알이 있는지 살핀다. 그러던 어느 날 드디어 까치새끼가 알을 깨고 나온다.

그러던 중 농장집 작은 아들이 장가를 가게 되어 경찰서장 차가 오는데 마을길을 넓히기 위해 미루나무를 베어야 한다고 한다. 그 말을 듣게 된 명구는 미루나무 꼭대기로 올라간다. 어른들은 명구를 내려오게 하려고 달래기도 하고, 겁을 주기도 하고, 돈을 주겠다고 꼬드기기도 하는데 명구는 전혀 흔들리지 않는다. 저녁이 되자 사람들은 돌아가지만 명구는 아예 나무 위에서 밤샐 작정까지 한다. 결국 마을 사람들은 명구의 고집을 꺾지 못하고, 미루나무와 까치집은 무사하게 된다. 명구의 행동은 미루나무와 까치새끼의 생명을 소중히 여기는 동심의 발현이다. 새끼를 잃고 슬픔에 빠지게 될 어미 까치의 마음을 헤아리고 지켜주려는 순박함은 인간의 원초적인 마음이다. 어린 독자들에게 생명의 소중함을 일깨우게 해줄 작품이다.

작가의 등단 작품인 「돌」은 첫사랑의 풋풋함과 순수함을 느끼게 한다. 주인공 소년은 겨울을 좋아하지만 지독하게 추운 것은 너무 싫다. 이웃으로 피난 온 가난한 목수의 딸을 좋아하게 되면서 자주 소녀의 집 주변을 서성거린다. 주머니 속에는 소녀에게 줄 군감자, 볶은콩, 작은 머리핀이 들어있다. 그러나 정작 마주치면 '숙제 다했냐'는 말밖에 던지지 못하는 순수한 소년이다.

어느 날 학교 가는 길에 소년은 단 한 벌뿐인 소녀의 검정색 광목치마저고리와 검정고무신을 보며 자신의 목도리와 장갑을 벗는다. 다음날부터는 목도리와 장갑을 집에 두고 나간다. 소년은 소녀에게 돌멩이를 구워준다. 그리고 소녀는 소년이 구운 돌멩이를 건네듯 자신이 며칠 동안 손으로 깎은 나무팽이를 소년에게 내민다. 소년과 소녀가 주고받는 '돌'과 '팽이'는 순수한 마음의 상징물이라고 볼 수 있다. 예쁜 돌을 골라 구워준다거나 나무 팽이를 깎아 예쁘게 색칠하는 행동은 오늘날에는 찾아볼 수 없다. 장난감이나 게임기에 익숙한 요즘 아이들에게 순수한 마음을 길러줄 수 있는 작품이다.

3) 가족애가 담긴 휴머니즘

『다섯 시 반에 멈춘 시계』는 가족애를 바탕으로 한 휴머니즘이 담긴 작품이다. 중학교 1학년인 주인공 '인규'가 동포역 숙녀용칸 화장실에 빠뜨린 시계를 찾기 위한 아버지의 수고와 가족들 간의 사랑이 담겨 있다. 인규는 이웃집에 살고 있는 중학생 경호에게 시계를 빌려 차고 방앗간 집에 온 서울 형들을 따라 해수욕장에 간다. 집으로 돌아오는 길에 동포역 화장실에다 시계를 빠뜨리고 만다. 그러나 인규가 화장실에 시계를 빠뜨린 것이 아니라 몰래 팔아먹은 도둑이라는 소문이 돌기 시작한다. 엄마가 쌀을 팔아 경호에게 새 시계를 사주었는데도 동네의 수군거림은 계속된다.

"잃어버린 시계를 찾아야지. 그려서 누명을 벗겨 줘야 혀. 그냥 놔 두면 평생

두고 울 애기 기펴고 못 산다. 병이 되야."[6]

누명을 쓰고 산다는 것은 억울하고 괴로운 일이다. 할머니는 손자의 결백을 밝혀줘야 한다며 아버지에게 화장실을 퍼내도록 부탁한다. 손자에 대한 할머니의 무한한 사랑이 드러나는 장면이다. 어려서부터 할머니에게 사랑을 듬뿍 받고 자란 작가에게 할머니는 기억 속 든든한 버팀목으로 존재한다.

"그 날 밤 늦게 아버지는 동네 청년에게 업혀 들어왔다.

주막에서 술을 얼마나 드셨는지, 고래고래 소릴 지르며 내닫다 개울에 굴렀는지, 어디다 찧으셨는지 얼굴에도 팔뚝에도 상처가 많이 나 있었다. 한밤중에 침쟁이 할아버지까지 다녀가셨다. 토하고 설사까지 하셨다."[7]

어머니는 아들이 이웃집 경호의 시계를 잃어버리자, 쌀 다섯 말을 팔아 경호에게 시계를 사준다. 방앗간 집에 놀러 온 학생 중 하나가 시계를 잃어버리자 아들이 의심을 받고 있다는 말을 들은 아버지가 속이 상해 인사불성이 되도록 술을 마신 상황이다. 아버지는 다음날부터 아들과 함께 동포역으로 가서 화장실의 깊이를 재고, 똥을 풀 준비를 한다. 여러모로 계산을 하다가 퍼내다 보면 언젠가는 바닥이 날 거라는 우직함으로 똥을 푸기 시작한다. 똥지게와 똥바가지를 들고 30리를 걸어서 도착해야 하는 곳에 가서 시계를 건져내기 위해 아버지는 매일같이 동포역 화장실에 가서 똥을 퍼낸다.

"애비가 좀 더 퍼내구 갈 테니, 널랑 막차 타구 먼저 가려무나."

---

6 강정규, 『다섯 시 반에 멈춘 시계』, 문원, 2001, 85쪽.
7 위의 글, 89쪽.

"……."

"나는 이번에도 아버지 말씀을 듣지 않았다.

"내는, 입성에서 냄새두 나구 그러니 걸어갈란다. 널랑 기차 타구 먼저 가려무나."

아버지가 다시 말씀하셨다.

"……."

그러나 나는 잠자코, 아버지가 통에 퍼 담은 똥 위에 지푸라기를 펴 덮으며 아무 말도 하지 않았다. 아버지는 이번에도 더 이상 말씀이 없었다.

"힘들 것인디……."

"……."

나는 '아버지가 힘드시지요. 함께 있을게요.'라고 말하고 싶었으나 그냥 삼켜 버렸다. 그리고 비틀거리며 철둑길을 걸어가는 아버지 뒤를 따라 걷고 있었다. 막차가 지나가고 땅거미가 지기 시작했다.

"많이 퍼냈구나."

깜깜한 변소 속을 들여다보시며 아버지가 말씀하셨다. 그러나 내 눈엔 얼마나 줄어들었는지 보이지도 않았다.

"지게는 두고 가자. 내일 또 올 테니께."[8]

결국은 아버지가 똥을 퍼내어 시계를 찾아낸다. 짱구가 30년 후, 소중히 간직해 온 다섯 시 반에 멈춰버린 시계를 바라보며 소설은 막을 내린다. 이 작품 속에 드러나는 사랑의 모습은 누구나 공감할 수 있는 우리 모두의 가족 이야기일 수 있다. 평범한 가족의 모습과 사랑이 드러나 있지만, 가정의 소중함을 모르거나 가족애를 소홀히 하는 아이들에게 자양분이 될 수 있는 작품이다. 가정 붕괴와 가족 해체가 많아지는 현실에

8 위의 글, 122~123쪽.

서 가정의 소중함과 끈끈한 가족애를 느낄 수 있는 작품이 필요하다. 『다섯 시 반에 멈춘 시계』는 가족의 소중함을 알고 어려운 현실을 극복해 나갈 수 있는 희망적인 서사구조를 가지고 있다.

3. 나오는 말

강정규는 IMF 사태로 경제가 어렵던 시절인 1997년부터 『시와 동화』라는 아동문학 전문지를 중단 없이 발행해오고 있다. 대부분의 잡지는 신인문학상 제도를 두어 문단의 세력화를 도모하기도 하지만 이 잡지는 처음부터 그런 생각을 배제하였다. 진보 보수, 신인이나 기성 작가, 등단하지 않은 문단 지망생에게까지 발표 문호를 열어 놓고 있다. 이는 사심 없고 포용력 있는 그의 철학을 엿볼 수 있는 반증이다.

강정규는 어린 시절 할머니에게 각별한 사랑을 받고 자라났다. 할머니가 들려준 옛날이야기는 그가 동화를 쓰는 데 많은 자양분이 되었다. 그는 유년 시절의 추억을 회상하며 고향에 대한 향수와 가족애를 다룬 작품을 다수 창작하였다. 강정규는 급변하는 현대 사회에서 잃지 말아야 하는 것이 무엇인지 보여주려 애쓰는 작가이다. 핵가족화를 넘어서 가정 붕괴와 가족 해체가 빈번하여 위기에 처한 현실에 대하여 경종을 울리고 있다. 또한 나 혼자만 잘살면 되는 것이 아니라 더불어 살아가는 사회야말로 인간의 순수한 본성을 되찾을 수 있는 길임을 일깨워 주고 있다.

아무리 사회가 변해도 인간의 심층적 정서만은 쉽게 변하지 않는다. 아이들은 아직 때묻지 않은 심령들이기에 바른 마음을 갖고 살아갈 수 있도록 해주어야 한다. 강정규는 동화를 통해 아이들에게 바람직한 정서와 삶의 본질을 알려주려 노력하는 작가이다.

강정규 작품 속에 나타나 있는 동심은 가난하지만 결코 기죽지 않고, 어려움 속에서도 헤쳐 나가려는 의지가 꿋꿋하다. 또한 함께 나누며 모두가 행복하게 더불어 사는 공동체의 모습이다. 그는 젊은 시절 10년 동안 야학봉사를 했을 만큼 어려운 이웃을 향해 베푸는 삶을 살아왔다. 이러한 그의 생활 철학은 그의 작품에도 고스란히 녹아 있다. 함께 나누고 배려하는 것에 익숙하지 않은 오늘날의 어린이에게 삶의 덕목을 심어주려는 작가의 의도라고 할 수 있다. 그의 작품에 담긴 어린 시절의 꿈과 추억, 삶의 족적은 잔잔하지만 애틋한 감동을 안겨준다.

심리적 환상과 우의성

최효섭 동화론

1. 들어가는 말

최효섭(崔孝燮)은 환상의 특성을 잘 파악하고 그것을 작품에 수용하여 60년대 동화문단에 주목할 만한 작품들을 많이 창작하였다. 그는 30대까지 왕성한 창작활동을 하다 돌연 미국으로 이민하여 30여년간 목회활동에 주력하였다. 그 곳에서 뉴욕한국일보, 뉴욕조선일보 등 각종 신문에 칼럼을 집필하기도 하고, 2,600여 편의 설교와 수필 전집을 발간하기도 했지만, 목회 은퇴 후에는 주로 동화 창작에 전념하고 있다. 이러한 증거는 그가 70세 이후에도 5권 이상의 주목받는 동화집을 상재한 사실만으로도 충분하다.

최효섭은 1932년 황해도 해주에서 출생하여 해방 이듬해 해주사범학교 2학년에 다니다 월남한 후 1950년 고려대학교 법학과에 입학하였다. 한국전쟁이 일어나자 부산으로 피난하여 감리교신학대학에 전학하여 졸업하고, 1957년 연세대 대학원을 수료(신학석사)했다. 이후 1967년 미국 리치몬드 장로교 교육대학을 수료(기독교교육학 석사)했으며, 1972년에는 미국으로 이주하여 1980년에 뉴욕신학대학에서 목회학 박사학위를 취득하였다. 그는 배화여중고 교목을 역임했으며 미국 이주 후에는 하트포트 교회, 남부 뉴저지교회를 거쳐 뉴욕 한인교회, 아콜라연합감리교회 등에서 목사로 활약하였다. 이러한 그의 이력에서도 알 수 있듯이 그는 동화작가이기 이전에 목회자였다. 1958년부터 교회학교용으로 『성경동화 52』(한길문화사, 1958), 『구약동화』(한길문화사, 1960) 등의 책을 냈으며, 1961년부터는 창작동화를 교회 교재에 발표하였다.

그가 본격적인 동화를 쓰기 시작한 것은 1963년 한국일보 신춘문예에 동화 「철이와 호랑이」가 당선되면서부터이다. 비록 10년이라는 짧은 기간 동안 작품 활동을 했지만[1] 그 기간 동안 정력적인 작품 활동을 벌여 1960년대 동화문단에서 간과할 수 없는 작가로 발돋움했다. 그가 낸 순수 창작동화집으로는 『시계탑의 열두 형제』(숭문사, 1964), 『일곱 개의 얼굴』(한국교육도서출판사, 1965), 『열두 개의 나무 인형』(한국교육도서출판사, 1968), 『숲속나라의 늙은 너구리』(한국교육도서출판사, 1969), 『거꾸로 돌아가는 시계』(한국교육도서출판사, 1970), 『황금의 집』(신망애사, 1972), 『최효섭 동화선집』(새벗사, 1984), 『금순이와 백설공주』(현암사, 2007), 『뚱보 도깨비와 수퍼 쥐』(아동문학세상, 2009), 『최형사와 교향악단』(아동문학세상, 2010), 『세종대왕이 도망쳤다』(아동문학세상, 2011), 『트럼펫 부는 개』(아동문학세상, 2011) 등이 있다. 최효섭은 1969년 동화집 『열두 개의 나무 인형』으로 제5회 소천아동문학상을, 2007년에는 『금순이와 백설공주』로 방정환문학상을, 2010년에는 『뚱보 도깨비와 수퍼 쥐』로 박경종아동문학상을 수상하였다.

그는 동화의 재미성을 환상의 세계에서 찾으려고 노력한 작가이다. 그는 환상의 특성과 그 경이로운 효능을 익히 알고 동화에 접근했다.

나는 어려서부터 공상이 많았다. 그것이 동화 창작에 대한 취미를 자극한 것

1 최효섭은 1972년 말 전 가족과 함께 미국으로 이민을 간후 목회(뉴욕 한인교회) 활동에 전념하였지만, 이민 후에도 『아름다운 비밀』(1986)이라는 장편소년소설을 출간하였다.

이 사실이고, 나의 작품 경향을 환상적 기법으로 몰고 간 것 같다. 내가 동화를 구상하는 순서는 테마를 생각한 뒤에 주인공의 마음속으로 들어가 마음껏 자유롭게 환상의 세계를 여행하는 것이다. 그것이 동화의 방법도 되고 줄거리로도 발전한다. 그렇다고 허황해서는 안 되기 때문에 되도록 단단하고 날카롭게 현실에 발을 붙이도록 노력했다.[2]

이러한 작가의 고백에서도 나타나 있듯이 최효섭 동화의 기저는 현실에 착근하고 있는 자유로운 환상의 구사이다. 그는 주인공이 상상의 자유를 만끽하며 심리적 환상을 구사하는 동화를 많이 썼다. 그의 작품에는 의인화 동화가 많고, 동물과 사람이 자연스럽게 어울려 생활하는 이야기들이 많다. 「내 짝이 최고야」, 「딸국질」과 같이 장난감이나 동물들을 의인화하거나, 「잘가거라 곰아」, 「흰쥐와 꼬마 역장님」, 같이 사람과 동물을 함께 등장시킨 우의적 동화를 많이 창작했다. 대부분의 우의적 동화는 주인공들의 의식 속에 상상의 날개를 달게 하여 현실 세계에서 비상한 후 다시 현실 세계로 안착하는 심리적 환상 기법을 구사하고 있다.

본고에서는 최효섭의 동화 중 최근에 상재한 『최형사와 교향악단』, 『세종대왕이 도망쳤다』에 수록된 작품을 중심으로 논구하고자 한다.

2. 『최형사와 교향악단』에 나타난 심리적 환상성

『최형사와 교향악단』에는 「내 짝이 최고야」를 비롯한 10편의 동화가 실려 있다. 그 중 「내 짝이 최고야」, 「멍멍이 미스코리아대회」, 「살살이 화백의 식구들」, 「아이들의 푸른 동산」, 「딸꾹질」, 「밤따기」, 「시장님댁

2 최효섭, 「나 자신의 이야기」, 위의 책, 3~4쪽.

잔치」, 「흰쥐와 꼬마 역장님」 등 8편이 동물과 사람이 어울려 만들어가는 우의성 짙은 의인화 동화이다.

「내 짝이 최고야」는 동물학교인 어깨동무초등학교에서 짝과 함께 서로 돕고 생활하는 이야기를 그리고 있다. 새 학년이 되자 양(羊) 선생님은 동물 학생들의 짝을 발표한다. 돼지 꿀꿀이는 사슴 날씬이와 짝이 되고, 북극곰은 물개와, 원숭이는 코끼리와, 기린은 두더지와, 염소는 호랑이와 짝이 된다. 상상력을 바탕으로 한 환상은 동화에 무한한 동력을 제공한다.

> 할아버지 돼지의 웃음이 터져 나왔습니다. 그리고 그 입에서 폭포 같은 물줄기가 쏟아졌습니다. 구경하던 새끼 돼지들이 물살에 떠내려가기 때문에 엄마 돼지들이 아이들을 붙잡고 있었습니다. 날씬이도 기둥을 붙잡고 겨우 견디었습니다. 호수에 다시 물이 넘쳐 오리들도 기뻐하고 농부들도 만세를 외쳤습니다.
>
> —『최형사와 교향악단』(13쪽)

돼지 할아버지가 골짜기의 작은 호수에 있는 물을 다 마셔서 병이 나 누워 있는데, 사슴이 혀로 돼지의 콧구멍을 핥는 바람에 물을 토하는 장면이다. 의인화나 허구적 환상의 세계에서도 나름대로 개연성과 질서가 있어야 동력을 얻을 수 있다. 코끼리도 아닌 돼지가 작은 호수의 물을 다 마셨다는 설정이나 돼지가 물을 토하여 호수에 다시 물이 넘쳤다는 표현은 지나친 과장과 허풍으로 이야기의 동력을 잃게 하는 요인이 되고 있다.

「멍멍이 미스코리아대회」는 심리적 판타지를 구사한 동화이다. 단비는 아빠와 함께 저녁식사 후 미스코리아 선발대회를 시청한다. 그때 단비의 무릎에 누워 있던 진돗개 눈빛이가 단비에게 멍멍이 미스코리아 대회가 열린다는 정보를 알려준다. 단비는 눈빛이를 목욕시키고 빨간 리본까지 매어준다. 이튿날 학교 운동장에서 열리는 달리기 경주에 나가 눈빛이는 2등을 한다. 몸매겨루기에서도 눈빛이가 포인터에 이어 2등을 차지하지만, 성전환 수술을 하고 나온 포인터의 실격으로 진으로 뽑힌다.

"눈빛 만세!"

하고, 단비가 외치자 아빠가 단비의 옆구리를 쿡 찔렀습니다.

"조용히 해. 서울 대표가 떨어질 것 같은데 누구 만세라고?"

텔레비전에서는 미스 코리아 선발대회가 한창이었습니다.

—『최형사와 교향악단』(35~36쪽)

결국 '멍멍이 미스코리아대회'는 단비가 마음속으로 상상한 대회였음을 알 수 있다. 이처럼 심리적 판타지란 현실에서 상상 속의 환상 세계로 갔다 다시 현실로 돌아오는 기법이다. 이러한 그의 시도는 신춘문예 당선작품인 「철이와 호랑이」에서 찾아볼 수 있다.

「살살이 화백의 식구들」은 최효섭이 즐겨 다루는 동물을 소재로 한 의인화 동화이다. 이 동화도 심리적 판타지를 구사하고 있다. 슬기는 도서관에 가서 〈쥐들의 세계〉라는 책을 본다. 그때 도서관에 나타난 쥐를 잡으려고 사람들이 소란을 피운다. 슬기는 서고에 숨어 있는 쥐를 발견하고 대화를 나눈다.

"사람들은 우리 쥐를 왜 싫어하는지 알 수가 없어. 나도 엄연히 도서관에 공부하러 왔는데 말이야."

"너는 무슨 공부를 하는데?"

"미술."

"그럼 공부를 한다면 너 화가구나?"

"살살이 화백이라고 불러줘. 그런데 너도 도서관에 자주 오니?"

—『최형사와 교향악단』(39쪽)

슬기는 살살이 화백을 품에 넣고 도서관을 빠져 나와 그가 알려준 창고로 간다. 그곳에서 슬기는 살살이 화백과 함께 예쁜 포스터를 만든다. 살살이 화백은 어린 쥐들이 책을 읽는 그림을 그리고 슬기는 '책 읽는 어린이는 내일의 희망', '시립도서관은 어린이를 환영합니다'라는 글씨를 쓴다. 살살이 화백이 그림을 그릴 때 붓을 입에 물고 그리는 삽화는 설득력을 갖게 해준다.

모두가 웃으며 만세를 외치는 순간 귀에 익은 소리가 들렸습니다.

"넌 슬기가 아니냐? 무슨 책인데 읽지는 않고 그렇게 바라보고만 있느냐?"

언제 왔는지 도서관의 사서 언니가 곁에 서 있었습니다.

—『최형사와 교향악단』(48~49쪽)

슬기가 아빠에게 부탁하여 컬라복사기로 포스터 100장쯤 만들어주면 어린 쥐들이 포스터를 돌리겠다는 말을 듣고 모두 만세를 부르다, 판타지의 세계에서 현실로 되돌아오는 장면이다. 슬기는 사서 언니에게 포스터 만들 생각을 하고 있었다고 말하며 함께 거리로 나선다. 판타지에서 돌아와 현실의 이야기를 실감 나게 그림으로써 판타지의 역동성을 부여하고 있다.

「아이들의 푸른 동산」도 어린이들과 동물들이 한데 어울려 푸른동산을 만드는 이야기이다. 차돌이는 친구 시원이와 함께 작은 빈터를 푸른 동산으로 가꾸기 위해 잔디를 깔고 꽃나무를 심는다. 둘은 그곳에 교통신호등을 세울 땅이라며 제지하는 경찰관과 말다툼을 벌인다. 이 모습을 본 두 아이의 부모 중 아빠들은 경찰관 편을 들고 엄마들은 아이들편을 든다. 사람들이 모여들어 시끄러워지자 경찰차까지 출동하고 결국 경찰에 의해 해산된다. 차돌이는 주민투표로 결정하게 된다면 신호등 설치 쪽으로 기울 것 같아 혼자 남아 고민하게 된다. 어린이들의 자연친화적 사고와 어른들의 현실 편의적 사고의 대결 구도가 된 것이다.

> 이 때 차돌이의 귀에 작은 소리가 들렸습니다. 처음엔 지나가는 차에서 울리는 소린가 했는데 확실히 말소리입니다.
>
> "차돌아, 투표하면 우리는 '아이들의 푸른 동산'을 만들기에 찬성표를 던지겠다. [···중략···]
>
> 엎드려서 자세히 보니까 지렁이가 흙 위로 머리를 내밀고 있었습니다.
>
> —『최형사와 교향악단』(57쪽)

차돌이가 지렁이와 대화하는 삽화로 현실에서 심리적 판타지 세계로 진입하는 장면이다. 이윽고 참새들과 비둘기, 나비, 개, 고양이, 쥐들도 차돌이한테 모여들어 찬성표를 던지겠다고 한다. 벌레와 곤충과 새, 짐승들이 어울려 하나가 되는 합일 정신은 생태계의 복원을 중시함을 뜻한다.

> 스피커에서 울려오는 큰 소리에 차돌은 즐거운 생각에서 깨어났습니다.
>
> "시민 여러분, 사거리로 모이십시오! 시장님께서 직접 오셨습니다."
>
> —『최형사와 교향악단』(58~59쪽)

심리적 판타지에서 벗어나 현실로 되돌아오는 장면이다. 시장은 모여든 시민들을 향해 '아이들의 푸른 동산'을 그대로 두겠다고 한다. '지렁이와 아이들이 친구가 되고 고양이와 나비가 어울려 춤을 추는' 푸른 동산이 작은 천국임을 일깨우고 있다. 이 동화에는 아스팔트와 콘크리트의 건조함에서 벗어나 자연과의 교감과 생태복원을 희구하는 작가의 외침이 깔려 있다.

「딸꾹질」은 닭을 소재로 하여 쓴 의인화 동화이다. 동네에서 목청 좋기로 소문난 수탉인 꼬꼬댁 씨는 어느 날 딸꾹질을 하게 된다. 아내인 꼬꼬는 시어머니로부터 크게 한번 놀라게 하면 딸꾹질이 멈춘다는 말을 전해 듣는다. 꼬꼬 새댁은 남편을 놀라게 하려고 밤이 되자 검은 치마를 둘러쓰고 유령 흉내를 내지만 남편은 전혀 놀라지 않는다. 꼬꼬 새댁은 장난감 뱀을 동원하기도 하고, 이웃집 개에게 부탁을 하기도 하지만 소용이 없다.

꼬꼬댁 씨의 어머니가 주인 아저씨에게 부탁해 자명종 시계를 사라고 했다고 하자 수탉 꼬꼬댁은 깜짝 놀라 딸꾹질을 멈추게 된다.

> 꼬꼬댁 씨도 오랜만에 밝은 낯으로 말했습니다.
>
> "3중창이 좋겠군. 내가 테너로 '꼬꼬댁' 하면, 당신이 소프라노로 '꼬꼬' 하고, 어머니가 알토로 '꼬르르' 하면 멋지겠어." [⋯중략⋯]
>
> 지붕 위에서는 다시 아침 연주가 이어졌습니다.
>
> "꼬꼬댁 꼬꼬 꼬르륵, 꼬꼬댁 꼬꼬 꼬르륵!"
>
> —『최형사와 교향악단』(85~86쪽)

이 동화의 에필로그이다. 딸꾹질을 멈춘 꼬꼬댁 씨가 어머니, 아내와 함께 지붕에 올라 3중창을 하는 삽화이다. 자명종 시계가 없던 시절 시골의 닭 우는 소리는 새벽 잠을 깨우는 자명종 구실을 했다. 어떤 것에도 놀라지 않던 꼬꼬댁 씨가 자신의 할 일을 빼앗기게 될 위기에 처하자 놀라 딸꾹질을 멈추게 된 것이다. 자신의 일감을 잃게 된다는 것은 불행한 일이다. 책임감의 중요성과 함께 실업문제까지 조명한 작품이라고 할 수 있다.

「밤따기」는 진솔이가 아빠 엄마, 여동생 진아와 함께 할아버지, 할머니의 산소에 성묘 가서 밤을 따며 겪는 이야기이다. 이 동화도 심리적 판타지에 속한다. 꾀돌이라는 별명을 가진 진솔이 조부모 산소에는 밤나무가 세 그루 있다. 진솔이 아빠, 엄마와 진아는 산지기 아저씨네 집으로 점심을 먹으러 가지만 진솔이는 산지기 아저씨의 딸 예별이를 만날 생각에 마음이 설레어 함께 가지 못한다. 진솔이는 잔디에 누워 밤을 따서 예별이와 함께 구워 먹는 상상을 한다.

'밤나무도 대추나무처럼 키가 작았으면 좋은데. 저렇게 높이 있는 밤을 어떻게 딸 수 있을까?'

그런 생각을 하고 있을 때 진솔을 부르는 소리가 들렸습니다.

"꾀돌아, 꾀가 많아 꾀돌이라면서 그런 것도 몰라?"

다람쥐였습니다.

—『최형사와 교향악단』(91쪽)

진솔이가 잔디에 누워 밤나무를 쳐다보며 예별이를 생각하는 것은 심리적 환상 세계로의 진입을 의미한다. 진솔이 밤을 따는 상상을 할 때 하늘나라 다람쥐가 나타나 손전화를 하여 씨름대회 우승자인 김장사를 오게 한다. 진솔은 김장사의 어깨에 올라가 보지만 밤나무 가지에 닿지 않는다. 다람쥐는 다시 손전화로 예별이를 오라 하여 예별이가 2층, 진솔이가 3층을 쌓도록 한다. 그런데 예별이가 진아의 도움을 받아 진솔의 어깨 위로 올라가지만 무너지고 만다. 이러한 일련의 삽화는 진솔이가 상상을 통해 만들어내는 심리적 판타지인 것이다.

예별의 몸이 굴러 떨어지고 진솔과 김장사 아저씨까지 한꺼번에 자빠졌습니다.

"오빠 뭘 하고 있어? 점심 먹으래."

"진솔 오빠 국 식는대요."

진아와 예별의 맑은 목소리였습니다. 진솔은 잔디에서 일어서며 밤나무를 쳐다보았습니다.

—『최형사와 교향악단』(98~99쪽)

최효섭 동화에 자주 나타나는 심리적 판타지는 판타지의 영역을 넓게 하고 판타지 구사를 자유롭게 할 수 있지만 빈번하고 획일적일 경우 타성에 젖을 수 있고 지루하여 재미가 상쇄될 수 있다.

「흰쥐와 꼬마 역장님」은 여름방학을 맞아 대전에 사는 삼촌 댁에 놀러 간 솔빛이 기차를 잘못 타서 일어난 일을 그린 동화이다. 이 동화는 꿈속에서 겪은 일을 그린 몽환적 판타지이다. 솔빛은 집으로 돌아가기 위해 서울행 기차를 타야 하는데 삼촌의 실수로 목포행 기차를 타게 된다. 다음 정거장에서 내려 서울행 기차를 기다리는데 키가 아주 작은 역장을 만난다. 역장은 서울행 기차는 세 시간이나 기다려야 한다며 장난감 같은 자신의 집으로 솔빛을 안내한다. 거실에는 여러 종류의 모형 기차들이 있고, 철로와 신호등, 건널목, 철교, 터널까지 있다. 그런데 기차를 타고 있는 손님들은 모두 하얀 쥐들이다. 역장은 쥐들과 놀고 있으라며 비스킷 봉지를 꺼내 주고 나간다.

역장님이 나가시고 혼자가 되니까 조금 겁이 났습니다.역장님이 계실 때는 잘 놀던 쥐들이 낯선 사람이 누군가 하고 의심스런 눈으로 솔빛을 슬금슬금 지켜보고 있습니다.

[…중략…]

솔빛이 비스킷 봉지를 열자 쥐들이 한꺼번에 솔빛에게 달려들었습니다.

—『최형사와 교향악단』(98~99쪽)

이 동화에는 판타지로 들어가는 입구가 확실하지 않다. 어디서부터 꿈의 세계인지가 확연하지 않아 이야기 속으로 자연스럽게 빠져들게 된다. 솔빛이는 쥐들과 대화도 나누고 기차를 타고 동물 양로원에 위문도 함께 간다. 터널로 들어간 기차는 비행기가 되어 하늘을 난다. 솔빛도 흰 쥐 위문단과 함께 동물 양로원에 가서 늙은 동물들을 위해 노래도 한다. 동물들은 솔빛을 보더니 사람들에 대한 불평불만을 늘어놓는다.

> "그렇지만 동물들을 사랑하는 좋은 사람도 많이 있어!"
>
> 하고 외치는 순간 꼬마 역장님의 부드러운 소리가 귓전에 들려왔습니다.
>
> "솔빛이 잠꼬대까지 하는 것을 보니 많이 피곤한 것 같구나. 서울행 열차가 10분 뒤에 도착하니까 서둘러 정거장에 나가야 한다."
>
> —『최형사와 교향악단』(136쪽)

꿈에서 깨어 현실로 돌아오는 장면이다. 솔빛이 정신을 차리니 꼬마 역장이 솔빛을 들여다보고 있고, 기차 모형에서는 흰 쥐들이 뛰어놀고 있다. 솔빛이 꼬마역장과 집을 나설 때 흰쥐들이 잘 가라고 손을 흔든다. 이 동화에서 지은이는 동물들의 입을 통해 인간들의 지나친 탐욕과 이기심을 고발하고 있다. 즉 인간 중심의 입장에서 동물을 함부로 대하는 인간들에 대한 항의를 담고 있다. 말과 개는 실컷 부려먹다 늙으면 버린다고 불평하고, 소는 실컷 부려먹고 푸줏간에 팔아먹는다고 불평하고, 고양이는 자기를 산속에 버렸다고 불만을 토로하고, 여우는 인간들이 여우 목도리를 만든다고 분통을 터뜨리고, 돼지는 자신들을 죽여 발목까지 먹는다고 불평한다. 이 동화는 제목과 주제와의 맥락이 맞지 않는 단점을 안고 있다.

3. 『세종대왕이 도망쳤다』에 나타난 풍부한 우의성

『세종대왕이 도망쳤다』에는 15편의 단편 동화가 실려 있다. 그 중 「다리가 긴 아이」, 「동물나라의 대통령 선거」, 「노래하는 마을」, 「잘가거라 곰아」, 「이상한 나그네와 망나니춤」, 「재채기」, 「찍찍이 시집가던 날」, 「연평도의 생쥐」, 「힘장사 김서방」, 「달구지와 귀뚜라미」 등 10편의 동화가 의인화 동화이거나 부분 의인화 동화이다. 이들 작품은 대부분 풍부한 우의성[3]을 갖추고 있다.

「다리가 긴 아이」는 다리가 긴 아이 '달이'가 중심인물로 등장하는 심리적 환상동화이다. 달이의 엄마는 암으로 세상을 떠나고 달이는 아빠와 함께 살아간다. 달이는 다리는 길지만 달리기를 못 하고 높이뛰기도 못 하여 남자 아이들의 놀림을 받는다. 달이는 백과사전을 꺼내 하늘을 향해 깡충 뛰어오르는 청개구리 사진을 본다. 달이의 이러한 행위는 원망(願望)과 염원의 도출이다.

> "개구리가 부럽다. 기왕 긴 다리를 가졌으면 나도 저렇게 높이 뛸 수 있으면 얼마나 좋을까!"
>
> 그랬더니 그림 속의 청개구리가 입을 열었습니다.
>
> "불평하면 뭐하니? 배우고 연습하고 또 연습해야 할 수 있는 거야!"
>
> —『세종대왕이 도망쳤다』(23~24쪽)

달이는 백과사전에 있는 청개구리의 사진을 보며 청개구리와 대화를 하는 상상을 하는 것이다. 청개구리는 개구리 올림픽의 국가대표 코치라며 달이의 체육 코치가 되겠다고 나선다. 달이는 청개구리 코치에게

3 다른 사물에 빗대어 비유적인 뜻을 나타내거나 풍자하는 것을 말한다.

높이뛰기도 배우고 달리기도 배운다. 청개구리 코치는 달이의 손을 잡고 별나라로 데려가 엄마를 만나게 해준다. 달이는 엄마의 집 방에 있는 컴퓨터를 통해 달이네 집을 내려다본다. 달이 아빠가 라면을 끓인 후 그릇에 담는 화면이 보이자 아빠가 달이를 찾을 것이라며 집으로 돌아가려 한다. 달이는 엄마에게 다음에 또 오겠다는 약속을 하고 청개구리 코치의 손을 잡고 지구로 돌아온다.

> "달이야, 백과사전은 글씨가 작아서 눈 나빠진다. 일어나서 라면 먹어라."
>
> 라면과 깍두기가 놓인 작은 상을 들고 아버지가 방에 들어와 계셨습니다. 엄마를 만났던 이야기를 하면 오히려 아빠를 슬프게 할 것 같아 꾹 참았습니다.
>
> —『세종대왕이 도망쳤다』(33쪽)

달이가 백과사전 속 청개구리를 보며 상상에 빠졌다가 아버지의 등장으로 심리적 상상에서 벗어나는 장면이다. 이 이야기가 동화로서 성공할 수 있는 것은 청개구리에 이끌려 어머니가 있는 하늘나라를 다녀온다는 스토리가 있기 때문이다. 안이하게 사용하는 꿈의 구조가 아니라 심리적 환상 구조를 통해 흥미로운 스토리를 엮어냈기 때문에 읽힐 수 있는 것이다.

「동물나라의 대통령 선거」는 동물들의 선거를 인간 세상에 빗대어 풍자한 의인화 동화로 우의성이 풍부하다. 이 동화에는 여러 동물이 서로 대통령이 되겠다고 나선다. 일류 대학 출신임을 강조하는 원숭이, 돈 자랑을 하는 돼지, 높은 하늘로 올라갈 수 있어 하늘의 왕자라는 독수리, 미스코리아 동물대회에서 여왕이 되었다는 공작, 주먹이 강해야 한다는 곰, 노래자랑으로 뽑자는 갈매기, 헤엄치기로 뽑자는 물개, 나무타기로 뽑자는 다람쥐, 땅굴 파기시합으로 뽑자는 두더지, 힘이 세어야 한다는 고릴라, 예뻐야 한다는 양 등이 자신을 뽑아야 한다고 주장한다.

남자들은 욕심이 많으니 여자 대통령을 뽑아야 한다고 주장하는 토끼나, 질서를 잡겠다고 총을 메고 나타난 산돼지 대장은 우리가 겪었거나 겪고 있는 정치 현실을 풍자하고 있어 흥미롭다. 또한 환심을 사기 위해 꿀을 돌리다 뇌물죄로 자격을 박탈당하는 여왕봉의 등장도 인간세태를 풍자하고 있어 흥미를 더해 준다.

「노래하는 마을」은 인간에게 이용당한 후 천대받는 늙은 말, 늙은 개, 그리고 가족들에 의해 버림받은 노인과 늙은 원숭이가 이상향인 '노래하는 마을'을 찾아가는 과정을 그린 이야기이다. 젊어서는 일을 잘해 주인의 귀염을 많이 받던 늙은 말은 천대를 받자 집을 나선다. 그는 목에 북을 매고 '노래하는 마을'을 찾아간다. 마을 사람들이 날마다 노래하고 춤추며 즐겁게 살기 때문에 늙지 않고 젊어진다는 마을이다. 한 마을에 도착했을 때 늙은 말은 기타를 짊어지고 다리를 절룩거리며 오는 늙은 개를 만난다. 늙은 말은 늙은 개를 붙잡아 보신탕을 끓여 먹으려고 뒤쫓아온 개 주인을 위협하여 물리친다. 늙은 말과 늙은 개는 날이 저물자 자고 가기 위해 산속에 머문다. 그때 늙은 아버지를 지게에 지고 와 버리고 가는 형제를 만난다.

> 형제는 아버지를 바위에 앉히고 무릎에 피리를 놓고 도망치듯 산을 내려가 버렸습니다. 혼자 남은 노인의 눈에서 눈물이 흘렀습니다. 노인은 피리를 불기 시작했습니다.
>
> —『세종대왕이 도망쳤다』(64~65쪽)

노인을 산에 내다 버리는 현대판 고려장을 고발한 내용이다. 부양 능력이 없는 자식들이 늙은 부모를 내다버리는 일이 심심치 않게 보도되는 일이 오늘날의 인심이다. 늙은 말과 늙은 개도 노인의 피리 소리에 맞춰 연주를 한다. 그때 나무 위에서는 바이올린을 연주하는 늙은 원숭이가 나타나 함께 연주한다. 아침이 되자 할아버지 일행은 동쪽 나라에 있다는 '노래하는 마을'을 향해 힘차게 출발한다. 이 동화는 노인 홀대 풍조와 기로(棄老) 현상을 풍자하고 고발한 우의성이 강한 동화이다.

「잘 가거라 곰아」는 동물 보호와 생명 존중이라는 주제를 다룬 동화이다. 동물원을 탈출하여 청계산으로 숨었다 생포된 말레이곰 사건을 패러디한 것으로 보인다. 텔레비전을 통해 울을 탈출한 곰을 포획하려는 장면을 보던 사랑은 오빠와의 말다툼을 피해 방으로 들어와 눕는다.

> 사랑은 오빠와 입씨름을 할 필요가 없다고 생각하여 방으로 들어가 침대에 벌렁 누워 눈을 감았습니다. 사랑의 눈에 곰이 보였습니다. 눈을 비비고 다시 봐도 틀림없는 곰입니다.
>
> "곰아, 여기 있으면 위험해."
>
> 곰이 정확한 한국말로 말했습니다.
>
> "너도 나를 잡으려고 온 거니?"
>
> —『세종대왕이 도망쳤다』(86쪽)

침대에 누워 눈을 감은 사랑이의 눈에 곰이 보였다는 것은 꿈 이야기가 펼쳐지리라는 것을 눈치챌 수 있다. 그런데 '눈을 비비고 다시 봐도'라는 말 때문에 꿈이 아닌 현실처럼 느끼게 한다. 이 또한 언어가 주는 주술력이다. 사랑은 곰에게 그를 쫓는 무리에 대한 정보를 알려준다. 친구가 된 곰 검정이와 사랑이는 사람들의 포위망을 벗어나기 위해 함께 산속을 다닌다. 사랑이는 곰을 유인하려고 먹이를 넣어둔 양철통으로 검정이가 들어가려는 것을 막는다. 사랑이는 사람들을 다른 곳으로 유인하기 위하여 곰과 헤어져 산에서 내려온다. 사랑이를 발견한 경찰관은 곰의 행방을 묻는다.

"뭐 보았다고? 그럼 어디로 갔는지도 알겠구나."

"네, 저 쪽 골짜기의 시냇물로 갔습니다."

사랑이 가리킨 곳은 검정이 도망친 곳의 반대쪽이었습니다. [⋯중략⋯] 그러나 개들은 곰이 도망간 쪽을 바라보며 짖어댔습니다.

—『세종대왕이 도망쳤다』(93쪽)

'선녀와 나무꾼'에서 사냥꾼에게 쫓기는 사슴을 보호하기 위해서 사슴을 숨겨주고 반대 방향으로 달아났다고 속이는 나무꾼의 기지를 패러디한 삽화이다. 사랑은 사람들에게 곰도 자유롭게 살아야 한다며 잡지 말라고 항변한다. 사람들은 사랑을 무시하고 곰 냄새를 맡은 사냥개들을 따라간다. 사랑은 곰을 잡으려는 사람들의 마음을 돌이키게 해달라는 기도를 한다.

사랑이 기도를 드리고 있는 순간에도 사냥개들의 짖는 소리가 멀리 들려오고 있었습니다.

"사랑아 무엇을 중얼거리고 있는 거야. 아직 잘 시간이 아닌데. 숙제는 다 했니?"

엄마의 날카로운 소리에 정신을 차리고 일어났습니다.

—『세종대왕이 도망쳤다』(95~96쪽)

인용문에서 알 수 있듯이 사랑이가 곰과 친구가 되어 곰을 도와주는 장면은 꿈속의 이야기인 것이다. 이처럼 최효섭의 동화에 나타나는 환상의 패턴은 심리적 판타지가 가장 많고 몽환적 판타지도 더러 있다, 그런데 꿈 이야기를 다룬 몽환적 판타지의 경우 꿈이라는 것이 잘 드러나지 않게 기술적으로 포장했기 때문에 허무감이 반감될 수 있다.

「재채기」는 알레르기로 고생하는 심슬이가 동물을 미워하는 마음으로 재채기를 하면 동물들이 이상한 괴물로 변한다는 기둥 줄거리로 동물

사랑을 주제로 담고 있다. 심술은 부모의 잔소리가 싫어 버스를 타고 '에덴동산'에 간다. 에덴동산은 경치가 좋아 붙인 이름인데, 여자 친구인 봄비와 두 번 놀러 간 적이 있다. 심술은 자기가 좋아하는 봄비로부터 냄새가 난다는 핀잔을 들었기 때문에 모두가 보기 싫어진다.

> 심슬은 잔디 위에 벌렁 누워 눈을 감았습니다.
> '큰 홍수가 나서 학교도 교회당도 동네도 사람들과 짐승들까지, 이 에덴동산만 빼놓고 다 떠내려갔으면.'
> 하는 엉뚱하고 무서운 생각을 하였습니다. […중략…] 검둥이는 아빠가 아들처럼 예뻐하고 나비는 엄마가 딸처럼 귀여워하는 동물이지만 심슬은 검둥이 개도 나비 고양이도 싫었습니다.
>
> —『세종대왕이 도망쳤다』(86쪽)

심슬이가 이런 생각을 하며 재채기를 하자 이상한 일이 벌어진다. 개와 고양이의 꼬리가 뒤바뀌고 귀도 뒤바뀐다, 수탉과 오리의 주둥이와 울음소리도 뒤바뀌게 된다. 심슬은 싫어하던 수탉과 오리가 흉한 모습으로 변하자 재미있어하며 자신의 마술 재채기로 미운 것들을 모두 괴물로 만들 생각을 한다.

봄비네 집 헛간에는 소, 돼지, 염소를 기르고 있다. 심슬은 동물들을 구경하는 척하고 가끔 봄비네 집을 찾는다. 심슬이 돼지우리에 가까이 가자 여러 동물의 냄새가 한꺼번에 코에 들어와 재채기가 시작된다. 그러자 돼지 코가 소에 붙고, 소 눈알이 돼지 눈에 들어앉고, 염소 뿔이 돼지 머리에 올라붙고, 염소 머리에는 소뿔이 붙는다.

> 심슬의 입에서 비명과 재채기가 번갈아 쏟아져 나왔습니다.
> "앗치 앗치 괴물이다! 앗취 앗취 도깨비다!"

염소는 슬프게 울고, 돼지들은 꿀꿀대며 이리저리 뛰고, 소들도 화가 난 듯 헛간 벽에 몸을 부딪쳤습니다. […중략…]

"이건 내 생각인데, 동물들의 모습이 괴물처럼 변한 것은 언제나 네가 그 동물을 미워하면서 재채기를 했을 때야. 그렇지 않니?"

봄비의 말을 듣고 보니 정말 그랬습니다.

—『세종대왕이 도망쳤다』(131~133쪽)

봄비는 동물들이 괴물로 변한 것은 심슬이 동물들을 미워했기 때문이라고 말한다. 심슬이 동물들에게 좋은 감정을 갖고 재채기를 하자 동물들의 모습은 다시 제 모습을 찾게 된다. 그때 봄비가 나타나 심슬이의 손을 잡고 일으켜 준다. 여러 동물이 괴물로 변했다 본래의 모습으로 되돌아가는 삽화는 심슬의 상상이 빚어낸 것으로 심리적 환상임을 알 수 있다.

「찍찍이 시집가던 날」은 흰쥐 찍찍이와 검은 쥐 쭉쭉이가 찍찍이 부모의 반대를 무릅쓰고 결혼하는 이야기이다. 찍찍이는 아빠를 설득하여 늙은 고양이의 주례로 예배당 창고에서 결혼식을 치른다. 신혼여행은 쭉쭉이의 뜻에 따라 비행기를 타고 제주도로 간다. 몰래 비행기에 탄 쥐들 때문에 비행기 안은 소란스러워진다. 쥐 때문에 소동이 벌어지자, 승객들 중 한 사람이 쥐가 돌아다니지 않도록 한쪽 구석에 음식을 놓아두자고 말한다.

찍찍이가 기분이 좋아져서 스튜어디스에게 말했습니다.

"우리도 오늘 아침 결혼한 신랑 신부입니다. 제주로 신혼여행 가는 길입니다."

스튜어디스가 손님들에게 신나게 찍찍이의 말을 전했습니다.

—『세종대왕이 도망쳤다』(141쪽)

사람과 쥐가 직접 대화하는 장면은 부자연스럽다. 상상 속의 이야기도 아니고 꿈 이야기도 아니며 전래동화의 전승적 환상도 아니기 때문이다. 「노래하는 마을」에서 노인과 늙은 동물들이 대화하는 것은 상징적이고 동화적인 분위기 때문에 자연스럽게 녹아들 수 있다. 그런데 비행기 속에서 쥐와 사람들이 천연덕스럽게 대화하는 장면은 어색하지 않을 수 없다. 이 동화는 쥐와 사람이 직접 대화하는 삽화를 빼고 전개했더라면 하는 아쉬움이 남는 작품이다.

「연평도의 생쥐」는 근래에 있었던 북한의 연평도 포격을 소재로 한 동화이다. 최효섭 동화에는 쥐가 중심인물로 자주 등장하는 편이다. 『세종대왕이 도망쳤다』에서만 보아도 이 작품 외에도 「찍찍이 시집가던 날」, 「이상한 나그네와 망나니춤」에도 비중 있게 등장한다. 그의 동화에서 쥐는 귀여우면서도 개성이 있고, 주체적인 캐릭터이다.

「연평도의 생쥐」에 등장하는 생쥐 찍찍이는 북한군의 포격으로 아버지를 잃는다. 어머니마저 병들어 앓고 있어 '소녀 가장' 노릇을 해야 하는 존재이다. 생쥐는 포격으로 무너진 집의 부엌을 찾아가 음식을 구하려 하지만 '검은 악마'로 불리는 고양이에게 쫓기는 신세가 된다. 그런데 고양이의 주인이 '검은 악마'를 붙잡으려 하자 도망을 치는 바람에 위험에서 벗어난다.

> 고양이의 주인 아저씨가 구멍 속에서 떨고 있는 생쥐를 보셨습니다. […중략…]
> "아저씨, 고마운 말씀이지만 저는 병을 앓고 있는 엄마를 보살펴야 합니다. 제발 살려 주세요. 엄마는 아침부터 굶고 계십니다."
> "허어, 아직 어린 것이 엄마까지 보살핀다고? 갸륵한 소녀 가장이구나. 좋다. 내가 네 엄마까지 맡아서 먹여주마."
>
> —『세종대왕이 도망쳤다』(152~153쪽)

생쥐와 고양이의 주인이 대화를 하는 장면이다. 이 동화에서도 쥐와 사람이 직접 대화를 하고 있다. 전래동화에서는 호랑이가 사람과 말을 하거나 토끼가 사람과 말을 해도 어색하지 않다. 그것은 옛날 아주 오랜 옛날에 있었다는 언어의 주술성 때문이다. 그런데 현대를 배경으로 환상의 세계로 들어가는 아무런 장치도 없이 사람과 동물이 대화하는 것은 동화의 문격을 떨어뜨린다.

이 동화에서 찍찍이 모자는 아저씨의 보호를 받으며 고양이 나비와 함께 사이좋게 사는 것으로 끝을 맺는다. 고양이가 찍찍이 엄마의 엉덩이를 핥아주며 사랑하는 장면을 연출하면서 파격을 던져주고 있다. 고양이와 쥐가 한 식구가 되어 평화스럽게 살도록 설정함으로써 한반도의 평화지향을 염원하고 있는 것이다.

「힘장사 김서방」에는 주인공인 김서방과 나귀, 말. 호랑이 등이 등장한다. 김서방이 사는 마을에 개발 바람이 불어 마을 집들을 강제로 철거하려 하자 김서방이 호랑이와 말의 도움을 받아 업자들이 동원한 건달들을 물리친다는 기둥 줄거리이다. 김서방은 돼지 들기 대회에서 1등을 하여 나귀를 상으로 받는다. 그는 들일을 다닐 때 나귀를 타고 다닌다. 어느 날 일을 마치고 주막에 들러 막걸리를 많이 마시고 나오니 나귀 대신 호랑이가 엎드려 있었다. 호랑이가 무서워 나귀는 달아났기 때문이다. 술에 취한 김서방은 나귀인 줄 알고 호랑이 등에 올라탄다.

> 술이 완전히 깬 김서방은 자기가 타고 달리는 짐승이 나귀가 아니라 호랑이라는 것을 알았습니다.
>
> '큰 일 났네. 그냥 뛰어 내리면 죽지는 않아도 크게 다칠 것이고…. 그렇지. 나무 밑을 지나갈 때 나무에 매달리자.' [···중략···]
>
> "쏜살같이 달리는 내 등에 업혀 가다가 나무를 잡다니 네 실력도 보통은 아니다. 한참 달렸더니 배가 고프군. 이젠 너를 잡아먹어야겠다. 어서 내려와라."
>
> ─『세종대왕이 도망쳤다』(166~168쪽)

호랑이 등에 타고 가다 나뭇가지에 매달려 위기를 모면한 이야기는 전래동화에도 등장한다. 이 작품에서 김서방이 동물들과 대화하는 장면이 자연스럽도록 하기 위해서는 시간적 배경을 옛날로 설정하는 것이 필요하다. 김서방으로부터 건달들과 싸워야 한다는 말을 들은 호랑이는 김서방을 도와주겠다고 한다. 호랑이로부터 말을 구하여 타고 가서 싸우라는 권유를 받은 김서방은 목장에 가서 말을 한 마리 빌린다. 김서방이 말을 타고 출발하려는 순간 호랑이를 본 말이 놀라 뛰는 바람에 김서방은 말 등에 거꾸로 앉아 달리게 된다. 김서방은 살기 위해서 길가의 소나무를 껴안게 되고 소나무는 뿌리채 뽑혀 김서방이 안고 달리게 된다. 이 광경을 본 건달들은 지레 겁을 먹고 도망가는 바람에 싸움은 싱겁게 끝난다는 이야기이다.

이 동화는 전래동화의 형식을 취하고 있지만 배경은 오늘날이다. 김서방이 사는 마을에 온천물이 나오면서 호텔을 짓고 골프장을 지으려 하는 이야기로, 현대가 배경이다. '주인님은 초등학교 3학년까지만 다니셨다니까 속담 같은 건 모르시겠죠.' 같은 나귀의 말을 통해서도 알 수 있다. 이 동화에서도 나귀와 호랑이가 김서방과 대화를 하고 있다. 이 동화는 전래동화를 패러디한 것처럼 느껴져 재미는 있으나 배경을 현대로 설정한 탓으로 동물과 사람의 대화가 부자연스럽다.

「달구지와 귀뚜라미」는 병으로 엄마를 잃은 송이가 아빠와 함께 소달구지를 타고 읍내 작은아버지 댁으로 가면서 겪은 일을 그린 동화이다. 소달구지를 끄는 어미 소 곁에는 송아지도 따라간다. 송이 아빠는 소를 팔아 장사 밑천을 하기 위해 읍내로 가는 것이다. 아내의 병수발을 하느라 재산을 다 없애고 남은 것이라고는 소와 소달구지, 그리고 송아지뿐이다. 송이의 마음은 어둡고 슬프다. 소를 팔면 어미 소와 송아지가 이별을 하게 되기 때문이다.

송이 곁에서는 귀뚜라미 한 마리가 앉아 '아가씨들 함께 놀자'라는 음악을 연주한다. 그러자 들에서 밭에서 수천 마리의 귀뚜라미 합주가 들려온다. 이 동화에서도 송이는 귀뚜라미와 대화를 나눈다.

이 때 귀뚜라미가 입을 열었습니다.

"송이와 송이 아빠를 제일 사랑하시는 분은 하늘나라에 계신 송이 엄마일 거야. 하늘나라에 계시니까 엄마는 무슨 좋은 방법을 가르쳐 주시지 않을까?"

"그렇지만 하늘나라에 어떻게 가니?" [⋯중략⋯]

귀뚜라미가 대답하였습니다.

"30분이면 됩니다. 귀뚜라미 급행열차를 탈 것이니까요."

—『세종대왕이 도망쳤다』(182~183쪽)

이처럼 귀뚜라미는 송이뿐 아니라 송이 아빠와도 대화를 나눈다. 귀뚜라미가 직접 사람과 대화를 나누는 장면은 아무리 의인화 동화라 해도 부자연스럽다. 하지만 대부분의 독자는 그 진한 서정성에 함몰되어 부자연스러움을 인지하지 못할 수도 있다. 송이는 수천 마리의 귀뚜라미들이 모여 만든 황금열차를 타고 하늘로 떠오른다. 구름 떼를 지나 황금성에 이르니 엄마가 성문 밖에서 기다린다. 송이가 소를 팔지 않고 살 수 있는 방법을 묻자 엄마는 소달구지로 배달 일을 하라고 조언한다.

귀뚜라미가 말했습니다.

"우리 귀뚜라미 열차가 송이 엄마를 위하여 연주를 하겠습니다. 곡목은 '엄마 안녕' 입니다.

송이는 갑자기 달구지를 타고 아빠 곁에 앉아있는 것을 알았습니다. 엄마도 안 보이고 하늘나라 성과 귀뚜라미 열차도 보이지 않았습니다.

—『세종대왕이 도망쳤다』(186~187쪽)

인용문에서 알 수 있듯이 이 동화는 송이의 상상이 만들어낸 심리적 판타지임을 알 수 있다. 이러한 결말은 에필로그에 와서야 알 수 있다. 처음부터 송이가 상상한 이야기임을 드러나게 하면 이야기의 재미가 반감될 수 있기 때문이다.

「달구지와 귀뚜라미」는 전체적 분위기가 시적이고 회화적이다. 노을 진 산골을 배경으로 소달구지를 타고 가는 장면이 눈에 잡힐 듯 선명한 것은 디테일한 묘사력 때문이다. 최효섭 동화에 나타나는 문장은 깔끔하고 절제되어 있으며 대화문 또한 정선되어 넘치거나 모자람이 없다.

4. 맺는 말

최효섭은 1960년대 본격동화운동의 주역으로 환상동화의 세계를 새롭게 개척해 나간 작가이다. 그는 강한 주제 의식을 관념화시키지 않고 환상 세계에 수용했으며, 주인공의 의식 속에 환상의 날개를 달게 하는 심리적 환상으로 현실과 환상의 세계를 넘나들게 함으로써 스케일이 협소한 한국 창작동화의 지경을 넓히는 데 공헌했다.

그는 70년대 초 도미하여 목회에 전념하느라 30여 년 동안 동화와 멀어지는 듯했으나 목회에서 은퇴 후에는 다시 동화 창작에 열중하고 있다. 그는 사람과 동물을 함께 등장시킨 의인화 동화를 많이 창작하였는데 이런 작품에는 대부분 풍부한 우의성이 내재되어 있다. 그의 우의적 동화는 주인공들의 의식 속에 상상의 날개를 달게 하여 현실 세계에서 비상한 후 다시 현실 세계로 안착하는 심리적 환상 기법을 구사하고 있다. 그의 동화에는 예리한 현실 인식을 바탕으로 강한 주제 의식이 담겨져 있지만 의식의 과잉이나 노출에서 오는 문학성의 폄하는 거의 찾아볼 수 없다.

그의 동화는 환상의 세계에서 벗어나 일상으로 되돌아오게 설정됨으로써 환상 동화에서 범하기 쉬운 현실과의 괴리감을 극복하고 있다. 이러한 환상과 현실과의 자연스러운 넘나듦은 독자들에게 환상의 무한한 공간을 자유롭게 유영할 수 있는 즐거움을 안겨준다. 최효섭 동화에서 환상의 설정 구조는 대개 '현실 → 환상의 세계 → 현실'이라는 도식으로 나타나고 있다. 따라서 좀 더 다양하거나 밀착되지 못한 환상 세계로의 접근, 획일적이고 단조로운 구성이라는 문제점을 낳기도 한다. 또한 사람과 동물이 직접 대화하는 데에서 오는 난센스와 부자연스러움은 극복해야 할 과제이다. 하지만, 참신한 착상을 기반으로 한 심리적 판타지의 활성화와 범람하는 아동소설이나 사실동화를 도외시하고 본격동화에만 천착한 공은 인정할 수밖에 없다.

소외 받는 아이들에 대한 성찰

이금이 작가작품론

1. 들어가는 말

이금이는 1962년 충북 청원에서 출생하여 유년시절을 보내다 초등학교에 입학하며 서울에서 성장했다. 그는 어렸을 때 시골 할머니로부터 옛이야기를 들으며 자랐다. 이러한 환경이 그가 동화작가가 되는데 밑바탕이 되었다. 1984년 '새벗문학상'에 단편동화 「영구랑 흑구랑」이 당선되어 문단에 데뷔한 이후, 1985년 '소년중앙 문학상'에 중편동화 「봉삼 아저씨」가 당선되었고, 1987년 '계몽사 아동문학상'에 장편동화 『가슴에서 자라는 나무』가 당선되었다. 이처럼 단편, 중편, 장편의 관문을 차례로 통과한 작가도 흔치 않을 것이다.

이금이는 30여 년 동안 진한 휴머니티가 담긴 아동소설과 청소년소설을 꾸준히 발표해 왔다. 『금단현상』으로 2007년 제39회 소천아동문학상을, 2012년 『사료를 드립니다』로 제8회 윤석중아동문학상을 받았다. 그의 작품은 초등학교와 중학교 『국어』 교과서에 「배우가 된 수아」, 「구아의 눈」, 「송아지 내기」, 「너도 하늘말나리야」, 「주머니 속의 고래」, 「생 레미에서, 희수」, 「햄, 뭐라나 하는 쥐」 등 여러 편의 작품이 실리기도 했다.

이금이는 어린이로부터 어른에 이르기까지 나이를 초월하여 폭넓은 독자층을 가지고 있는 보기 드문 작가이다. 대표적인 작품으로 동화 『너도 하늘말나리야』, 『밤티 마을 큰돌이네 집』, 『밤티 마을 영미네 집』, 『밤티 마을 봄이네 집』, 『나와 조금 다를 뿐이야』, 『영구랑 흑구랑』, 『땅은 엄마야』, 『금단현상』, 『첫사랑』, 『싫어요 몰라요 그냥요』, 『사료를 드립니다』, 『숨은 길 찾기』 등이 있고, 청소년소설 『유진과 유진』, 『주머니 속의 고래』, 『벼랑』, 『우리 반 인터넷 소설가』, 『소희의 방』 등이 있다.

이금이는 우리 주위에 있을 만한 사실적인 캐릭터와 스토리를 창작하는 작가다. 그의 작품에는 평범한 사람들뿐 아니라 사회에서 소외받는 사람들도 종종 등장한다. 등장인물들은 과장이나 극단적인 설정 없이 작품 속에 자연스럽게 녹아들어 있다. 이렇게 창조한 캐릭터는 많은 독자들에게 공감을 불러일으킨다.

"어른들도 자신들의 삶이 담겨 있는 문학작품을 읽을 때 많이 공감하잖아요. 아이들도 마찬가지입니다. 아이들의 동화에도 그 시대와 현실이 담겨 있어야 하지요. 친구들 중엔 장애아도 있고 결손가정 아이도 있는 것이 현실이니까요. 저는 그것이 동화의 진정성이라고 생각해요. 세월이 흘러도 변하지 않는 것이죠. 그게 아이들에게 감동을 주는 것 같아요."[1]

이금이는 사회에서 소외받는 사람을 평범한 사람들과 따로 떨어뜨려 생각하지 않고, 사회를 살아가는 평범한 사람의 범주에 놓는다. 인터뷰에서 나타난 이러한 생각은 작품에서도 확인할 수 있다. 그동안 집필했던 많은 동화 작품을 보면, 평범한 인물이 주인공인 동화뿐 아니라 소외받는 사람들이 주인공인 동화를 찾아볼 수 있다.

1 「인기 동화작가 이금이씨 인터뷰」, 《동아일보》, 2001.2.16.

이렇게 남과 다른 특질 때문에 다른 사람과 구별되어 불평등하게 차별 대우를 받는 사람들을 소수자 집단, 즉 마이너리티(minority)[2]라고 한다.

사실 동화 속 장애인의 등장이나 고아, 편모/부 가정을 중심 설정으로 이용하는 것은 창작자의 입장에서 굉장히 조심스러운 것이 사실이다. 창작자가 실제로 겪어 보지 못한 경험을 오로지 머릿속으로만 상상해서 써야 하기 때문이다. 또 평범하지 않은 설정에 기대어 이야기에 꼭 필요한 갈등구조, 인물의 관계가 약해질 위험도 있다. 하지만 이금이의 작품 속에는 독자들이 공감할 만한 현실과 그 속에 있는 소외자들의 삶이 아주 자연스럽게 녹아들어 있다.

본고에서는 이금이 동화에 등장하는 소외받는 소수자 집단에 대해 살펴보고자 한다. 그를 위해 장애, 빈곤, 농촌 등으로 분류하여 어떻게 형상화되었는지, 그 이유는 무엇인지 여러 작품을 통해 알아볼 것이다.

장애 문제에 대한 텍스트로는 『나와 조금 다를 뿐이야』, 『도들마루의 깨비』, 빈곤문제에 대해서는 『모래밭 학교』, 농촌 문제에 대해서는 『맨발의 아이들』을 통하여 살펴보고자 한다.

2. 작품 속에 나타난 소수자 집단

1) 장애 문제를 다룬 작품

장애 문제를 다룬 작품으로는 『나와 조금 다를 뿐이야』, 『도들마루의 깨비』를 들 수 있다. 『나와 조금 다를 뿐이야』의 '수아'는 정서 장애를, 『도들마루의 깨비』의 '깨비 형'은 작품 내에서 정확한 병명은 제시되지

2 두산백과사전 – 마이너리티의 정의

않았으나 지적 장애를 가지고 있는 것으로 추정된다.

『나와 조금 다를 뿐이야』와 『도들마루의 깨비』 모두 1인칭 관찰자 시점[3]을 취하면서 '수아'와 '깨비 형'과 친해지며 그들을 이해하게 된다. 장애인에 대해서 잘 알지 못하는 화자가 이들을 통해 장애인을 있는 그대로 받아들이는 것으로 보아 화자인 '나'의 성장동화의 측면도 보여준다.

두 작품 모두 장애에 대한 이야기를 다루고 있으나, 초점을 맞춰야 할 부분은 서로 조금 다르다. 『나와 조금 다를 뿐이야』의 수아는 인물에, 『도들마루의 깨비』의 깨비 형은 그를 둘러싼 주변의 현실감에 주목해야 한다.

『나와 조금 다를 뿐이야』는 정서 장애를 가지고 있는 나(영무)의 사촌 수아가 내가 다니고 있는 학교에 전학을 오면서 시작된다. 수아는 예쁘장한 얼굴을 가진 초등학교 4학년 소녀로, 후천적인 문제로 정서 장애를 가지게 되었다. 나(영무)는 처음에는 뭐든지 마음대로 하는 수아가 얄미워 괴롭히지만, 수아를 이해하게 되면서 마음을 열고 진정한 친구가 된다. 이 작품은 우리나라 동화 사상 장애아의 문제를 신체장애에서 정서 장애로까지 확대하여 장애 아동을 소재로 함으로써 동화의 지평을 넓혔다는 것에 의의가 있다.

수아는 수업 시간에 교실을 마음대로 돌아다니고, 학급 문고에서 책을 꺼내 보는가 하면, 아무 때나 화장실을 가고, 선생님이 하지 말라는 일을 한다. 또래 어린이들에 비해 주의가 산만하고 제멋대로 구는 경향이 있지만, 그 외에는 평범한 아이들과 다르지 않은 모습을 보여준다.

또한 설명조로 '장애인을 도와주고, 친절하게 대해야 한다'든지 '장애인을 차별해서는 안 된다' 등 직접적으로 교훈을 드러내지 않는다. 어린이 화자의 시선을 통해 자연스럽게 장애인과 비장애인은 크게 다르지

3 『나와 조금 다를 뿐이야』에서는 영무, 『도들마루의 깨비』에서는 은우가 해당된다.

않음을 보여주는 것이다.

보통 아이들도 흙탕물에서 철벅거리며 노는 것을 좋아하잖아요. 밥 먹을 때 흘리는 아이도 많구요. 성남이는 솔직히 수아보다 더 많이 코를 흘리지요. 책가방 안에서 우유가 터진 일이라면 영무도 겪은 적이 있습니다.

그런데 아이들은 자기네도 다 하는 일들을 가지고 수아를 놀렸어요. (51~52쪽)

수아는 나(영무)의 고종사촌이다. 가족들은 수아를 장애가 있다고 해서 애지중지하지는 않는다. 고모와 수아는 영무네 집에서 할아버지와 한집에 산다. 수아 엄마인 고모는 수아를 애지중지하지만, 할아버지는 수아를 탐탁지 않게 여긴다.

"그 학교에서 쫓겨난 놈이 여기 온다구 별수 있겠냐? 동네에 망신만 사는 게지. 그리고 채 서방하고 같이 내려오는 것도 아니구 애를 데리고 혼자 오면 동네 사람들이 얼마나 수군거리겠냐."[4]

장애 아동을 반기지 않는 사람이 가족이라는 설정은 실제 현실에서 충분히 일어날 수 있는 일이다. 장애 아동이 탄생하게 되면 평범했던 가족은 갈등을 겪는 것이 사실이다. 『나와 조금 다를 뿐이야』에서는 장애 아동의 가족이 그 아동을 위해 이미 한마음이 되어 차별이 있는 세상과 맞서 싸우는 이야기가 아니다. '장애 아동을 포함한 가족' – 그런 가족을 받아들여 주지 않는 '차가운 현실'의 문제가 아니다.

이 작품은 아직 한마음이 되지 못한 가족의 단합 과정에서부터 시작한다. 수아의 병명이 '정서장애'라는 데도 주목해야 한다. 이 장애는 선

4 이금이, 『나와 조금 다를 뿐이야』, 푸른책들, 2000. 19쪽.

천적으로 장애를 가지고 태어난 것이 아니라 후천적으로 생겼다. 이 장애가 생긴 이유는 가족의 사연에서 찾아볼 수 있다.

수아가 어렸을 때 고모와 고모부는 자식에게 가난을 물려주지 말자고 공장에서 열심히 일한다. 그래서 수아를 낳을 즈음엔 작은 공장을 열게 된다. 고모는 수아를 낳고 난 뒤에도 공장에 나가서 일을 한다. 혼자 남겨진 수아는 문이 잠긴 방에 갇힌 채 혼자 지낸다. 조금 더 큰 후에는 여러 사람 손을 전전하면서 키워진다.

고모는 문득 낯선 사람들 손에 수아를 맡기는 것보다 외할아버지가 봐 주는 것이 좋을 것이라고 생각한다. 하지만 할아버지는 자기가 딸 집에 왜 있어야 하냐며 거절을 한다. 수아는 부모의 사랑을 받아야 할 때에 제대로 받지 못하고 여러 사람에게 맡겨진 탓에 정서 장애가 생기게 된 것이다.

이 작품은 수아가 나(영무)와 부모님, 할아버지가 사는 마을에 적응하면서 이야기가 전개된다. 시간의 경과에 따라 독자는 어떻게 현재의 가족 관계가 정립되었는지 알 수 있다. 가족을 챙기기보다는 밖에 나가서 사교생활을 하는 것을 즐기는 할아버지, 고모에게 마음의 빚이 있다고 생각하는 아빠, 수아를 소중히 여기는 고모가 얽혀 있는 관계는 독자들에게 과거에 무슨 일이 있었을지 생각해보게 하면서 흥미를 이끌어내기도 한다. 그리고 과거부터 철저히 설정된 이 탄탄한 캐릭터 구성은 현실감을 가져온다.

『도들마루의 깨비』의 주인공인 '깨비 형'은 지적 장애를 가진 것으로 추정된다. 마을 사람들은 그를 '모질이'라고 부르며 어린이들에게는 같이 놀지도 말라고 한다. 그는 어릴 적에 어머니와 함께 도들마루에 와서 일을 했으나, 홍수가 나던 날 엄마가 그를 구하고 물에 휩쓸려간다.

고아가 된 '깨비 형'은 농촌 일을 도우며 달중이 아저씨네 집 헛간에 딸린 방에서 산다. 품삯을 조금씩 받긴 하지만 달중이 아주머니가 그 품삯을 모은 통장을 관리하고 있다. 나중에 '깨비 형'이 장가를 갈 때 통장을 돌려준다고 한다. 이 작품에서는 달중이 아주머니가 관리하고 있는 이 통장이 큰 역할을 한다.

'깨비 형'이 도들마루를 떠났을 때, 동네 사람들의 관심은 그가 사라진 것 자체가 아니라 그가 두고 간 통장에 있다.

> 깨비 형이 도들마루를 떠났는데도 달라진 건 없었다. 달중이 아저씨네나 없어진 공짜 일손을 아쉬워했을까, 도들마루 사람들은 깨비 형이 사라진 것을 날아다니던 제비 한 마리가 없어진 것 정도로 여기는 듯했다. [⋯중략⋯]
>
> "그 통장을 달중이네가 차지할까?"
>
> "그야 모르지 임자 없는 돈이 됐으니 갖고 있는 사람이 임자 아녀?"
>
> "돈이 얼마나 될라나 달중이네가 횡재했네. 그 동안 공짜루다 부려먹어, 통장까지 두고 나가⋯⋯."
>
> "달중이네가 그 통장을 차지하면 양심에 털난 겨."
>
> 두 사람만 모여도 깨비 형 통장 이야기였다. 통장 때문이긴 했지만 깨비 형이 이렇게 마을 사람들에게 관심을 받은 건 아마 처음일 것이다.[5]

마을 사람들은 '깨비 형'의 통장에만 관심이 있고 그의 존재에 대해서는 관심이 없다. '깨비 형'이 도들마루에 돌아왔다가 다시 떠날 때도, 동네 사람들은 그가 돌아왔다가 갔다는 것을 모른다. '깨비 형'과 만난 사람은 그와 친구가 되었던 나(은우)뿐이다. '깨비 형'이 돌아왔을 때 그의 모습을 나밖에 보지 못했다는 사실은 오직 나(은우)만이 그의 존재에 대해 관심을 가지고, 동네 바보가 아닌 어엿한 한 사람으로 생각해주었다는 증거이다.

---

5 이금이, 『도들마루의 깨비』, 푸른책들, 2004. 140쪽.

『도들마루의 깨비』는 농촌의 사실적인 모습을 그려내었으며, 그 사실적인 토대 위에 장애를 가진 인물이 등장한다. 금전문제와 같은 현실적인 사안들도 가감없이 드러내고 있다.

2) 빈곤하여 소외 받는 이웃

『모래밭 학교』에서는 빈곤 문제를 그리고 있다. 호적 등록이 늦어서 학교에 갈 수 없는 호돌이는 함께 놀았던 친구들이 학교에 가고 나면 새로 생긴 놀이터로 가서 놀기도 하고, 내년에 들어갈 학교를 미리 구경가기도 한다. 호돌이는 자신의 처지가 불쌍하다고 스스로 동정하지 않는다. 그리고 '산동네 사람들에게도 연탄값 안 비싸게 받는 좋은 연탄 장수'가 될 거라는 생각도 품고 있다.

이 작품에서는 여덟 살 호돌이가 화자이다. 어린이의 시선으로 세상을 있는 그대로 보게 하며 가난을 동정해야 하는 것으로 보지 않고 있는 그대로 표현한다.

> 난 처음에 저소득 가정이란 말이 나처럼 엄마랑 둘이만 사는 가정이란 말이줄 알았댔어요. 그런데 그 말은 가난한 집을 가리키는 말이라는군요.
>
> 정말 우리 집은 가난합니다. 아빠도 안 계시고 형이나 누나도 없고 동생도 없으니까요.[6]

호돌이의 이러한 시선은 '가난의 의미는 무엇인가?'라는 질문을 독자 스스로 던져보게 한다. 또한 가난한 사람들을 선(善)으로 그리지 않으면서 부자를 나쁜 사람으로 설정하지 않는다는 점도 주목하게 한다. 학교

6 이금이, 『모래밭 학교』, 푸른책들, 2002. 25쪽.

에 가지 않는 호돌이에게 공부를 가르쳐주는 사람은 좋은 아파트에 사는 부유한 가정의 할아버지다. 할아버지는 얼마 전에 초등학교 교사 자리에서 은퇴했다. 그는 남부럽지 않은 아파트에 살지만 돈에 욕심을 가졌거나 자신이 부자라고 자랑하지 않는다. 오히려 자신의 처지를 한탄한다.

> "의사인 아들하고 중 · 고등학교에 다니는 손주들은 얼굴 볼 새도 없어. 내가 하루 종일 집 안에 있으니까 애들 어멈이 외출도 못 하고 이웃들도 못 놀러 오고 불편해하는 것 같아서 아침만 먹으면 나오지만 뭐 할 일이 있나, 갈 데가 있나, 감옥살이가 따로 없구나. 하다못해 경비 서는 일이라도 일자리가 있으면 취직을 하고 싶다만 체면 깎인다고 자식들이 펄쩍 뛰니 그럴 수도 없고……."
>
> 나는 그렇게 좋은 아파트에서 의사 아들하고 사는 할아버지가 일을 하고 싶어한다는 것이 잘 이해가 되지 않았어요.[7]

보통 가난을 그리는 작품들이 빠지기 쉬운 함정이 돈이 많은 사람은 나쁘고, 가난한 사람은 착하다는 이분법적 논리다. 하지만 이 작품은 그런 이분법의 잣대에서 벗어나 있다. 돈이 많다고 하고 싶은 일을 다 하고 살 수 있는 것은 아니다. 부자도 부자 나름대로 삶의 질곡이 있다. 물질만이 행복의 수단이 아니라는 것이다.

3) 농촌의 현실 문제

『맨발의 아이들』[8]은 농촌 어린이들과 그 애환을 담은 이야기 13편을 엮은 단편집이다. 사실적인 묘사로 어렵고 농촌의 핍박한 삶의 모습을

---

7 같은 책, 54쪽.
8 1996년 현암사에서 출간한 책을 2007년 푸른책들에서 개정판을 냈다.

그리면서도 따뜻한 정감이 번지는 이야기들이다. 이 단편들은 제각각 독립된 단위 작품이면서도 옴니버스 작품처럼 농촌의 모습을 총체적으로 보여주는 작품으로 여겨지기도 한다.

이 책에는 농촌 아이들의 사계절 이야기가 골고루 실려 있다. 봄 이야기로는 도시에 사는 민아가 부모를 따라 농번기에 낚시하러 시골에 왔다가, 흙탕에 빠지고 넘어지며 더욱 흙에 친밀감을 갖게 되는 민아의 이야기인 「맨발의 아이들」을 비롯해 「정체부 아저씨」, 「다랑논」, 「아카시아 향기」 등 4편이다.

여름 이야기는 「삼촌 이야기」, 「저 분꽃을 보렴」, 「경수의 여름방학」 등 3편이다. 「삼촌 이야기」는 열심히 돼지를 먹이면서 농촌을 지키는 성실한 청년 종수 삼촌의 이야기이다. 종수 삼촌은 농사꾼에게는 시집가지 않겠다면서 백화점 점원으로 취직해서 서울로 가버린 사랑하는 마을 처녀 미나네 언니에게 청혼을 거절당한다. 종수는 그런 삼촌을 보면서도 장래 희망을 아버지와 같은 농부가 되겠다고 해서 미나의 웃음을 산다.

가을 이야기는 「귀뚜라미 우는 밤」, 「아버지의 들」, 「건이에게」 등 3편이다. 「귀뚜라미 우는 밤」은 개발 편승에 밀려 고뇌하는 농촌 현실을 다룬 대웅이네 집안 이야기이다. 농토를 사들여 공장을 지어서 준공하는 날, 대웅이는 그의 아버지가 땅을 판 덕분에 공장 수위로 취직이 되었기 때문에 동무들 앞에서 마치 그날 잔치의 주인인 양 행세한다. 그러나 대웅이 아버지는 땅 판 돈으로 빚을 갚고, 송아지 한 마리 사고 나니 남는 게 없다. 결국 농사지을 땅도 없어 도시로 나가지 않을 수도 없는 상황에서 후회만 남는다는 이야기이다.

겨울 이야기는 「산타로 온 재덕이」, 「꿈을 빼앗는 백화점」, 「함께 가는 길」 등 3편으로 구성되어 있다.

「산타로 온 재덕이」는 재활원에 들어갔다가 2년 만에 나타난 바보 재덕이를 반가워하는 '나'의 이야기이다. 재덕이는 재활원에서 치료를 받왔다는데 덩치만 커졌을 뿐 달라진 것은 없다. 어머니는 이런 재덕이와 노는 것을 반대하지만 할머니는 재덕이에게 배울 게 있다고 한다. 재덕이는 크리스마스 선물이라면서 손수 깎아 만든 예수와 마리아상 나무 인형을 선물한다. 나는 콧날이 시큰해져 재덕이의 손을 잡아 호주머니에 넣는다. 이처럼 농촌 이야기를 계절별로 묶어 펴냈다.

『맨발의 아이들』 중 농촌의 현실 문제를 비교적 심도 있게 다룬 작품은 「삼촌 이야기」와 「귀뚜라미 우는 밤」이다.

「삼촌 이야기」는 서른여덟이 되도록 장가를 못 간 종수 삼촌에 대한 동화다. 현실에서도 상대자가 없어서 결혼하기가 쉽지 않은 농촌 총각의 문제는 지속되고 있다. 하지만 농촌 총각 문제는 농촌의 문제점 중 하나에 지나지 않는다. 농촌은 외국산 농수산물을 수입함으로써 생기는 경쟁력 문제, 농촌 인구 노령화 문제, 농촌 인구 감소 문제 등으로 날이 갈수록 침체기에 접어들고 있다.

이 작품에서 등장하는 인물들은 농촌의 실정을 걱정하는 모습을 보이면서도, 도시에 나가 생활하는 것에 대한 것도 고려하고 있다.

장래 희망을 발표하는 시간에 나(종수)는 농부가 되고 싶다고 말한다. 그러자 선생님은 이렇게 대답한다.

> "여러분의 이야기 잘 들었어요. 모두 좋은 꿈을 가지고 있군요. 각자의 꿈을 이루려면 열심히 노력해야겠죠. 그리고 선생님은 *무엇보다도 농부가 되겠다는 친구가 있어서 기뻐요. 종수가 이야기하기 전까지 우리 농촌은 누가 지키나 속으로 걱정하고 있었거든요.*"[9]

할머니는 장가를 못간 삼촌을 걱정하면서 농부가 천대받는 세상에 대

9 이금이, 「삼촌 이야기」, 『맨발의 아이들』(개정판), 2007. 73쪽.

해서 한탄한다. 땀 흘려 고되게 일해도 고소득은커녕 빚잔치가 되는 농촌 현실을 반영하고 있다. 젊은이들의 농촌기피 현상은 1980년대 이후에 가속화되기 시작했다. 1990년대에 들어서면서 농촌 총각들이 배필을 구하지 못해 인구가 감소하기에 이르렀다. 오늘날은 농어촌에 사는 젊은이들도 거의 없지만, 농어촌에 산다는 이유만으로 혼인을 못 하여 외국인 이주여성을 신부로 맞는 일은 흔한 이야기가 되었다.

"이번엔 꼭 성사가 돼야 할 텐데, 벌써 서른여덟이여. *예로부터 농사는 모든 일의 근본이라고 했는디 어쩌다 이렇게 농사꾼이 천대 받는 세상이 됐을꼬.*"[10]

하지만 인물들은 이렇게 농촌을 걱정하는 동시에 살기 위해서는 어쩔 수 없이 도시로 나가야 한다는 생각도 가지고 있다. 할머니는 농부가 천대받는 세상에 대해서 한탄하면서도, 농촌 총각인 삼촌이 도시에서 살았더라면 여태까지 장가를 못들지는 않았을거라고 말한다.

"그려, 차차 정해지겠지. 뭐를 하든 당최 농사 질 생각은 말어라. 느이 삼촌도 월급쟁이 노릇을 하든 장사를 하든 도회지서 살았어 봐. 여태 장가를 못 들었겠냐?"[11]

미나 엄마는 나(종수)의 엄마에게 삼촌이 농촌 총각이라 아쉽다고 말한다. 2010년 이후에야 귀농 현상[12]이 확산되어 도시에서 농촌으로 이주하는 가구가 많아졌지만, 이 동화가 쓰여진 1990년대 중반만 해도 이농 현

---

10 같은 책, 19쪽.

11 같은 책, 80쪽.

12 농축식품부와 통계청 발표에 따르면 2014년 한 해 동안의 귀농 · 귀촌 가구 수가 4만 4586가구에 이른 것으로 나타났다. 2013년도에는 귀농 · 귀촌 총 가구 수가 3만 2424가구였는데, 2014년도에는 37.5%나 급증한 것이다.

상이 뚜렷했다.

"종수 삼촌이 싫다는 게 아녀. 사람이야 성실하고, 심성 바르고, 인정 많고, 종수 삼촌만한 사람도 없지. 하지만 내 자식만큼은 시골서 살게 하고 싶지 않어. 종수 엄마도 그 마음은 같을겨. 종수 엄마도 지긋지긋하지 않어? 봄내 가으내 논으로 밭으로 허덕대고 다녀도 느는 건 빚뿐이고, 사람대접도 못 받고. 내 딸은 양복에 넥타이 매고 회사 다니는 남자한티 보내고 싶어."[13]

등장인물들은 농촌에 살면서도 도시로 가는 것을 부정적으로만 보지 않는다. 그리고 농촌은 우리가 꼭 지켜가야 할 소중한 공간이기 때문에 무조건적으로 지켜야 한다는 의견을 제시하지 않는다. 인물들은 살기 위해 어쩔 수 없이 도시를 선택해야 할 때도 있다는 생각을 가지고 있다.

「귀뚜라미 우는 밤」은 도시화 되어가는 농촌의 이야기다. 농촌 마을이었던 가마골에 한성전자 주식회사가 들어오게 되면서부터 이야기가 시작된다. 가마골 사람들은 이 회사가 동네에 생긴 것을 좋아하는 사람들도 있고, 싫어하는 사람들도 있다. 이 찬반 논쟁은 급기야 절친했던 대웅이네 아버지와 찬수 아버지가 싸우는 계기가 된다. 이 주식회사의 공장은 가마골의 논을 없애버리게 된다.

대웅이 아버지는 가마골에 공장이 들어서는 것에 찬성한다. 그는 땅을 팔아서 송아지를 사 놓고 공장에 야간 경비원으로 취직한다. 찬수 아버지는 '농사꾼은 땅이 생명이나 마찬가지여, 너나없이 농사 우습게 여기다 큰코다칠 날 오고 말지. 대통령도 장관도 다 먹어야 산다' 고 말한다. 대웅이 아버지는 농사를 접고 경비원으로 취직했지만, 그것은 농사가 힘들어서라거나 지긋지긋해져서가 아니다. 자식인 대웅과 대석, 대순의

13 같은 책, 81쪽.

공부 때문이다. 대웅이 아버지는 자식을 위해서 농사일을 그만두고, 시내에 있는 학교에 편안하게 다니기 위해 어머니까지 시내로 올려보내려 한다.

> "살맛이 안 나. 모 심어 놓고 그놈들이 하루가 다르게 죽죽 올라가는 걸 보면 흐뭇했는데……. 비료 주고 농약 주고 피사리하며 흙에 발 딛고 있노라면 든든했는데……. 가을에 누런 벼이삭을 보면 뿌듯했는데……. 지난 일 년, 공중에 붕 떠서 산 것 같어. 가슴이 답답햐. 내 가슴 위에 공장이 올라앉은 것 같단 말여……."
>
> 아버지가 가슴을 쾅쾅 두드렸다.[14]

대웅이 아버지는 안정적인 직장을 얻었다며 주위의 부러움을 사며 수위 일을 시작한다. 하지만 곧 농사를 버리고 이 일을 하게 된 것을 후회한다.

이 작품 속에 나타나는 갈등은 자연을 지키려는 농촌 대 자연을 파괴하고, 돈을 중요시하는 산업사회의 싸움이 아니다. 이 작품에 나타나는 농촌 사람들은 무조건 농촌이 파괴되지 않게 지키지는 않는다. 물론 그들도 농촌을 지켜야 한다고는 생각하지만, 생활에 밀려 공장과 타협한다. 단순히 농촌 대 농촌을 파괴하려는 산업사회의 구도라면 농촌에 공장이 들어선다고 했을 때, 마을 사람들이 반대를 해야 한다.

그런데 가마골 사람들은 농사에 대해서도 생각하지만 가족의 생존, 더 나아가서는 가족의 복지에 대해서도 생각한다. 그렇기 때문에 사람들은 주식회사를 비난할 수만은 없다. 주식회사를 옹호하는 사람들과 옹호는 하지 않지만 어쩔 수 없이 회사에 취직한 사람들이 뒤섞여 '농촌은 어떻게 해야 하는가?' 라는 큰 질문을 던지고 있다. 작가는 섣불리 결론을 내

14 이금이, 「귀뚜라미 우는 밤」, 『맨발의 아이들』(개정판), 2007. 132쪽.

지 않고, 상황만을 제시함으로서 판단은 독자의 몫으로 남기고 있다.

3. 나오는 말

이금이는 주류가 되지 못하는 소수자 집단의 현실을 동화로 담아낸다. 그의 작품은 이분법적인 성향을 띠지 않는다. 주인공에게 적대적인 인물이 있을지라도, 살펴보면 각자의 사정이 있다. 현실도 여러 이해관계로 둘러싸여 있어서 어떤 사람이 옳은지, 그른지 판단할 수 없을 때가 많다. 전적으로 선한 사람도, 그렇다고 나쁜 사람도 없다. 그리고 주인공과 주변인물, 주변인물과 주변인물과의 관계가 잘 짜여 있기 때문에 현실감이 높다.

이금이 동화 속 소수자, 즉 마이너리티는 이러한 과장이나 극단적 설정이 없는 배경을 토대로 하여 자연스럽게 녹아들어가 있다. 현실적인 배경이 주어지니 아주 자연스러운 배경 가운데서 마이너리티를 볼 수 있다.

구성원들이 점차 다양해지는 사회 속에서 주류가 되지 못하는 소외자가 점점 늘어가고 있다. 문학은 현실의 반영이다. 아동문학에서도 이러한 비주류인 소수자 집단에 더 많은 관심을 두어야 할 것이다. 이금이의 동화들은 아주 자연스럽고 사실적으로, 그 실정을 잘 보여주고 있다.

이금이가 펴낸 30여 권의 책들은 우리의 삶을 진실되게 보여 주어 독자들로부터 널리 사랑을 받고 있다. 그는 동화를 통해 오늘을 살고 있는 우리 아이들이 현실에서 부딪히는 고민과 문제들을 이야기하고 있다. 이금이는 요즘 아이들이 고민하는 삶의 문제들은, 아이들의 마음을 이해하지 못하는 어른들의 이기심과 소통의 단절에서 온다고 말한다. 그는 이러한 인식을 바탕으로 현실과 괴리되지 않은 문제들을 작품의 주제로 풀어나간다. 그 때문에 어린이는 물론 어른 독자들에 이르기까지 폭넓은 지지를 받고 있다. 이금이는 아동소설과 청소년소설 창작에 진력하며 한국을 대표하는 아동소설 작가, 생명력이 긴 작가로 우뚝 서 있다.

상처를 치유하는 동화의 힘

김향이 작가작품론

1. 들어가는 말

김향이는 1952년 전북 임실에서 태어났다. 그는 초등학교 때 서울로 이주하여 신광여자고등학교와 한국방송통신대학교 국어국문학과를 졸업한다.

1991년, 마흔이라는 비교적 늦은 나이에 동화 「세발자전거」로 현대아동문학상 신인상을 받으며 작품 활동을 시작했다. 같은 해 「베틀노래 흐르는 방」으로 계몽아동문학상(단편동화 부문)을 받으며 문단활동을 시작한다. 이후 1993년 『달님은 알지요』로 삼성문학상(장편동화 부문)을 받았다. 2003년 이 책이 MBC의 '느낌표!'에 선정되며 외국어로 출간된다. 1997년에는 『흰머리산 하늘연못』으로 대산문화재단 창작지원금을 받았으며, 2001년 『쌀뱅이를 아시나요』로 세종문학상을 받았다. 또한 2015년 『구름 속에 새처럼 숨어사는 집』으로 제24회 한국아동문학상을 받았다. 그의 작품들 중 『내 이름은 나답게』와 『나답게와 나고은』, 『큰일났어요』, 『나와 너, 우리』는 외국어로 출간되었다.

작품으로는 『달님은 알지요』(1994), 『보이니?』(1994), 『촌뜨기 돌배』

(1994), 『비밀이야』(1995), 『미미와 삐삐네 집』(1996), 『몽실이와 이빨천사』(1997), 『흰머리산 하늘연못』(1997), 『내 이름은 나답게』(1999), 『우리집 보물』(1999), 『쌀뱅이를 아시나요』(2000), 『나답게와 나고은』(2001), 『나는 책이야』(2001), 『내 친구 왕뚜껑』(2001), 『날개 옷 이야기』(2002), 『울보 떼쟁이 못난이』(2002), 『나는 쇠무릎이야』(2003), 『무녀리네 엄마 개순이』(2003), 『꾸러기 강아지 단추와 뭉치』(2004), 『붕어빵 한 개』(2005), 『바람은 불어도』(2006), 『꿈꾸는 인형의 집』(2009), 『맹꽁이 원정대 몽골가다』(2012), 『구름 속에 새처럼 숨어 사는 집』(2014)을 상재했다. 또한 『아기새에게 준 선물』(1996), 『이리와 나랑 놀자』(1996), 『우리는 한 몸』(1996), 『보고 듣고 만지고』(1996), 『잉어를 살려준 나무꾼』(1996), 『정말로 진짜로 좋아한다면』(2000), 『우리집에 형만 있고 나는 없다』(2015), 『캄소콩』(2015), 『꿈꾸는 몽골소녀 체체크』(2015), 『사랑나무』(2015) 같은 그림동화를 펴냈다.

본고에서는 김향이의 동화 중 『달님은 알지요』를 중심 텍스트로 하고, 장편동화 『나답게 나고은』, 단편집 『쌀뱅이를 아시나요』를 통해 동화의 특징과 작품세계를 살펴보고자 한다.

2. 상처와 치유

1) 상처를 안고 살아가는 사람들

김향이 동화에는 유독 상처를 가진 아이들이 많이 등장한다. 부모의 부재,[1] 외향적 차이,[2] 가정불화 등으로 따돌림을 당하거나 내면의 상처를 지닌 등장인물이 주를 이룬다. 비단 주인공만이 아니다. 김향이 동화에

1 『내 이름은 나답게』, 『나답게와 나고은』, 『달님은 알지요』 등.
2 「너무너무 사랑하니까」, 「쌀뱅이를 아시나요」, 「막둥이 삼촌」 등.

등장하는 사람들에겐 구구절절한 사연들이 많다. 6·25전쟁, 5·18민주항쟁 등으로 가족을 잃고 평생을 가슴앓이 하는 사람들, 장애를 가진 사람들, 도시에서의 적적함에 말을 잃은 노인 등 저마다의 사연과 아픔을 지닌 인물들이 동화 곳곳에 등장한다.

> 송화는 할머니가 무당이라서 늘 창피하였다. 엄마랑 아빠도 없이 할머니랑 단둘이 사는 것도 슬펐다. 일가붙이도 없어서 적적하였다. 속마음을 내보일 동무도 없어서 쓸쓸하였다.
>
> [⋯중략⋯]
>
> 송화는 엄마 소리를 차마 입에 올리지 못하였다. 자기를 낳다가 죽었다는 엄마, 뜬구름 같은 아빠에게 시집와서 고생만 했다가 죽었다는 엄마를 할머니도 보지 못했다고 하였다.
>
> —『달님은 알지요』(12~13쪽)

> 아이들은 나를 '점순이'라고 불러요. 내 오른쪽 이마에서 눈 밑으로 매 맞은 자국 같은 붉은 점이 있기 때문이에요. 그래서 내 이름도 홍점이라고 지었대요.
>
> —「너무너무 사랑하니까」(『쌀뱅이를 아시나요』, 13쪽)

> 나는 목 놓아 우는 아이를 조심스레 살펴보았다. 눈처럼 하얀 살결에 붉은 머리카락이 한눈에 보아도 서양 인형 같았다.
>
> "흥, 아이노코구나!" [⋯중략⋯]
>
> 나중에 나는 혼혈아를 '아이노코'라고 얕잡아 부른다는 걸 알게 되었다.
>
> —「쌀뱅이를 아시나요」(62쪽)

그런가 하면 누군가의 '죽음'도 자연스럽게 그려진다. 타인이나 가족의 '죽음'은 보는 이도, 겪는 이도 감당하기 어려운 일이다. '죽음'은 우리와 밀접하게 연관되어 있고 자연스러운 현상이지만, 동시에 인간이 겪는 일들 중 가장 두려운 일이기도 하다. 그런데 이런 '죽음'은 김향이 동화에서는 흔한 일이다. 그녀의 동화 속에는 거의 항상 누군가가 죽거나 이미 죽어서 부재한다. 『달님은 알지요』의 주인공 송화의 어머니는 이미 죽었고, 송화의 친구 영분이의 술주정뱅이 아버지도 죽어서 장례를 치르는 장면이 나온다. 「쌀뱅이를 아시나요」에서는 쌀뱅이의 외조모 명랑할매가 죽어 장례를 치르고, 「막둥이 삼촌」에서도 할머니의 죽음이 배경이 된다. 『내 이름은 나답게』의 주인공 답게의 엄마도 죽음으로 인해 부재한다.

죽음은 커다란 상처가 된다. 인간이 겪는 모든 슬픔 가운데에서 가장 크며, 또 인간이 감내할 수 없을 정도의 감정적 격변을 주기도 한다. 누군가는 죽고, 누군가는 그 죽음 속에서 살아나고, 또 누군가는 그 죽음을 털고 일어나 살아간다. 김향이 동화에서 '죽음'과 죽음이 주는 '부재'는 인간이 겪을 수 있는 가장 큰 슬픔이자, 역경이다. 김향이 동화 속 주인공들은 자연스럽게 그 슬픔을 받아들이고, 그것을 타인과 가족 간의 사랑으로 녹여낸다. 죽음은 인간과 인간을 갈라놓는 계기가 되지만, 동시에 인간과 인간을 끈끈한 애정으로 연결해주는 역할도 함께 하고 있다.

장애, 외모의 차이, 편부모 가정 등을 바라보는 사회적 편견과의 싸움도 그러하다. 외모 때문에 이름 대신 '점순이'로 불리는 이들에게 거울에 비친 자신의 모습은 상처가 된다. 그들의 외향적 차이는 능력을 가지고 있음에도 능력을 제대로 발휘할 수 없는 핸디캡으로 작용하거나, 그 사회에서 어울려 살 수 없어 타국으로 떠나야 하는 계기가 된다. 이것은 그들이 그들을 둘러싸고 있는 사회와 평생 동안 싸워야 할 편견임과 동시에 그들 스스로 이겨내야 할 내면의 슬픔이 된다.

편부모 가정의 아이도 마찬가지다. 아버지나 어머니가 없기 때문에 그들은 '애비, 에미도 모르는 놈'이 된다. 부모가 모두 있는 아이와 똑같은 잘못을 하더라도, 편부모 가정의 아이들은 부모 모두가 주는 애정과 관심을 받지 못했기 때문에 잘못을 저질렀다고 여겨진다. 이런 편견 역시 그들이 평생을 안고 가야 할 핸디캡이자 슬픔이다.

김향이는 이렇게 상처를 지닌 캐릭터들을 앞세워 과거와 현재와 미래를 아울러 이야기한다. 그리고 그 상처들을 통해 캐릭터와 독자 양자간의 내면적 성숙을 꾀한다. 동화 속의 그들은 처음에는 상처받기를 거부하고, 지니고 있는 상처도 내보이기를 거부한다. 하지만 곧 그 상처를 인정하고 받아들이게 되는데, 여기에는 똑같거나 비슷한 상처를 지닌 이들이 먼저 겪은 선행의 경험이 그들에게 도움을 준다. 독자는 이런 과정을 겪는 주인공과 주변 인물들을 통해 상처를 주는 행위로 인해 타인이 받는 고통을 이해하게 되고, 자신이 상처를 받았을 경우 이것을 어떻게 극복할 수 있는지에 대해서 이해할 수 있다.

죽음과 편견, 장애, 시대적 아픔이 지나간 상처 위에 서 있는 세상에서 살아가는 현실의 아이들. 그리고 그 아이들과 함께하는 주변 사람들. 이 모두는 바로 우리 자신이기도 하고, 우리가 기억해야 할 우리의 과거이기도, 또 앞으로도 계속 이어질 우리의 미래이기도 하기 때문이다.

2) 상처를 치유하는 힘

『달님은 알지요』의 송화 할머니의 가슴에 응어리진 슬픔은 평생 동안 묻어온 한이자 그리움이다. 일말의 말도 없이 송화만 덜컥 남겨두고 떠나간 아들을 향한 원망과 사랑, 전쟁으로 민족이 갈리는 격변 속에서 엇갈려 생사도 알 수 없게 된 남편을 향한 그리움, 먹고 살기 위해 택한 무당이라는 직업으로 그녀에게 알게 모르게 새겨진 편견에 대한 아픔. 이것은 어린 송화에게까지 고스란히 전해져 할머니의 아픔은 곧 송화의 아픔이 되고 만다. 그리고 이렇게 대물림될 것 같은 아픔은 동화의 말미에서 아들의 등장으로 인해 잠시 녹는 듯 보인다. 그러나 오랜 기간 떨어져 있던 가족을 한데 묶어주고, 할머니와 아버지, 그리고 송화의 가슴속에 각기 응어리진 슬픔을 한데 털어 버리는 부분은 할머니의 마지막 무가(巫歌)에서 빛을 발한다.

> 눈을 지그시 감은 할머니가 징을 치면서 축원하였다. 할머니의 그 간절하고도 엄숙한 의식은 모여 선 사람들의 마음을 사로잡은 듯 주위가 고요하였다.
>
> 끊임없이 바람이 불어왔고, 아버지의 눈길은 여전히 철조망 너머 하늘에 닿아있었다. [···중략···]
>
> 갑자기 북소리가 커졌다. 부돌이 엄마에게서 북채를 빼앗은 아버지가 북을 두드리고 있었다. 아버지에게 떠밀려난 부돌이 엄마만큼이나 송화도 놀랐다.
>
> 아버지의 북장단에 맞춰 부돌이 엄마가 징을 울렸다.
>
> 아버지의 몸이 땀으로 흠씬 젖었다. 가슴속에 응어리졌던 한을 풀어내려는 듯 아버지가 북을 두드렸다.
>
> 아버지의 북소리는 할머니의 춤과 한데 어우러졌다. 마치 북소리가 춤을 추는 듯하였다. 북소리는 송화의 가슴을 낱낱이 울려 놓고, 구경꾼들의 가슴을 헤집어 놓았다.
>
> '할아버지, 할머니의 춤이 보이세요? 아버지의 북소리도 들리세요? 할아버지가 보고 싶어서 저렇게 간절히 빌고 계셔요.'
>
> —『달님은 알지요』(185~188쪽)

무가를 부르며 마지막 춤을 추는 할머니와 북을 통해 자신의 한을 함께 실어 보내는 아버지. 그리고 그 둘을 바라보는 송화. 마치 영화 〈서편제〉에서 송화와 동생이 장성해서 소릿재에서 만나 함께 북을 치고 소리를 하는 장면과 흡사하다. 슬픔을 넘어서서 그것을 마음깊이 받아들이고 서로의 상처를 춤과 북소리로 보듬으며 날려 보낼 때 보이는 치유의 힘. 서로를 향한 그리움과 사랑이 지닌 힘은 우리네 민간신앙의 모습과 어울러져 숭고미를 발하고, 이것은 다시 그들을 한데 엮어주는 치유의 힘을 발휘한다.

다른 동화에서도 이런 치유의 힘은 어김없이 빛을 발한다. 방식은 다르지만 각 동화에서는 상처를 받은 만큼 누군가가 나타나 사랑으로 보듬어 주고, 이해하며, 공감해준다. 이때 그들에게 상처를 주는 것도 사람이지만, 치유하는 것도 사람이다. 사람이 사람에게서 받은 상처는 오로지 사람만이 치유할 수 있다는 것을 김향이는 동화를 통해 끊임없이 이야기하고 있다.

> "합창부 선생님이 창작 동요제에 나갈 사람을 뽑는다는데 아이들이 저더러 노래 실력은 있지만 얼굴 때문에 틀렸다고 해서……."
>
> [⋯중략⋯]
>
> "하느님은 먼 데 하늘엣 홍점이를 금방 알아보시려고 이마에 붉은 점을 칠해 놓으셨단다."
>
> "왜요?"
>
> "홍점이를 너무너무 사랑하니까."
>
> "……."
>
> "하느님이 사랑의 표시를 해준 사람은 세상을 함부로 또 멋대로 살 수 없는 거야. 왜냐하면 남의 눈에 금방 띄고 오래오래 기억되니까 착하게 살 수밖에 없거든."
>
> 나는 아저씨랑 헤어져서 깽깽이 발로 뛰어왔어요.
>
> 아저씨는 정말 좋은 사람이에요. 아저씨야말로 하느님이 사랑의 표시를 해주셨다고요. 아저씨도 자기 몸에 사랑의 표시가 있다는 걸 알고 있을까요?
>
> ―「너무너무 사랑하니까」(『쌀뱅이를 아시나요』, 30~33쪽)

상처를 치유하는 도구는 간단하다. 사랑과 관심, 배려와 이해, 그리고 용서다. 너무도 당연한 말이지만 또 당연한 만큼 이행하기 어려운 일이다. 누구라도 어려운 일이기 때문에 너무도 당연하게 우리의 주인공들은 자신들에게 상처를 준 사람들에게 처음엔 화도 내고, 싸우기도 한다. 그들이 준 상처를 감내하지 못하고 울기도 한다.

하지만 이렇게 상처에 대해 격렬하게 반항하는 주인공들을 감싸고 치유하는 것 또한 사람이다. 타인의 관심과 사랑, 혹은 동일한 상황의 선행(先行)적 경험을 통해 주인공들은 이해와 용서를 배운다. 타인으로부터 애정을 받은 주인공들은 자신에게 상처를 준 누군가의 가슴에도 상처가 있음을 깨닫는다. 그리고 곧 그 깨달음은 그들을 이해하고 용서하려는 시도로 변환한다. 이런 과정을 통해 서로간의 내면적 치유가 시작되는 것이다.

이처럼 김향이는 상처를 통해 이해와 용서, 이 모든 것을 가능하게 하는 사랑에 대한 메시지를 동화 곳곳에 남긴다.

3) 모국어로 정서를 빛내는 작가

김향이는 동화 속에서 우리 문화에 대한 정서를 우선시한다. 그 흔한 결혼식 장면에서조차 그녀는 웨딩드레스 대신 전통 혼례복을 고집한다. 무당할머니를 등장시켜 우리네 한의 정서를 드러내는 것이 동화에서는 다소 무거울 법도 한데, 그는 그것을 부드럽게 녹여내서 보여준다. 참새들이 판소리를 배우려는가 하면, 진정한 장인정신에 대한 긍지를 도자기 빚는 과정에 투영시키기도 한다. 작품 곳곳에 드러나는 자연 묘사나, 파괴되는 생태에 대한 걱정스러운 대사를 통해 드러나는 생태적 정신도, 자연을 거스르지 않고 생명과 함께 아울러 살아가고자 하는 선조들의 생활 태도를 닮았다.

이런 김향이의 동화 속 삶들은 하나같이 척박한 땅에서도 꿋꿋하게 피어나는 야생화의 모습을 하고 있다. 비바람이 불고, 해일이 덮쳐 와도 그들은 흙과 바위와 한데 어울려져 더욱 깊게 뿌리를 내린다. 험한 날씨에 생채기가 나도 크게 상관없다. 금방이라도 세상이 두 쪽 날 것만 같은 시간이 지나고 나면, 땅은 더욱 굳어지고 꽃은 역경을 이겨낸 만큼 더욱 아름답게 피어난다. 그들이 겪어야 하는 일들은 감내하기 어려운 슬픔이지만, 그 슬픔을 이겨내고 나면 더욱 숭고해진다. 그리고 작가는 이런 아름다운 인생이 더욱 빛낼 수 있도록 정겨운 우리네 말들을 사용한다.

강물은 저들끼리 들까불며 흘러가고 흘러오고 하였다.

송화가 강물에 돌멩이를 던졌다. 돌멩이는 찰방찰방 잰 달음질을 치다가 가라앉아 버렸다.

—『달님은 알지요』(12쪽)

난가리, 질박한, 질편하게, 들까불며, 잰 달음질, 까불리고, 오도카니 등과 더불어 찰방찰방, 옴찔옴찔, 갠지갠지, 핑하니, 씨끈벌떡 같은 의태어와 의성어도 모두 정겨운 우리말이다.

외래어가 난무하는 현대에서 김향이의 동화가 특별한 이유는 여기에 있다. 순박함과 정갈함, 그리고 시골의 풍경과 어울리는 구수한 사투리와 순우리말들의 사용은 동화에 대한 몰입감을 높인다. 처음에는 어색한 말들도 읽다 보면 묘하게 배경과 어우러지는 것을 느낄 수 있다.

김향이의 동화는 사랑에 인색하고 메마른 현대인들에게 가뭄의 단비 같은 역할을 해줄 수 있을 것이다.

3. 나오는 말

김향이 동화의 소재는 주로 현실 속에서 아이들이 부딪치는 삶을 소재로 하고 있다. 신체적·정신적 장애와 부모의 부재, 이별과 죽음, 차별, 외로움 등은 현실에서 늘 직면하는 문제들이다. 외향적 차이나 가정불화 등으로 따돌림을 당하거나 내면의 상처를 갖고 살아가는 인물들이 자주 등장한다.

김향이는 현실 문제를 소재로 감동과 울림이 있는 동화를 쓰기 위해 많은 공을 들인다. 그는 사라져가는 우리말을 살려 쓰기 위한 노력도 게을리하지 않는다. 외래어가 난무하는 현실 속에서 순우리말을 즐겨 사용함으로써 문학적 향수를 더하려는 노력이 돋보인다.

김향이의 동화에는 중심인물뿐 아니라 주변인물에게도 구구한 사연들이 많다. 6 · 25전쟁, 5 · 18민주 항쟁 등으로 가족을 잃고 평생을 가슴앓이 하는 사람들, 장애를 가진 사람들, 도시에서의 적적함에 실어증이 걸린 노인 등. 저마다의 아픈 사연을 지닌 인물들이 자주 등장한다.

그의 대표작이라고 할 수 있는 『달님은 알지요』는 가족간의 끈끈한 사랑을 담아낸 동화이다. 토속적인 모국어를 잘 살린 시적인 문장, 든든한 스토리와 매끄러운 사건의 전개가 돋보인다. 아픔을 간직한 채 꿋꿋하게 살아가는 주인공 송화의 이야기가 애절하면서도 티없이 맑은 감동을 준다.

이처럼 어려운 현실을 극복하고 마무리 짓는 그의 동화가 가진 치유의 힘은 우리 어린이들이 자라나는 데 필요한 자양분이 될 수 있다. 동화를 읽는 즐거움과 더불어 잔잔한 교훈까지 얻게 되면 독서의 효용성은 증대될 것이다.

역사 판타지를 위한 풀무질과 담금질

심상우 작품론

1. 들어가는 말

심상우는 동화작가가 되기 전에 어린이책 편집자였고, 시인이었다. 그는 10여 년 간 어린이책을 만드는 일에 종사하며 많은 동화를 읽어냈기에 동화의 특성을 알고 동화에 접근할 수 있었다. 그는 동화를 쓰기 전 이미 시집 한 권을 상재한 시인이었기에 가장 시적인 산문 양식인 동화 쓰기에 나름 유리했을 것이다.

그는 작은 체구지만 이름처럼 심상치 않은 인물이다. 그의 눈빛은 기개가 살아 있고, 목소리는 신념이 넘친다.

심상우는 1958년, 충청북도 충주시 소태면 야동(冶洞)에서 태어났다. 야동은 충주와 원주의 중간 지점으로 가까이에 남한강이 흐르고, 주변은 산으로 둘러싸여 있는 곳이다. 주민들은 주로 고추와 담배, 밤, 사과 농사를 짓는 전형적인 산촌마을이다. 동네 어귀에는 커다란 느티나무가 한 그루 서 있는데 그곳은 친구들과 어울려 놀던 놀이터였다. 그는 자연을 벗삼아 들로 산으로 쏘다니며 놀다가 저녁 연기 피어오를 무렵에야 집으로 돌아왔다. 그가 살던 집은 나무를 땔감으로 밥을 짓고 온돌을 덥

히던 황토집이었다.

심상우는 야동초등학교 23회 졸업생이다. 요즘은 '야동'이란 말이 시대적인 이유로 어색하고 거북하게 들리지만, 그 뜻은 풀무마을이란 뜻이다. 아마도 옛날에 풀무를 돌리던 대장간이 많아 그런 이름이 붙여진 듯하다. 충주는 우리나라 3대 철 생산지의 하나이다. 3국시대 고구려, 백제, 신라가 중원을 차지하려 각축을 벌인 것도 그곳의 철을 탐내서였다.

심상우는 그의 고향에서 많이 생산되었던 무쇠처럼 강직한 성품을 지닌 인물이다. 그의 아버지는 성실한 농부였고, 멀지 않은 곳에 있던 외가에서는 사과 농사를 지었다. 그는 어린 시절 상당히 개구졌던 것 같다. 초등학교에 들어가기 전 추수가 끝난 벼낟가리 위에 올라가 놀다가 거꾸로 떨어져 정수리를 크게 다쳤다고 회고한다.

2. 작가가 되기 위한 풀무질

그는 집에서 십리쯤 떨어져 있는 초등학교를 걸어서 다녔다. 이십 리쯤 되는 중학교도 하교길엔 걸어 다닐 때가 많았다. 자연을 벗삼으며 걸었던 길은 그의 정서를 키우는 데 어머니와 같은 역할을 하였다. 별이 돋아날 무렵 어슴푸레한 길을 걷던 그 시절의 행보는 문학적 소양에 밑거름이 되었다.

그는 초등학생 시절에도 많은 책을 읽었다고 회고한다. 중학생이 되어서도 고전읽기 행사인 '자유교양대회'에 참여하기 위해, 『사서삼경』을 비롯하여 『상록수』, 『갈매기의 꿈』, 『삼국지』, 『희랍신화』 등을 열심히 읽었다. 그 무렵 충주나 청주에서 실시된 백일장대회에 참가하여 여러 차례 입상하기도 하였다.

심상우는 고등학교에 진학하여 글재주를 과시하였다. 1학년 때는 충북도내 백일장에 참가해 장원으로 뽑혀 부상으로 받은 〈한국단편문학전집〉, 〈세계문학전집〉, 〈루이제 린저 전집〉 등을 밤새워 읽었다. 2학년 때엔 중앙일보 발행 『학생중앙』 잡지의 기자가 되어 활동하면서, 뜻있는 문학도들과 교류하였다. 연말에는 우수기자로 뽑혀, 서울 관광과 함께 용인자연농원(지금의 에버랜드)도 견학하였다. 이때의 경험을 바탕으로, 시골뜨기가 도회지에서 겪은 에피소드를 글로 써서 지방신문에 실리기도 했다.

그는 향리에서 가까운 충북대학교가 아닌 충남대학교 국어국문학과에 진학하였다. 이때 『문학개론』을 가르친 오세영(吳世榮) 시인을 만나 막연하게 동경해오던 시인의 꿈을 구체적으로 꿀 수 있게 되었다. 그 무렵 대학 시문학 동아리 〈화요문학〉에 참여해, 시 창작에 대한 열의를 불태웠다. 〈화요문학〉 동인들은 10명 이상 등단하여 시인, 작가, 평론가로 왕성하게 활동하고 있다.

심상우는 1982년 대학을 졸업한 후 학사장교로 군생활을 하였다. 소위에 임관되어 최전방에서 1년을 보낸 뒤 경기도 송추에 있는 부대에서 2년을 더 복무하다 1985년 여름 중위로 제대를 했다.

제대 후 잠시 고등학교 교사로 있다 사표를 낸 후, 서울에 있는 신문사에 입사하였으나, 적성에 맞지 않아 그만두게 된다. 1986년 대교출판의 전신인 대교문화에 입사하였다. 이때부터 본격적으로 어린이책에 관심을 갖게 되었고 아동문학도 접하게 되었다. 그가 다닌 회사에서는 어린이책에 대해 집중된 연구를 위해 회사 내에 도서관을 만들었다.

그 무렵 아동도서는 동화, 동시집, 위인전, 세계명작 정도로 단순화되어 있었다. 어린이책에 본격적인 기획의 개념을 도입하여, 다양화를 꾀했다. 인물 이야기, 민속 이야기, 추리 동화, 글짓기 교실, 어린이 수필, 그림책, 과학 문화유산, 교과서 학습만화, 수출을 위한 영문판 동화책, 새로운 외국 명작 번역 동화 등은 참신한 기획으로 선풍적인 인기를 끌었다.

당시 회사에서는 사원들을 해마다 외국 도서전과 출판사에 견학을 보내주었는데 심상우도 일본의 고단샤(講談社) 출판사에 연수를 다녀오기도 했다. 그는 어린이책에 빠져 '날마다 어린이 관련 책은 한 권 이상 읽는다.'는 목표를 세워 실천하였다.

어린이책을 기획 편집하면서, 자연스럽게 동화작가의 꿈을 갖게 되었다. 아동문학 모임이나 공부하는 곳을 열심히 찾아다녔다. 일본의 출판사와 중국의 도서 전시회에도 찾아다니면서 견문을 넓혔다. 이 무렵은 여행도 많이 하고 국내 유수의 산을 찾아다니며 등산도 많이 했다.

심상우는 1986년에 『현대문학』을 통해 「담채」라는 작품으로 조병화, 오세영의 추천을 받아 시인으로 등단했다. 1990년 가을 첫 시집 『불빛 속에 보이는 어둠은 그냥 어둠보다 더 어둡다』를 상재했다. 1992년 대교출판을 사직하고 지인과 '사과나무'라는 출판사를 경영하였지만 성공하지 못하고, 다시 신구미디어와 초록배 출판사 등에서 일하였다. 그러면서 그는 동화 창작에도 매진하였다.

1996년은 심상우에게 있어서 기념비적인 해였다. 처음 쓴 장편동화 『사랑하는 우리 삼촌』이 MBC창작동화대상에 입상하게 되어 동화작가로 등단하였다. 그 해에 오정숙(吳貞淑)과 혼인을 하여 경기도 부천에서 살게 되었다. 결혼 뒤 딸 서영(瑞瑛)과 아들 정욱(正旭)을 두어 단란한 가족을 이루었다.

결혼 후 그는 전집 출판 관련 일도 많이 하였다. 한국듀이 〈룩엔 씽크 그림동화〉 35권, 꼬네쌍스 〈세계명작동화전집〉 40권, 〈웅진 클래식 음악동화〉 22권의 기획과 집필은 어린이책에 대한 이해와 안목을 넓혀주었다. 그 뒤, 다시 어린이책 전문 출판사로 복귀하여, 한국어린이교육연구원, 한우리독서문화운동본부를 거쳐 진선출판사에서 일했다.

이곳에서는 여러 분야의 기획도서는 물론, 여러 생태 관련 도서와 환경을 위한 책도 만들었다. 이때 막연한 관심 영역이었던, 자연과 생태, 지구 환경에 대해 보다 더 깊은 관심을 갖게 되었다. 『야생화 일기』, 『식물 관찰 도감』, 『문화유산 일기』, 『야생화 쉽게 찾기』 등이 그때 만든 책들이다.

심상우는 우리 역사와 문화에 관심이 많다. 그것은 그의 고향 충주 부근에 역사적 유물 유적이 많은 것과 무관하지 않을 것이다. 신라가 삼국을 통일하고 세운 중원탑평리 7층석탑이 있고, 한반도에 유일하게 남아 있는 고구려비가 있으며, 악성 우륵이 가야금을 탔다는 탄금대와, 임진왜란 때 신립 장군의 충절이 서린 열두대가 충주 부근에 위치한다.

그는 동화에 역사를 차용하여 판타지로 재구성한다. 그 역사의 시공은 조선시대의 경복궁으로 거슬러 올라가기도 하고, 신라 경주로 순간 이동하기도 하며, 일제 강점기의 아픈 질곡 속으로 빠져들기도 한다.

그는 『세계의 역사를 빛낸 문학가』, 『세계의 역사를 빛낸 탐험가』, 『세계의 역사를 빛낸 과학자』(진선출판사), 같은 인물 이야기를 펴내기도 하였고, 『고려왕조 475년』, 『신라왕조 992년』(파란나라) 같은 역사책을 집필하기도 했다.

3. 동화작가를 위한 담금질

심상우가 동화작가로 알려지게 된 것은 2001년에 펴낸 장편동화 『경복궁 마루 밑』 때문이다. 이 책은 어린이 왕따 문제와 우리 문화유산에 대한 자각을 접목시킨 판타지 동화이다. 그는 우리 역사와 문화에 관심을 갖고 작품의 화두로 내세운다. 『경복궁 마루 밑』을 비롯해 2007년에 펴낸 『슬픈 미루나무』와 2009년에 상재한 『신라에서 온 아이』가 그것이다.

『경복궁 마루 밑』은 우리 민족의 역사가 살아 숨쉬는 경복궁과 함께 부족을 이루며 살아온 소인들과 학교에서 왕따를 당해 주눅 들어 사는 주인공 은별이를 중심 축으로 전개되는 이야기이다. 이 작품은 우리가 지켜왔고, 또 지켜 나아가야 할 소중한 우리 역사와 전통문화에 대해 깊이 있게 생각하게 한다.

어느 날, 경복궁 관리소에서 일하는 아빠 심부름으로 경복궁에 간 은별이는 쥐들에게 둘러싸인 이상한 생명체를 발견한다. 그것은 쿠쿠라 불리는 작은 인종인데, 이들은 아주 오랜 세월 동안 경복궁 마루 밑에 살고 있는 종족이다. 은별이는 쥐떼들에게 습격을 당한 쿠쿠를 집에 데려와 치료해 준다. 쿠쿠를 다시 경복궁에 돌려보내는 날 둘은 친한 친구가 된다.

은별은 쿠쿠한테 마법의 모자를 선물받는데 그 모자를 쓰면 몸집이 쿠쿠만큼 작아져서 함께 경복궁 이곳저곳을 탐방하게 된다. 쿠쿠는 은별에게 가족과 친구를 소개해주고 즐거운 시간을 보낸다. 함께 곡식 창고에 갔다가 쥐떼들의 습격을 받지만 용감하게 맞서 싸워 곡식을 지킨다. 경복궁에 있는 명성왕후 조난지와 경회루에 대해서 소개도 해준다.

쿠쿠와 투투는 은별이를 괴롭히는 미친개 삼총사로부터 은별이를 구해준다. 쿠쿠는 몸집은 작지만 세상에 불가능은 없다며 은별이의 용기를 북돋아준다. 은별이는 투투네가 이사를 가는 바람에 더 이상 만날 수 없게 된다. 은별이는 쿠쿠와 투투에게 배운 자신감으로 미친개 삼총사에게 맞서 더 이상 괴롭힘을 당하지 않는다는 내용으로 요즘 화두가 되는 학교폭력의 해법을 제시한 작품이다. 이 책은 출판사를 바꿔 재출판하여 많은 판매고를 올렸다.

『슬픈 미루나무』는 작가가 서울 서대문형무소(현재 서대문 역사박물관)를 돌아보고, 그곳을 시공적 배경으로 써서 펴낸 중편동화이다. 이 동화는 「까치부부 이야기」, 「미루나무 이야기」, 「할아버지 이야기」 등 세 편으로 구성되어 있다. 「까치부부 이야기」에는 부부 까치 누리와 여리가 등장한다. 「미루나무 이야기」에는 큰 미루나무 가람이와 작은 미루나무 아람이가 등장한다. 「할아버지 이야기」에는 할아버지와 손자 영욱이가 등장한다. 이 동화는 뱀에게 새끼를 잃은 까치 부부의 애환이 사형수의 한이 서린 미루나무의 이야기와 맞물리며, 서대문형무소가 품고 있는 슬픈 역사를 들려준다. 그 중에서도 작가가 들려주고 싶은 이야기는, 애국지사들이 처형당하기 직전 마지막으로 부여잡고 통곡했던 미루나무에 얽힌 이야기다.

이 작품은 서대문형무소 터에 있는 미루나무 두 그루에 얽힌 이야기가 중심이 된다. '사형장'과 '통곡의 미루나무'에 대하여 써 있는 안내판의 이야기를 부각시키며 일제 강점기에 자행된 민족의 비극을 조명하고 있다.

서대문형무소 사형장 옆에는 미루나무 두 그루가 서 있다. 처형장으로 들어가는 사형수들이 붙들고 통곡했다고 전해지는 큰 미루나무(가람이)에 대한 일화와 사형수들의 한이 서려 잘 자라지 않는다는 전설이 서린 사형장 안의 작은 미루나무(아람이)에 얽힌 이야기이다. 이 이야기는 슬픔을 넘어 역사의 비분(悲憤)으로 표출된다.

> 작은 미루나무 아람이는 두 눈이 퉁퉁 부운 채 울고 있었습니다.
> "아람이 아저씨, 왜 그러셔요?"
> "………."
> 아람이는 아무런 대꾸를 하지 않았습니다. 누리 옆에 여리도 날아와 살포시 앉았습니다. 여리도 아람이 아저씨가 울고 있다는 걸 알았습니다. 여리는 아무런 말도 하지 못하고 금세 슬픈 얼굴이 되었습니다. 꼬리까지 가늘게 떨었습니다.
>
> —『슬픈 미루나무』(42쪽)

『신라에서 온 아이』는 신라 소년 무웅이가 정수를 만나 1인칭 시점으로 들려주는 이야기이다. 작가는 판타지에 힘을 실어주기 위해 3년 전, 겨울 황룡사터에서 신라에서 온 아이 무웅이를 만났는데, 그 아이가 피리를 불어 주었다고 회고한다. 그때 황룡사 건물들이 나타나고 구층탑도 모습을 드러냈다고 말한다. 작가는 시간 판타지에 합리성을 부여하기 위해 이야기 속에 '절대시간'을 설정하여 현재와 과거를 넘나들도록 하였다. 그러면서 시간 여행이 가능한 인물들을 무웅과 그 할아버지, 정수 등 세 사람에 한정했다. 그런데 작가가 무웅이를 만나 신라 이야기를 들었다고 한 설정은 독자들을 혼돈에 빠뜨리게 한다.

정수네 가족은 몸이 아픈 엄마를 위해 할아버지가 사는 경주 토함산 아랫마을로 이사를 한다. 정수가 전학하던 날 개량한복 비슷한 차림의 할아버지와 함께 온 무웅이도 전학을 오는데, 두 아이는 같은 반에 배정되어 친하게 지낸다.

무웅이는 신라 역사에는 해박하지만 다른 과목은 잘 모른다. 그는 역사시간에 지금의 경주는 신라시대와는 다르다고 주장한다. 정수는 무웅이가 신라시대를 아주 잘 알고 있다는 사실에 놀란다. 무웅이는 자기 집에 놀러오려는 정수에게 자기 집에 오면 하룻밤을 보내야 한다고 말한다. 무웅이네 집에 놀러갈 날을 기다리던 정수는 무웅으로부터 옛날 책 한 권을 받는다. 정수는 그 책을 통해 무웅이와 할아버지의 실체를 파악하게 되는데, 그들은 절대시간을 건너온 신라인이고 할아버지는 불국사를 지은 김대성이라는 것이다.

정수가 신라 시대에 갔을 때, 무웅이 집 앞에는 황금호두나무가 서 있다. 무웅이네 집 대문을 들어선 순간 정수는 천이백오십 년의 세월을 건너 신라시대에 머물게 된다. 정수는 무웅이의 안내를 받아 신라를 돌아보는데, 할아버지 김대성은 한창 불국사를 세우는 중이었다. 무웅이는 김대성이 죽인 곰의 영혼이다. 김대성이 그 영혼을 위로해 주려 절을 지어주자 사람으로 환생하는데 그가 곧 무웅인 것이다.

정수가 현실로 돌아올 때 무웅이는 호두 네 알을 주며 '간절하게 바라는 것이 있으면 소원을 빌라'고 한다. 하지만 정수는 아무런 소원도 빌지 않고 이야기는 끝난다. 무웅이가 정수에게 준 황금호두는 판타지로 가는 촉매제로 작용한다. 신라와 현대를 오가며 시공을 초월하여 펼쳐지는 이 역사 판타지는 연결 고리가 정교하지 못하여 이야기의 진실성을 떨어뜨리는 요소도 있다.

4. 나오는 말

심상우는 전업 동화작가이다. 그는 여행을 즐겨하고 등산을 좋아한다. 글이 잘 써지지 않으면 배낭을 하나 들쳐 메고 무작정 길을 떠나는 자유인이다. 그는 판타지의 영원성과 위대한 힘을 믿는다. 그리하여 무결점의 판타지를 구축하기 위해 청사진을 그리며 늘 고민에 빠져 있다. 아동문학을 공부하는 모임에도 즐겨 참여하고 문학동네 잔치 마당에도 자주 참여한다.

그가 구축해낸 역사 판타지에 결점이 없는 것은 아니다. 어딘가 허접한 구성도 엿보이고, 개연성의 오차도 눈에 띈다. 때로는 설익은 공법 때문에 시공의 퍼즐을 짜맞추는데 힘이 들기도 하다. 하지만 그는 여전히 역사의 심연으로 빠져 들어가 사건을 판타지에 녹이는 작업을 위해 고군분투한다. 그는 실험정신을 두려워하지 않는다. 판타지의 효용성과 영원성을 믿기 때문이다.

그가 또 언제 불쑥 '고구려 아이'를 초대할지도 모른다. 고려의 만월대 이야기나 창덕궁 후원 이야기를 꺼내들지 모른다. 불현듯 익산 미륵사지를 찾아가 백제무왕의 이야기를 풀어낼지도 모른다. 그의 역사 판타지는 지금도 시공 중이고 그 준공의 날은 예단없이 어느 날 불쑥 찾아

올 수도 있다. 그가 새롭게 엮어 짜낼 씨줄과 날줄, 그 판타지의 화려한 피륙이 기대된다.

가족애를 통한 동심의 복원

이성자 동화론

1. 들어가는 말

1) 작가가 걸어온 길

이성자는 1949년 전남 영광군 홍농면 월암리에서 경찰공무원인 아버지 이대복과 어머니 표귀순 사이에서 4남 1여 중 장녀로 태어났다. 1962년 정읍동초등학교를 졸업한 후 정읍여자중학교와 법성상업고등학교를 졸업한다. 광주교대부설초등교원양성소를 수료한 후 초등학교 교사가 된다. 1970년 3월 영광 홍농서초등학교를 시작으로 동명초등학교에서 5년 2개월 동안 사도의 길을 걷게 된다.

1975년 고등학교 교사인 정무웅과 결혼 후 교직을 그만두고 광주로 이주한다. 그녀는 1남 2녀를 둔 가정주부로 살아가다 주산학원을 운영하기도 한다. 1988년 광주 시민종합예술제 백일장에 참가하여 금상[1]을

---

1 글제는 '어머니'였는데 새벽 4시면 어김없이 일어나서 기도하는 시어머니, 29세에 남편을 나라에 바친 유가족으로 살면서 주변 사람들을 위해 헌신하고 봉사하는 시어머니의 모습을 담담하게 써내려간 내용이었다.

받게 된다. 이 일은 훗날 그녀가 작가로 변신하는 계기가 된다.

1994년 45세의 늦깎이로 광주대학교 문예창작과에 진학하여 1998년 졸업한다. 1999년 광주대학교 예술대학원 문예창작과에 진학하여 2001년 「신현득 · 전원범 동시의 은유형태 연구」로 석사학위를 받는다. 이윽고 명지대학교 문예창작과 박사과정에 진학하여 2004년 「한국현대판타지동화 연구—마해송 · 김요섭 · 김은숙 동화를 중심으로」로 박사학위를 받는다.

2) 문학활동

1992년 광주, 전남아동문학인회가 주최한 제1회 "어머니가 쓴 동시동화 공모전"에서 「목련꽃」이란 동시로 최고상을 받는다. 같은 해 『아동문학평론』 동시 부문 신인상에 「시계와 밤과 아이」 외 3편이 당선되어 문단에 나온다.

1994년 제13회 〈계몽사아동문학상〉에 「빈 가지마다」 외 12편으로 동시 부문에 당선한다. 그 여세를 몰아 1996년에는 동아일보 신춘문예 동시 부문에 「오동잎을 따서」가 노원호의 심사로 당선된다.

1998년 동시집 『너도 알 거야』(창비)를 상재하여 이 책으로 〈광주전남아동문학상〉을 받는다. 2000년 동시 「친구와 싸운 날」 외 6편으로 제32회 〈한정동아동문학상〉을 받는다. 제3회 어린이문화신인상 동화 부문에 「엄마의 거울」이 당선되고, 제9회 눈높이아동문학상 동화 부문에 「벚나무와 자전거」가 당선된다.

2002년 한국문화예술진흥회 창작지원 대상작으로 단편동화집 『내 친구 용환이 삼촌』이 선정되고 대교출판사에서 출간된다. 2004년 장편동화집 『형이라고 부를 자신 있니?』(대교출판)가 출간되고, 2006년 동시집 『키다리가 되었다가 난쟁이가 되었다가』(문원)가 출간된다. 이 책으로

2007년 제5회 〈우리나라 좋은동시문학상〉을 수상한다.

2007년에는 그림책 『함께 놀고 싶어요』(한국훼밍웨이)를 상재한다. 그 해에 동시 「목련꽃」 외 7편으로 제24회 〈한국불교아동문학상〉을 수상한다. 『넌 멋쟁이야』(한국비전북), 장편동화집 『두레실 할아버지의 소원』(해피북스), 단편동화집 『쉿! 특급비밀이에요』(은하수미디어)를 상재한다.

2008년에는 과학동화 『물의 여행』(효리원)을 출간하고, 2009년에는 동시집 『입안이 근질근질』(청개구리)을 출간한다. 단편동화집 『뭐가 다른데?』(문원)가 상재되어 이 책으로 제19회 〈방정환문학상〉을 수상한다. 장편동화집 『최고는 내 안에 있어』(은하수미디어), 『아빠도 시간이 필요해』(와이즈아이), 장편동화집 『못 말리는 까미, 황마훔』(중앙) 등을 상재한다.

2011년에는 장편동화집 『딱 한 가지 소원』(채우리)이 출간되는데 이 책으로 국제펜클럽 광주문학상을 수상한다. 또한 장편동화집 『마법을 걸고 싶은 날』(형설아이)이 출간된다. 그림책 『황금가면을 찾아서』(한국톨스토이)가 출간된다. 2012년에는 장편동화집 『행복한 우울바이러스』(글고운)를 상재한다.

2013년에는 단편동화집 『이성자동화선집』(지식을만드는지식)이 출간되었고, 동시집 『손가락 체온계』(청개구리)가 상재되어, 이 작품집으로 제13회 〈오늘의 동시문학상〉을 수상한다. 2014년 그림책 『넌 멋쟁이야』(청개구리)가 상재되었다.

이러한 다양한 활동은 계간 『시와동화』에서 연재하고 있는 '한국아동문학가 100인'과 〈파주출판도시 문화재단 어린이책예술센터〉와 한국아동문학인협회가 선정한 '한국아동문학가 100인'에 뽑혔으며, 도서출판 〈지식을만드는지식〉에서 펴낸 〈한국동화문학 100선〉 수록 작가로 선정되었다. 그녀의 동시 「송두리째 다 내놓았어」는 초등학교 교과서 국어(6-1, 읽기)에 수록되어 있고, 동화 「넌 멋쟁이야」가 1~2학년군 국어활동(3-가)에 수록되어 있다.

2. 이성자 동화에 나타난 가족관계와 가족애

1) 가족의 소중함—『내 친구 용환이 삼촌』

이혼의 증가와 각종 사고와 실직으로 인한 가족 해체가 사회 문제로 떠오른 지 이미 오래이다. 이성자의 첫 동화집 『내 친구 용환이 삼촌』은 이러한 현실 인식을 바탕으로 가족의 소중함을 담담히 그려낸 동화집이다. 이성자의 단편 동화에는 일인칭 주관자 시점의 동화들이 대부분이다. 주인공인 내가 화자가 되어 이야기를 전개시키는 것이다. 『내 친구 용환이 삼촌』에 나오는 8편의 동화 중 「빵굼터」를 제외한 7편이 모두 일인칭 주관자 시점에서 서술되고 있다. 이성자는 이러한 시점의 동화를 통해 가족 간의 사랑, 이웃 간의 정, 모둠살이에서의 더불어 돕고 살아가는 인정의 발현을 추구하고 있다.

이성자의 동화는 생활 주변의 이야기를 소재로 잔잔한 울림을 주는 생활동화가 대부분이다. 그는 가족 간의 따뜻한 정을 근간으로 삶의 애환과 정감을 노래한 작품들을 창작하였다. 그가 가족을 근간으로 사람과 사람 사이의 정을 작품의 주제로 다룬 까닭은 그가 초등학교 시절 다섯 번이나 전학을 다니며 낯선 환경에서 외로움을 타는 생활을 체험했기 때문인지도 모른다.

작가는 이 책의 머리말을 통해 "이 세상에 나와 가장 가까운 거리에 있는 사람은 누구일까?"라는 물음을 던지면서 가족이란, "언제나 한집에 모여살고, 좁아도 넓어도 기쁨과 슬픔을 공유하는 끈끈한 공동체로 이루어진 소중한 사람들"이라고 말한다. 사람들은 정말 소중한 것들을 너무 쉽게 잊고 사는 경우가 많다. 그 대표적인 예가 바로 가족일 것이다. 엄마이고 아빠라서 짜증도 내고 때로는 마음에 상처를 주는 심한 말을 주고받기도 한다.

같은 학년이지만 용환이를 삼촌이라 불러야 하는 혜원이, 엄마가 돌아가신 뒤 새 엄마를 맞이했지만 친엄마를 그리워하는 민경이, 학교 갔다 오는 손자를 아파트 앞 납작돌에 앉아 기다리는 할머니의 이야기 등 가족들을 소재로 한 동화 모음이다. 표제작인 「내 친구 용환이 삼촌」은 아파트라는 현대화된 주거 공간에 증조할머니를 위시하여 4대가 함께 모여 살며 벌이는 이야기를 담고 있다. 핵가족화된 오늘날에 와서는 낯선 풍경일 수도 있지만 반세기 전만 해도 흔히 접할 수 있는 풍속도였다.

> "야, 혜원아. 삼촌하고 싸웠냐? 삼촌을 그렇게 모시면 안 돼지."
> 쉬는 시간에 철식이가 다가와 내 비위를 건드렸습니다.
> "니가 무슨 상관인데 난리야?"
> "삼촌 친구니까 그렇지! 야, 너희들 내 말이 틀렸냐?"
> 듣고 있던 친구들이 모두 웃었습니다.
> 나는 철식이에게 덤벼들었습니다. 멱살을 잡고 흔들었지요. (21~22쪽)

혼인 연령이 늦어져 고령 출산이 늘어나는 작금에 와서 삼촌과 조카가 동갑친구처럼 지내는 경우도 늘어나는 추세이다. 화자인 혜원이는 삼촌인 용환이와 같은 반이기 때문에 가끔씩 마음이 불편하다. 같은 또래의 친구이면서도 가족관계로는 삼촌이기 때문이다. 혜원이가 용환이와 다툰 후 말을 않고 지내자 친구들이 놀리며 시비를 건다. 친구들이 웃자 화가 난 혜원이는 철식이와 싸움까지 하게 된다. 아이들의 심리 묘사와 생활 모습이 리얼하게 담겨 있다.

「할머니의 의자」는 연로하여 치매에 걸린 할머니와 손자 명준이가 엮어내는 휴먼스토리이다. 할머니는 아파트 입구 전신주 아래에 납작돌을 주워다 놓고 앉아 명준이를 기다린다. 할머니는 감기를 앓아 건강이 좋지 않을 때에도, 명준이가 학교에서 늦게 올 때에도 명준이를 기다린다.

그러던 어느 날 명준이는 이상해진 할머니의 모습과 맞닥뜨린다.

> "우리 손자가 와야 가지. 조금 있으면 우리 손자 온다니까."
>
> "할머니, 왜 그래? 나 여기 있잖아. 할머니 손자 정명준!"
>
> 나를 바라보는 할머니의 눈동자가 희멀겋다. 왈칵 무섭증이 들었다.
>
> [⋯중략⋯]
>
> 할머니는 다음 날 아침에야 눈을 떴다. 아무 일도 없었던 것처럼 말짱한 얼굴로 일어났다. (96~97쪽)

주인공을 애지중지하던 할머니가 어느 날 갑자기 치매를 앓게 되면서 겪게 되는 집안 분위기를 실감나게 그리고 있다. 할머니가 치매 병원에 입원한 후 텅 빈 것 같은 허전함을 느낀 명준이는 할머니가 앉던 의자에 앉아 할머니의 체온을 느껴본다. 이 작품의 주제 역시 가족 간의 사랑이며 점차 희미해져 가는 경로사상의 부양이다.

> 할머니의 병이 점점 더 심해졌다. 이제 오른손까지 떨었다. 어쩔 땐 이불에 오줌도 쌌다. 손을 휘저으며 헛소리도 했다. 심할 때는 아빠와 엄마도 몰라보고 딴소리를 했다. [⋯중략⋯]
>
> 나는 빈껍데기 조개를 한 쪽에 내려놓으면서 잠시 할머니의 얼굴을 바라봤다. 생각과 기억들이 모두 빠져 버린 할머니가 꼭 조개껍질 같다는 느낌이 들었다. (105쪽)

의학의 발달과 생활수준이 향상되어 고령화 인구가 늘어갈수록 노인 문제가 심각하게 대두되었다. 특히 알츠하이머병인 치매로 고생하는 가족이 늘어가고 있다. 파키슨병이나 낙상 사고 등으로 거동이 불편하고, 언어가 어눌한 노인들도 늘어가고 있다. 이런 경우 노인 부양문제로 가족 간 불화가 생기기도 하고, 정신적 경제적으로 많은 어려움을 겪기도 한다. 이성자는 노인문제라는 현안을 외면하지 않고 동화의 소재로 다루어 함께 고민하고 있다.

「빵굼터」는 아파트 상가에서 빵가게를 하는 도민이네 집과 같은 아파트 단지에 있는 할머니들의 등나무 쉼터에 앵글을 맞춰가며 그린 생활동화이다. 직장을 그만둔 도민이 아빠는 경만이네한테 세를 얻어 빵가게를 연다. 도민이 아빠는 도민이를 시켜 할머니들이 있는 쉼터에 빵과 음료수를 배달시켜 대접한다. 장사가 잘 되자 경만이 할머니가 가게를 비워 달라고 하는 바람에 갈등을 겪게 된다. 이 사실을 알게 된 다른 할머니들이 심술을 부리는 경만이 할머니를 따돌리는 바람에 외로움을 타게 된다.

> '치 도민이 자식. 13평짜리 임대 아파트에 살면서도 나를 떳떳하게 데리고 가는 배짱 좀 봐. 가게에서 쫓겨나게 생겼는데도 뭐가 좋은지 웃기만 하고.'
>
> 경만이는 아파트로 돌아오면서 내내 도민이 생각을 했어요. 같은 나이인데도 꼭 형같이 구는 도민이가 오늘은 왠지 싫지 않았거든요. (69쪽)

운동회 총연습 날 달리기를 하다 넘어진 도민이는 바지 뒤쪽이 터진 경만이를 데리고 집으로 간다. 교통사고로 휠체어를 타고 생활하는 도민이 어머니는 경만이 바지를 정성껏 꿰매준다. 경만이는 늘 화만 내는 어머니와 휠체어를 끌면서도 환하게 웃는 도민이 어머니를 비교한다.

> "경만아, 도민이네 빵 가게 비우기로 했다. 아파트 할머니들이 도민이만 칭찬하는 게 듣기 싫었는데 잘 됐지 뭐냐. 너도 도민이가 싫다고 했지?"
>
> 경만이 방으로 들어온 할머니가 경만이 손을 잡으며 말을 했습니다.
>
> "할머니는 아무것도 모르면서 난리야. 그리고 기술도 없는 삼촌이 어떻게 빵

을 만든다고 그래요?"

경민이는 할머니를 바라보며 퉁명스럽게 쏘아 붙입니다. (69~70쪽)

경만이의 설득과 주변의 눈치 때문에 할머니는 도민이네 빵굼터를 비워 달라는 말을 철회한다. 갈등이 풀리면서 해피엔딩으로 막을 내리는 이 동화의 주제는 화합하며 더불어 사는 공동체 가꾸기이다. 이처럼 이성자의 동화에는 가족 간의 화합과 사랑은 물론 이웃 간의 상부상조와 선린을 내세운 작품들이 많다.

「엄마의 거울」은 교통사고로 엄마를 여읜 사춘기 소녀 민경이가 새엄마인 동명동 아줌마를 새엄마로 받아들이는 과정이 탄탄한 구성과 함께 리얼하게 그려져 있다. 민경이는 초등학교 3학년 때 엄마가 사다 걸어준 거울을 보며 엄마의 추억을 찾아낸다. 새엄마는 민경이에게 친절하게 대하면서도 엄마의 흔적을 하나하나 지워나간다. 마침내 민경이가 소중히 여기는 '엄마의 거울'까지도 내다버리고 새 것으로 바꿔주는 바람에 집을 나가게 된다. 밤늦게까지 방황하던 민경이는 집으로 전화를 하고 아빠와 새엄마가 찾으러 온다.

나는 아줌마 얼굴을 똑바로 볼 수가 없었지요. 그래서 아줌마 품속에 고개를 파묻고 가만히 있었습니다. 아줌마가 나를 더욱 힘주어 안았습니다.

"민경아, 아줌마가 얼마나 걱정했는지 몰라. 난 너를 위해서 바꿨는데…."

아줌마의 얼굴이 많이 야윈 것 같았습니다. 순간, 내 가슴이 뭉클했습니다. 그 동안 아줌마에게 내가 너무한 것 같아 미안한 생각이 들었으니까요.

"엄마, 죄송해요. 다시는 이러지 않을게요."

나는 엉겁결에 아줌마를 엄마라고 부르고 말았습니다. (88~89쪽)

눈물짓는 새엄마의 품에 안기며 사랑을 느낀 민경이는 결국 아줌마를 엄마로 받아들이게 된다. '계모'라는 선입견은 동서양의 전래동화를 통해 학대나 구박을 일삼는 부정적 이미지로 나타나 있다. 그런데 이 동화에는 그러한 새엄마의 고정 관념을 허물게 하는 따뜻한 정이 담겨 있다. 이 동화는 사춘기 소녀의 리얼한 심리묘사를 통해 새엄마와의 갈등을 극복해가는 과정을 밀도 있게 그려낸 성장동화이다.

이 동화에 나오는 민경이는 돌아가신 엄마를 너무 사랑한 나머지 새엄마를 받아들일 수가 없다. 새엄마가 나쁜 사람이 아닌 걸 알면서도 돌아가신 엄마에 대한 미안함 때문에 새엄마에게 상처를 주는 것이다. 요즘 민경이네 같은 가정을 흔히 볼 수 있다. 가족이란 게 꼭 혈연적으로 맺어지는 사이를 의미하는 게 아닌데, 혈연을 중시하는 우리나라 사람은 유독 그렇게 생각하는 경우가 많다. 가족은 혈연이 아니라 서로에 대한 사랑과 배려로 이뤄지고 또 지탱해나가는 것이다. 민경은 새엄마의 눈물을 보고서야 새엄마 역시 자신을 사랑하고 있다는 걸 깨닫게 된다.

그런데 가족의 의미를 무색하게 하는 가족도 많다. 「내 친구 김재영」에 나오는 재영은 냄새로 사람을 알아보는 독특한 친구다. 엄마 없이 외할머니, 삼촌, 이모집으로 옮겨 다니면서 언제나 엄마를 그리워한다. 다른 가족들은 재영이를 짐처럼 여긴다. 그 속에서 재영이의 상처는 깊다.

> 재영이와 처음 한 반이 되던 날이 생각났다. 재영이는 유난히도 힘이 없어 보였고 키도 작았다. 더군다나 짝꿍이 된 나를 킁킁거리며 냄새를 맡는 거였다. 나는 기분이 나빠서 함께 앉는 것조차 싫었다.
>
> 하지만 재영이는 꼭 동생처럼 내 말을 잘 들어 주었다. 단점이 있다면 재영이는 마음속에 있는 말을 한 번도 털어 놓지 않는다는 거였다. (146쪽)

「내 친구 김재영」에서 나(혜수)는 동생 같은 느낌이 드는 재영이를 보호해주는 역할을 한다. 사생아로 태어난 재영이는 외할머니와 이모, 이웃집 할머니 집을 오가며 자라다가 마침내 엄마를 찾아 제주도로 간다. 이런 불우한 환경에서 자라온 탓에 냄새를 맡는 버릇이 생긴 재영이를 떠나보내며 아쉬워하는 화자의 마음과 재영이의 편지를 받고 그리워하는 마음이 담담하게 그려져 있다. 이 동화는 엄마를 그리워하는 재영이를 통하여 가족의 소중함을 찍어내고 있다.

「천사의 집」은 미장원을 운영하는 서른아홉 노처녀인 고모와 함께 장애우들이 사는 '천사의 집'을 방문한 내(명훈)가 느끼는 심정의 변화를 그린 작품이다. 나는 키가 작아 진혁이로부터 '도토리'라고 놀림을 당해 신체적 열등감을 가진 아이이다. 이러한 내가 장애우들이 생활하는 모습을 목도하고 자신감을 회복하고 자신을 소중하게 생각하기까지의 심경의 변화를 그렸다.

> 나는 거울 가까이 다가가서 내 얼굴이랑 가슴, 팔들을 만져 보았다. 짧은 다리도 만져 보았다. 가슴이 뜨거워졌다. 키가 작다고 원망만 하던 내 다리가 너무 소중하게 느껴지기 시작했다.
>
> '정말 다행이야!'
>
> 순간, 나를 비춰 준 거울이 고맙다는 생각까지 들었다. (166~167쪽)

화자인 나는 자신을 놀린 진혁이까지도 용서해주는 아량을 보인다. '천사의 집' 장애우들의 생활을 본 후의 심경의 변화인 것이다. 마음의 키가 자라는 과정을 구체적으로 묘사한 이 작품 또한 성장동화에 속한다고 할 수 있다.

이성자 동화는 인물 설정의 구도가 파격적이다. 「내 친구 용환이 삼촌」에는 나이가 한 살 아래인 조카가 동급생인 삼촌과 친구처럼 지내는데, 삼촌이 조카의 도움을 받으며 학교생활을 한다. 이 작품은 초등학교 3학년인 주인공(혜원)의 심리 묘사가 돋보이는 생활동화이다.

나는 키도 작고 나이도 한살 아래인 조카 용환이와 같은 반에 다닌다. 용환이는 막내할아버지의 아들이기 때문에 삼촌이라고 불러야 한다. 용환이는 삼촌답지 않게 조카인 나의 도움을 받으며 생활한다. 막내할아버지가 사업에 실패하는 바람에 용환이 삼촌네는 혜원이네 집에 들어와 함께 살게 된다.

혜원이 아빠가 빚보증을 서지 않자 막내할아버지는 섭섭하게 생각하며 이사를 가려 한다. 그 때문에 서먹서먹하던 둘 사이는 철식이와의 싸움을 계기로 다시 친해지게 된다. 학교에서 철식이가 혜원이를 놀리자 용환이가 혜원이 편이 되어 함께 싸움을 한 것이다. 얼마 후 막내할아버지 내외는 용환이만 남겨두고 혜원이네 집에서 이사를 한다.

> "혜원아, 니가 용환이 숙제랑 잘 봐줘라, 응?"
>
> 막내할머니가 내 머리를 만지며 말했습니다. [⋯중략⋯]
>
> 입을 꼭 다물고 서 있던 용환이가 고개를 들었습니다.
>
> "엄마, 걱정하지마. 혜원이랑 학교에 잘 다닐게." [⋯중략⋯]
>
> 용환이는 잘 참아냈습니다. 끝내 눈물 한 방울 흘리지 않았으니까요. 삼촌답게 아주 의젓했습니다. (24~26쪽)

오늘날 대가족 제도가 무너지면서 삼촌네와 한집에서 사는 가정은 거의 찾아볼 수 없다. 또 단산으로 인한 출산율의 감소로 나이 어린 삼촌의 존재는 극히 이례적인 일이 되었다. 하지만 이성자 작가가 어린 시절이었을 때만 해도 심심치 않게 볼 수 있는 현상이었다. 요즘에 와서 늦둥이 출산 붐에 편승하여 조카보다 어린 삼촌의 등장도 옛날 이야기로서만이 아닌 실제 상황이 되었다. 허구의 매력은 평범을 뛰어넘는 이채로움에 있다. 평범한 가족 구조보다는 이채로운 가족 구조가 독자들의 관심을 사로잡을 수 있는 것이다.

이 작품에서 화자인 혜원이는 또래들에 비해 지진한 용환이 삼촌 때문에 마음 상하는 일을 많이 겪는다. 또 혜원이 부모도 사업에 실패하고 조카 집에 들어와 사는 막내할아버지네 때문에 갈등도 많이 겪는다. 하지만 막내할아버지네가 이사를 하고, 철식이와 싸울 때 용환이 삼촌이 도와주면서 갈등도 풀리고, 종래는 삼촌으로 대접하겠다는 마음을 갖게 된다.

「언니의 스케치 북」은 신체적 발육 상태 때문에 언니와 동생의 역할이 뒤바뀐 자매의 이야기를 그리고 있다. 동생인 민주는 3학년인데 언니는 이제 갓 입학생이다. 건강이 좋지 않아서 오랫동안 입원을 했던 언니는 키도 동생보다 작고 몹시 허약하다. 그 때문에 언니를 학교에 데리고 다니며 동생처럼 돌봐주느라고 갈등을 겪기도 한다.

> 터덜터덜 운동장을 걸어나옵니다. 세상에, 언니가 교문 옆에 쪼그리고 앉아 나를 기다리고 있는 것입니다. 언니 얼굴을 보자 참았던 짜증이 또 올라옵니다. 언니 앞으로 바짝 다가섰지요.
>
> "바보 같이. 너는 집도 모르니? 정말 지겨워 죽겠단 말야!"
>
> 벌떡 일어선 언니가 몇 발자국 뒤로 물러섭니다. (115쪽)

가족 중의 한 사람이 아프면 다른 가족들이 어쩔 수 없이 피해를 볼 수밖에 없다. 하지만 그것은 가족이기에 가능한 것이다. 엄마는 언제나 아프다는 이유로 언니만 챙기고 또 친구들이 놀려서 민주는 언니가 밉다. 엄마는 민주의 마음도 모르고 야단만 친다. 이런 상황은 이해가 간다. 당연히 엄마로서 아픈 언니에게 더 신경이 쓰이는 게 정상이다. 그러나 민주의 마음을 헤아려 상처받지 않게 하는 것도 엄마의 역할이다. 다행히 민주는 스스로 자신 안에 있는 언니에 대한 사랑을 발견해 간다.

동생한테 그림을 배운 언니는 병원에 입원한 후 스케치북에 민주의 얼굴을 그린다. '내 동생'이란 제목을 붙인 후 잠들어 있는 언니의 얼굴을 보며 따뜻한 사랑을 느낀다.

> 잠들어 있는 줄 알았던 언니가 눈을 뜨고는 나를 바라봅니다.
>
> "민주야, 나 죽으면 좋겠지? 내가 널 너무 귀찮게 하니까. 그렇지?"
>
> 나는 깜짝 놀랐습니다. 가끔씩 언니가 귀찮고 짜증이 났지만 죽었으면 좋겠다는 생각은 한 번도 하지 않았습니다. (123쪽)

언니와 나의 역할이 뒤바뀐 것을 놀린 종진이도 문병을 와서 사과한다. 퇴원을 하고 건강해지면 많이 도와주겠다는 언니의 말을 듣고, 나는 언니가 있어서 좋다는 생각을 처음으로 한다. 이 작품 역시 부실한 언니와 정상적인 나를 등장시켜 역할전도에서 오는 가족 간의 갈등과 해소과정을 그리며 사랑과 우애의 필연성을 부각시키고 있다.

「벚나무와 자전거」는 벚나무 그늘 아래 평상을 놓고 음식 장사를 하는 가정의 이야기이다. 민규네는 벚나무 아래 평상을 펴놓고 음식 장사를 한다. 아버지는 밤 벚꽃놀이 손님을 받으려고 벚나무에 가로등과 꽃전구를 걸어둔다. 꽃이 활짝 피자 손님들이 몰려들고 신이 난 아버지는 민규에게 새 자전거를 선물로 사준다.

> 자전거 위에 올라앉아 페달을 밟으면 자전거 바퀴는 미끄러지듯 앞으로 나아갑니다. 떨어진 꽃잎들이 사르르 일어나 은빛이 도는 바퀴를 따라오며 꽃보라를 일으킵니다.
>
> 어제는 옆집에 사는 친구 재민이가 새 자전거를 한 번 타보자고 졸랐습니다. [⋯중략⋯] 자전거를 막 끌고 나오려는데 우리 선생님이 다른 선생님들이랑 식당 안으로 들어가는 것이 보였습니다. (29~30쪽)

은빛 나는 자전거 바퀴살을 따라오며 꽃보라를 일으키는 벚꽃잎들의 모습은 환상적인 분위기를 자아내게 하고 있다. 이러한 시각적 환상 효과는 시적 판타지를 유발해 낸다. 민규는 아버지가 벚나무에 못을 박아 달았던 가로등과 꽃전구 때문에 마음의 갈등을 겪는다. 그것은 담임인 여선생님이 남긴 말 때문이다.

민규네가 운영하는 식당에 회식을 왔던 담임선생님이 가로등과 꽃전구를 올려다보며 '철주를 세우고 등을 걸었으면 좋았을 걸'이라고 했기 때문이다. 또한 자연[2] 시간에 환경 문제를 공부하면서 나무도 정령이 있기 때문에 사람처럼 아픔을 느낀다고 배웠기 때문이다. 민규는 아버지에게 등을 철주에 옮겨 달자고 부탁하지만, 아버지는 돈이 많이 든다며 거절을 한다. 고민하던 민규는 막대기로 벚나무에 걸린 가로등을 깨뜨린다.

> 아빠가 내 방문을 열고 들어왔습니다. 나는 얼른 일어나며 안절부절못했습니다.
>
> "어디 이리 와 봐라. 혹시 어젯밤에 다친 곳은 없었냐? 철물점에서 내일 점심 때까지 철주를 세워 준다고 했으니 이제 됐냐? 사내자식이 그런 걸 가지고 친구들을 피하다니."
>
> "아빠, 제가 잘못했어요."
>
> 나는 아빠 얼굴을 바라보며 두 손을 모았습니다. 아빠는 웃으며 내 머리를 몇 번이나 문질러 주었지요. 아빠가 기분이 좋을 때마다 내게 하는 버릇입니다. (45쪽)

민규는 홧김에 벚나무에 걸린 가로등을 깨뜨리고 후회하지만 아버지는 위로를 하며 오히려 다친 곳이 없는지 걱정을 한다. 민규의 과잉행동을 꾸짖지 않고 사랑으로 포용한다. 아버지는 벚나무에 박혀 있던 꽃전

2 7차교육과정부터는 초등학교의 '자연' 교과 명칭이 '과학'으로 개정되었는데, 작가는 교과목을 '자연'으로 잘못 표기하였다.

구와 가로등을 철주에 바꿔 달기로 했다고 전한다. 아버지의 사랑을 느낀 민규는 자신의 잘못을 뉘우친다. 부모의 자식 사랑을 극명하게 보여주는 삽화이다.

> 꽃이 떨어진 자리에 연둣빛 고운 이파리를 피워 낼 준비를 서두를 것입니다.
> […중략…]
> 나는 자전거를 타고 벚나무 주위를 몇 바퀴나 빙빙 돌았습니다. 그러다가 자전거 머리를 휙 돌려 재민이네 집을 향해 힘껏 페달을 밟았습니다. (46~48쪽)

민규가 자기 집에 음식을 먹으러 오기로 한 선생님이 가로등을 옮겨 단 벚나무를 보고 좋아할 것을 상상하며 신나게 자전거를 타는 삽화이다. 재민이는 민규의 자전거를 타보고 싶어 하는 같은 반 친구이다. 기쁜 마음을 전하기 위하여 자전거를 타고 친구네 집을 향하는 에필로그는 시각적 효과를 증폭시키고 있다.

2) 결합을 통한 화합의지—『형이라고 부를 자신 있니?』

『형이라고 부를 자신 있니?』는 더불어 살아가는 공동체 의식을 불러일으키게 하는 성장동화이다. 이웃에 사는 두 결손가정이 하나로 통합되는 이야기를 다룬 내용이다. 이 작품은 성장판을 다쳐 키가 자라지 않는 장애를 안고 사는 정훈이를 중심으로 태석이와 선영이의 우애, 햇살이와의 우정이 씨줄이 되고, 한마음으로 어울려 돕고 살아가는 정훈 아버지, 태석 어머니, 용희 아저씨, 상동할머니, 회장할머니, 박씨 아저씨 등 용월리 사람들의 공동체적 삶의 모습이 날줄이 되어 따뜻하게 펼쳐지고 있다.

정훈과 태석은 담 하나를 이웃하고 살며 형제처럼 친하게 지낸다. 정훈은 어머니가 없고, 태석은 아버지가 없다. 두 아이는 5학년 동급생이지만 정훈은 키가 작고 태석은 덩치가 크다. 정훈은 5학년인데도 1학년처럼 키가 작다. 이처럼 비정상적 캐릭터의 설정은 일탈에서 오는 새로움을 보여줄 수 있다. 낯설게 하기에서 오는 새로움일 수도 있다. 천편일률에서 오는 평이함과 식상함의 틀을 깨고 새롭게 다가가려는 도전 정신으로 보여진다. 정훈이가 키가 크지 않고 몸이 약한 것은 어렸을 때 심장 수술을 받은 데다 성장판을 다쳐서이다. 정훈이는 급성 간염에 걸린 엄마를 4년 전에 여의고, 아빠와 할머니, 유치원에 다니는 선영이와 함께 살아간다.

> 정훈이는 머리 위로 쏟아지는 햇빛을 받으며 자전거 페달을 밟았습니다. 햇빛은 햇살이의 고운 웃음 같이 정훈이의 온 몸을 감싸고돌다가, 다시 자전거 바퀴를 따라 빙빙 돌며 은빛 가루로 쏟아집니다. [···중략···] 정훈이는 자전거 페달을 밟으며 한달음에 마을 입구 공터까지 달려옵니다. 습관처럼 공터를 한 바퀴 돈 다음, 팽나무 곁에 자전거를 세웁니다. (42~43쪽)

햇빛이 자전거 바퀴를 따라 돌다가 은빛 가루로 쏟아진다고 한 표현은 환상적인 분위기를 자아낸다. 동화의 문체는 이렇게 시적이어야 한다. 이러한 시적인 문체는 시적 판타지를 유발해낸다. 자전거 페달을 힘차게 밟으며 달리는 정훈이의 모습이 선하게 떠오르는 장면이다. 어머니와의 사별, 키가 크지 않아 친구들에게 따돌림을 당하는 정훈이가 스트레스를 푸는 길은 자전거 타기이다. 정훈이는 성장촉진제를 주사 맞으러 다닐 때 자전거를 이용한다. 자전거의 상징성은 진취적이고 미래지향적이다.

정훈이는 단짝으로 지내던 태석이가 '난쟁이'라고 놀리자 말도 하지 않는다. 그 때문에 태석이를 잘 따르는 동생 선영이마저 미워하게 된다.

유치원 교사를 하는 태석이 엄마는 경운기 사고로 남편을 잃고 혼자 태석이를 키운다.

> 얼굴이 벌게진 정훈이가 뒤도 돌아보지 않고 태석이네 대문을 나옵니다. 무슨 큰 실수라도 저지른 것처럼 가슴이 두근두근합니다. […중략…] 정훈이는 두근거리는 가슴을 누르며 자전거 페달을 밟습니다. 그리고 무작정 앞으로 달립니다. 얼마나 빨리 달렸는지 가슴이 쿵쾅거립니다. 한참을 달리던 정훈이가 잠시 자전거를 멈추고 가쁜 숨을 고릅니다. (62쪽)

태석이 엄마가 급성 폐렴으로 병원에 입원을 하게 되었을 때 밖에서 돌아온 태석이와 마주치자 곁을 주지 않고 밖으로 나오는 장면이다. 이처럼 정훈이는 무안하거나 난감할 때, 마음이 상할 때 자전거를 탄다. 자전거 타기는 탈출구이자 현실도피이며 스트레스 해소법이다.

태석이는 어머니가 입원해 있는 동안 정훈이네 집에서 생활하게 되어 정훈이와 다시 친해진다. 어머니처럼 자신을 돌봐주던 할머니가 세상을 뜨자 또 한 번 슬픔에 잠기지만 태석이 어머니와 정훈이 아버지가 재혼을 하게 되면 둘은 형제가 된다. 표제어인『형이라고 부를 자신 있니?』는 키는 작지만 한 살이 더 많은 정훈이에게 태석이가 형이라고 부를 자신이 있느냐는 뜻이다. 이 작품은 가족사를 담 하나를 사이에 두고 애틋하게 살아가는, 나중에는 그 담까지 허물게 되는 이야기를 다룬 두 집안의 가족사이자 성장동화이기도 하다.

> "진짜로 태석이 엄마랑 함께 살 수 있어? 그럼, 우리 아빠가 태석이 오빠 아빠도 되는 거야?"
>
> 선영이가 태석이에게 재차 확인합니다.
>
> "응, 너네 엄마랑 우리 아빠랑 결혼을 하면 우리는 한 가족이 되니까."

"한 가족? 그럼 가운데 담을 모두 헐어도 되겠네. 그지?"

선영이의 입이 헤 벌어집니다. 그 동안 담장의 블록을 뜯어 낸 선영이가 마음 속으로 얼마나 걱정을 했는지 알 것 같았습니다.

『형이라고 부를 자신 있니?』는 엄마 부재의 정훈이와 아빠 부재의 태석이가 이웃해 살며 펼치는 이야기이다. 편부 편모 가정끼리 이웃해서 살며 서로 힘을 모으며 살다 한 가족으로 합치는 휴먼스토리이다. 두 가족은 함께 진입로를 넓히고 김장도 같이 하고 양로원에도 함께 찾아가며 장례도 한 가족처럼 치른다. 힘들게 살아가지만 서로 돕고 껴안을 줄 아는 훈훈한 이웃 사랑의 이야기이다. 재혼 가정이 늘어가는 오늘날 마음을 열고 어울려 살라는 작가의 메시지가 담긴 동화이다.

정훈이가 마른침을 꿀꺽 삼키면서 태석이 엄마를 똑바로 바라봅니다.

"선생님, 나는 선생님이 우리 아빠랑 결혼하면 참 좋겠어요."

태석이 엄마가 놀란 듯 두 눈을 크게 뜨고 정훈이를 바라봅니다. [···중략···]

"태석이도 저랑 같은 생각이에요. 태석아, 너도 말 좀 해 봐."

이제 어쩔 수 없다고 느낀 태석이가 지난번 정훈이와의 약속을 떠올립니다.

"그러면 너를 형이라고 불러야 되겠네. 선영이랑은 날마다 함께 살 수도 있고……."

선영이는 유치원 선생님인 태석이 엄마를 엄마처럼 따른다. 급성간염으로 세상을 떠난 며느리에게 살아생전 고생한다고 위로의 말 한마디 못한 게 한으로 남은 할머니는 아이들에게 지극정성을 다한다.

아내가 세상을 떠난 후 아들의 병원비를 벌기 위해 밤낮으로 더 열심히 일하는 정훈 아버지의 사연도 가슴 찡하다. 혼자 사는 모습이 안타까운 할머니는 그런 아버지의 재혼을 바란다. 동네에서는 상동할머니가 중매에 나선다. 아이들은 처음에는 싫어하지만 차츰 마음을 열고 두 가족을 하나로 합친다.

3) 결손 가정의 극복의지—『아빠도 시간이 필요해』

『아빠도 시간이 필요해』는 아내와 사별한 후 자식조차 돌보지 않고 슬픔에 빠져 있는 아빠의 이야기이다. 어느 날 갑자기 닥친 엄마의 죽음에 민규는 당황해한다. 예기치 못한 암 투병으로 집안은 풍비박산이 난다. 민규는 엄마가 응급실에 실려 가고 나서야 엄마가 췌장암에 걸렸다는 걸 알게 된다. 엄마의 죽음 후 아들 민규와 아빠가 상처를 치유하는 과정이 섬세하다.

> 아빠는 회사에 사표를 냈습니다. 퇴직금을 받아 치료비에 보태고, 엄마를 손수 간호하기 시작했습니다.
>
> 나도 학교 다니느라, 아빠 식사 챙겨서 병원 다니느라 정신이 없었습니다. [···중략···] 아빠는 나보다 더 엉망이었습니다. 엄마 속옷은 무얼 갖다 주어야 할지, 엄마를 어떻게 간호해야 할지, 부족한 병원비는 어디서 구해야 할지, 안절부절 못하며 만날 걱정만 했습니다. (24쪽)

암이란 자각증세를 느끼지 못하다 말기에 가서야 정체를 드러내기 때문에 무서운 병이다. 엄마는 수술 한번 받지 못하고 얼마 지나지 않아 세상을 떠나고 만다. 졸지에 엄마를 잃은 민규는 믿기지 않는다. 모든 것이 시들하고 삶에 의욕이 없어진다. 어머니의 빈자리는 일상의 삶을 곤란하게 만든다. 그것이 상실일 경우 한 가정은 극도로 피폐해질 수밖에 없다. 엄마가 떠나자 집안이 엉망인데 아빠도 역시 슬픔에 빠져 민규를 돌보지 않는다.

현관문을 열고 들어서는데, 아빠가 단풍나무 앞에 앉아 있었습니다. 내가 학교에 갈 때도 그렇게 앉아 있었는데, 오후에도 그 자리에 그대로 앉아 있었습니다. [⋯중략⋯]

나는 단풍나무만 바라보고 있는 아빠에게 화가 났습니다.

"단풍나무가 엄마라도 되는 거야?"

짜증스런 소리로 물었습니다. (30~31쪽)

민규는 실의에 빠진 채 멍하니 앉아 있는 아빠에게 화를 낸다. 어른인 아빠가 당연히 자신을 돌보아야 한다고 생각하기 때문이다. 자기도 엄마를 잃은 슬픔으로 기대고 싶은데, 아빠는 그런 역할을 하지 못하기 때문이다. 자신을 돌봐주어야 할 아빠는 엄마가 남긴 단풍나무 화분만 바라보고 있으니 화가 날 일이다. 그런데 아빠의 눈에는 눈물이 고여 있다. 아빠가 단풍나무를 소중히 여기는 것은 엄마의 이름이 '홍단풍'이기 때문이다. 이름까지 동일한 홍단풍은 엄마가 마지막으로 심어놓고 간 나무이다. 같은 이름은 연상효과를 증폭시킨다. '하늘'이라는 이름을 가진 사람이 곁에 없을 때 하늘을 보면 그 사람을 향한 그리움이 더 커지는 것과 같은 이치이다.

아빠가 앙상한 단풍나무 화분만 바라보며 있자 같은 아파트에 사는 할아버지가 찾아온다.

"이 사람아, 자식을 생각해서라도 얼른 힘내야지."

할아버지가 단풍나무 앞에 앉아 있는 아빠에게 야단을 쳤습니다.

"안 되겠어. 이 화분을 밖으로 내놓아야지."

할아버지가 단풍나무 화분을 들더니 밖으로 가지고 나갔습니다. [⋯중략⋯]

단풍나무는 화분 째 땅에 묻혔습니다.

"단풍나무 보고 싶으면 이제 밖으로 나오게!"

할아버지가 흙 묻은 손을 탁탁 털면서 말했습니다. (34~35쪽)

실의에 빠져 있는 아버지를 밖으로 끌어내게 한 인물은 할아버지이다. 할아버지는 인생의 연륜이 깊어 어려운 현실을 극복해내는 지혜가 있다. 마을에 어려운 일이 닥쳤을 때 마을 어르신들께 해법을 구하거나 나라가 위기에 봉착했을 때 원로들에게 자문을 구하는 것도 이 같은 이유 때문이다.

할아버지는 홍단풍 화분만 끌어안고 실의에 빠진 민규 아빠를 세상 밖으로 끌어내기 위해 단풍 화분을 화단에 옮겨 심은 것이다. 결국 민규 아빠는 마음의 문을 열고 스스로 문을 닫았던 세상과 소통하게 된다.

화단을 지나갈 때면 단풍나무가 변함없이 빨간 이파리를 너울거렸습니다. 손 모양의 단풍잎이 내 가슴 언저리를 어루만지는 것 같았습니다. 꼭 엄마 손처럼 말이에요.

"민규야, 힘내. 엄마가 널 보고 있잖아!"

내 귀에 대고 속삭이는 것 같았습니다. […중략…]

나는 이제부터 단풍나무를 엄마나무라고 부르기로 했습니다. (79~80쪽)

민규가 단풍나무를 엄마로 여기는 것은 이름이 같기 때문이다. 화분에 심었던 작은 단풍나무지만 동명효과(同名效果)[3]로 인해 어머니를 추억하기 때문이다. 민규는 화단에서 자라는 단풍나무를 보며 대화를 하기도 한다. 대화는 마음을 열게 하고 생각을 공유하게 하여 우울증에서 탈피할 수 있는 있는 역할을 한다. 아빠가 단풍나무에 신경을 쓰는 것은 민규 못지않다. 엄마의 분신인 단풍나무가 다시 살아나자 아빠의 성격도

3 박상재의 주장으로 A와 같은 이름을 가진 다른 피사체 B를 볼 때 A의 이미지가 떠오르거나 A를 추억하는 효과를 말한다.

점점 밝아지고 안정을 되찾아간다. 외출도 하고 자격증을 따기 위해 제빵학원에도 나간다.

민규 아빠는 단팥빵을 만드는 기술을 익혀 아파트 상가에 제과점을 낸다. 제과점의 이름은 엄마의 이름을 딴 '홍단풍 제과점'이다.

> 곁에서 함께 자라고 있는 초록 이파리들이 부러운 듯 눈부신 엄마나무를 바라보는 것 같았습니다.
>
> "여보, 당신이 좋아하는 단팥빵이야."
>
> 아빠는 다정하게 엄마를 불렀습니다.
>
> 그러고는 엄마나무 앞에 쟁반을 놓고 잠시 묵념을 올렸습니다. (94쪽)

지독한 아내 사랑을 엿볼 수 있는 삽화이다. 죽은 아내를 잊지 못해 제과점 상호까지 아내 이름으로 내걸었다. 단풍나무를 죽은 아내로 여기며 아내에게 말을 거는 장면 역시 애절한 사부곡(思夫曲)이 아닐 수 없다. 나무를 아내와 동일시하는 사상은 애니미즘에 속한다. 이러한 애니미즘은 민규에게도 나타난다. 동심은 애니미즘과 통하고 동화의 본질은 애니미즘과 닿아 있다.

> 봉투 속에 남아 있던 빵을 꺼냈습니다. 아빠와 나는 단팥빵으로 아침을 해결했습니다.
>
> "아빠, 이건 엄마가 좋아하던 단팥빵이야."
>
> 단팥빵을 베어 먹으며 내가 말했습니다.
>
> "인마, 나도 다 알고 있거든!"
>
> 우유를 꿀꺽꿀꺽 마시며, 아빠가 퉁명스럽게 대답했습니다. (100쪽)

아빠가 제과점을 차리고 단팥빵 장사를 시작한 것은 엄마가 단팥빵을 좋아했기 때문이라는 것을 알 수 있는 대목이다. 아빠의 성격은 무뚝뚝하고 친절하지 못한 것으로 묘사되어 있다. 민규와 아빠는 만날 때마다 서로 툴툴거린다. 민규는 아빠의 사랑 표현 방법이 어색해서 그런다는 것을 안다. 민규 또한 아빠를 닮아서 마음 표현을 잘못한다. 이것은 오디푸스 콤플렉스의 잔영이요, 부전자전인 셈이다. 엄마의 부재에 대한 아빠와의 갈등과 아내의 부재에 따른 아들과의 갈등이 충돌하는 현상으로 볼 수도 있다.

> 오랫동안 가슴에 담아 두었던 말이 입안에서 자꾸 옴죽거렸습니다.
> 나는 용기를 냈습니다.
> "아빠, 그동안 만날 툭툭거렸던 거 정말 미안해."
> 나는 진심으로 아빠에게 사과했습니다.
> "인마, 아빠에게도 시간이 필요했던 거야!"
> 나는 아빠 얼굴을 올려다봤습니다.
> 아빠의 눈자위가 빨개지는 것 같았습니다. (101~102쪽)

민규는 아빠에게 마음속에 담아두었던 사과의 말을 한다. 이 책의 표제이기도 한 "아빠도 시간이 필요하다"고 말하는 삽화는 작가가 이 동화를 통해 어린이 독자들에게 던져 주는 메시지인 것이다. 어른이라고 모든 것이 완벽할 수는 없다. 곤경한 삶으로부터 느끼는 압력은 어린이보다 보호자의 입장에 서야 하는 어른들이 더 강하다. 어른이기 때문에 숨겨야 하고, 응석부리지 못하고 하소연하지 못하고 참아야 하는 것이 어른이라는 이유로 짊어져야 할 짐인 것이다. 아빠에게는 아내요, 민규에게는 엄마의 분신인 홍단풍이 스스로 뿌리를 내리듯, 아빠에게도 엄마의 빈자리를 스스로 채울 수 있는 시간이 필요했던 것이다.

모든 걸 스스로 해결해야 한다는 엄마의 말처럼 시간이 지나면 그리움도 스스로 이겨 낼 수 있을 것입니다.

나는 아직 어려서 모든 게 서툽니다.

조금 더 자라야만 아빠의 사랑을 깊이 헤아릴 수 있을 것 같습니다. 엄마의 빈자리를 지키고 있는 아파트 화단의 홍단풍처럼 말입니다. [···중략···]

엄마 나무도 어서 가라며 이파리 손을 흔들어 주는 것 같았습니다.

아빠와 할아버지는 제과점으로 들어가고, 선영이와 나는 학교를 향해 부지런히 걸어갔습니다. (104~105쪽)

이 동화의 에필로그이다. 아빠를 이해하고 아빠의 사랑을 깨닫게 되는 과정을 그리고 있다. 어른인 만큼 슬픔도 크고, 그것을 정리할 시간도 많이 필요하다는 것을 깨닫게 된다.

『아빠도 시간이 필요해』는 대디맘과 둘이 살아가는 한부모 가정의 애환을 담았다. 2013년 통계청 자료에 의하면 우리나라의 싱글대디 가구는 34만여 가구에 육박한다. 대디맘으로 불리는 이 같은 가족 형태에 대한 사회의 시선은 곱지 못하다. 심각할 수 있는 주제를 나무를 인격화시킨 애니미즘을 바탕으로 밝은 터치로 제시하였다. 이전의 권위적인 아버지상과는 달리 아이에게 친구처럼 투덜대기도 하고 눈물을 보이기도 하는 아버지 상을 제시한 것이다.

3. 이성자 동화에 나타난 가족애

1) 갈등극복을 통한 가족애

이성자 동화는 대부분 주제가 노출되지 않으면서 교육적 함의가 내포되어 있다. 그러한 함의는 가족의 소중함이나 가족 간의 사랑으로 귀결된다. 가족의 소중함이나 사랑은 가족이라는 울타리 안에만 머무르지 않는다. 이웃으로, 더불어 살아가는 사회로까지 지경을 넓힌다. 더 나아가 한민족 공동체가 지향해야할 통일로 까지 외연이 확장된다.

『내 친구 용환이 삼촌』에는 가족간의 사랑과 가족의 소중함이 함의되어 있다. 가족이란 부부를 중심으로 하여 그로부터 생겨난 아들, 딸, 손자, 손녀 등 가까운 혈육들로 이루어지는 집단 또는 그 구성원을 말한다. 그들은 가정이라는 울타리 안에서 서로 의지하며 살아간다. 가족끼리는 어려움에 처할 때 무조건적 사랑으로 돕기도 하고, 모든 것을 용서할 수도 있다. 하지만 경우에 따라서는 가장 상처받기 쉬운 관계가 가족이기도 하다.

그런데 작금에 들어서며 그 가족 관계도 자본주의와 배금주의에 무너져 내리며 정신적 공황을 자초하는 일들이 도처에서 벌어지고 있다. 경제적인 이유로 가출을 하고 이혼을 하고, 가족 간의 재산 다툼으로 자식이 부모 형제를 죽이는 일까지 자행되는 것이 21세기의 현주소이다. 과거 6 · 25를 전후하여 한국 사회가 가난에 허덕일 때 자식을 양육할 수 없어 고아원에 버리거나 외국으로 입양시킬 수밖에 없었던 암울했던 역사가 있다. 열 명 가까운 다자녀 가구가 비일비재하여 입에 풀칠하기도 어렵던 그 시절 한국민의 자화상인 것이다. 한 입이라도 줄이기 위하여 자식을 버렸다가 이산가족이 되어 가슴 아파하던 부모들이 한둘이 아니었다. 가난에서 탈출하여 호구지책에서 벗어나자 애타게 자식을 찾고 부모를 찾아 나서는 이들의 메아리가 삼천리 강산을 진동시켰던 일이 불과 사반세기 전의 일이다.

작가는 이 책을 통해 가족이 없어 외롭고 쓸쓸한 어린이들에게 소중한 가족을 만들어주고 싶어 한다. 안타까운 그들에게 따뜻한 사랑을 선물하고 싶은 것이다. 가족은 늘 같이 생활하기 때문에 소중한 줄 모르기가 십상이다. 때로는 화풀이 대상이 되기도 하고, 함부로 대하고도 잘못을 모르는 경우가 많은 게 가족이다. 그러다가 갑작스럽게 병이 들어 사별을 하거나 헤어지고 나서야 소중함을 느끼게 된다. 가족은 사랑이라는 끈으로 매어져 있어야 하며 늘 서로를 위해주어야 한다는 교육적 함의가 담겨 있다.

『아빠도 시간이 필요해』에서는 엄마 부재의 결손 가정에서 파생되는 갈등과 화해를 통한 부자간의 사랑을 그리고 있다. 이 동화 역시 대화와 소통을 통한 사랑의 실현이라는 함의가 내재되어 있다. 사랑하는 아내를 암으로 잃고 의욕상실증에 걸려 방황하는 아빠를 세상 속으로 끌어내게 한 동력 역시 사랑의 힘이다. 아내의 분신인 홍단풍 나무 화분을 집밖 화단에 옮겨 심게 함으로써 세상과 다시 소통하게 한 사람은 이웃에 사는 사장 할아버지이다.

오늘날 한국의 대표적 주거공간인 아파트는 개인주의의 상징이다. 위층과 아래층 간 소음문제로 다투다 살인 범죄로까지 이어지는 비정한 주거 형태이다. 사람이 죽어 미이라가 될 때까지도 아무도 눈치 못 채는 칙칙한 공간인 것이다. 그런데 이 동화에 등장하는 사장 할아버지는 소통과 배려의 화신이다. 이웃의 아픔을 외면하지 않고 치유하기 위해 적극적으로 행동하는 인물이다. 이웃사촌이라는 말이 있다. 떨어져 사는 가족보다 친하게 지내는 이웃이 더 소중할 수도 있다. 작가는 이 동화를 통해 조건 없는 사랑은 가족을 통해서만 이루어지는 것이 아니라 이웃을 통해서도 이루어진다는 것을 역설하고 있다.

2) 새로운 가족 관계를 통한 가족애 회복

우리나라에서 대가족 제도가 무너지고 소가족 제도가 정착되면서 가족의 구성원과 가족 관계도 변화를 겪게 되었다. 핵가족으로 통칭되는 오늘날의 가족 관계는 단순해야 할 것 같지만 오히려 다양하고 복잡해지게 되었다. 그것은 사별하거나 이혼하여 부부관계가 해체되었을 경우 재혼하는 경우가 늘어났기 때문이다.

유가사상의 지배를 받던 조선시대에만 해도 이혼이나 재혼은 그리 쉬운 일이 아니었다. 사별 후 재혼은 가능했지만 배우자의 부정이나 성격차이로 이혼하는 경우는 없었다. 오늘날에는 가족관계도 복잡해졌다. 『두레실 할아버지의 소원』에는 작가의 통일의지와 함께 가족의 소중함이 함의되어 있다. 가족은 굳이 퇴니스의 견해를 빌지 않더라도 공동사회(Gemeinschaft)에 속한다. 공동사회는 혈연, 지연(地緣), 우정 등과 같이 인간에게 본래 갖추어져 있는 본질 의사에 따라 이루어진 유기적 통일체로서의 사회이다. 이 동화에 나오는 인물들은 공동사회의 일원들이다. 자신의 이익을 위해 모이는 이기적 집단이 아니라 자연 발생적이고 어울려 돕고 살아가는 가족과 같은 존재들이다. 현수는 바쁜 부모를 대신하여 혼자 된 할아버지를 성심껏 도와준다. 하지만 할머니와 사별한 할아버지는 우울증에 걸려 짜증을 자주 낸다. 할아버지는 택배 일을 하는 고아 청년 달우형의 중매로 버들할머니와 재혼을 하여 새로운 가족이 된다.

아무런 혈연관계가 없는 무촌이 입양으로 일촌, 이촌이 될 수 있는 게 오늘날의 가족관계이다. 독신가정이 늘어가며 수양아들이나 수양딸들도 늘어가는 추세이다. 노인들의 평균수명이 늘어나면서 사별한 노인들이 재혼하는 경우도 늘어났다. 이러한 현상은 비단 한국의 현상만이 아니라 글로벌화된 세계적 추세이다. 북한이 고향인 두레실 할아버지 같은 이북실향민들의 수가 점차 줄어들고 있다. 꿈에도 그리던 고향땅을 가보지 못하고 형제자매를 그리워하다 숨져가는 실향 1세대들이 세상을 떠나기 때문이다. 『두레실 할아버지의 소원』은 통일이라는 한민족의 과제를 다루고 있지만 그 이면에는 가족의 소중함이라는 숨은 주제가 함의되어 있다.

『형이라고 부를 자신 있니?』는 이웃해 살아가는 결손 가정끼리 결합하여 한 가족이 되기까지의 역정을 그린 동화이다. 엄마가 없는 정훈이네와 아빠가 없는 태석이네는 이웃사촌으로 서로 도우며 살다 한 가족으로 합친다. 두 가족은 함께 김장도 하고 양로원에도 같이 찾아가며 장례도 한 가족처럼 치른다. 힘들게 살아가지만 서로 돕고 껴안을 줄 아는 훈훈한 이웃 사랑의 이야기이다. 부모의 재혼으로 한 식구가 되면 키 큰 태석이는 키가 작은 정훈에게 형이라고 불러야 한다. 재혼 가정이 늘어가는 오늘날 마음을 열고 어울려 살라는 작가의 메시지가 담긴 동화이다.

4. 나오는 말

지금까지 이성자의 동화를 분석하여 그 속에 담겨 있는 시대정신과 현실의식을 살펴보고 작품 속에 내재되어 있는 동화의 특성을 규명해 보았다.

어린이를 1차 독자로 하는 동화에는 교육적 함의가 내포되어 있다. 함의(含意)란 어떤 개념이나 명제(命題)가 다른 개념이나 명제의 의미를 포함하는 것을 뜻한다. 다시 말하면 말이나 글 속에 들어 있는 숨은 뜻이라고 할 수 있다. 아동문학은 교육성을 염두에 두어야 한다고 주장하며 문학작품에 있어서 교육성은 밖으로 드러나지 않고 작품 속에 녹아 있어야 한다. 또 동화를 읽은 독자들이 감명을 받았다는 것은 교육성을 지녔다는 말[4]이다. 동화에서 작가가 말하고자 하는 주제는 교육성과도 통한다.

이성자의 동화에는 가족이나 이웃을 소재로 가족애와 이웃사랑을 주

4 박상재, 『동화창작의 이론과 실제』, 집문당, 2002, 39쪽.

제로 한 작품이 많다. 현실에서 소외받거나 가족문제로 고민하고 갈등하는 인물들이 등장한다. 상처받거나 고난에 처한 그들은 치유가 필요한 인물들이다. 『아빠도 시간이 필요해』는 엄마 부재의 결손 가정에서 파생되는 갈등과 화해를 통한 부자간의 사랑을 그리고 있다. 이 동화에는 대화와 소통을 통한 사랑의 실현이라는 함의가 내재되어 있다. 『두레실 할아버지의 소원』은 통일이라는 한민족의 과제를 다루고 있지만 그 이면에는 가족의 소중함이라는 숨은 주제가 함의되어 있다. 이 동화는 통일 문제뿐만 아니라 나아가 서로 도우며 살아가자는 이웃사랑의 정신과 가족애까지 다룬 마음 따뜻한 동화이다.

『형이라고 부를 자신 있니?』는 이웃해 살아가는 결손 가정끼리 결합하여 한 가족이 되기까지의 역정을 그린 동화로 재혼 가정이 늘어가는 오늘날 마음을 열고 어울려 살라는 작가의 메시지가 담긴 동화이다.

엄숙한 동화 쓰기

정진 작가작품론

1. 작가가 걸어온 길

동화는 작가가 동심을 바탕으로 어린이의 눈높이로 창작한 시적 산문문학 양식이다. 따라서 동화의 필수 조건은 동심의 반영임은 두말할 나위가 없다. 동심의 프리즘으로 세상을 보면서 동화쓰기를 엄숙한 사명으로 여기는 작가군 중 한 사람이 정진이다.

정진은 1964년 배롱꽃 한창이던 그 여름 네 자매 중 맏이로 서울에서 태어났다. 영화감독이 꿈이었던 그의 부친은 집안의 반대로 꿈을 포기하고 KBS 피디가 되었다. 주로 라디오 드라마를 연출했는데, 그 공을 인정받아 재임 중 국민훈장을 받기도 했다. 문학소녀였던 그의 모친은 전주사범학교를 졸업하고 한 때 초등학교 교사의 길을 걷기도 했다. 그의 문학적 소양은 부모로부터 물려받은 셈이다. 그와 꼭 닮았다는 부친은 사회의 보배가 되라는 뜻으로 '진(珍)'이라는 이름을 지어주었다.

정진은 초등학교 시절부터 책을 많이 읽었다. 아버지가 사다 준 조흔파의 『얄개전』과 위고의 『레미제라블』, 올컷의 『작은아씨들』 등을 감명 깊게 읽었다고 회고한다. 그의 부친은 문학에 끼를 보이는 딸을 위해 많은 읽을거리를 제공해주었다. 『소년세계』나 『소년중앙』 같은 잡지와 세계문학전집, 이원수와 강소천의 전집, 조흔파와 오영민의 아동소설들도 사다 주어 책읽기에 흥미를 갖게 하였다.

그는 초등학교 3학년 때부터 주변 사람들에게 "내 꿈은 작가"라고 서슴없이 말했다. 반포중학교와 세화여고를 다닐 때 친구들은 그를 '글 쓰는 아이'라고 불렀다. 학교에서 백일장을 하거나 글짓기 대회에 나가면 상을 독차지했으므로 그렇게 부르는 것은 당연했다.

그는 작가의 뜻을 품고 서울예술대학 문예창작과에 입학했다. 처음에는 소설을 쓰고 싶었으나 시인 오규원을 만나 그에게 시를 배웠고, '특별한 상상력이 있다'는 칭찬도 받았다. 또한 오규원의 추천으로 '예술의 빛' 창의상을 받기도 했다.

서울예대를 졸업하고 강남대학교 국문과에 편입을 했다. 그는 대학을 졸업하고 진로 문제로 방황하던 차에 신앙을 갖게 되었다. 성당에 가서 교리 공부를 하고 '로사'라는 영세명도 받았다. 그래서 그의 이메일 아이디는 '진실한 로사'이다. 그는 자신의 별명처럼 늘 진실하게 살려고 노력하는 작가이다. 또한 부모가 기뻐하는 일을 하기 위해 부지런히 동화를 쓰는 효성 깊은 딸이다.

아버지 친구의 소개로 출판사에 다니면서 편집일을 하던 중 동화작가 정채봉을 만나며 동화에 매진하게 된다. 어느 날 신문 광고에 난 '문학아카데미' 강좌에 있는 정채봉이란 이름을 발견하고 그에게 사숙하게 된 것이다. 그 무렵 회사원인 이인규와 혼인한 후 출산과 육아 때문에 한동안 글쓰기에 소원해지게 된다.

아이가 자라나 육아에서 어느 정도 벗어나자 동화 창작에 정진한다. 1993년 샘터사에서 주최한 '엄마가 쓴 동화' 모집에 「버즘나무와 꽃샘바람」이 대상을 받았고, 여성신문사 주최 여성문학상 동화 부문에 「토끼눈 아이」가 당선되며 동화작가의 꿈을 이루었다. 이듬해 새벗문학상 공모에 단편동화 「열려라 문」이 당선되며 작가로서의 입지를 굳혔다.

그 후 문화센터, 청소년회관, 초등학교 등에서 학생들에게 논술과 글짓기를 지도하던 중 2002년 단국대학교 대학원 문예창작학과에 진학하여 석박사 과정을 공부하며 동화에 대해 새롭게 인식하게 된다. 그는 대학원에서 아동문학을 전공하며 '작가의 정체성'을 새롭게 인식하게 된 것이다.

그는 본격 창작동화책을 상재하기에 앞서 그림동화를 다수 출간했다. 『꿈을 먹는 맥』(삼성출판사, 1996), 『무지개집』(삼성출판사, 1996), 『된장찌개는 맛있어요』(눈열린교육, 1998), 『아기토끼의 생일 잔치』(한국비고츠키, 2000), 『사이좋은 형님과 아우』(한국비고츠키, 2000), 『내일 친구들에게 자랑해야지』(한국비고츠키, 2000), 『이야기꽃을 피우는 질화로』(삼성비엔씨, 2005), 『최고의 밥상—메주 이야기』(삼성비엔씨, 2005), 『비단구렁이와 엄마토끼』(한국헤밍웨이, 2006), 『모두 다 같이 차례차례』(두산동아, 2007), 『인사 잘하면 낫는 병』(두산동아, 2007) 등 많은 그림책을 상재하였다.

2. 정진의 작품 세계

그는 등단 후 15년 만에 본격 창작집을 출간하게 된다. 그 첫 결실이 『코딱지 먹는 이무기』(꿈소담이, 2008)로 저학년 눈높이에 맞는 책이다. 주인공 '나힘찬'은 부모님이 힘차게 살아가라고 지어 준 이름이다. 집 앞 화단에 나타난 검은 고양이를 보고 겁을 먹은 뒤로 힘찬이는 힘이 없는 아이가 되어 버린다. 또 검은 고양이만 보면 재수가 나쁜 일이 생긴다고 믿게 된다. 선생님도, 친구도, 부모님도 멀게 느껴지던 힘찬이는 우연히 숲속에서 용이 되지 못하고 땅으로 떨어진 이무기를 만나게 된다.

힘찬이한테 들켜서 용이 되는 꿈을 이루지 못한 이무기는 힘찬이에게

'왜 살아야 되는지' 이유를 찾아오라는 숙제를 내준다. 그 숙제를 못하면 잡아먹겠다고 한다. 힘찬이는 그 이유를 찾다가 친구인 조은이 언니를 통해 알게 된다. '사람은 다 꿈을 이루기 위해 산다'고. 이무기한테 알려 주자, 이무기는 자신의 꿈이 '용'이 되는 거였다고 한다. 그러자 힘찬이는 자신은 '용감해지는 게 꿈'이라고 말한다. 그러면서 이무기한테 꿈을 바꾸면 되지 않느냐고, 다른 뱀보다 훨씬 훌륭하고 특별한 능력이 많다는 것을 깨닫게 해준다.

이무기는 자신의 능력을 새삼 확인하면서, 저주 받은 이무기로 살지는 않겠다고 한다. 다른 용이 되려는 친구들을 도와주며 새로운 인생을 살겠다고 다짐하고 힘찬이를 용서해준다. 또 힘찬이와 친구가 되어 주기까지 한다. 용서를 배운 힘찬이는 자신이 그토록 싫어하던 검은 고양이가 다친 것을 보고 병원에 데리고 가서 치료해 주면서 자신이 이미 용감한 아이가 되었다고 깨닫는다. 자존감이 부족한 아이가 스스로 자존감을 찾아나가는 이야기, 용이 되지 못한 이무기라도 그냥 아무것도 하지 않은 뱀보다 훨씬 장하다는 이야기를 통해 독자들은 자신의 존재를 가치 있다고 여길 것이다.

『어린이를 위한 경청』(위즈덤하우스, 2008)은 어른을 위한 〈경청〉이란 주제와 모티프를 패러디한 장편동화로 주인공인 현이가 할아버지와 친구들과 함께 성장해나가는 이야기이다. 학교에서 합창대회를 하면서 자신을 질투하고 방해하는 '은미'란 아이와 대립하지 않고 갈등을 잘 극복해 나가는 과정에 '경청'이 중요한 역할을 한다. 자기주장이 강한 요즘 아이들에게 꼭 필요한 읽을거리이다.

『돌 맞은 하마궁뎅이』(가문비어린이, 2009)는 학교에서 벌어지는 '우정'을 주제로 한 단편 동화 7편이 실려 있다. '친구'를 통해 갈등하고, 기뻐하고, 성장하는 아이들의 이야기이다.

「정선우 왕따 작전」은 둘이서만 어울리는 영섭이와 선우를 왕따시키려는 생각에 반 아이들이 칠판에 '영섭이랑 선우가 ♡한대요'라고 낙서를 써놓는다는 내용이다. 「윤병신이 뭐야」는 선생님의 실수로 병신이라는 별명이 붙은 아이의 이야기이다. 선생님은 수업시간에 꾸벅꾸벅 졸고 있는 병선이를 깨우려고 이름을 불렀는데 그만 "윤병신"이라고 해버린다. 그날부터 병선이는 친구들에게 놀림을 받고 선생님은 병선이만 보면 가슴이 철렁한다. 이런 병선이를 위해 선생님은 자신이 어릴 적 '지렁이'라는 별명 때문에 마음고생이 컸다는 이야기를 들려주고, 아이들은 친구들에게 멋진 별명을 하나씩 지어오는 숙제를 하게 된다는 이야기이다. 「무서워도 용기를 낼 거야」는 조폭 흉내를 내며 잘난 척하는 아이들에게 끌려다니던 학수가 부당한 요구를 거부하며 자존감을 찾아간다는 내용이다. 「우리가 빛나는 이유」는 나날이 입지가 좁아지는 아버지의 존재감을 일깨운 동화이다. 아버지의 주식투자로 집이 망한 현수는 밤늦도록 집에 오지 않는 아버지를 찾으러 어머니와 서울역에 갔다가 노숙자들을 처음으로 보고 충격을 받는다. 아버지가 다른 일자리를 구하기 위해 집에도 못 들어온 채 애쓰고 있다는 말을 들은 현수는 로봇과학자가 되겠다는 꿈을 더욱 다진다는 내용이다. 이렇게 7편의 동화가 현장감 있는 목소리로 호소력 있게 전개되는 사실동화집이다.

『새라의 신비한 비밀 옷장』(명진출판, 2010)은 판타지 동화에 속한다. 새 옷을 좋아하고 허영심이 강하던 '새라'가 옆집 할머니의 옷장을 우연히 맡게 되면서 신기한 일이 벌어지며 펼쳐지는 이야기이다. 날마다 옷장 안에 있는 옷들이 바뀌게 되어 새 옷을 입고 신나지만, 그 옷은 다음날이면 사라진다. 옷장 때문에 예기치 못한 소동을 겪으면서 새라는 자기만의 옷을 연출하는 디자이너라는 꿈이 생긴다. 또 사촌언니와 함께 블로그를 만들어서 멋진 패션을 여러 사람에게 알려 준다. 옷장이라는 판타지 공간을 통해 디자이너라는 진로 지도적 요소도 내포된 동화책이다.

『우리 반 암행어사』(소담주니어, 2010)는 전학으로 인해 갈등을 겪던 아이가 어려움을 극복하고 리더십을 발휘한다는 내용이다. 다른 학교로 전학을 간 강신우는 처음엔 선생님한테 오해를 받고 샘이 많은 김승우란 아이의 표적이 되어 괴롭힘을 당한다. 그러나 차츰 학교생활에 적응을 잘하게 되고 반에서 '암행어사'가 되어 훌륭한 리더십을 발휘한다. 내 멋대로 행동하는 리더가 아니라 다른 사람들의 입장과 생각을 잘 배려하고 이해하는 사람이라는 것을 알려주는 이야기이다.

『천적과 여행하기』(주니어북스, 2011)는 사이가 좋지 않던 사촌이 여행을 통해 갈등을 풀어가는 동화이다. 나이는 같지만 성격과 환경이 다른 사촌 '재나'와 '유리'가 여행을 통해 서로 화해하고 '형제'가 되어 가는 이야기이다. 할머니의 고집으로 억지 여행을 떠나게 되지만 일본에 가서 함께 다니면서 싸우다가 결국은 친해지게 된다는 내용이다.

『황금갑옷을 빌려줄게』(아이앤북, 2011)는 말하는 거북이가 등장하는 판타지적 요소가 강한 동화이다. 파충류를 좋아하지만 매사에 느리고 내성적이던 '태평'이가 우연히 말하는 거북이를 만나게 된다. 건강원에 있던 거북이를 사서 집에 데려와 키우면서 '황금 갑옷'을 빌려 입게 된다. 난처하거나 위기에 처했을 때 '황금 갑옷'을 이용하다가, 나중에는 자신의 힘으로 일을 해결해야 된다는 사실을 깨닫게 된다. 진정한 갑옷은 자신의 마음에 있다는 걸 알게 된 후에 거북이를 강에 놓아 준다. 이 동화는 자립심 신장과 생명존중 사상이라는 두 마리 토끼를 쫓는 동화이다.

『내 이름은 김창』(문공사, 2011)은 주인공 김창이 친구들을 괴롭히다가 잘못을 뉘우치게 되는 이야기이다. 고자질을 잘하고 참견하기 좋아하던 '창'이는 주변 사람들을 괴롭히다가 자신의 잘못을 깨닫게 된다. 남의 약점을 밝히던 고자질에서 친구의 위기 상황을 알려주는 고자질, 자신의 잘못을 고백하는 고자질로 문제 상황을 멋지게 해결한다는 내용으로 깨우침이 강한 동화이다. 이 책은 한국아동문학인협회와 경기문화재단 추천도서로 선정되었다.

『왜 저래?』(소담주니어, 2012)는 아미치스의 '쿠오레'처럼, 학급에서 일어나는 아이들의 에피소드를 통해 교훈을 깨닫게 해주는 동화이다. 남소중 선생님 반의 아이들이 선생님의 뚜렷한 교육관을 통해 서로 '다름'을 이해해 가는 과정에서 일어나는 에피소드를 엮었다.

『칭찬 한 봉지』(좋은책어린이, 2012)는 소통의 중요함을 강조한 동화로 소통의 방법을 몰라 외로웠던 주인공이 조금씩 세상과 가까워지는 이야기이다. 실제 주변에서 흔히 볼 수 있는, 제 할 말만 하는 보통 아이 모습과 이로 인해 벌어지는 에피소드를 밝은 문체로 그려냈다. 이야기를 통해 어린이 독자들로 하여금 다른 사람들과 좋은 관계를 만들어 나가는 기본이 '소통'임을 깨닫게 해 준다. 제대로 된 소통을 위해서는 평소에 존중과 배려가 바탕이 된 넉넉한 마음 자세를 가꿔야 한다는 사실을 배울 수 있다.

『저요, 저요』(좋은책어린이, 2013)는 초등학교에 입학한 1학년 어린이들을 위한 생활동화이다. 이 책에서는 '발표 잘하기'를 주제로 이야기를 풀어나가고 있다. 주인공 수찬이는 할아버지, 할머니, 아빠, 엄마의 사랑을 독차지한다. 그런데 집에서는 말을 잘하지만 학교만 가면 꿀 먹은 벙어리가 된다. 먼저 발표한 친구가 자신의 생각과 똑같은 말을 하자 따라쟁이가 될까 봐 걱정을 하던 중 목소리가 잠기는 바람에 친구들이 웃음을 터뜨리자 당황한 것이다. 어느 날 할머니와 함께 마트에 간 수찬이는 과일 파는 아저씨가 말을 잘하는 것을 보고 감명을 받는다. 어느 날 아저씨 대신 물건을 손님들에게 소개하는 말을 하게 되고 칭찬을 받게 된다. 그 후 자신감을 가지게 되고, 수업시간에도 발표를 잘하게 되어 발표 잘하는 아이가 받는 황금마이크상도 받게 된다는 이야기이다.

『꿈이 나를 불러요』(크레용하우스, 2014)는 작가가 태백에 있는 작은 학교에 '작가와의 대화'를 하러 갔다가 다녀와서 그곳 아이들에게 위로와 용기를 주고 싶은 마음에서 쓴 중학년 창작동화이다. 할아버지와 할머니 손에 크면서 '책'을 싫어하고 '아버지'에 대한 거부감을 가졌던 소녀 '문이'가 좋은 담임선생님과 도서관을 통해 책을 좋아하게 되고 마침내 작가의 꿈을 갖게 된다는 성장동화이다. 작품의 배경이 되는 태백의 동점초등학교에 대한 묘사와 아이들의 모습이 정확한 취재에 의해 쓰여져서 생생한 느낌이 든다.

이밖에도 학교 적응을 못 하는 1학년 쌍둥이가 서로 반을 바꿔 적응하면서 선생님과 아이들을 이해하게 되는 이야기를 그린『백점만점 1학년—선생님과 친해지기』(글담 어린이, 2011)와 바르고 고운 말을 써야 된다는 뜻을 전해주는『칭찬으로 재미나게 욕하기』(키위북스, 2011), 정리정돈의 필요성을 재미있게 풀어 쓴『책상 속에 괴물이 산다』(좋은책어린이, 2014), 긍정의 힘을 보여 주는『내일은 더 좋아질 거야』(알라딘램프, 2015), 짝을 통해 함께 성장하는 이야기인『알쏭달쏭 내 짝궁』(좋은책어린이, 2015), 등이 있다.

3. 나오는 말

정진의 동화에는 아이들의 생활 현장에서 소재를 찾아 그들의 고민과 갈등을 풀어나가는 내용들이 많다. 그런데 교육적인 요소가 강한 작품일수록 문학성이 폄하되기 쉽다. 최근 정진이 상재하고 있는 학교현장을 배경으로 한 기획동화에도 교육성이 드러나는 작품들이 더러 있다. 교육성이 아동문학의 특성이기는 하나 지나치게 노정되어서는 곤란하다. 이 점은 앞으로 정진이 동화를 창작할 때 유념해야 할 대목이다.

그는 소외된 진실과 내면화된 아름다움을 독자들이 볼 수 있게 환한 곳으로 불러내는 작품을 쓰기 위해 노력하고 있다. 동화를 쓰는 일이야말로 가장 엄숙하고 막중한 임무로 믿고 있기 때문이다. 정진은 이러한 소명을 수행하기 위해 여러 대학에서 아동문학을 강의하며 동화 창작에도 전념하고 있다. 정진은 동화를 쓰기 위한 준비를 철저히 하여 시놉시스를 충실히 짜는 편이다. 앞으로도 이런 태도를 견지하며 창작에 정진한다면 그의 이름처럼 동화나라의 보배가 될 것이라 확신한다.

홍종의 동화에 나타난 현실 인식

『오이도행 열차』, 『반달역』을 중심으로

1. 작가가 걸어온 길

홍종의는 1962년 1월 부친 홍재수(洪在洙)와 모친 조중길(趙重吉) 사이에 5남매 중 셋째로 충남 천안 목천의 취암산[1] 기슭에서 태어났다. 그는 신계초등학교에 다닐 때[2]부터 작가가 되는 것이 꿈이었다. 목천중학교와 천안중앙고등학교 졸업하고 충남대학교에 진학한 후 국가공무원이 된다.

결혼을 한 후 십여 년 삶에 열중하다 마침내 접어두었던 작가의 꿈에 도전한다. 처음엔 소설가가 되려 했지만 1996년 대전일보 신춘문예에 동화 「철조망 꽃」이 당선되어 작가의 꿈을 이룬다. 1998년 「부처님의 코는 어디로 갔나」로 계몽아동문학상을, 2001년 「줄동이 말동이」로 율목문학상을 수상하고, 2008년 대전일보 문학상을 받았다. 2014년 한국문화예술위원회 아르코문학창작기금을 받았고, 2014년 『홍원창 어린 배

1 취암산이라고도 하고, 두 개의 산봉오리리 가운데가 이가 빠진 듯 움뿍 들어갔다 하여 '이빠진 산'이라고도 부른다. 이 산에는 '노아우 방주' 비슷한 전설이 전해우는데 작가는 전설을 모티프로 『돌학, 날개를 달다』를 썼다.

2 그는 초등학교 3학년 교내 백일장에서 1등을 한 후 작가로서의 꿈을 키운다.

꾼』으로 제10회 윤석중문학상을 수상했다.

그는 다작의 작가로 등단 후 20여 년 동안 50권 가까운 책을 상재했다. 그동안 선보인 책으로는 『대나무 숲에 사는 잉어』(비룡소, 2002), 『빨간 꿈체통』(대교, 2003), 『줄동이 말동이』(문원, 2003), 『별 이상한 녀석』(그린북, 2003), 『초록말 벼리』(샘터, 2004), 『돌학, 날개를 달다』(대교, 2005), 『별이 내려오는 마당』(샘터, 2005), 『하늘매 붕』(대교, 2006), 『하늘음표』(낮은산, 2006), 『얼룩산 얼룩 송아지』(영림카디널, 2006), 『소나무와 보랏빛 구두』(섬아이, 2007), 『똥바가지』(국민서관, 2007), 『반달역』(문원, 2008), 『구만이는 알고 있다』(푸른디딤돌, 2008), 『숲에서 온 전화』(바우솔, 2008), 『컴퓨터 속 아이콘 나라』(중앙출판사, 2008), 『곳니』(계림북스쿨, 2008), 『구만이는 울었다』(푸른디딤돌, 2009), 『오이도행 열차』(미래엠엔비, 2009), 『떴다 벼락이』(샘터, 2009), 『오줌 지도』(효리원, 2010), 『네 비밀을 훔칠거야』(채우리, 2010), 『꼬마저승사자마꼬 1, 2』(미래엠엔비, 2010), 『우리반에는 도깨비가 산다』(문공사, 2010), 『꼬마저승사자 마꼬 3』(미래엠엔비, 2010), 『너 때문에 못 살아』(살림출판사, 2011), 『별사이다 한 병』(아이앤북, 2011), 『네가 웬 참견이야』(아이앤북, 2011), 『시끌벅적 꿈찾기 대소동』(문공사, 2012), 『엄마의 마당』(아리샘, 2012), 『내가 이상합네까?』(효리원, 2012), 『해치를 깨워라』(영림카디널, 2012), 『털실 한 뭉치』(국민서관, 2012), 『낙지가 돌아왔다』(한림출판사, 2012), 『달려라, 돌콩』(자음과모음, 2013), 『살짝이 주인을 찾습니다』(살림출판사, 2013), 『홍종의 동화선집』(지만지, 2013), 『공짜표 셋 주세요!』(파란자전거, 2013), 『구만아, 노올자』(키큰도토리, 2014), 『홍원창 어린 배꾼』(북멘토, 2014), 『파워 블로거 지덕심』(아이앤북, 2014), 『까만콩에 염소 똥 섞기』(국민서관, 2014), 『딴짓 대장』(교학사, 2015), 『물길을 만드는 아이』(키다리, 2015) 등이 있다.

2. 홍종의 동화의 현실인식

아동문학도 현실을 반영할 수밖에 없다. 홍종의의 동화에도 현실 인식은 동화의 주 소재가 된다. 그의 동화는 현대인들이 느끼는 치열한 경쟁의식과 탐욕을 치유할 수 있는 길을 자연, 생명 등의 주제로 다룬다. 현실인식을 추구한 동화가 주는 감동에는 여러 요소들이 내포되어 있는데 현실의 모순과 부조리를 극복하기 위한 방안이 있고, 그 현실에 대한 긍정적 수용과 이를 통한 미래지향적인 삶을 볼 수 있다.

홍종의 동화에서는 소외받거나 상처받은 주인공들이 자주 등장한다. 등단 작품인 「철조망의 꽃」은 분단된 현실 인식을 바탕으로 통일의지를 담고 있다. 통일 이후를 가정하여 남북 주민들의 불신과 편견을 없애고 진정한 통일에 대해 이야기하고 있다. 「송장메뚜기 갈빛」은 송장메뚜기 '갈빛'을 통해 다문화 가정 아이가 겪는 편견과 차별, 갈등과 회한을 담고 있다. 「낙지가 돌아왔다」는 태안 앞바다에서 있었던 유조선 침몰 사고 이후 불어닥친 환경 파괴와 어민들의 애한을 담고 있다.

인물들이 모순된 사회 환경에 맞서 주체적으로 자신의 삶을 개척해 나가는 서사구조의 전개는 그의 작품에서 두드러지게 나타난다. 작품의 주인공들은 교육적인 것을 전제로 하고 있어 긍정적인 인물로 설정된다. 그 인물들은 모순된 현실의 문제들을 감수하면서 독자로 하여금 고통을 받는 현실의 문제점을 바라볼 수 있게 하고 있다.

홍종의 동화는 여러 가지 고통에 직면하는 치열한 삶이 현실성을 통해 섬세하게 아동의 심리를 그리고 있기 때문에 독자에게 눈물과 감동을 주고 있다. 그가 발표한 많은 창작동화에는 소외되어 외로운 친구, 상처로 인해서 힘들고 아픈 친구, 가난이라는 현실 속에 멍드는 동심의 주인공들이 많다. 그들은 고통을 회피하기보다는 껴안고, 현실을 인식하면서 미래에 대한 희망을 꿈꾼다. 여기서는 『오이도행 열차』, 『반달역』을 중심으로 홍종의 동화의 현실 인식에 대해 살펴보고자 한다.

1) 물질만능의 사회계층화 비판

『오이도행 열차』는 가난한 환경에서 어렵게 살아가는 다애의 이야기이다. 다애 아빠는 사업 실패로 집을 나가고, 엄마는 식당일을 다닌다. 지하 셋방으로 이사를 한 후 집안일 청소, 빨래, 밥짓기 등을 하며 학교에서 끝나면 유치원에 다니는 동생을 데리고 와 돌봐줘야 하는 것이 다애의 일과이다.

다애에게는 친한 오총사들이 있다. 다애를 제외한 오총사 친구들은 잘 사는 집에 공부도 상위권인 친구들이다. 그 중 새미는 '친구란 서로 비슷해야 한다.'고 주장하는 이기적인 친구다. 다애는 그런 새미를 미워하지만 친구들과 어울리기 위해 진심을 숨긴다. 새미는 친구들에게 돈을 가져오라고 하지만 3만 원이라는 그 돈은 엄마가 하루 종일 식당에서 일하고 받는 일당이다. 차마 엄마에게 돈 달라는 말을 못 꺼내는 다애는 동생에게 줄 가방을 사려고 모아둔 돼지저금통을 깨기로 결심한다.

> 없다가도 있는 게 돈이래. 5,6,7,8,……. 아직 입학식을 하려면 열 달이 넘게 남았는데 그깟 가방 살 돈을 못 모을까? 엄마도 모르는 돈이잖아. 나는 꼭 가야 해. 그래야 친구들에게 따돌림을 당하지 않아. 안 가면 안 돼.'
>
> 다애의 머릿속이 빙글빙글 돌았다. 다애는 책상 서랍을 열고 돼지저금통을 냈다. 칼을 든 손이 덜덜 떨렸다. (28쪽)

다애는 개교기념일 날 부모님에게는 학교에 간다고 거짓말을 하고 친구들과 서울대공원에 간다. 다애가 친구들과 사귀는 것은 나름대로 즐거운 학교생활을 위해서이다. 그 생활을 하기 위해서는 '돈'이 필요한 것이다. 다애는 가난해서 친구들에게 소외되는 것이 두렵고, 회장의 입장에서 자존심도 지키고 싶었던 것이다.

어른들은 어른의 잣대로 어린이들을 대해서는 안 된다. 어른들은 흔히 아이들을 대하며 '너희들이 무슨 걱정이 있느냐'고 묻는다. 하지만 우리 주위에는 주인공 다애처럼 남몰래 힘들어 하는 아이들이 의외로 많다. 그들은 혼자 고민하고 힘들어 하다 목숨까지 끊는 일도 발생한다.

다애는 부모님들이 있지만 가장 아닌 가장 노릇을 하는 아이이다. 가족의 일원으로 야무지게 자기 몫을 감당하고 있지만 그러한 현실이 어린 다애에게는 무거운 짐이 되고 있는 것이다.

> "엄마가 힘든 만큼 나도 힘들어. 오늘 전철에서 아빠를 봤어. 천 원짜리 부채를 팔고 있었어. 천 원짜리를 팔아서 얼마나 벌까? 내 친구들은 모두 부자야 내가 가난한 것을 알면 친구가 돼 주지도 않을 거야. 회장도 소용없어. 공부 잘 하는 것도 소용없어. 돈이 최고야. 그게 내 잘못은 아니잖아." (84쪽)

> "저 싸구려 모자를 사는 것 좀 봐. 거지같아. 나는 그냥 줘도 창피해서 못 쓰겠다. 이래서 사람은 끼리끼리 놀아야 되는 거야. 정말 수준 차이 나서 전철 못 타겠다."
>
> "아저씨, 여기 모자 주세요!" 다애가 아저씨를 향해 손을 번쩍 들었다. 아이들이 눈을 동그랗게 떴다. 놀란 가영이가 다애의 손을 끌어내렸다. (54~55쪽)

다애와 친구들이 전철을 탔을 때 모자 파는 행상인을 보고 새미가 짜증을 내는 모습이다. 주인공 다애는 친구들의 시선을 무시하고 모자를 산다. 전철비가 비싸다고 걱정을 하던 엄마. 동생 다훈이의 과자 값으로 천원을 주며 아까워하던 엄마의 모습을 떠올리자 참을 수 없었던 것이다. 모자를 파는 아저씨의 현실과 자기네 현실이 다르지 않다고 느꼈기 때문이다.

'끼리끼리 놀아야 되는 거야. 정말 수준 차이 나서 전철 못 타겠다.'라는 표현은 한국의 부자들이 갖고 있는 사회의식과 동일한 선상에 있다. 그들은 '갑'이라는 위치에서 '을'을 상대로 부(富)를 무기삼아 군림하려 드는 것이다. '땅콩회항 사건'의 전말이 그 좋은 반증이다. '끼리끼리'라는 첫 번째 기준은 경제적 부라는 데 있다.

이런 의식은 '더불어 사는 사회'의 걸림돌로 계층 간의 분열과 갈등을 조장하기 쉽다. 만약 미래 사회를 만들어가야 하는 아동들에게 이런 의식이 팽배해진다면 사회적으로 큰 문제가 아닐 수 없다. 작가는 이 작품 속에서 그런 부분을 은연중에 비판하고 있는 것이다.

다애가 개교기념일에 '서울랜드'를 가기 위해 학원을 빼먹은 새미에게 괜찮냐고 했더니 다음과 같이 대답한다.

> "나는 어제 학원 선생님에게 뇌물 좀 썼다. 문화상품권 열 장을 주니까 땡이더라. 집에서 전화 오면 왔다고 해달라고 했더니 걱정 말래. 내가 늦을지도 모른다고 했더니 보충해 준다고 한댔어. 실력은 없으면서 돈은 무지 밝혀."
>
> 새미는 아무렇지도 않게 말했다. 다애는 그런 새미를 물끄러미 바라보았다. 문득 다애는 새미가 무서워졌다. (75쪽)

아이가 선생님에게 거짓말을 부탁하면서 뇌물을 쓰는 상황과 아이의 잘못된 행동을 나무라기는커녕 돈 몇 만 원 상품권에 매수되는 학원 선생. 그런 선생을 돈으로 부리면서 경멸하는 아이. 이런 상황이 현실 속에서 일어나고 있다면 심각한 것이다. 다애의 눈을 통해 작가는 우리에게 벌어지고 있는 이런 현실이 무섭다는 인식을 드러내고 있다.

> 다애는 가슴이 뜨끔했다. 지하 셋방에 살고, 아빠는 집을 나가고 엄마는 식당

일을 한다면 새미는 벌레를 보듯 대할 게 뻔했다. 충분히 그러고도 남을 새미였다.

'내 잘못이 아니야, 난 부자라고 한 적이 없어'

다애는 마음속으로 중얼거렸다. 무엇인가가 목구멍을 자꾸 막았다. 칵 뱉어 내고 싶었다. (67쪽)

새미에게 자신의 가난한 형편을 들킬까 전전긍긍하는 다애의 심리를 나타내는 대목이다. 그러나 다애는 현실에 주저앉는 것이 아니라 앞으로 나아가고자 하는 건강성을 회복한다. 다애는 목구멍에서 쏟아져 나오려는 현실을 내뱉고 싶은 것이다. 자기 앞에 놓인 갈등과 고통을 감추는 것이 아니라 끄집어내어서 마주하고자 노력하는 것이다. 다애가 애환을 겪으며 성장해 나가는 모습을 작가는 따뜻한 감성으로 그려내고 있다.

2) 소외와 상처 보듬어 껴안기

다애가 서울대공원에 몰래 간 것을 안 엄마는 다애를 크게 꾸짖는다. 다애는 아이처럼 눈물을 흘리는 엄마를 위로한다. 그러면서 더 이상 자신을 속이고 친구들을 속이지 않기로 다짐한다.

"친구들에게 말할 거야. 나는 부자가 아니라고. 부자는 부자끼리 친하라고, 나는 나와 비슷한 친구를 찾으면 돼. 회장도 안 하면 돼."

다애가 야무지게 말했다. 차라리 그게 좋겠다고 생각한 것은 지금이었다. 엄마에게 말을 하면서 다애는 꼭 그렇게 해야겠다고 결심을 했다. (85쪽)

친구 가영이에게 자신의 형편을 알리는 편지를 써서 주지만 선생님이 우연히 알게 되고 다시 돌려받는다. 다애는 자존감을 지키려고 노력하면서 진실을 밝히기로 한다. 그리고 가영이로부터 새미는 부모가 없다는 비밀을 듣게 된다.

다애는 자신의 자리에서 무던히 애쓰면서 야무지게 살아가는 아이이다. 그러면서 친구들을 이길 방법은 공부밖에 없다고 생각하면서 자신이 처한 현실을 인정하면서 아픔을 드러내려는 노력을 한다.

> "우리가 어른들이야? 돈 때문에 만나? 학교가 돈 벌러 오는 곳이야?
> 가영이가 울면서 말했다.
> "미안해. 친구란 서로 비슷해야 한다잖아. 난 너희들하고 달라. 내가 일부러 속인 것은 아니지만 그렇다고 감추고 지내는 것도 싫어. 그래서 말한 거야."
> "그건 새미의 말이야. 난 그런 말 안 했어." (106쪽)

> 가영이가 냉큼 다애의 말을 잘랐다. 가영이가 그러지 않은 것은 다애가 잘 알았다. 집이 아주 부자지만 생일선물로 이천 원 이상의 선물은 안 받겠다고 했다. 새미만 그것을 어기고 몇 만 원짜리 인형을 선물했다는 소리도 들렸다.
> "새미를 너무 미워하지 마. 알고 보면 새미가 너보다 더 불쌍해." (106~107쪽)

다애는 새미에게 직접 자신의 현실을 보여주기로 하고 누추한 자신의 집으로 새미를 데려온다. 새미도 자신이 직접 부모가 없음을 얘기하며 자신도 아팠다고 고백한다. 얼마 후 다애의 집에 찾아와 다애에게 수준을 맞추겠다고 한다. 그리고 다훈에게 선물을 한다. 새미가 다애와 '친구 되기'는 무엇을 의미하는 것일까?

그것은 사람 사이에 소통을 하기 위해서는 서로에 대한 관심과 이해, 포용력이 필요하다는 작가의 시각을 엿볼 수 있는 대목이다. 그래서 가영이는 새미와 다애의 갈등 속에서 울다가 그들의 아픔을 이해하는 것이다.

새미는 다애의 현실을 보고 이해를 하게 된다. 다애는 자기 삶뿐만 아니라 다른 친구의 삶도 힘겨울 수 있다는 것을 알게 된다. 그리고 집 나간 아빠를 원망하기보다 전철에서 부채를 팔던 아빠를 찾아 나설 수 있게 된다. 싸구려 부채를 파는 아빠가 창피한 것이 아니라 고생을 하는 아빠가 그립기 때문이다.

> "다훈아, 다리 아프지? 우리 돌아다니며 구경할까?"
>
> 다애가 다훈이를 데리고 다음 칸으로 옮겼다. 통로에 선 사람은 다애와 다훈이뿐이었다. 다애는 또 다른 칸으로 다훈이를 끌고 갔다.
>
> 아빠가 오이도행 전철을 탔을 것 같았다. 다애가 그 생각을 한 것은 전철을 타자마자였다. (132쪽)

작가는 세상에 쓸모없는 것은 아무것도 없다고 말한다. 또 세상에서 가장 아름다운 사람은 자기 자리에서 자기의 몫을 다하는 사람이라고 말한다. 집과 학교를 오가는 아이들에게 미지의 장소 오이도행 열차는 모험이자 희망이다.

오이도행 열차를 처음 탔을 때와 주훈이랑 놀러 나가면서 오이도행을 탔을 때, 다애는 인간적인 성숙과 인간적인 변모를 갖게 된다. 또한 가장 아닌 가장 노릇을 하는 주인공 다애의 심리를 따라가면서 아픔을 치유하고 자기 정체성을 찾아가는 과정을 생생하게 그려내고 있다.

결국 『오이도행 열차』의 주인공 다애는 자신 앞에 놓인 현실을 마주하고 당당하게 미래의 꿈을 펼칠 수 있게 된다.

3) 스러져가는 것에 대한 연민과 사랑

홍종의의 동화 『반달역』은 알라딘초등학교 3학년인 그림이가, 작은 기차역인 '반달역'이 있는 시골 마을에서 할아버지와 살아가는 이야기이다.

갓난아기로 반달역에 버려진 그림이를 할아버지는 친손녀 이상으로 사랑하며 기른다. 할아버지는 암을 앓고 있지만, 그림이와 마을 사람들에게는 아프다는 사실을 숨긴다. 밤이 되면 할아버지는 건널목에 몰래 가서, 기차가 지나갈 때마다 열아홉 살에 집을 뛰쳐나간 외아들의 이름을 목놓아 부른다.

그림이는 할아버지의 아픔을 알지 못한 채 명랑하게 지내지만, 다른 아이들과 달리 엄마, 아빠가 없다는 슬픔은 가슴 깊이 새겨져 있다. 한편, 다가온 죽음을 예감한 할아버지는 순명이 아저씨에게 죽기 전에 아들을 찾아달라고 부탁한다.

그러나 순명이 아저씨는 끝내 할아버지의 아들을 찾지 못하고 돌아온다. 순명이 아저씨는 반달역 아저씨에게 반달이를 키워달라고 한다.

"야, 이 거지야! 다리 밑에서 주워 온 거지야. 엄마, 아빠도 없는 거지야!"

따라잡을 수 없게 되자 상지가 바락바락 소리를 질렀습니다. 그림이가 우뚝 멈춰 섰습니다. […중략…] 얼마나 투덕거리며 싸웠는지 모릅니다. 상지가 울음을 터뜨렸습니다. 그림이도 울었습니다.

"다시 놀리면 가만 안 둘 거야."

먼저 울음을 그친 그림이가 옷을 털며 일어섰습니다. (59~60쪽)

순명이 아저씨는 둑을 베게 삼아 아예 벌렁 누워 버렸습니다.

"헤헤, 어르신, 난 철길만도 못해유."

순명이 아저씨가 몸을 홀딱 뒤집으며 엎어졌습니다.

"철길도 저렇게 나란히 가는 짝이 있는디…… 난 없슈."

할아버지가 얼른 고개를 돌렸습니다.

"나도 형국처럼 진작에 떠났어야 했슈." (46~47쪽)

그림이 엄마가 아이를 버리고 떠난 사연이 구체적으로 나타나 있지는 않지만 그 이유 중 하나는 가난 때문이라는 것을 추정할 수 있다. 작가는 이 작품에서 노총각 순명이가 결혼을 하지 못하는 농촌의 현실을 비판적 시각으로 보여주고 있다. 뿐만 아니라 그림이 할아버지의 아들인 형국이가 고향을 떠난 이유와 반달역이 사라지는 이유가 같은 맥락에서다.

"잡지 말아요! 불러도 소용없어요! 이곳이 싫어요! 이곳을 떠날 거라구요! 돌아오지 않는다고요!" (28쪽)

"이제 한 달이 남았습니다. 반달역은 한 달이 지나면 문을 닫아야 합니다. 세상이 많이 변했습니다. 모두들 빠른 것만 좋아합니다. 천천히 가는 완행열차가 없어진 지 오래입니다. 한때 장이 설 정도로 반달역 주변 동네에는 사람들이 많았습니다. 언제부터인가 동네 사람들이 썰물처럼 빠져나갔습니다. 모두들 도시로 떠났습니다." (97~98쪽)

우리 사회는 1960년대 이후 '잘 살아보세!'가 삶의 구호가 되었고, 그 결과 눈부신 '한강의 기적'을 이루어냈다. 현재는 세계 경제를 이끄는 반열에 서게 되었고, IT강국으로도 우뚝 발돋움하게 되었다.

사람들은 앞다투어 돈을 벌기 위해 도시로 나갔고, 농촌은 힘없는 노인네들이 지키는 터전이 되었다. 기차가 산모퉁이를 반달처럼 돌아 허리를 쭉 펴면 닿는 곳 반달역의 이야기 속에는 세상의 모든 냄새, 특히 사람 사는 냄새가 난다. 옛날의 역은 단순한 교통수단이 아니라 사람이 만나 이야기를 하며 정을 나누고 희로애락을 지켜보던 곳이었다. 그런데 '발전'과 '개발'의 논리가 간이역을 사라지게 하고 우리의 정체성도 사라지게 만들었다.

> 그림이의 눈이 별처럼 반짝거렸습니다.
>
> '맞아! 바람 방이야! 억새 속에는 바람 방이 있었어. 그래서 키가 커도 부러지지 않았어. 열차가 지나가도 끄떡없었어.'
>
> 그림이의 가슴으로 바람이 몰려 들어왔습니다. 몸이 가벼워졌습니다. 마음속에 남은 상지의 말이 깨끗이 지워졌습니다. (66쪽)

그림이가 열차가 지나가도 끄떡없는 억새에 대해 자기 자신에게 말하는 삽화이다. 자신도 아픔과 슬픔을 이길 수 있다고 독백하는 것이다. 그림이 할아버지는 죽음을 맞이하지만 반달역 아저씨가 그림이를 키우고 그림이는 성장해 나갈 것이다. 순명이 아저씨가 반달역 아저씨에게 그림이의 사정을 이야기하면서 부탁하였지만, 그들은 그림이가 커가는 것을 함께 지켜 볼 것이다.

한 달 후면 문을 닫는 '반달역' 처럼 운명이 다하는 할아버지의 현실은 슬픔과 고통을 안겨준다. 아무것도 모르는 그림이의 웃음이 역 안에 퍼진 것처럼, 그 웃음은 반달역 아저씨의 웃음과 만나 희망으로 바뀌어가고 있다.

3. 나오는 말

홍종의는 다작하는 작가로 유명하다. 등단 후 20년 동안 50권 가까운 창작집을 쏟아내고 있다. 매년 2~3권씩의 책을 꾸준히 상재하고 있는 것이다. 이렇게 다작을 하면서도 문학성이 폄하된 작품은 거의 찾아볼 수 없다.

홍종의 동화에 나타난 현실 인식은 물질만능사회에서 살아가는 사회 계층 간의 갈등과 차별을 비판하고 있다. 그와 더불어 사회구성원 간의 이해와 화합을 바탕으로 소통하고 함께 사는 세상을 추구하고 있다.

그늘진 곳에서 소외받고 살아가는 약자들은 많은 도움을 필요로 한다. 홍종의 동화에는 그들을 향한 작가의 따뜻한 시선이 느껴지는 작품들이 많다. 그 작품의 주인공들은 어렵고 힘든 상황을 긍정적으로 헤쳐 나가는 성숙한 면도 보여주고 있다.

홍종의 작품들은 현실의 문제를 어떤 방식으로 풀어나가야 할지 생각하면서, 소외되고 상처받는 이웃들을 다시 한 번 뒤돌아볼 수 있도록 환기시킨다. 그와 함께 일상 속에서 생의 의미를 현실에서 어떻게 해야 하는가 하는 방법을 가르쳐주려고 한다.

문학은 현실을 반영하는 거울이다. 본고에서 다룬 두 작품의 주인공들은 작가의 시선과 독자의 겹쳐진 시선으로 따뜻하게 응시하도록 하고 있다. 동화작가의 눈은 섬세한 아동의 심리를 꿰뚫어 리얼하게 묘사해야 한다. 그와 함께 현실에 바탕한 동심의 세계를 잘 포착해 내야 한다. 동화나 아동소설에서 작품의 주제는 독자들에게 끼칠 영향이 지대하기 때문에 중요한 문제가 아닐 수 없다.

현실적인 주제와 짜임새 있는 플롯으로 독자들의 감성을 자극하는 작품이어야 생명력이 오래간다. 홍종의는 열려 있는 결말 구조를 통해 전하고자 하는 메시지를 독자들 스스로 깨닫게 하고 있다.

여린 듯하지만 힘이 센 동화

함영연 작품론

1. 들어가는 말

동해를 대표하는 항구 강릉(江陵)은 물언덕이란 뜻이다. 강릉의 젖줄인 남대천은 하천법상 강으로 분류된다. 이렇듯 강이 흐르고 바다를 바라볼 수 있는 언덕이 많은 고을이라 명명된 듯하다.

예로부터 강릉을 '문향'으로 일컬어왔다. 강릉은 '허씨 5 문장가'로 불리는 허균과 그의 아버지 초당 허엽, 그의 아들 악록 허성, 하곡 허봉, 그의 딸 난설헌 초희가 있고, 신사임당과 그의 아들 율곡 이이가 있으니 가히 '문향'으로 불릴 만하다.

특히 강릉 출신 문인이 많은데, 그 중에서 일부를 꼽아 보면 소설가로는 서영은, 윤후명, 심상대, 최성각, 이순원, 김형경, 김별아, 김도연 등이 있고, 아동문학가로는 엄기원, 최도규, 권영상 등이 있으며 정선 출신 남진원도 강릉에 터를 잡고 활동하고 있다.

동화작가 함영연도 1964년 본관인 강릉에서 태어나 자랐다. 강릉여고를 졸업하고 나서 대학에 합격하고도 가정 형편상 진학을 못 하는 아픔을 안고 직장을 다니던 그녀는 문예창작과에 진학하여 작가로서의 꿈을 키웠다. 그녀의 작가적 기질은 학창시절에 학교 대표로 율곡 백일장에 나갈 때부터 예견되어 있었다고 해도 과언이 아니다. 문예창작과에서 작가적 소양을 쌓은 그녀는 1998년 단편동화「아기 도깨비와 밀 곡령」으로 계몽아동문학상을 수상하면서 등단하였다.

그리고『큰 산을 품은 아이』(문공사, 2001)를 시작으로『걸레 물방울』(대교출판, 2002),『할머니 요강』(그린북, 2003),『회장이면 다야?』(시공주니어, 2005),『콩 네 알 심는 아빠』(그린북, 2007),『우렁이 엄마』(예림당, 2008),『말더듬이 도깨비 말』(아리샘주니어, 2009),『딱 하루만 눈을 떴으면』(마들, 2010),『명심보감 따라가기』(학고재, 2010),『엄마가 필요해』(효리원, 2010),『내가 돌머리라고?』(크레용하우스, 2011),『우리 동네 마릴리 아줌마』(킨더주니어, 2012),『꿈을 향해 스타 오디션』(시공주니어, 2012),『돌아온 독도대왕』(크레용하우스, 2013),『채소할아버지의 끝나지 않은 전쟁』(청개구리, 2014),『가자, 고구려로!』(바나나, 2014),『자존감이 쑥쑥 자라는 사자소학』(학고재, 2015) 등 주목받는 동화책을 다수 상재했다.

특히『명심보감 따라가기』와『자존감이 쑥쑥 자라는 사자소학』의 경우, 어린 시절 사서삼경을 주로 읽으시던 할아버지의 기억이 남아 있어 즐겁게 집필할 수 있었다고 한다.

후한서(後漢書)에 이르기를 강릉 사람들은 "성품이 어리석은 것 같으면서도 성실하고 욕심이 적어 남에게 부탁하거나 구걸하지 않는다"고 기록되어 있다. 또 여지승람(輿地勝覽)에는 "다박머리 아동 때부터 책을 끼고 스승을 따라 공부에 힘쓰니 경서 읽는 소리가 마을을 가득 넘쳐흐른다. 이를 게을리 하는 자에게는 벌을 주었다"고 하였다. 오늘날에 비추어볼 때 강릉 사람은 욕심이 적고 자립심이 강하며 향학열이 높다는 것을 알 수 있다. 함영연 또한 천생 강릉 사람이라 성실하고 사리사욕은 적지만 배움에 대한 열정은 누구보다 뜨겁다. 현재 대학원에서 박사과정 중이며 대학에 출강하고 있다.

이렇듯 꾸준히 학업과 창작에 열의를 쏟아온 함영연은 2014년 『채소 할아버지의 끝나지 않은 전쟁』이 우수출판콘텐츠 저작지원사업에 당선되었고, 2015년 『가자, 고구려로!』로 제25회 방정환문학상을 받으며 작가로서의 역량을 한 번 더 인정받았다.

2. 힘 센 동화

함영연 동화에 등장하는 주인공들은 특출나지도 빼어나지도 않은 평범하거나 하찮은 존재들이다. 네 편의 단편동화가 실려 있는 『걸레 물방울』에 등장하는 주인공들도 지저분하거나 주목받지 못하는 존재들이다. 빨래를 헹군 불결한 허드렛물이거나, 수입 밀에 밀려 버림받은 토종 밀, 배가 볼록 튀어나와 못생긴 도자기처럼 한결같이 소외당하거나 놀림받는 외톨이들이다. 존재의 가치를 부여받지 못한 듯한 그들이 사실은 사회에서 꼭 필요한 소중한 존재임을 아름답게 그려내고 있다. 또 엄마 없이 병든 아버지와 사는 나희를 보살펴 주는 솟대오리 이야기처럼 어려운 이웃을 도와주는 따뜻한 이야기기도 하다.

「걸레물방울」은 권정생의 〈강아지 똥〉 모티프처럼 더럽다고 괄시받아온 걸레물방울이 결국은 씨앗을 싹티우게 된다는 희망의 메시지를 구현한다. 「아기도깨비와 밀곡령」은 '수입 밀'에 밀려 곳간에 묻혀 지내는 '우리 밀'에 곡령(정령)이 깃들어 있다는 샤머니즘적인 상상력 위에 설화적인 판타지를 구현한 작품이다. 수입농산물에 잠식당해 피폐해져 가는 농촌 문제를 부각시키고 있다. 또 「솟대오리가 날개를 펼치며」는 아픈 아버지와 할머니와 함께 살며 집 나간 엄마를 기다리는 나희의 이야기로 희망의 메시지를 담고 있다. 「예쁜이와 배불뚝이」에서는 못생겼다고 구박당하면서도 뜨거운 불가마를 이겨내고 마침내 멋진 작품으로 탄생하는 항아리의 성장 이야기를 그리고 있다.

장편동화 『큰 산을 품은 아이』는 대암산 아래에 사는 야무진 4학년 지혜의 이야기이다. 지혜네 마을에는 대암산이라는 큰 산이 있는데, 이 산에는 눈큰님이라는 산의 정령이 살고 있다고 전해진다. 눈큰님은 사람들에게 두려움의 대상으로, 아이들은 눈큰님의 이름을 입에 올리는 것도 꺼리고, 대암산에 올라가려고도 하지 않는다. 어느 날 친구들과 함께 대암산에 오른 지혜는 인공동굴에서 이상한 지도를 하나 줍는다. 일제강점기에 일본 사람들이 마을에서 독립군이 나올까 봐 대암산의 정기를 끊기 위해 산에 쇠말뚝을 박은 일이 있는데, 그것이 어디에 있는지를 표시해 둔 지도였다. 지혜는 오빠와 친구 해리와 함께 그 쇠말뚝을 찾기 위해 노력하는 한편, 자신의 꿈인 달리기 선수가 되기 위해 매일 과수원을 돌며 열심히 연습한다. 이 작품을 통해 일본이 우리 민족에게 저지른 악행과 역사 왜곡에 대해서 생각해 볼 수 있다.

『할머니 요강』은 처음에는 시골에서 살다온 할머니를 싫어하던 자람이가 할머니와 함께 지내면서 사랑을 느끼게 되는 이야기이다. 몸이 아픈 할머니는 담배까지 피며 냄새나는 요강을 방 안에 들여놓기까지 한다. 자람이는 이런 할머니를 좋아할 수가 없다. 하지만 시간이 지나면서 자람이는 자신과 가족에 대한 할머니의 사랑을 깨닫고 할머니의 친구가 되어 주려고 한다. 이 동화는 핵가족화에 따라 점점 소외되고 외면당하는 노인 문제를 다루고 있다.

『회장이면 다야?』는 잘못 사용된 권력과 그로 인해 상처받아 고통스러워하는 아이의 이야기를 담고 있다. 선생님은 몸이 아프다는 이유로 아이들을 통솔해야 하는 자신의 책임을 상당 부분 회장인 태섭이에게 떠넘긴다. 담임교사로부터 권력을 넘겨받게 된 태섭이는 친구들을 힘으로 다스리려 하고, 미령이는 그 권력에 치어 소외되고 상처를 받는다. 따돌림 현상은 비단 오늘날의 문제만도, 아동들 세계에서만 엿볼 수 있는 것도 아니다. 동서고금을 통해 인간사회 뿐 아니라 동물의 세계에서도 있어 왔다. 다만 미성숙한 아동들에게 가해질 때 내면의 아픔이 커질 수밖에 없다. 어느 경우든 따돌림 문제는 피해자의 경우 늘 마음의 상처를 안게 마련이다.

오늘날 우리 사회는 미령이네처럼 복잡한 형태를 띤 가정들이 늘어가고 있다. 부모의 이혼과 별거로 편부모와 살거나 조손 가정이 늘어가고 있고, 외국 유학 열풍에 따른 기러기 가족도 늘어나 가정의 형태와 구성이 복잡해졌기 때문이다.

급변하는 가정환경 속에 적응하지 못하는 아이들의 불행은 비단 이 작품뿐 아니라 작가의 다른 작품에서도 다양하게 나타나 있다. 함영연의 작품에서는 중심인물과 그 주변인물에 걸쳐서, 부모와 떨어져 지내는 아이, 양친이 다 없는 아이, 편부모와 사는 아이, 조손 가정이나 친척집에 맡겨진 아이 등 다양한 형태로 그려지고 있다. 이런 다양한 가정환경 속에서 주변인물과 상충하면서 빚는 일상적인 사건이 함영연 동화의 주요 골격을 이루고 있다.

『콩 네 알 심는 아빠』는 전원생활을 꿈꾸며 귀농한 하나네 가족의 이야기를 그린 성장동화이다. 아빠가 회사를 퇴직하고 시작한 귀농생활은 상처만 남긴 채 실패를 맞는다. 냉혹한 도시와 달리 따뜻하게 안아줄 것 같은 시골은 준비 없이 다가간 사람에게는 차갑게 다가설 뿐이다. 하나는 아빠, 엄마가 힘들게 일하는 모습을 보면서 더욱 큰 갈등을 겪게 된다. 친구들과의 생활도 원만하지 못하고, 가족과의 갈등 또한 깊어진다.

농부는 콩을 심을 때 세 알씩 심는다는 말이 있다. 한 알은 하늘의 새를 위해, 또 한 알은 땅속의 벌레를 위해, 나머지 한 알은 농부가 거두어들인다는 뜻이다. 농부는 욕심을 가지고 땅을 대하면 안 된다는 진실을 깨닫게 된 하나네 가족은 새로운 마음으로 재기를 꿈꾼다. 하나 아빠는 힘들어도 꿋꿋하게 이겨내겠다는 마음을 다지며 콩 네 알을 심는 농부가 되겠다고 결심한다. 가족의 믿음과 이웃의 사랑, 친구와의 우정을 조합하여 어우러진 전원생활을 그려낸 동화이다.

단편동화집 『우렁이 엄마』에는 8편의 단편동화들이 실려 있다. 표제작인 「우렁이 엄마」는 절약정신이 투철한 엄마와 그런 엄마가 못마땅한 딸 난희의 갈등을 그리고 있다. 난희는 결국 엄마의 사랑이 부족한 것이 아니라 어려운 현실을 이겨내기 위한 어쩔 수 없는 선택이었음을 이해하게 된다.

난희는 아빠와 사별한 후 엄마와 어렵게 산다. 수련회 가는 날 아침, 입고 갈 옷이 없다며 옷 투정을 하게 되고, 형편대로 살아야 한다는 엄마의 말에 심통을 부리며 집을 나선다. 수련회의 저녁 식사 시간에 우렁이된장국이 나오자 교관이, 우렁이는 자기 몸속에 알을 품어 부화시킨 다음에 밖으로 내보낸다고 한다. 우렁이 새끼들이 세상에 나올 때, 새끼들에게 속을 다 갉아 먹혀 빈껍데기가 된 엄마는 물에 둥둥 떠내려가게 되고, 그 모습을 본 우렁이 새끼들은 "우리 엄마 시집간다!"며 소리친다고 한다. 난희는 엄마가 자식들을 보살피는 건 당연한 거라고 생각하며 여전히 툴툴거리지만, 수련회 마지막 날 캠프파이어를 하면서 엄마 생각을 하게 되고, 자신의 철없던 행동들을 반성한다. 집으로 돌아온 난희는 새옷을 사놓고 기다리는 엄마를 보고 엄마가 시집간다고 좋아하는 철없는 우렁이는 되지 않겠다고 다짐하며 엄마 품에 안긴다.

난희가 엄마에게 받은 새옷은 엄마의 사랑을 뜻한다. 만약 난희가 우렁이 엄마에 대해 모르고 새옷을 받았다면 고마움도 모르고 수련회에 갔을 것이다. 하지만 우렁이 엄마를 통해 자신의 잘못을 반성하고 받은 새옷은 엄마의 사랑을 절실히 느끼게 해주는 매개체가 되어 준다. 이처럼 이 작품은 우렁이 엄마를 통해 변화된 난희의 마음을 그려주면서 엄마의 헌신적인 사랑을 깨닫게 한다.

「할아버지의 이상한 보물」은 눈 밑에 있는 흉터 때문에 항상 위축되어 있던 인하가 다리에 난 상처를 추억으로 여기며 자랑스럽고 떳떳하게 살아가는 할아버지를 대하면서 자신의 아픔을 이겨내게 된다는 내용이다.

이밖에도 소아마비로 한쪽 다리를 저는 환이가 자신과 비슷한 처지의 비둘기를 통해서 자신감을 되찾게 되는 「환이의 날갯짓」 등 울림이 있는 이야기를 만날 수 있다. 이 두 작품들은 일체유심소조의 가르침을 담고 있다.

『엄마가 필요해』는 아빠와 둘이서 살고 있는 아이의 심리적 갈등과 해결 과정을 그린 작품이다. 어느 날, 선우 앞에 나타난 학습지 선생님은 아빠의 고향친구다. 아빠와 선생님이 친하게 지내는 것을 본 선우는 은근히 심통을 부리게 된다. 그러면서도 한 편으로는 '선생님이 새엄마가 되면 어떨까?' 하는 생각도 든다. 이어지는 갈등과 오해, 그리고 그로 인한 고통. 그러나 결국은 서로의 감춰진 진실을 발견하고 서로를 이해하며 새로운 가정을 꾸미는 것을 예고하며 결말을 맺는다.

편부모 가정인 선우에게 엄마의 빈자리는 매우 크다. 하지만 아빠와 함께 하는 생활을 누군가에게 방해받고 싶지 않는 마음도 그에 못지않다. 그래서 선생님을 인정하는 것이 선우에게는 힘든 일이었을 것이다. 하지만 결국 '정'이라는 감정을 통해 선우는 선생님을 받아들이게 된다. 고통 속에서도 꽃은 피어나듯이 선우와 선생님 사이에서 피어난 정은 두 사람을 이어주는 중요한 열쇠가 되어 준다.

『말더듬이 도깨비 말』은 다정한 부모님의 사랑을 듬뿍 받으며 남부럽지 않은 생활을 하던 연호가 말더듬으로 인해 겪게 되는 에피소드를 그리고 있다. 이 동화는 자기 앞에 닥친 어려움에 당당히 맞서고 현실을 극복해나가는 도전정신을 심어주는 이야기이다. 작가는 더듬는 말을 도깨비 말로 승화시켜 말 더듬는 버릇 때문에 힘들어 하는 아이들에게, 그런 친구를 놀리기만 했던 아이들에게 놀이를 통해 친구의 아픔을 이해하고 감싸는 마음을 가지게 한다.

남부럽지 않게 행복하게 살던 연호에게 어느 날 날벼락 같은 일이 벌어진다. 아버지의 회사가 부도나 집도 빼앗기고, 아버지가 감옥에 가게 되자 몸이 약한 어머니마저 쓰러진다. 도망치듯 이사 온 동네는 온통 허름한 집뿐이고, 시끄럽게 짖어대는 개들로 연호의 마음은 얼어붙는다. 덩달아 갑자기 생긴 말더듬으로 인해 새로 전학 간 학교에서는 친구들의 놀림감이 된다. 하루아침에 모든 것이 뒤죽박죽 되어버린 연호는 어느덧 자신감을 잃고 사람들 앞에서 말하는 것조차 두려워하게 된다. 엄마가 속상해 할까 봐 속마음도 털어놓지 못하고, 친구들과 쉽게 친해지지 못하는 연호는 아픈 엄마를 위로하기 위해 마음을 다잡는다. 담임교사로부터 도깨비 말을 배우면서 상대방의 처지를 이해하게 된 친구들에게 위로를 받게 된다. 또한 말을 더듬었지만 훌륭한 사람이 된 한비자나 서머셋 모음 같은 위인들의 이야기를 들으며 자신감을 회복한다. 마침내 미워했던 친구와도 화해하고 우정을 다지는 계기도 마련한다.

『딱 하루만 눈을 떴으면』은 절망의 나락에 빠진 시각장애 아동이 마음의 눈을 뜨며 희망적인 삶을 살아간다는 내용의 동화이다. 희귀병 '망막색소변성증' 때문에 서서히 시력을 잃게 된 민우의 이야기를 그리고 있다. 민우가 절망적 상황 속에서 마음의 눈을 뜨고 희망적인 삶을 살아가기까지를 조명하고 있다. 민우의 든든한 눈이었던 엄마가 언제부터인가 변하게 된다. 동화책을 읽어 달라는 민우에게 엄마는 냉정하게 점자책으로 직접 읽으라고 한다. 시력을 잃은 후 느끼는 암흑에 대한 두려움과 답답한 생활, 바깥 세상에 대한 갈망에서 오는 절망적인 삶을 극복하고 희망의 메시지를 통해 마음의 눈을 뜨고 새롭게 태어난다는 이야기이다.

『명심보감 따라가기』는 〈명심보감〉에서 뽑아낸 내용을 현대적인 관점에서 재구성하여 로드무비 형식으로 엮은 동화이다. 사람들은 나이 들수록 자신의 고향을 그리워하고 소중하게 여긴다. 함영연도 고향 강릉을 누구보다도 사랑한다. 그녀는 고향 강릉을 널리 알리고 싶은 마음으로 『명심보감 따라가기』라는 동화를 썼다고 머리글에 밝히고 있다.

이 책에서 작가는 '강릉은 어디를 걸어도 하늘 따라 산 따라 바다 따라 걷는 아름다운 곳'이라고 말하며, "나를 작가로 키운 정서는 고향 강릉이다. 강릉은 그리움의 대상이고, 보은의 대상이다."라며 500여 년 전 신사임당이 그랬던 것처럼 오매불망 향수를 되뇌고 있다.

이 동화는 '명심보감과 함께하는 강릉 따라 길 걷기 캠프'에 참가한 아이들의 에피소드 속에 명심보감의 가르침을 자연스럽게 녹여내고 있다. 심술쟁이 귀남이, 부모가 이혼할까 봐 겁먹은 인규, 남보다 아는 것이 많은 준기 등이 걷기 캠프에 참가해 옛 성현들의 가르침을 배우고 성숙해지는 과정을 그려냈다. 더불어 강릉을 대표하는 위인들을 만나고, 관광명소와 산과 계곡을 찾아 걸으며 생각주머니 과제를 풀어간다는 내용이다. 이 동화는 우리 조상들이 남겨 준 삶의 지혜와 사람의 도리 등을 스스로 발견할 수 있게 유도하고 있는 점이 돋보인다.

또 『자존감이 쑥쑥 자라는 사자소학』은 고양이 마음인 묘심을 통해 엄마가 직장을 다니는, 워킹맘들의 자녀 심리를 잘 드러내고 있다.

승보는 새학년이 되면서 반에서 잘 적응하지 못한다. 갑자기 직장에 다니게 된 엄마는 승보에게 제대로 신경을 쓰지 못하고 있다. 마음으로는 엄마가 바쁜 것을 이해하지만, 자신을 챙겨 주지 않는 엄마에게 내심 서운한 마음이 든다. 그래서 승보는 엄마가 끊어 놓은 학원을 가는 대신 오락실에 가기 시작한다. 같은 반 유태의 꼬임에 넘어가 드나들기 시작한 것이다.

그러는 승보를 걱정하며 조언을 해주시는 분이 있다. 바로 아파트를 관리하는 경비원 할아버지이다. 할아버지는 승보의 외로운 마음을 어루만지며 올바른 행동과 길이 무엇인지 알려주신다. 이야기를 듣다 보면 덤으로 사자소학의 내용을 바탕으로 부모님께 효도하는 법과 친구를 잘 사귀고 올바르게 관계를 맺는 법 등을 알 수 있게 한다.

『꿈을 향해 스타오디션』은 꿈을 이루기 위해 노력하는 주호의 이야기이다. 주호는 평소 좋아하는 반 친구 송이를 따라 연극 캠프에 다녀온 후, 연기의 매력에 푹 빠진다. '스타'가 된 자신의 미래를 꿈꾸는 주호는 부모님의 거센 반대에 부딪히지만, 자신의 꿈을 포기하지 못한다.

작가는 이 작품을 통해 각자가 가진 꿈이 무엇이든 그것이 진정 자신이 바라고 원하는 꿈이라면, 그 꿈을 이루기 위해 도전하고 노력하는 우리 모두가 '스타'라는 메시지를 전한다.

『우리 동네 마릴리 아줌마』는 필리핀에서 한국으로 시집와 문화적 차이로 갈등을 겪는 마릴리 아줌마를 주인공으로 한 다문화동화이다. 예지네 위층에 혼자 살던 준모 삼촌이 필리핀에서 온 마릴리와 살게 된다. 갑작스런 외국인 색시에 예지네 마을 사람들은 많은 관심을 보인다. 그런데 동네 사람들이 마릴리 아줌마를 대하는 태도가 좋지 않다.

어느 날 예지는 엄마 심부름을 다녀오다 놀이터에서 근심이 가득한 얼굴을 하고 있는 마릴리 아줌마를 보게 된다. 예지는 마릴리 아줌마에게 다가가 친구가 되어 고민을 해결해 주려고 한다.

이 책은 다문화뿐만 아니라 한국의 전통문화까지 보여주고 있다. 전통문화재, 전통 놀이, 비빔밥 등을 통해 마릴리에게 한국을 알아가게 한다. 또 필리핀 문화도 내용에 담으려고 마음 쓴 것이 보인다.

『돌아온 독도대왕』은 독도의 지킴이 바위에 앉아 수평선 보기를 좋아하는 갈매기가 관찰자시점으로 등장한다. 어느 날 바위가 독도대왕에 대한 그리움이 쌓여 병이 난다. 독도대왕은 독도에 살던 바다사자이다. 바위는 예전처럼 다시 독도대왕이 독도로 돌아오는 것이 소원이다. 바다사자 갈매기는 친구 룩끼와 함께 바위의 소원을 들어주기로 결심한다.

아주 오래 전 독도에는 많은 바다사자(강치)가 살고 있었다. 하지만 섬나라 어부들이 독도의 바다사자가 돈이 된다는 이유로 잡아가기 시작한다. 독도대왕은 어부들의 잔인함에 저항하다가 결국은 마지막으로 잡혀

간 바다사자이다. 아주 용맹해서 독도대왕이라는 별명을 가졌지만, 안타깝게도 외국에서는 프랑스 고래잡이배 이름을 딴 리앙쿠르대왕으로 불리고 있다.

어느 날 지킴이 바위는 독도대왕에 대한 그리움이 쌓여 병이 난다. 바위는 예전처럼 독도대왕이 다시 독도로 돌아오는 것이 소원이다. 바다사자 갈매기라고 불리는 친구 룩끼와 함께 바위의 소원을 들어주기로 결심한다. 그렇게 그들의 여정이 시작되고 우여곡절 끝에 바다사자 갈매기와 룩끼는 산베 박물관에 전시된 독도대왕을 만난다. 그 후 독도대왕은 고향으로 돌아오게 된다.

이 작품은 일본 산베 박물관에 박제 상태로 전시된 리앙쿠르대왕을 소재로 한 의인화동화이다. 작품 속에 등장하는 독도대왕은 한국과 일본 사이에 놓인 독도문제를 시사하고 있다. 한국 땅인 독도를 일본이 다케시마라고 부르는 것처럼 독도대왕도 리암쿠르대왕이라고 불린다. 따라서 바다사자 갈매기가 찾는 독도대왕은 단순히 한 마리의 박제된 바다사자가 아니라 우리 땅인 독도를 상징하는 것이기도 하다.

『채소할아버지의 끝나지 않은 전쟁』은 전쟁을 직접 체험한 할아버지 세대와, 부모로부터 전해들은 엄마 세대, 그리고 백과사전이나 영상매체를 통해 정보로써 받아들이는 어린이 세대가 6·25전쟁을 축으로 해서 서로를 이해하고 받아들이게 되는 과정을 따뜻하게 담아내고 있다.

경제적 이유로 낯선 곳으로 이사를 가게 된 세인이네는 그곳에서 채소 할아버지를 맞닥뜨리게 된다. 조용한 집을 원했던 엄마는 집 앞에서 큰 소리를 내며 채소를 파는 채소 할아버지 때문에 더 예민해지고, 이를 바라보는 세인도 지쳐간다. 더욱이 사람을 많이 죽여서 죄인이라는 할아버지의 말을 들은 이후로 세인은 채소 할아버지를 무서워하게 된다. 세인이네뿐만이 아니라, 동네 사람들도 할아버지를 못마땅하게 여겨 쫓아내려고 한다. 하지만 세인은 차츰 채소 할아버지의 사연을 알게 되면서 6·25전쟁에 대해 깊이 생각할 시간을 갖게 된다. 순박한 농부의 아들이 전쟁으로 인해 얼마나 마음에 큰 상처를 입었는지, 그리고 채소 할아버지에게 6·25전쟁은 아직 끝나지 않았다는 것을 깨닫게 된 것이다. 이러한 오해와 묵은 감정이 풀려가는 과정에서 세인이네는 채소 할아버지의 도움을 받기도 하고, 채소 할아버지에게 도움을 주기도 하면서 진정한 이웃으로 거듭나게 된다.

이 동화는 전쟁의 피해자인 채소 할아버지가 평생을 괴로움 속에 살아가는 모습을 통해 우리는 전쟁이 한 사람의 인생을 얼마나 송두리째 흔들어 놓을 수 있는가를 깨닫게 된다.

『채소 할아버지의 끝나지 않은 전쟁』을 통해 함영연은 아이들이 참혹한 과거인 6·25전쟁을 정면으로 응시하길 바란다. 비록 세인은 끔찍한 전쟁을 겪은 채소 할아버지를 만난 이후로 전쟁과 관련된 악몽을 꾸며 힘들어 하지만, 그것은 전쟁의 참혹함을 진정으로 깨닫고, 피해자인 채소 할아버지를 진심으로 받아들이게 되는 과정이기 때문이다.

『가자, 고구려로!』는 무덤 속 벽화의 아이인 고구려 소년 동이와 대한민국 소년 진우[1]가 함께 떠나는 고구려 여행 이야기로 판타지 동화이다. 두 소년이 고구려를 함께 보고, 듣고, 겪는 일을 통해 아이들은 고구려에 대해 깊이 생각하고 이해하게 된다. 주변국들과의 전쟁, 이긴 후의 전승행렬, 말타기와 활쏘기, 수박희 등을 동화 속에서 엿볼 수 있다. 더불어 우리 선조들의 자랑스러운 역사를 마음속에 깊이 새길 수 있을 것이다. 안악3호 고분군에 대한 사전 치밀한 조사로 충분한 역사적 고증을 토대로 창작되었다. 수박희(태견), 소금장수(미천왕) 설화도 등장한다. 세발까마귀(삼족오)가 현실과 판타지를 이어주는 매개체로 등장한다. 세발까마귀 문양은 고분 속 벽화 문양이며 진우의 휴대폰 고리 문양이기도 하다.

---

1 역사연구소에 다니는 아버지를 따라 황해도 안악3호고분에 가게 된다.

이 작품에서는 고구려에 대한 역사적 사실을 동이와 진우 그리고 세발까마귀를 통해 보여준다. 이는 작가가 책의 머리말에서 밝혔듯이, 고구려의 역사를 중국의 역사로 편입하려는 중국의 계획인 동북공정에 대해 말하고 있다. 이는 작품 속에서 진우가 고구려를 알고 싶어 하는 이유를 통해 보여준다. 진우는 일본에서 전학 온 노익희라는 아이가 고구려가 중국 역사라고 배웠다고 우기는 통에 머리가 아플 지경이라고 말한다. 작가는 작품 속의 진우를 통해 작가의 투철한 역사관을 보여주고 있다.

3. 나오는 말

함영연의 동화는 어려운 처지에 있는 주인공들이 고난을 극복하거나 희망찬 삶을 살게 되는 이야기들이 주종을 이룬다. 「큰 산을 품은 아이」의 지혜, 「할머니 요강」의 자람이, 「딱 하루만 눈을 떴으면」에 나오는 민우, 「말더듬이 도깨비 말」의 연호, 「엄마가 필요해!」의 선우, 「우렁이 엄마」의 난희, 「콩 네 알 심는 아빠」의 하나, 「회장이면 다야?」의 미령이, 「솟대오리가 날개를 펼치며」의 나희, 「할아버지의 이상한 보물」의 인하, 「환이의 날갯짓」의 환이 등이 모두 그러하다. 이러한 극복의지와 희망의 메시지는 의인화동화에서도 찾아볼 수 있다. 「걸레물방울」의 주인공인 걸레물방울, 「아기도깨비와 밀곡령」의 토종밀, 「예쁜이와 배불뚝이」의 배불뚝이 항아리 등에서도 공통적으로 나타나고 있다.

또한 투철한 역사의식을 가지고 씌어진 「돌아온 독도대왕」의 바다사자 갈매기, 「채소할아버지의 끝나지 않은 전쟁」의 세인이, 「가자, 고구려로!」의 진우처럼 역사의식을 바탕으로 등장하는 주인공을 통해 잘못된 역사를 바로잡거나 우리가 잊고 살았던 시대적 아픔을 다시 한 번 환기

시켜준다.

이처럼 함영연 작가의 동화는 어렵고 힘든 현실을 딛고 일어서서 희망찬 내일로 나아가는 미래지향적이다. 그래서 독자들에게 내면화 효과를 통해 극복 의지와 강한 개척정신을 길러준다. 또 낮은 산 앞에서 교만하지 않고, 높은 산 앞에서는 포기하지 않고, 조난이라는 역경이 닥치더라도 결코 절망하지 않게 한다. 그래서 함영연 동화는 언뜻 여린 듯하면서도 힘이 세다.

앞으로도 그녀의 동화에는 대관령을 짊어지고 동해를 품는 강릉처럼 더욱 힘차고 꿋꿋한 삶을 살아가는 당찬 주인공들이 등장할 것이다.

다양한 소재와 개성 있는 캐릭터

김경옥 작가작품론

1. 여는 말

김경옥은 1965년 서울에서 태어나 성남에서 자랐다. 새로운 세기의 시작인 동시에 새천년의 출발점이던 2000년은 그녀의 아동문학 인생이 시작되는 해였다. 『아동문학연구』 신인상에 동화 「엘리베이터 안의 비밀」과 『아동문예』 문학상에 동화 「우리 엄마는 명탐정」이 당선되어 문단에 나왔기 때문이다. 그 해 첫 동화집 『엘리베이터 안의 비밀』(꿈이있는아이들, 2000)이 나오고 이어 『날개를 단 돼지저금통』(꿈이있는아이들, 2001)과 『사고뭉치 삼돌이』(꿈소담이, 2003)를 연이어 내놓는다.

초기에 발표한 작품들은 개구진 아이들의 순수한 마음을 그리거나, 가족애를 주제로 한 동화 등 일상의 작은 이야기로부터 출발해 재미와 감동을 추구하고자 노력하였다. 이 세 권의 동화집을 상재한 후 작가는 자신의 작품 세계에 대한 진지한 고민을 시작한다. 본인 작품에 대한 만족도가 낮았던 작가는 창작에 대한 새로운 시도와 변화를 꿈꾸면서 단국대학교 대학원 문예창작학과에 진학하여 아동문학을 전공하게 된다.

김경옥이 본격적으로 자신의 창작세계를 꾸려가기 시작하는 때는 『그

별의 비밀 번호』(꿈소담이, 2006)를 내면서부터이다. 이 동화집은 2005년 경기문화재단 '젊은 예술활동 지원'으로 선정된 작품들로 9편의 단편모음이다.

김경옥은 이 동화집을 본인의 첫 동화집이라고 생각할 만큼 애정을 갖고 있다. 2005년까지 문예지에 발표했던 작품들을 모은 것으로 대부분 의인화 동화로 다양한 주제를 드러내고 있다. 작가는 이 책의 머리말을 통해 '물질이 세상을 지배하는 세상이지만 우리는 모든 것의 가치를 잊어서는 안 되며, 맑은 정신으로 세상을 아름답게 보았으면 하는 바람'을 담은 것이라고 밝히고 있다.

표제작인 「그 별의 비밀 번호」는 '숫자가 없는 별'이라는 특수한 판타지 공간을 만들어 놓고, 모든 것을 숫자로만 판단하는 현실에 지쳐버린 사람들이, 숫자가 없는 '그 별'로 들어가는 이야기이다. 사람들은 숫자가 싫어 그 별을 찾았지만 여기마저도 비밀 번호를 누르고 들어가야만 하는 이율배반적인 현실을 보여주는 이야기로 작가의 예민한 감수성이 돋보이는 작품이다. 그밖에도 열대어, 치약, 앞치마, 우산, 파리, 금강 소나무 등 사물 혹은 생물들에 인격을 부여하여 능숙하고도 철학적인 이야기 솜씨를 드러내고 있다.

그 뒤로 첫 장편동화 『아이들은 왜 숲으로 갔을까』(홍진P&M, 2007)를 펴내고, 같은 해에 장편 동화 『웅어가 된 아이』(청개구리, 2007)를 연달아 내놓으면서 본격적인 창작활동을 시작하게 된다. 이때의 작품들은 새로운 변화를 모색하며 대학원에서 아동문학을 전공하던 작가의 열망에 의해 빚어진 결실들이다.

그 뒤 『거울 공주』(처음주니어, 2009), 『불량 아빠 만세』(시공주니어, 2010), 『요술꽃 행운을 부탁해』(아리샘주니어, 2010), 『바느질하는 아이』(파랑새어린이, 2011), 『비밀 기지 비밀 친구 구함』(꿀단지, 2011), 『지하세계를 탈출하라』(소담주니어, 2012), 『우리 반 오징어 만두 김말이』(좋은책어린이, 2012), 『마녀의 못된 놀이』(소담주니어, 2013), 『말 꼬랑지 말꼬투리』(상상의집, 2014), 『아무것도 사지 않는 날』(상상의집, 2015) 등 20여 권의 개인 창작동화집과 청소년소설 『빈집에 핀 꽃』(키다리, 2014)을 내놓는 등 왕성한 창작열을 불태우고 있다.

2. 김경옥의 작품 세계

김경옥의 작품 세계를 살펴보면 크게 두 가지로 요약할 수 있다. 첫째는 생명 존중과 평화사상을 구현한 작품군들로 주로 초기 작품이 해당된다. 둘째는 등단 십년 후부터 오늘날까지의 작품군으로 아동들이 처한 현실을 조명하여 그들의 고민을 작품에 담아낸 사실동화들이다.

김경옥은 자신의 동화 창작에 대한 새로운 길을 모색하던 중 무엇을 어떻게 써야 하는지에 대한 고민에 빠진다.

> "익숙한 환경 속에서 내가 가장 잘 쓸 수 있는 글을 쓸 것인가, 아니면 낯설고 어렵고 힘들지만 내 삶의 테두리를 벗어난 글에 도전을 해볼 것인가. 답은 두 가지 모두일 것이다. 하지만 작가로서 부끄러울 정도로 체험도 적고 아는 것도 없으며, 평범하게 살아온 나였기에 익숙한 환경 속에서 나온 글은 평범할 수밖에 없을 것이라 생각했다. 그리고 내 글과 내 한계에 대한 도전이 필요했다. 오랫동안 자료를 찾고 많은 책들을 탐독하며 발로 뛰면서 동화를 써야 할 필요가 있다."[1]

작가의 이러한 고민이 묻어난 작품은 바로 첫 장편동화 『아이들은 왜

---

1 「내가 쓰는 동화는」, 『열린아동문학』, 2011.여름호.

숲으로 갔을까』와 『웅어가 된 아이』[2]이다. 이 작품들은 판타지 기법을 부분적으로 삽입하여 생명의 근원에 대한 작가의 의식을 드러내고 있다.

1) 생명 존중과 평화 사상을 구현한 동화들

아동문학의 기저에는 사랑의 정신이 담겨 있어야 한다. 사랑의 정신은 생명을 사랑하고 배려하며 공존 공영하는 평화 사상이 바탕이 된다. 이 땅의 모든 생명은 똑같이 소중하며 더불어 살아가야 한다는 생명존중과 평화사상을 구현한 작품으로는 『아이들은 왜 숲으로 갔을까』와 『웅어가 된 아이』[2] 등이 있다.

『아이들은 왜 숲으로 갔을까』는 '입산 금지'를 어기고 소나무숲에 들어간 주인공에게 판타지 세계를 접하게 하는 수법을 쓰고 있다. 어린이들은 어른에 비해 호기심과 모험심이 강해 금기를 깨고 일탈하려는 경향이 강하다. 이 동화의 공간적 배경은 울진 소광리 소나무숲으로 과거와 현재 미래를 통해 주제를 드러내고 있다.

이 작품은 울진 소광리 소나무 숲에 조선시대 금강송을 보호하기 위해 세웠던 '황장금표' 표석이 모티프가 된 작품이다. 주인공 민구는 울진 소광리 숲 마을(큰빛내마을)에 산다. 그 숲은 나라에서 관리하는 금강송들로 빽빽한 숲인데 주인공은 소나무숲을 좋아하여 툭하면 혼자 숲을 쏘다닌다. 그 곳은 몰래 숨어 있을 수 있는 비밀안전기지가 있고 민구가 이름을 붙여놓은 소나무들이 가득하다. 또 야생 동물 친구들도 있다. 봄철 건조한 날씨로 소나무숲은 입산금지 구역이 되었지만 민구는 금기사항을 어기고 숲으로 들어가면서 소나무와 관련된 세 가지 신비로운 세상[3]을 경험하게 되는 이야기이다.

---

2 『웅어가 된 아이』는 개정판 『웅어와 어여쁜 아이』(키다리출판사)로 재출간 예정.

"나는 소나무 재선충에 걸렸어. 소나무에게 제일 무서운 병이지. 사람들은 우리의 병이 다른 소나무한테 옮지 못하게 하려고 우리를 무조건 베어버리지. […중략…] 모든 생명은 스스로 치유할 수 있는 능력을 갖고 있거든, 그런데 사람들은 우리를 무조건 죽이니까 정말 무서워." (115~116쪽)

이 동화에는 생태의식과 생명존중 사상이 강하게 투영되어 있다. 인본주의의 발달은 생태환경 파괴를 자초했다. 소나무의 수난사는 민족의 수난사와 맥을 같이 한다. 조선 정조(1788년) 때에는 소나무를 보호, 육성하기 위해 〈송금절목〉이라는 규정집을 마련할 정도로 산림보호 정책을 펼쳤다. 〈송금절목〉은 송림(松林)과 송전(松田) 등을 감독하는 관리나 산지기 등이 지켜야 할 배양(培養), 보호에 관한 사항을 기록하였던 책자이다. 일제 강점기가 되자 일본 관리들은 조선의 소나무를 베어 가는 데 혈안이 되어 많은 송림이 훼손되었다. 해방 공간과 한국전쟁을 겪으면서 소나무 숲은 숱한 폭격으로 파괴되고 땔감으로 남벌되었으나 정부의 산림녹화정책에 힘입어 울창한 숲을 되찾았다. 하지만 송충이나 솔잎혹파리 재선충 등의 해충 피해가 소나무 숲을 위협하고 있으며 지구온난화도 소나무 숲의 파괴자로 한몫하고 있다. 인간이 생태 환경을 인위적으로만 해석한 결과 생태계 파괴가 일어난 것처럼 그것을 해결하고자 하는 방식도 인본주의로 접근하게 되면 자연의 자가치유 능력도 소멸될 것이다. 자연보호와 생태복원라는 미명하에 전개되는 개발 논리가 득보다 실을 가져올 수 있다는 점을 경고하는 작품이다.

"그 곳은 정말 신나는 곳이지. 쾌활한 너희들처럼 푸른 생명이 꿈틀대고 엔돌핀이 샘물처럼 솟는 곳이지. 무엇보다 생명을 사랑하는 자들만이 갈 수 있는

3 소나무를 보호하던 조선시대 – 소나무가 수난을 당하던 일제강점기 시대 – 소나무들이 병을 앓고 있지만 이상적인 미래를 꿈꾸는 영원의 시대를 일컫는다.

곳이란다….” (117쪽)

> “머릿속 지식보다 더 소중한 것은 바로 가슴 속 사랑이란다. 곤충을 사랑하는 아이는 곤충박사가 되고. […중략…] 민구도 소나무를 사랑하니까 나중에 소나무 박사가 될 것 같구나.” (162쪽)

꿈과 희망을 이루게 하는 동력은 지속적인 격려와 사랑이다. 작가는 박사가 되기 위해서는 공부도 중요하지만, 연구하는 대상을 사랑하는 마음을 가짐으로써 그 꿈을 실현할 수 있다는 믿음을 갖는 게 더 소중함을 강조하고 있다. 또한 자가치유 능력이나 자신의 꿈을 이루려는 노력은 실천의지에 따른 마음먹기에 달려있다는 점도 가르쳐 주고 있다.

『웅어가 된 아이』 역시 금기를 깨고 새로운 세계로 나가는 아이들이 등장한다. 국법으로 금지된 웅어를 잡으러 나간 주인공은 강 한가운데서 튀어오르는 은빛 웅어와 교감을 나누는 장면을 판타지로 처리해 생명존중 사상을 드러내어 준다.

이 동화는 경기도 고양 지역에 전해 내려오는 ‘웅어’에 대한 설화를 바탕으로 새롭게 창작된 작품이다. 웅어는 멸칫과에 속하는 물고기로 민물과 바닷물이 섞인 곳에서 살며, 우리나라에는 임진강, 한강, 금강 등지에 분포한다. 이 작품은 타인에 대한 사랑과 자비, 그리고 희생이라는 주제 외에도 자연과 인간의 생명은 대등하며 공존 공생해 나가야 한다는 생태주의 사상을 바탕으로 하고 있다.

작가는 인간과 자연은 함께 살아가는 동반자임을 강조하며 생태주의 사상을 은연중에 가르치고 있다. 생태주의적 실천 의지로 살아가야만 미래에도 인간과 자연이 공존할 수 있을 것이라는 메시지를 전달하고 있는 것이다.

주인공 행남이는 강으로 나가 고기잡이를 하던 중 무지개빛 웅어를 잡는다. 웅어는 행남에게 살려달라고 애원한다.

> "지금은 강에서 갖가지 고기가 많이 잡히지만 지금 너처럼 사람들이 계속 사람 중심으로만 생각한다면 우리 물고기들의 종류는 점점 줄어드는 거지. 열종에서 다섯 종으로, 다섯 종에서 세 종으로……. 결국 이 강엔 더 이상의 푸른 생명들이 살 수 없는 죽은 강이 될 지도 몰라. 강이 죽으면 사람도 없는 거지." (130쪽)

행남이는 웅어로부터 무서운 경고를 듣지만 병든 옥련아씨를 살려야 한다는 생각에 웅어를 죽게 만든다. 인간을 위해 자연의 생명을 희생시킨 대가는 피할 수 없게 된다. 웅어의 경고는 현실의 재앙이 되어 행남과 옥련아씨가 죽음을 맞이한다. 또한 한강물은 더러워지고 철책선으로 가로막혀 갈 수도 없는 곳이 되고 만다. 이 동화는 자연은 인간을 위해 존재한다고 믿는 인본주의를 겨냥하고 있다. 인간중심의 이기주의가 자연을 파괴하고 뭇생명의 소중한 가치를 폄하하고 있음을 질타한 것이다.

> 바다에서 한강으로 거슬러 오르는 은빛 웅어 중에 유난히 사이가 좋은 물고기 두 마리가 저녁해를 향해 힘껏 튀어올랐다. 보석처럼 반짝이는 은빛 웅어 한 쌍이, 한강의 갈대밭을 향해 힘차게 헤엄쳐 나아갔다. 세상에서 가장 아름다운 무지개빛이 서린 웅어 한 쌍이었다. (159쪽)

『웅어가 된 아이』의 에필로그로 행남과 옥련이 웅어로 부활했음을 알 수 있는 장면이다. 자신의 생명까지 희생한 사랑의 힘이 인간과 자연을 되살리는 새로운 생명으로 부활한 것이다. 과거 맑은 물이 흐르던 한강이 개발의 부작용과 산업발달에 따른 수질오염 등으로 인해 사라졌던 웅어 떼가 다시 돌아오는 모습을 그리고 있다. 이것은 생태계 복원에 대한 작가의 소망이며 함께 추구해야 할 가치이다. 이 동화는 인간과 자연이 하나 되어야 하는 인연합일 사상을 일깨우고 있다. 인간과 자연이 공존하기 위해서는 주도자인 인간이 자연을 더 배려하고 보살피는 아량을 보여주어야 함을 웅변하고 있다.

2) 현실 인식을 반영한 동화들

현실의 반영인 문학 앞에서 작가들은 끊임없이 고민한다. 동화작가라고 해서 예외는 아니다. 경제적으로 풍요해진 요즘 어린이들은 마냥 행복하고 즐거울까? 아니라면 아이들이 안고 있는 문제는 무엇일까? 그렇다면 그들의 문제는 과연 어떻게 해결해야 할까? 동화가 현실을 외면한다면 그것이 어린이를 위한 책이 될 수 있는가?

김경옥은 "동화는 어린이들에게 친구가 되어주고, 그들을 위로해주며, 그들의 고민을 풀어줘야 하며, 그들에게 기쁨과 즐거움을 선사해야 한다."고 말한다. 그녀가 동화에 반영한 현실문제는 우리가 체감하는 내용들이다. 예를 들면, 어린이들이 겪는 가정내 문제, 학교에서의 문제, 사회에서 겪는 숱한 난재들은 곧 우리 어른들이 같이 해결해나가야 할 심각한 사회문제들이다. 외모에 대한 고민, 한부모 자녀 가정, 즉 싱글맘, 싱글대디와 사는 아이의 고민, 성 정체성에 따른 고민과 성의 굴레에 갇힌 아이들의 고민, 친구를 사귀지 못하는 아이의 고민, 게임 중독에서 벗어나지 못하는 아이들, 누구나 왕따가 될 수 있음에 대한 고민 등이다.

실상 어린이들은 어른보다도 더 고민이 많다. 그들이 처한 현실과 복잡해진 세상만큼이나 요즘 아이들도 여러 다양한 고민들을 안고 살아가고 있다. 김경옥은 이런 문제를 사회문제로 인식하고 어린이의 현실과 고민을 담은 동화들을 써냈다. 『거울공주』, 『불량 아빠 만세』, 『바느질하는 아이』, 『비밀 기지 비밀 친구 구함』, 『지하세계를 탈출하라』, 『마녀의 못된 놀이』 등이 그것이다.

『거울공주』는 철저히 거울에 비친 겉모습만을 사랑하고, 외모로 사람을 평가하고 구분하던 거울 공주 선화가 '편지 사건'을 통해 자신과 친구들의 외모와 다른 참모습을 발견하게 되고 가꾸어 나가는 이야기이다. 이 동화는 외모지상주의를 뛰어넘어 내면의 아름다움을 들여다보게 되는 과정을 이야기하고 있다. 그 기저에는 비쳐지는 대로 보이는 '거울'의 일차적 의미보다 내면의 세계를 보고자 하는 철학적 의미의 산물(産物)임을 이야기에 깔고 있다. 즉 '무엇을 어떻게 볼 것인가'라는 사유가 내재되어 있다고 하겠다.

『불량 아빠 만세』는 대디맘과 살아가는 한부모 가정 이야기이다. 이 동화는 우리들이 가족 구성원에 대해 갖는 보편적인 시선을 위트 있게 비틀어냄으로써 새로운 가족의 의미를 선명하게 노출시키고 있다. 초등학교 3학년 찬우는 아빠랑 산다. 찬우의 아빠는 다른 아빠와 좀 다르다. 엄마와 이혼한 데다 회사에도 다니지 않는다. 하루종일 컴퓨터 앞에서 주식시세표를 바라보는 게 일이다. 또 연예인처럼 청바지와 가죽 부츠, 검은색 선글라스를 쓰고 학교에 나타난다. 찬우는 그런 아빠를 창피하게 생각한다.

그렇지만 아빠는 당당하다. 엄마를 대신해 학교에 급식도우미, 녹색어머니회 교통봉사를 하러 나오고 다른 엄마들처럼 살뜰하게 챙겨 주지는 못해도 나름대로 최선을 다한다. 그런데 할아버지와 할머니, 이웃집 경수네, 이혼하고 떠난 엄마 등 다른 사람들은 아빠에게 불량아들, 불량남편, 불량아빠라며 고운 시선을 보내지 않는다. 찬우에게 그런 아빠는 보호받을 상대가 아니라 지켜줘야 할 대상이다. 둘 사이에 위기와 갈등도 있지만 찬우와 아빠는 속내를 털어놓고 진심을 알아가는 친구 사이 같다. 이 동화에서는 불량아빠가 통속적인 기준의 모범아빠로 바뀌는 설정을 사용하지 않는다. 대신 찬우의 시선 변화에 초점을 맞추었다. 찬우

아빠의 현실은 달라지지 않았지만 찬우는 불량아빠를 좋은 아빠로 깨달아가고 좋은 아빠의 역할을 할 수 있도록 돕는다.

이 책이 상재되었던 2010년 당시 한국의 싱글대디 가구는 33만여 가구에 이르지만 이 같은 가족 형태에 사회의 시선은 삐딱하다. 심각할 수 있는 주제임에도 김경옥은 이 같은 가족 형태의 바람직한 시각과 비전을 경쾌하고 밝은 터치로 제시하였다. 이전의 권위적인 아버지상과는 멀찌감치 떨어져서 아이에게 친구처럼 편하고, 한편으로는 아이보다 더 철없기도 하며, 엄마 없이 혼자서 아이를 키우고 있는 아버지와의 관계 속에서 동심은 기죽지 않고 오히려 발랄한 삶의 탄력을 드러낸다. 사회에서 실패한 것처럼 보이지만 자녀들을 위한 사랑은 찬란하기만 한 아버지상을 경쾌한 터치로 그려낸 작품이다.

『바느질하는 아이』는 남자·여자라는 성의 굴레에 갇혀 자신을 찾지 못하고 방황하는 아이들의 이야기이다. 남녀 역할의 금역이 깨어진지는 이미 오래 되었다. 여성이 사관학교 생도가 되고, 조종사가 되고, 우주인이 되는 세상이다. 여성이 복싱과 레슬링을 하고 축구와 야구를 하는 것을 아무도 이상하게 여기지 않는다. 남성이 간호사나 미용사가 되고, 전업 주부가 되기도 한다. 이런 현실에서 남자 아이가 바느질을 한다 해서 이상하게 생각할 사람은 없을 것이다. 하지만 그것이 현실이 되어 자신의 자녀가 소위 성 정체성에 반하는 행동을 하면 대부분 마뜩치 않을 것이다.

얼굴도 곱상하고 하는 행동도 여자 같은 상훈이는 아빠로부터 늘 계집애 같다는 소리를 듣고 학교 친구들로부터도 놀림을 받는다. 상훈이는 바느질하는 것을 좋아하고 솜씨도 뛰어나다. 아빠는 이런 아들이 못마땅해서 해병대캠프에도 보내고 남자다움을 강요한다. 나중에 알고 보니 아빠도 상훈이처럼 여자 같다는 놀림으로 평생 괴로움을 겪으며 청소년기를 보내왔음을 알게 된다. 아빠는 자신이 가진 여자 성향과 반대로 자신을 바꾸려 노력해온 반면, 상훈이는 오히려 자신이 가진 여자 성향을 살려 자신만의 개성을 찾아 꿈을 이루고자 한다. 남자 여자라는 성의 굴레에 갇혀 자신의 꿈을 포기할 게 아니라 자신을 지키고 자신을 빛내라는 메시지를 주는 작품이다.

『비밀 기지 비밀 친구 구함』은 친구를 사귀지 못해 외톨이로 지내는 아이의 이야기이다. 항상 바쁜 맞벌이 부모 밑에서 자라는 아홉 살 병만이는 학교에서 '제멋대로 김병만! 우기기 대장 김병만!' 취급을 받으며 친구없이 외롭게 자신만의 비밀 기지에서 혼자 논다. 그런데 그 비밀 기지에 침입자인 우영이가 나타나게 되고 그 공간에서 둘은 친구가 된다. 외롭던 병만이는 친구가 생겨 행복하기만 한데 친구 사귀기가 서툴기만 한 병만이는 우영이와 다투게 되고 또다시 혼자서 외롭게 비밀 기지를 지키게 된다. 그러다가 문득 우영이와의 약속을 떠올리며 친구를 위한 파티를 준비해놓고 우영이를 간절히 기다린다. 우영이 역시 병만이와 싸웠지만 약속을 잊지 않은 채 비밀 기지에 나타났고 결국 둘은 진짜 친구가 되는 이야기이다. 왕따문제와 집단따돌림을 소재로 친구 사귀기의 해법을 제시한 동화이다.

『지하세계를 탈출하라』는 게임 중독에 빠진 기현이가 게임 중독에서 벗어나는 과정을 그린 이야기이다. 오늘날 인터넷 중독에 빠진 아이들이 늘어나며 사회문제가 되고 있다. 이는 가족간의 대화와 사랑의 단절에서 기인된 현상이다. 기현이의 머릿속엔 오로지 게임 생각으로 가득 차 있어 툭하면 엄마를 속이고 게임을 한다. 엄마는 컴퓨터를 팔아버리기도 하고 갖은 방법을 써서 전자오락 게임을 못하게 하려 고심한다. 하지만 게임 없는 세상은 기현이에게 아무런 의욕도 희망도 즐거움도 없는 세상일 뿐이다. 기현이는 계속 엄마를 속이고 피씨방을 드나들다가 깡패형을 만나게 되어 돈을 뜯기고 협박까지 받는다. 기현이는 두려움에 떨다가 결국 엄마에게 고백을 하게 된다. 기현이가 게임중독자라는 판정을 받게 되자 가족들은 놀란다. 기현이는 방학 때 삼촌집에 가게 되고 그곳에서 닭도 키우고 혼자 집도 만들어 보면서 게임 없는 세상이야말로 더 큰 세상을 볼 수 있음을 깨닫게 된다. 애연가들이 담배를 끊지 못해 고민하듯이 게임 중독에 빠진 아이들도 여간한 의지로서는 빠져나오기 힘든 이치이다. 이 동화가 제시하고 있는 해피엔딩도 바람직한 한 방안이 될 수 있을 것이다.

『마녀의 못된 놀이』는 요즘 학교 현장에서 찾아볼 수 있는 집단 따돌림과 집단 괴롭힘 등 소위 왕따 문제를 다룬 동화이다. 나리는 자신과는 많이 다른 효정이를 보면서 호감을 느끼게 되고 효정이 덕분에 '네 마녀'라는 그룹에도 끼게 되어 즐겁게 학교생활을 한다. 그러나 효정이는 반 친구들을 하나씩 따돌리고 나리마저도 따돌린다. 나리는 네 마녀 그룹에서 떨어지지 않기 위해 다른 친구를 따돌리려 했고, 그 과정에서 오히려 왕따가 되어 외톨이가 된다. 외톨이로 슬프게 지내던 나리는 결국 소중한 친구를 만나게 되지만 집에서 키우는 난폭한 열대어 한 마리를 유심히 지켜보면서 그 모습이 친구를 따돌리는 효정이의 모습과 흡사함을 깨닫게 되고 결국 왕따의 가해자는 결국 피해자도 될 수 있음을 깨닫게 된다.

3) 김경옥 동화의 전개 방식

(1) 개성적 인물을 통한 사회 문제 제기

김경옥은 주제와 부합되는 개성 강한 캐릭터를 창조하여 사회 문제를 부각시키고 있다. 문학작품에서 개성 있는 캐릭터는 작품의 성패를 좌우할 정도로 대단히 중요한 요소이다. 김경옥은 작품마다 생생한 인물을 창조하여 작품의 맛을 살릴 뿐만 아니라 주인공이 당면한 사건을 통해 사회 문제를 드러내주고 있다.

『웅어가 된 아이』에 나오는 중심인물 행남은 개성이 뚜렷한 캐릭터이다. 이 작품은 어부이면서 곱추 소년인 행남을 통해 인간의 이기주의로 인해 생태 환경이 파괴되는 문제를 적시하고 있다. 주인공 행남은 어부인 홀아버지와 양반집 규수로 추정되는 어머니 사이에서 태어난 잘생긴 아이이나 사고로 인해 곱추가 된다. 천한 신분이지만 어릴 때부터 아버지와 주변 사람들로부터 사랑받고 귀히 여김을 받아 마음이 고결하다. 생명을 소중하게 여기며 남의 아픔을 헤아리는 마음으로 양반집 딸인 옥련이를 좋아한다. 만경사 주지스님으로부터 생명 존중에 대한 가르침을 받는 아이로 개성이 뚜렷한 인물이다.

『거울 공주』에 나오는 김수선화는 거울 보기를 즐겨하여 '거울공주'라는 별명이 붙은 소녀이다. 자신의 커다란 눈은 예쁘다고 여기나 납작하게 눌린 코가 늘 불만인 아이로 예쁜 아이를 좋아하여 같은 반 미미를 공주처럼 떠받들며 따라다닌다. 자신의 주관 없이 예쁜 미미가 시키는 대로 행동하는 아이로 수선화 이름의 꽃말인 '자기사랑'의 의미를 뒤늦게 찾게 된다. 거울 보기를 좋아하는 거울 공주 별명을 가진 주인공을 통해 외모 중심적이며 외모 지상주의에 따른 문제를 제기하고 있다.

『불량 아빠 만세』에 나오는 찬우 아빠 역시 개성이 뚜렷하다. 긴 머리에 꽉 끼는 청바지, 부츠를 신고 다니는 개성 강한 외모의 아빠. 아내와 이혼해 혼자 아이를 키우는 싱글대디이다. 직장에서도 쫓겨나 집에서 주식투자를 하며 부모님의 경제적 능력에 기대어 사는 사회적 시선으로 보면 불량 아빠임에 틀림없다. 그러나 아들 찬우를 잘 키우기 위해 노력하는 부성이 강한 아빠이다. 불량 아빠로 불리는 주인공을 통해 한국의 33만 싱글대디의 문제점과 새로운 아버지 상에 대한 문제를 제기하고 있다.

『바느질하는 아이』는 여자 같은 남자 아이인 방상훈을 통해 사춘기 아이들의 성 정체성에 대한 고민을 담아내고 있다. 주인공인 방상훈은 여자 같은 목소리와 외모, 몸가짐 등으로 인해 계집애 같다고 놀림을 받는 아이이다. 바느질을 제일 좋아하고 웨딩드레스 디자이너가 꿈인 아이이다. 그 때문에 해병대 출신인 아빠와 갈등을 빚지만 자신만의 꿈을 향해 꿋꿋이 나가는 인물이다. 나중에 아빠도 과거 자신처럼 여자 같다는 놀림을 받아 상처를 갖고 있다는 비밀을 알게 되어 아빠의 마음을 이해하게 된다. 트랜스젠더나 레즈비언 같은 성 정체성과 관련된 용어들이 낯설지 않은 요즘 외모나 성격, 목소리 등이 정체성에 반하기 때문에 고민하는 어린이들에게 용기와 희망을 주는 동화이다.

(2) 판타지를 이용한 주제의식의 고양

김경옥은 동화에 부분 판타지를 수용하여 주제의식을 드높이고 있다. 작가는 주제 의식을 표출하거나, 제기된 문제를 해결하고자 할 때 동심으로 구축하는 판타지 세계를 창조하려한다. 양질의 판타지로 짜여진 스토리는 독자들로 하여금 동화의 주제를 자연스럽게 깨닫게 하는 구실을 한다. 즉 판타지를 통해 다른 세계를 엿보게 되면서 스스로 깨닫고 교감하기도 학고, 무의식의 세계를 접하면서 실마리를 얻게 되고 문제를 해결하는 도구로 쓰이는 것이다.

『그 별의 비밀 번호』에서는 '숫자가 없는 별'이라는 특수한 판타지 공간을 만들고 있다. 이 동화는 하나의 잣대가 모든 가치판단의 우선이 되고야 마는 잘못된 세상에 사는 어린들에게 피난처를 제시하는 동화이다.

『아이들은 왜 숲으로 갔을까』에서는'입산 금지'라는 금기를 어기고 소나무숲에 들어간 주인공에게 판타지 세계를 접하게 하여 울진 소광리 소나무숲의 과거 현재 미래를 보여줌으로써 주제를 드러내고 있다.

『웅어가 된 아이』에서는 국법으로 금지된 웅어를 잡으러 나간 주인공이 강 한가운데서 판타지를 경험한다. 주인공 행남이 튀어오르는 은빛 웅어와 교감을 나누는 장면을 판타지로 처리해 인간과 자연의 합일정신을 드러내게 해준다.

『거울 공주』에서는 화장실이 판타지의 공간이며 거울이 판타지의 도구이다. 주인공은 밤 12시에 거울을 들고 화장실을 가면 미래의 남편을 만날 수 있다는 말을 믿고 거울을 들고 화장실에 간다. 거울을 통해 그리스 신화 중 수선화의 꽃말인 나르시스에 관한 신화를 엿보게 되는데 이 부분을 판타지로 처리해 작품의 주제를 드러내고 있다. 이처럼 김경옥은 숫자가 없는 별, 소나무숲, 물고기가 뛰노는 강물 위, 한밤 중 화장실 등 특수한 공간에 판타지 세계를 펼치고 있다. 이처럼 그녀가 구축한 판타지는 주제를 고양시키는 착한 도구로 사용되고 있다.

3. 나오는 말

김경옥 동화의 장점은 작품의 소재가 다양하고 캐릭터의 성격이 뚜렷하다는 점이다. 그녀는 개성이 강하면서도 다양한 캐릭터를 창작하기 위해 고민해 왔다. 어린이가 직면한 고민을 찾아 발로 뛰며 그들의 그늘진 목소리에 귀를 기울여 왔다. 김경옥은 소재의 확장과 더불어 메시지의 폭을 넓혀 어린이뿐 아니라 아파하는 청소년들에게도 다가간다. 이러한 결실은 첫 청소년소설집 『빈 집에 핀 꽃』으로 개화한다.

김경옥 작가의 내면에서 발화된 작품들의 면면을 살펴보면 일관된 흐름이라기보다 다양한 빛깔의 동화를 추구함을 알 수 있다. 그녀는 부분적이나마 동화에 판타지를 차용하여 밋밋해지기 쉬운 작품에 맛깔을 더하고 있다. 그녀가 현재 집필을 마치고 출간 준비 중에 있다는, 죽음을 소재로 한 장편동화나 역사와 설화가 버무려진 장편동화를 기대하는 까

닮은 패턴의 다양성이 주는 풍요로움 때문이다.

김경옥은 앞으로도 어린이들의 문제를 보여주는 현실동화뿐 아니라, 특수한 판타지 공간 창조를 통해 삶의 의미를 새기게 하는 철학적인 동화, 우리 옛이야기에 대한 애정에서 시작된 역사 설화 동화의 작업을 지속적으로 해 나갈 것이라고 한다. 앞으로도 그녀가 상재할 동화들이 자못 궁금한 것은 이런 노력들이 쉽게 시들지 않을 것이라는 믿음 때문이다.

김경옥은 연령으로나 경력으로나 작가로서의 역량을 한껏 발휘할 시점이다. 그녀가 구가할 동화문학에 기대를 거는 까닭은 그 동화가 어린이들의 현실과 괴리되어 있지 않고 그들의 고민과 내밀하게 맞닿아 있기 때문이다. 공감은 배려에서 피어나고 배려는 사랑으로 꽃피운다는 사실을 그녀는 익히 알고 있다. 그런 까닭에 김경옥은 2010년대 중반기를 지나 후반기를 맞이하더라도 한국아동문단에서 주목할 작가임에 틀림없다.

이야기의 힘을 믿는 작가

이지현 작품론

1. 작가가 걸어온 길

이지현은 경남 울주에서 태어났다. 1999년 'MBC 창작동화' 공모에서 장편동화 『사과꽃 피는 언덕』이 대상을 수상하며 문단에 등단한 후, 2002년 '아이세상' 장편동화 공모에서 『하모니카를 부는 할아버지』가 당선되어 문학적 역량을 재확인하였다. 등단 이래 그녀는 주목받는 장편동화를 꾸준히 상재하였다. 1999년 『사과꽃 피는 언덕』(금성출판사)[1]을 필두로 2000년 『형이랑 나랑』(유진출판사),[2] 『파란 눈의 내동생』(문공사), 『꿈을 꾸는 불씨하나』(디자인하우스), 2001년 『거꾸로 가는 기차』(예림당), 『시계 속으로 들어간 아이들』(파랑새어린이), 『작은 낙타 아저씨』(문공사), 『보물찾기』(채우리), 2002년 『춤추는 새』(계림닷컴), 『하모니카를 부는 할아버지』(아이세상), 2003년 『몽실이』(중앙출판사), 2004년 『사자를 찾아서』(교학사). 2005년 『몰래한 기도』(중앙출판사), 2008년 『새를 그리는 아이』(을파소), 『울보대장』(국민서관), 2009년 『우리 엄마가 사라졌다』(아이앤북), 2010

1 이 작품은 2006년에 『할아버지의 선물』(채우리)이라는 제목으로 재출간되었다.
2 이 작품도 2006년에 같은 제목으로 청어람주니어에서 재출간되었음.

년 『똥싸개 오줌싸개』(아리샘주니어), 『우리 선생님도 똥 쌌대』(아이앤북), 2011년 『학교가기 싫은 아이』(형설아이), 2013년 『천개의 눈』(봄봄), 2015년 『우리 동네 두들마을』(밝은미래), 『순구』(봄봄) 등 한 해에도 몇 권씩 선보이기도 했다.

이지현 동화의 문학성은 심사위원들의 심사평을 통해서도 확인할 수 있다. 『사과꽃 피는 언덕』에 대해 조대현은 '작품의 구성이 평범하면서도 매우 훌륭하다'라고 평했고, 강원희는 '문장력이 뛰어나고 특히 시골 아이들의 성격묘사가 좋으며 감동적이다" 라고 평했다. 『하모니카를 부는 할아버지』에 대해 함민복은 '매우 슬프고 아름다운 작품이고 구성도 완벽하다'고 하였고, 김용택은 '이야기의 흐름이 자연스럽고 문장이 유려하며, 동화로써 갖추어야 할 여러 가지 미덕을 고루 갖춘 작품'이라고 평하였다.

심사평은 당선작을 선정한 이유를 드러내는 글이니만큼 대개 작품의 장점이 부각되기 마련인데 이를 토대로 이지현의 작가적 역량을 추론해 보면 구성력이 좋고, 문장력이 우수하며 진정성이 느껴지는 작품을 쓰는 작가라 할 수 있다.

2. 이지현 동화의 매력

1) 탄탄한 구성력

이지현은 등단 후 단국대학교 대학원에 진학하여 아동문학을 전공했는데, 그 이전에는 특별히 문학 수업을 받은 적이 없다. 그러나 그녀는 이야기의 얼개를 자연스럽게 짜맞춰 완성도 높은 동화를 만들어낼 줄 안다. 이는 배워서 익힌 것이 아니라 이야기를 듣고 보고 즐기는 동안 감각적으로 체득한 것이라 여겨진다.

하나의 작품에서 플롯이 얼마나 중요한 역할을 하는지는 익히 알려진 바이다. 특히 각각의 에피소드들이 인과관계를 맺고 유기적으로 결합해 하나의 흐름을 만들어내야 하는 장편에서는 구성의 역할이 매우 중요하다. 이지현은 이 점을 인지하고 복선을 적절히 활용한다.

대표적인 작품으로는 『하모니카를 부는 할아버지』가 있다. 이 동화의 주인공은 장애를 가진 아이인데, 선천성 장애로 걷지 못하는 이 아이는 일을 하러 나간 엄마가 돌아올 때까지 혼자 논다. 그가 하는 놀이는 여러 가지가 있는데 그 중 하나가 종이비행기를 접어 날리는 것이다. 아이는 돌아가신 아빠에게 편지를 쓴 뒤 종이비행기를 접어 날린다. 그런데 아이가 하늘로 날려 보낸 종이비행기가 뒷집 마당으로 날아가 떨어지고, 그 곳에 살고 있던 할아버지가 우연히 이 편지를 보게 된다. 그리고 집을 잃고 길거리에 나앉게 된 아이를 돕게 된다. 놀이로 시작한 종이비행기가 두 사람을 엮어주는 계기로 작용하게 되는 것이다. 이런 장치들이 있기 때문에 이지현의 동화는 자연스럽게 읽힌다.

그런가 하면 이지현은 플롯 자체를 상징적인 장치로 활용하기도 한다. 『사자를 찾아서』에는 자신이 보잘 것 없는 존재라는 인식을 가진 시궁쥐가 주인공으로 등장을 하는데 이야기의 결말 부분이 열려 있다. 주인공인 시궁쥐가 집을 나와 모험을 시작하는 시점에서 동화가 끝나는 것이다. 이 책이 출간되기 전에 담당 편집자는 전개에 해당하는 앞부분을 줄이고, 미완의 느낌을 주는 뒷부분을 보완하는 것이 어떻겠느냐는 제안을 했다고 한다. 그녀는 그 제안을 일언지하에 거절했다. 이유는 아이들이 인생의 출발점에 서 있는 사람들이기 때문이라고 했다. 동화가 끝나는 시점에서 아이들의 이야기가 시작된다고 보았기 때문에 그녀는 아이들을 위해 상상의 공간을 남겨둔 것이리라 예단할 수 있다.

2) 생생한 묘사력

초기에 발표된 그녀의 작품들은 대부분 서정성이 돋보이는데 특히 자연의 정경 묘사가 뛰어나다. 묘사는 작가가 객관적인 위치에서 인물, 배경, 장면 등을 구체적으로 그려내는 표현 방법이다. 따라서 묘사는 독자의 구체적인 이미지를 생생하게 재현시켜 주는 구실을 한다.

> 저기 우리 밭이 보입니다. 새파란 무청 밑으로 연두색 뿌리를 조금 드러낸 무들이 보입니다. 나는 무밭으로 들어갑니다. 무청에 매달려 있던 이슬 때문에 바지가 축축하게 젖습니다. 나는 슥슥 손바닥을 문지른 다음 두 손으로 무청을 잡습니다.
>
> 무청은 차고 까슬까슬합니다. 힘껏 무청을 당기자 흙 속에 묻혀 있던 하얀 무가 쑥 올라옵니다. 금방 뽑은 무에서는 이슬에 젖은 흙 냄새가 납니다.
>
> 무 잎에 붙어 있는 이슬이 떨어집니다. 선득한 느낌이 듭니다. 나는 이 느낌 때문에 무밭에 오기 싫습니다. 보세요, 바짓가랑이와 소맷자락이 다 젖었잖아요.
>
> —『파란 눈의 내동생』(124쪽)

이는 시골에서 자란 그녀의 경험이 투영된 결과라 여겨진다. 동화에서 묘사의 기능은 어떤 모습을 구체화하는 것이다. 묘사는 되도록 간결하면서도 정확하고, 구체적이고, 상상을 통한 환기 효과가 살아나도록 해야 한다. 이지현은 간결하고 시적인 문장으로 등장인물의 성격과 심리 등을 생동감 있게 그려내고 있다.

> 마이클은 구석진 자리를 좋아합니다. 책상 밑에 들어가 있거나, 장롱 사이에 쪼그리고 앉아 손가락을 빨거나 합니다. 파란 눈을 깜박이며 쪼그리고 앉아있는 마이클을 보면요 마음 밑바닥에 가시가 박힌 것처럼 아픈 느낌이 듭니다.

그저껜가요? 마이클이 없어져서 난리가 났습니다. 집안을 다 뒤져도 없는 거예요.

[…중략…]

"너 마이클 잘 데리고 놀라고 말했지?"

식구들은 모두 내가 마이클을 벽장 속에 밀어 넣기라도 한 듯 나를 나무랐습니다. 불쌍하다는 생각이 싹 달아났습니다.

밥을 먹을 때는 또 어떤데요? 마이클 녀석은 매은 음식을 하나도 먹을 줄 모릅니다. 된장찌개도 먹을 줄 모르고 김치도 먹을 줄 모릅니다. 마이클이 오고 나서 좋아진 것이 하나 있기는 있습니다. 끼니 때 마다 햄이며 불고기 같은 것이 반찬으로 나오거든요. 그런데요, 우리 엄마는요 먹는 거 가지고 사람을 차별합니다. 내가 고기나 햄을 먹으면 '찌개 해서 먹어라' 거나 '김치 먹어' 라고 하면서 못 먹게 합니다.

마이클은 그 맛있는 햄도 깨작깨작 두어 입 베어 먹고는 그만입니다. '그거 먹고 어쩌니 한 순갈만 더 먹어라' 하며 엄마는 마이클 순가락에 고기도 얹어 주고요, 김치도 물에 씻어서 올려 줍니다. 샘이 나서 '나도 김치 씻어줘!' 했더니 우리 엄마가 뭐라고 한 줄 아세요? '니가 애기니?' 하시는 거예요. 그럼 마이클은 뭐 애긴가?

—『파란 눈의 내동생』(47~51쪽)

이는 탄탄한 구성력과 함께 작품에 재미와 감동을 주는 요소로 작용한다.

3) 견고한 주제의식과 휴머니즘

언젠가 그녀에게 동화작가가 된 이유를 물은 적이 있는데 그녀는 "효과적으로 잔소리를 하기 위해서"라고 대답을 했다. 이야기의 효용가치를 알고 있다는 말이다. 그녀는 아이들에게 재미만을 주기 위해 작품을 쓰지는 않는다. 아이를 키우는 한 사람의 어머니로서 아이들이 올바르게 자라기를 바랐고, 그러기 위해서는 인류가 지켜온 보편적 가치와 시대적 가치를 아이들에게 전승해줄 필요가 있다고 느꼈으리라. 또한 그런 가치를 지키며 사는 사람들이 많을 때 이 세상이 보다 나아질 것이라는 믿음을 가지고 있었기 때문에 그녀는 작가의 사회적 역할에 대해서도 진지하게 고민을 한다. 그 결과 주제의식이 강한 작품이 나오게 되는 것이다. 시간의 소중함을 일깨워주는 동화 『시계 속으로 들어간 아이들』과 우리 민족의 빛나는 유산인 홍익인간사상과 만파식적을 소재로 한 동화 『춤추는 새』를 비롯하여, 맞벌이가 주를 이루는 오늘날의 사회현상 속에서 방과후 학원을 전전하며 홀로 긴 시간을 보내야 하는 아이의 문제를 다룬 『보물찾기』 등이 이런 경향의 작품이라 할 수 있다.

> 나는 사람이 사람답게 사는 세상을 꿈꾸었고, 작가로서 내가 글을 통해 할 수 있는 일이 무엇일까 고민했습니다. 그리고 사람답게 사는 사람들의 이야기를 써보려 했습니다. 누군가 이 책을 읽고 조금이라도 가슴이 따뜻해진다면 나의 바람은 이루어진 것입니다.

2015년에 발간된 장편동화 『순구』의 머리말에서는 밝히고 있는 바와 같이 그녀가 쓴 동화에는 공통적으로 휴머니즘이 짙게 깔려 있다. 현존하는 세계보다 이상적인 세계를 지향하는 동화의 특성상 이는 그녀만의 특징이라 할 수 없으나, 상처와 결핍을 가진 이들이 서로 도우며 살아가는 모습을 서정적인 문체로 생생하게 그려내기 때문에 읽는 이에게 뭉클한 감동을 준다.

3. 나오는 말

한 사람이 아이를 키우기 위해서는 온 마을의 도움이 필요하다는 말이 있다. 미래 세대의 주역인 아이들이 올곧게 자라기를 바라는 마음은 누구나 같을 것이다. 대부분의 동화작가들이 그렇듯 이지현 역시 엄마의 마음으로 동화를 쓰고 있다.

그녀는 이야기의 힘을 믿고 있는 작가이다. 그래서 아이들의 정서를 순화하고, 상처받은 마음을 위로하며, 올바른 가치관 형성에 도움이 되는 글을 쓰고자 한다. 아동문학의 지향점인 휴머니즘을 바탕으로한 탄탄한 서사구조가 이지현 동화의 가장 큰 강점이다.

그녀는 이야기가 메시지를 담고 있을 뿐만 아니라 치유의 기능도 갖고 있다는 것을 알고 있다. 서울에서 살던 그녀는 몇 년 전 삶의 터전을 경상도의 농촌 마을로 옮겼는데, 바뀐 환경이 그녀의 작품에 어떤 영향을 미칠지 자못 기대가 된다. 아무쪼록 아름다운 자연을 닮은 동화, 단맛과 영양분이 듬뿍 배인 사과 같은 동화, 알토란 같이 튼실한 동화를 캐내기 위한 열정적인 작업을 계속해 주기 바란다.

재미있으면서도 여운이 긴 동화

서석영 작품론

1. 작가가 걸어온 길

서석영은 1961년 전북 익산에서 태어나 대학에서 영어영문학을 전공했다. 영미문학을 접하면서 권장도서, 교양도서로 읽던 문학에 비로소 눈을 뜨고, 윌리엄 포크너, 제임스 조이스의 작품을 읽으면서 평생을 문학의 웅덩이에 풍덩 빠져 살아도 후회 없겠다는 생각을 하고 작가의 길을 모색하게 된다. 본인은 이를 '설부른 착각으로 하룻강아지 범 무서운 모르고 덤빈 셈'이라고 술회한다. 그러던 중 보들레르, 랭보의 시를 접하고 그들 광기에 전염되어 관심이 시로 급선회, 시에 빠져 살게 된다. 수년간 시인의 눈과 가슴을 갖기 위해 노심초사 자기 수련을 한 끝에 1992년 『우리문학』에 시 「스케치」 외 4편으로 등단하고 시집 『스케치북』(우리문학사)을 출간한다. 그 뒤 아이를 키우며 동화문학의 가치를 발견하고 '내가 직접 써서 읽어주고 싶다'는 가내수공업적인 생각으로 동화를 쓰기 시작해 1998년 「지구 수선공 잔디」로 샘터동화상을 받고, 1999년 『아동문예』에 「오해」를 발표하면서부터 동화 쓰는 일에 힘을 쏟고 있다.

2002년에 첫 창작동화집 『날아라! 돼지꼬리』(산하)를 출간했는데 반응이 나쁘지 않아 대량판매만으로 4만 부가 나가고, 같은 해 펴낸 장편동화 『동물대장 엉걸이』(시공주니어, 2002)는 더듬거리는 발걸음이었지만 30쇄를 앞두고 있다. 농촌에서 생활한 경험을 토대로 현대의 농촌문제를 되짚은 장편 『세상에서 가장 작은 논』(푸른책들)도 같은 해 출간했다. 2004년에는 청양에 사는 장인, 춘포 짜는 할머니를 취재해 장편동화 『베 짜는 울 엄마』(파랑새어린이)를 펴냈는데 장인을 다뤘지만 전기적이고 위인적인 요소를 배재하면서 판타지로 엮어내 독특하고 문장이 수려하다는 평이 많았다. 이 작품도 대량판매만으로 1만 부 가까이 나갔다. 2007년에는 닭 이야기에 인생을 담은 장편동화 『파란 닭 병옥이』(홍진 M&B)를 펴냈다. 2008년에 『달팽 수프 지렁 스파게티』(꿈소담이, 2008)를 출간했고, 이 작품으로 한국아동문예상을 받았다. 2009년에는 과자를 소재로 한 판타지 『소원을 들어주는 마법 과자』(킨더주니어)를 출간하고 2011년 이 작품으로 방정환문학상을 받았다. 2011년에는 아이들 세계에서 욕이 차지하는 심리적 사회적 요소를 짚어낸 장편동화 『욕 전쟁』(시공주니어)을 펴내 이목을 집중시켰고, 2012년에는 고민 많은 아이의 심리 묘사가 내밀한 장편동화 『삐뚤어질 테야』(시공주니어)를 펴냈다. 이후에도 아이들의 우정이 부모들의 우정으로 연결되고 확장되는 이야기인 『두근두근 거실텐트』(창비), 101번 출전해 101번 실패한 경마의 삶에서 인생을 읽고 희망을 읽은 『위대한 똥말』(바우솔) 등 다양한 동화를 펴내고 있다. 작가 이름을 건 시리즈 동화도 출간하고 있는데 지금까지 5권(『걱정 지우개』, 『가짜렐라, 제발 그만해!』, 『엄마는 나한테만 코브라』, 『아홉 살 대머리』, 『남자친구가 유행이래』)이 나와 있는 상태다.

시인답게 시적인 문장이 요구되는 그림동화 작업에 열정이 많아 『꿀꿀끼오 우는 돼지』(교원, 2009) 등 20여 편이 넘는 그림동화를 쓰기도 했다. 대학에서 영어영문학을 전공한 서석영은 영어교육에도 관심이 많아 실제 경험을 토대로 교수법을 정리한 영어교육서 『엄마영어 레시피』(영교출판)를, 영어학습서 『돼지영어』(처음주니어)를 출간해 각각 중국과 태국으로 판권이 수출되었다.

영어와 아동문학을 공부한 이점을 살려 『몬스터 대백과』(담터미디어), 『성공하거나 거의 성공한 탐험가들』(풀과바람), 『검은 비너스 조세핀 베이커』(산하), 『엄마 모습』(풀과바람), 『마법처럼 문이 열리고』(책속물고기) 등의 책을 번역하기도 했다.

2. 서석영의 작품 세계

서석영은 1998년 「지구 수선공 잔디」로 '샘터동화상'을, 1999년 「오해」로 '아동문예문학상'을 받으며 등단하여 주목받는 동화를 꾸준히 발표하고 있다. 그 후 2008년 '한국아동문예상'과 2011년 '방정환문학상'을 수상하며 동화작가로서 입지를 다져나갔다.

그는 등단 후 16년 동안 21권의 장편동화, 2권의 단편동화집과 다수의 그림동화를 내는 등 활발하게 작품 활동을 해오고 있다. 서석영이 지금까지 발표한 동화를 종합 분석해 보면 세 가지의 키워드를 만날 수 있다. 그것은 아이들에게 내재된 힘을 믿고, 상상력을 동원해 새로운 세계로 이끌고, 작품의 밑바탕에 철학적 메시지를 담는다는 점이다

아이들은 스스로 자기 세계를 열어나가며 성장하고 세상과 소통해 나아가는 자가발전 에너지를 가지고 있다. 서석영은 이를 놓치지 않고 동화 작품으로 형상화한다. 아이들에게 그 힘을 가지고 있음을 확인시켜 주고, 할 수 있다는 자신감을 일깨워준다. 『동물대장 엉걸이』, 『파란 닭 병옥이』, 『세상에서 가장 작은 논』, 『욕 전쟁』에서 동심에서 비롯된 힘은 세고 곧다.

상상력은 현실 너머의 세계로 가는 여행 티켓이고 초대이다. 작품 속으로 들어간 아이는 공중부양의 짜릿함과 아찔함을 경험한다. 작가가 이끄는 강도에 따라서 독자는 놀이시설의 롤러코스터를 탈 수도 있고 우주여행을 할 수도 있다. 서석영은 자주 여행 가이드를 자처하고 나서서 독자를 새로운 세계로 이끈다. 단편 「날아라! 돼지꼬리」, 「실험실을 나온 쥐」, 장편 『베 짜는 울 엄마』, 『달팽 수프 지렁 스파게피』, 『파란 닭 병옥이』, 『소원을 들어주는 마법과자』에서 상상력의 요술봉을 맘껏 휘두르고 있다.

아이들이 읽으며 재미와 위로, 행복을 느낄 수 있다면 이야기의 목적은 이루어진 셈이다. 거기에다 철학적 요소가 담겨, 책을 놓은 뒤에도 뭉근히 생각하도록 이끈다면 더 바랄 게 없을 것이다. 『달팽 수프 지렁 스파게피』, 『파란 닭 병옥이』, 「실험실을 나온 쥐」, 『착한 영어 팝니다』 등에서 철학은 어린 독자가 인식하지 못할 만큼 세심하게 배려되어 자연스럽다. 서석영은 아이들이 지니고 있는 무한가능성의 힘을 믿고, 넘치는 상상력을 동원해 새로운 세계로 비상하는 동화, 기저에 철학적 메시지가 깔려 있어 헛헛하지 않고 든든한 동화들을 써왔다.

그동안 출간한 책이 장편 21권, 단편동화집 2권으로 서석영은 주로 호흡이 긴 장편동화들을 발표해왔다. 구성지게 엮어진 장편동화도 좋지만 동화문학의 본류라 할 수 있는 단편동화 출간이 아쉬웠던 터라 두 번째 동화집인 『서석영 동화선집』(지식을 만드는 지식) 출간이 더욱 반갑다. 등단한 뒤 처음으로 출간한 책이 단편동화집 『날아라! 돼지꼬리』이니 11년 만의 단편동화집 출간인 셈이다. 작가 개인으로서는 그 동안의 작업을 정리하고 되돌아보는 의미도 있을 것이다.

이 작품집에는 「마지막 비행」, 「시간 여행」, 「포크와 나이프」, 「하늘을 나는 까망이」, 「소나무가 키우는 아이들」, 「아기 새와 나팔꽃」, 「세상에서 가장 작은 논」, 「엄마봇, 아니 엄마를 찾아서」, 「숲이 부르는 노래」,

「지구 수선공 잔디」, 「달밤에 체조하는 오뚝이」, 「울고 있는 집」 등 총 12편의 단편이 수록되어 있다. 비둘기, 개, 소나무, 새, 나팔꽃, 잔디 등 자연물과 포크, 나이프 등의 생활 주변의 물건, 숯, 전통거리 인사동, 벼농사 등 전통적인 것, 빈집, 노숙자, 분단문제에서부터 트위터에 이르기까지 다양한 소재를 다루고 있다.

장르로 볼 때도 생활동화에서부터 자연물과 사물을 인격화한 우화적인 동화, 자연물과 인간과의 교감을 다룬 이야기, 상상으로 펼친 판타지까지 동화 밭을 풍성하게 일구고 있다. 하나 특이한 점은, 아이들이 독자인 아동문학에서 다루기 힘든 분단문제, 농사일, 전통적인 소재인 숯을 다루면서도 판타지를 적절히 가미해 어렵지 않게 풀어내며 문학적으로 승화시키고 있다는 점이다.

「마지막 비행」은 도시의 공원이 배경이다. 가장 나이가 많은 흰 비둘기는 자유를 위하고 평화를 지키는 일이라면 포탄이 날고 불길이 치솟는 전쟁터에까지 소식을 전했던 영광스런 과거를 생각하며, 쓰레기통이나 뒤지고 까딱하면 싸움이나 해대는 현실을 안타까워한다. 세상이 많이 변했지만 인터넷이나 스마트폰으로도 불가능한 비둘기만이 할 수 있는 일이 있을 거라며 희망을 버리지 않는다.

어느 날 흰 비둘기는 공원 벤치에서 중풍에 걸려 지팡이에 의지해 비척비척 걷는 할아버지를 만난다. 할아버지는 무슨 말인가를 하려고 하나 입을 옴쭉거리기만 해도 침이 흘러나와 말을 잇지 못한다. 그런데 할아버지 손에는 늘 둘둘 말린 종이 한 장이 쥐어져 있다. 유난히 햇볕이 따스하던 날 할아버지는 낮잠에 따져들고, 흰 비둘기는 힘이 풀린 할아버지 손에서 종이를 꺼내 본다. 60년 동안 못 본 아버지와 어머니, 동생 순옥이를 그리워하는 편지다. 그걸 본 순간 흰 비둘기는 뜨거운 피가 돌고 할아버지의 고향땅 황해도로 날아가 동생 순옥이를 만난다. 순옥이는 답장을 써 오빠랑 물들인 쪽빛 댕기로 비둘기 다리에 묶어 준다. 흰 비둘기는 할아버지가 깨기 전에 돌아오려고 사력을 다한다.

그 시간 할아버지는 어머니, 순옥이와 무명천에 쪽물을 들이는 꿈을 꾼다. 마침내 흰 비둘기는 공원에 도착하지만 철조망에 상처를 입은 데다 기력이 다해 뚝 떨어져 내리는 바람에 할아버지는 잠을 깬다. 당신 손에서 없어진 편지, 비둘기 다리에 묶인 순옥이의 쪽빛 댕기를 보고서야 무슨 일이 일어났는지 알아챈다. 할아버지는 피로 얼룩진 편지를 읽으며 하염없이 눈물을 흘리고 비둘기를 치료해 준다. 요즘도 공원에 가면 오누이처럼 나란히 걷는 흰 비둘기와 할아버지는 볼 수 있는데, 흰 비둘기 목에는 쪽빛 댕기가 묶여 있다는 이야기다.

익히 알려진 것처럼 비둘기는 귀소본능이 강하고 그 특성을 이용해 옛날부터 전장에 소식을 전하는 일을 했다. 서석영은 비둘기의 과거 특성을 활용해 분단으로 고향에 못 가고 있는 할아버지의 편지를 전하고 답신을 얻게 한다. 공원에 가면 흔하게 볼 수 있는 비둘기를 이야기에 등장시켜 한 폭의 수채화처럼 아름답고 가슴 저린 이야기로 풀어내고 있다.

「울고 있는 집」은 시골에 가면 쉽게 볼 수 있는 빈집이 배경이다. 폐가는 보기만 해도 귀신이 나올 것처럼 을씨년스럽다. 서석영은 이에 착안, 산속에 사는 귀신들이 빈집을 발견하고 비로소 들어가 살 집이 생겼다고 기뻐하는 것으로 시작한다. 하지만 사람들 온기가 그립다며 날마다 우는 집 때문에 귀신들은 기대가 깨지고, 우는 집을 달래려고 노숙자를 데리러 서울로 향한다. 귀신들은 백화점, 호텔 등을 헤맨 끝에 서울역에서 빈집에 들어와 살 사람을 찾는다. 그런데 이 부분이 교묘하다. 노숙자의 꿈속으로 침투해 빈집에 살 생각이 있는지 의사를 타진하고, 마대자루에 넣어 빈집으로 데려온다. 빈집에서 잠에서 깨어난 노숙자는 깜짝 놀란다.

"귀신에 씌었건 홀렸건 잘 됐지 뭐야. 용기가 없어서 그렇지 예전부터 이런 곳에서 살고 싶었잖아."

노숙자는 집안을 치우고 아궁이에 불을 지피며 텃밭에 나가 일을 시작한다. 하지만 그 덕분에 귀신들은 집을 떠나야만 한다. 사람과 귀신은 한집에 살 수 없으니까. 귀신들은 쫓겨나는 신세가 되었지만, 빈집에는 사람을 데려다주고 노숙자에게는 집을 찾아줬으니 오랜만에 좋은 일 했다며 만족해 한다.

흔히 빈집에서 연상되는 귀신, 도시의 노숙자와 시골의 빈집을 교묘하게 엮어내 두 가지 사회문제를 한꺼번에 해결한 셈이다. 물론 동화 속의 해결이지만 정책 입안자들이 참고해도 될 정도다.

「시간 여행」에서 주인공 아이는 전철비나 버스비만 있으면 시간 여행을 할 수 있다는 인터넷 기사를 보고 인사동으로 향한다. 하지만 이렇게 쉽게 시간 여행을 할 수 있을까, 의심을 떨치지 못하는데, 인사동 입구에서 한복 입고 가위를 찰깍거리며 엿을 파는 엿장수 아저씨를 보고 제대로 왔다고 생각하고 호기심어린 눈으로 거리를 살핀다. 옛날 가구, 놋쇠용품, 전통 항아리, 한지 등 요즘은 보기 드문 물건을 취급하는 가게들이 길 양쪽에 쭉 늘어서 있다.

아이는 배가 고파 '박씨 물고 온 제비'에 들어가는데 술집이고, 아이들이 들어올 데가 아니라고 내몰린다. 한참 걷다 보니 건물 입구에 허수아비가 있다. 그런데 허수아비 근처에 벼도 참새 한 마리도 없다. 도시로 나왔다 들판으로 가는 길을 잃었나 보다며 발길을 돌리는데 이게 웬일인가. 실크로드, 작은 인디아, 갤러리 티벳, 이탈리아 음식점 오토에메죠, 일본 음식점 하까다 우동 등 보이는 게 온통 외국 이름을 딴 가게들이다. 시간 여행하고는 관계가 먼. 아이는 도시로 나왔다 길을 잃은 허수아비처럼 시간 여행을 왔다 길을 잃은 거라고 생각한다. 출구를 찾아 이리 뛰고 저리 뛰다 삐리삐리 소리를 듣고 PC방에 들어가 인사동에서 빠져나오는 길을 검색한다는 이야기이다.

전통거리임에는 분명한 인사동 거리, 하지만 정작 가 보면, 동남아산 물건들이 판을 치고, 외국 음식점들이 우후죽순 들어서 있다. 그런 와중에 '박씨 몰고 온 제비', '허수아비' 등 전통적인 향취가 나는 상호가 많은데 술집이고 음식점으로 상업적인 이미지로 변용되어 있다. 전통거리의 이런 혼재된 양상을 아이들은 어떻게 받아들이고 해석할까. 이를 아동문학으로 해석하고 풍자해 놓은 아이디어가 빛난다.

근래에 그가 집중하고 있는 작업은 〈서석영 동화 시리즈〉이다. 이미 5권(『걱정 지우개』, 『가짜렐라, 제발 그만해!』, 『엄마는 나한테만 코브라』,『아홉 살 대머리』, 『남자친구가 유행이래』)까지 출간된, 저학년을 대상으로 한 장편동화이다. 이 동화들에서 그는 아이들 생활을 밀착 근접해 그들 세계를 둘러싸고 있는 사회적인 현상을 날카로운 눈매로 짚어내고 있는데, 그러면서도 풍자와 그 특유의 유머가 살아 있어 읽는 재미와 의미를 더하고 있다. 앞으로 몇 권까지 출간되고, 어떤 동화들을 더 담아낼지, 시리즈의 앞날이 주목된다.

3. 나오는 말

서석영은 작품을 결코 쉽게 쓰지 않는다. 눈앞에 보이는 사물과 현상을 면밀히 살핀 뒤 의미를 도출해내고, 자신만의 철학과 이념으로 충분히 숙성시킨 뒤, 문학적 장치를 십분 활용해 작품으로 빚어낸다.

쉽게 쓴 작품이 아니지만 어렵지 않게, 재미있게 읽히고, 읽은 뒤에 많은 생각을 하게 하는 동화를 쓰고 있다. 그에게서 동화의 가치, 문학의 효용이 충분히 발휘되고 있는 셈이다.

서석영은 30대 후반에 등단하여 16년 동안 23권의 적지않은 동화책을 상재하였다. 그가 상재한 책들은 문학성을 담보한 책들이기 때문에 신뢰를 준다. 이런 측면에서 볼 때 앞으로의 행보가 더 기대가 된다. 신 내린 무당처럼 이야기신이 내린 그가 빚어낼 작품들의 미래가 자못 궁금하다.

원문 출처

제1부 동화문학의 전통과 시대정신

이주홍 동화의 특성과 주제 의식: 『한국아동문학연구』 제12호 2006. 5.
전통문화의 수용과 평화사상의 구현—김성도 작가작품론: 『아동문학평론』 150호, 2014. 봄호.
시대 정신과 교육적 효용성—최태호 작가작품론: 『아동문학평론』 154호, 2015. 봄호.
자연애를 통한 합일정신의 구현—유여촌 작가작품론: 『아동문학평론』 145호, 2012. 겨울호.
흰색 이미지를 통한 페미니즘의 구현—권용철 작가작품론: 『아동문예』, 2014. 9·10월호
인내와 희생으로 피워낸 꽃—강준영의 「그리움 나무」와 「진주조개 이야기」를 중심으로: 미발표
건강한 자아 회복을 위한 노력—손춘익 작가작품론: 미발표
장편 아동소설에 천착한 치열한 작가 정신—김자환 작품론: 미발표

제2부 2000년대 동화문학의 흐름

풍자와 해학이 주는 재미—최효섭 동화집 『트럼펫 부는 개』를 중심으로: 미발표
가슴이 따뜻해지는 동화—조대현 작가작품론: 미발표
고향에 대한 향수와 가족애—강정규 작가작품론: 미발표
심리적 환상과 우의성—최효섭 동화론: 『아동문학세상』 74호, 2011. 가을호.
소외 받는 아이들에 대한 성찰—이금이 작가작품론: 미발표
상처를 치유하는 동화의 힘—김향이 작가작품론: 미발표
역사 판타지를 위한 풀무질과 담금질—심상우 작품론: 『열린아동문학』 57호, 2013. 여름호.
가족애를 통한 동심의 복원—이성자 동화론: 미발표
엄숙한 동화 쓰기—정진 작가작품론: 『열린아동문학』 56호, 2013. 봄호.
홍종의 동화에 나타난 현실 인식—『오이도행 열차』, 『반달역』을 중심으로: 미발표
여린 듯 하지만 힘이 센 동화—함영연 작품론: 『열린아동문학』 51호, 2011. 겨울호.
다양한 소재와 개성 있는 캐릭터—김경옥 작가작품론: 미발표
이야기의 힘을 믿는 작가—이지현 작품론: 『이지현동화선집』, 지식을만드는지식, 2013.
재미있으면서도 여운이 긴 동화—서석영 작품론: 『아동문학평론』, 2010. 봄호.

찾아보기